MATROSCHKAS

LORELEY AMITI arbeitete für Verlag und Presse im In- und Ausland, als eines ihrer Manuskripte einer Lektorin in die Hände fiel. Seitdem hat sich viel für die fünfsprachige Journalistin geändert und ihre Bücher wurden bereits in mehrere Sprachen übersetzt. Ihre deutsche Zeitreise-Trilogie *Die Unvergessenen* stürmte die Top 10 der deutschen Kindle Bestseller-Charts und ihr italienisches Kinderbuch *Tim und die Winterfee* landete auf Nummer 1 der Amazon Bestseller-Liste.

Mehr über die Autorin und ihre Bücher ist auf ihrer Webseite www.loreleyamiti.com sowie beim Verlag www.littwitzpress.com zu finden.

LORELEY AMITI

MATROSCHKAS

Der 2. Band der Trilogie

Die Unvergessenen

Littwitz
PRESS

MATROSCHKAS

Band 2 der Trilogie *Die Unvergessenen*

Copyright © 2017 Loreley Amiti

3. Auflage 2019

ISBN: 978-0-9956761-4-5

Littwitz Press

Dahl House

Exeter EX4 8NE

Vereinigtes Königreich

www.littwitzpress.co.uk

Lektorat und Korrektorat: Julia Bee

Titelbild und Umschlaggestaltung: FrinaArt Cover Design

Rechtlicher Hinweis

FÜR MEINE GROSSELTERN

Ich wünschte, ich hätte euch mehr fragen können.
Unvergessen.

~ KAPITEL 1 ~

Verschwunden

FRANKFURT AM MAIN, BRD. 17. NOVEMBER 1989.
BÜRGERAMT. INNENSTADT.

»Was meinen Sie damit: *Sie können keinen Eintrag finden*? Sie hat hier doch in jüngster Vergangenheit gewohnt! Wie kann sie da einfach aus Ihrem System verschwinden?«

Ungläubig sah Werner Genet die Sachbearbeiterin des Frankfurter Bürgeramts an und trommelte ungehalten mit den Fingern auf dem grauen Tisch zwischen ihnen. Die leere Oberfläche wies bereits viele fettige Fingerabdrücke an diesem geschäftigen Freitagnachmittag auf, zu deren Muster sich inzwischen auch Werners verschwitzte Handflächen gesellten.

Die Sachbearbeiterin am gegenüberliegenden Ende des Tisches rückte stirnrunzelnd ihre scharfkantige Brille mit breitem, blauem Rahmen zurecht und erwiderte unbeeindruckt seinen Blick. »Verschwinden tut hier sicherlich niemand! Ihre ehemalige Patientin war, aus welchen Gründen auch immer, entweder gar nicht erst gemeldet oder Sie haben mir den Namen falsch buchstabiert!«

Werner zwang sich zur Ruhe und setzte betont ruhig erneut an. »Gut, also nochmal: G-U-T-O-W-S-K-I. Helena. Sie muss im System sein! Ich weiß, dass sie hier in Frankfurt am Main gewohnt hat!«

Erneut ging die Sachbearbeiterin konzentriert die grün flackernden Computerdaten durch, welche sich verschwommen in ihren dicken Brillengläsern widerspiegelten. »Nein!«, beendete sie die Suche schließlich mit einem finalen Fingertipp auf die Tastatur. »Ich kann keine Helena Gutowski in unserem System finden!«

Werner lehnte sich schwungvoll über den Schreibtisch und versuchte, einen Blick auf den Bildschirm zu erhaschen, doch die Sachbearbeiterin drehte diesen sogleich mit vorwurfsvollem Blick aus seinem Blickfeld.

»Hat sie vielleicht eine Auskunftssperre drin?«, startete Werner schließlich einen letzten Versuch.

»Nein. Dann würde ich Ihnen sagen, dass uns die Daten zwar vorliegen, aber nicht weitergegeben werden dürfen.«

»Sie kann doch aber nicht vom Erdboden verschluckt sein! Es kann doch nicht sein, dass es in ganz Deutschland keine Helena Gutowski gibt!«

Irritiert fiel ihm die Sachbearbeiterin ins Wort. »Moment, da sind Sie gerade auf dem falschen Dampfer! Ich habe gesagt, dass sie nicht bei uns im System ist. Aber ich kann eben auch nur Frankfurt am Main und die dazugehörigen Gemeinden einsehen.«

»Bitte?«

Nun war es die Sachbearbeiterin, die sich recht offensichtlich um Geduld bemühte. »Jedes Einwohnermeldeamt kann nur lokale Daten einsehen. Wenn die Dame also nicht in Frankfurt wohnt, dann kann ich sie natürlich auch nicht in unserem hiesigen System finden. Verwunderlich ist an der Sache allerdings, dass Sie sagen, Frau Gutowski habe früher einmal in Frankfurt gewohnt. Dann müsste ich zumindest eine Umzugsmeldung im System haben, aber da ist absolut nichts.«

Werner sah sie unschlüssig an. Er hatte fest damit gerechnet, dass er einfach Helenas Adresse finden und sie aufsuchen würde.

»Kann ich Ihnen sonst noch irgendwie behilflich sein?«, fragte die Dame abschließend und nickte vielsagend in Richtung der vielen Wartenden im Raum, die missmutig vor sich hinstarrten.

Widerwillig stand Werner auf. »Nein, ich denke nicht.« Wie betäubt schob er den Stuhl zurück an den Schreibtisch und wandte sich zum Gehen um. »Der Nächste bitte!«, schnarrte die Stimme der Sachbearbeiterin durch das kleine Mikrophon neben ihrem Computer. Ein grantig aussehender, älterer Herr, für dessen Geschmack Werner offenbar eindeutig zu lange am Schalter gewesen war, drängte sich unwirsch an Werner vorbei und griff nach dem Stuhl.

Plötzlich kam Werner jedoch eine Idee. »Stopp, eine kurze Frage noch!«

»Na hören Sie mal, Sie waren ja nun wohl lange genug hier! Ziehen Sie gefälligst wieder eine Nummer wie jeder andere auch, wenn Sie eine Frage haben!«, platzte der Herr schroff heraus und knallte unterstreichend seinen Gehstock auf den Boden. Empört drückte er seinen Filzhut an sich und ließ sich schnaufend auf den Stuhl plumpsen, dessen Rückenlehne Werner noch immer umklammerte.

Die Sachbearbeiterin blickte unschlüssig auf die beiden Männer vor sich und Werner bemerkte, dass sie dem Sicherheitspersonal an der Tür einen unsicheren Blick zuwarf, woraufhin sich der junge Mann im dunklen Anzug zielstrebig auf den Schalter zubewegte.

»Hören Sie«, sagte Werner schnell beschwichtigend. »Ich möchte keinen Ärger machen. Sagen Sie mir bitte einfach nur noch, ob Sie eine Vera Gutowski in Ihrem System haben, ja?«

Die Sachbearbeiterin gab den Namen mechanisch ein, während sie die Herren vor ihrem Tisch argwöhnisch im Auge behielt. »Ja, die gibt es!«, gab sie sekundenschnell Auskunft. Sie tätigte einen weiteren Mausklick und nickte dem Sicherheitsdienst beschwichtigend zu. Nur wenige Augenblicke später überreichte sie Werner wortlos das fast leere, graue Papier, auf dem in der oberen Hälfte Vera Gutowskis Anschrift und Telefonnummer vermerkt waren.

»Gott sei Dank – danke!«, jubelte Werner, doch die Dame ignorierte ihn und nahm bereits die Anfrage des reichlich ungehaltenen Herrn vor sich auf.

Werner ging federnden Schrittes zum Ausgang des Bürgeramts und überflog dabei die Daten auf dem Zettel: *Vera Gutowski,*

Schwarzburgstraße 53. Er sah auf die Uhr. Dank seiner fast zwei-
stündigen Wartezeit im Bürgeramt war es inzwischen fast 16:45
Uhr, Vera würde also bestimmt bald zu Hause sein. Sollte er sie
anrufen? Was aber, wenn er in ein Wespennest stach und sie einfach
auflegen würde? Vielleicht sollte er lieber gleich hinfahren und mit
ihr persönlich sprechen? Er hatte Vera nie persönlich kennengelernt.
Laut Helena war sie schwierig und abweisend.

Unschlüssig blieb er vor dem Haupteingang stehen und sah
sich um. Es war unangenehm nasskalt und der leichte Nieselregen
sprühte von dem dichten Meer an vorbeiziehenden Regenschirmen
auf Werner herunter. Direkt neben dem Bürgeramt entdeckte er
zu seiner Erleichterung eine Telefonzelle. Schnell ging er hinein,
schloss fröstelnd die Tür und sah auf den Fernsprecher. Es war eines
dieser neuen Kartentelefone. Er hatte immer auf die Münztelefo-
ne geschimpft, weil er nie entsprechende Pfennigstücke parat gehabt hatte. Doch diese Kartentelefone fand er einen noch größeren
Schwachsinn, da er stets vergaß, sich rechtzeitig vor Ablauf seines
Guthabens eine neue Karte zu besorgen. Man wusste nie, wie viel
Guthaben man noch darauf hatte, sodass man oft plötzlich mitten
im Gespräch abbrechen und sich eine neue Karte besorgen musste.

Es müsste einfach ein tragbares Telefon erfunden werden, das
man immer bei sich haben konnte und das einem sowohl die Suche
nach einer Telefonzelle als auch Münzen und Karten ersparte. Aber
das war natürlich utopisch!

Seufzend kramte er schließlich eine Telefonkarte aus seinem
überfüllten Portemonnaie und hob den Hörer von der Gabel. Ohne
nachzudenken wählte er seine Privatnummer.

»Genet, hallo?« Die reichlich genervt klingende Stimme seiner
Frau ließ ihn nichts Gutes ahnen. Warum hatte er eigentlich zu Hause angerufen?

»Hallo Jojo, ich bin es. Du, ich wollte dir nur Bescheid sagen,
dass ich erst später nach Hause komme. Tut mir leid, ich weiß, wir
wollten den Abend zusammen verbringen, aber ich ...«

»Schon okay!«, unterbrach Johanna ihn kurzangebunden. »Helmut und Martha sind eben angereist!«

Werner nestelte überrascht am Telefonkabel herum. Die Treffen mit Johannas älterem ostdeutschen Halbbruder und dessen Frau waren immer etwas zweischneidig: Der Briefverkehr war mehr als herzlich und die Vorfreude auf die gemeinsame Zeit war stets groß. Doch sobald Werner und Johanna zu ihnen nach Ostberlin fuhren, sah die Realität plötzlich vollkommen anders aus. Helmut war aus der ersten Ehe ihres gemeinsamen Vaters hervorgegangen und bei ihm aufgewachsen, da seine Mutter bei der Geburt gestorben war. Der fünfzehn Jahre ältere Helmut war in vielerlei Hinsicht das komplette Gegenteil von Johanna, sodass es in der Regel blitzschnell und aller Vorfreude zum Trotz zu heftigen Streits kam. Dennoch zog es die beiden immer wieder nahezu magisch und für Werner vollkommen unverständlich zueinander hin.

»Ich wusste nicht, dass sie so schnell nach dem Mauerfall kommen wollten.«

»Ich auch nicht!«, antwortete Johanna gereizt. »Ich bin von Kopf bis Fuß mit dieser verdammten Fingerfarbe beschmiert! Und als ich gerade versuchte, Julia davon abzuhalten, mit den restlichen Farbtöpfen vom Küchentisch zu springen, klingelten sie plötzlich an der Tür!« Johanna hasste solche Überraschungen. »Ich werde nie verstehen, warum man nicht vorher kurz anrufen kann!«, schnaubte sie.

»Sie haben doch noch kein Telefon drüben.«

»Ach Werner, ich bitte dich! Sie hätten doch wohl zumindest von einer Telefonzelle aus anrufen können!«

»Ich meinte doch nur, dass sie es nicht gewohnt sind, das Telefon für Verabredungen zu nutzen«, schwächte Werner vorsichtig ab.

»Ich wollte so gerne alles schön machen für ihren ersten Besuch bei uns im Westen. Stattdessen sieht es hier aus wie Kraut und Rüben! Helmut motzt seit der ersten Sekunde, dass ich schon als Kind keine Ordnung halten konnte und Thomas hat seitdem beschlossen, dass er dann ja auch nicht mehr aufräumen muss! Ich könnte gerade …«

Im Hintergrund war eine Tür zu hören und Johannas scharfe

Stimme klang plötzlich aufgesetzt fröhlich. »Wie schon gesagt, Schatz«, trällerte sie durch hörbar zusammengebissene Zähne, »wir gehen jetzt eine Runde spazieren. Bis später!«

Es klickte und das Gespräch war beendet.

Werner atmete erleichtert auf. Wie gut, dass er nicht nach Hause gegangen war! Er würde einfach den Rest seines freien Abends für seine Recherche und ein bisschen Erholung nutzen. Vielleicht hatte seine Schwägerin bei seiner Heimkehr sogar die Wohnung aufgeräumt. In dieser Hinsicht musste er Helmut und Martha eindeutig Recht geben: Johanna hatte tatsächlich noch nie einen Sinn für Ordnung gehabt und seit der Geburt der Kinder stritten Werner und Johanna sich ebenso regelmäßig wie ermüdend darüber.

Johanna behauptete, dass sie ein logisches System habe. So musste beispielsweise der Kaffeelöffel immer neben der Mikrowelle liegen. Julias und ihre Schuhe gehörten rechts neben die Tür, Thomas' und Werners Schuhe links daneben. Den Kaffeelöffel einfach zu den anderen Löffeln in die Schublade zu legen oder die Schuhe in ein Regal zu räumen, widerstrebte ihrem System.

Und so suchte er weiterhin unter Bergen von schmutzigem Geschirr und fettigen Briefen nach dem stets unauffindbaren Kaffeelöffel und stolperte fluchend über unzählige Schuhe vor der Tür. Der bloße Gedanke daran ließ Gereiztheit in ihm hochkommen. Vielleicht würden die offensichtlich nun anstehenden Spontanbesuche seines Schwagers eine Änderung bringen, dachte er und bemerkte verlegen, dass er seiner Frau diesen Stress gönnte.

Schnell joggte er Richtung Konstablerwache in der Frankfurter Innenstadt und sprang in die erste U5 nach Preungesheim. Zur Haltestelle Glauburgstraße waren es nur wenige Minuten.

Die U5 war eine merkwürdige U-Bahn, da sie die meiste Strecke als Straßenbahn über Tage fuhr. Was einst als Provisorium gedacht gewesen war, war letztendlich nie geändert worden und so steckte man wie in fast allen Straßenbahnen regelmäßig im überirdischen Feierabendstau fest. Auch heute begleitete Werners Fahrt wildes Klingeln in der reichlich überfüllten U-Bahn und der vertraute Ach-

selschweiß der Stehenden schlug ihm aus den erhobenen Mantel-
ärmeln entgegen. Unter normalen Umständen hätte Werner ebenso
angewidert dreingeblickt wie die anderen Fahrgäste, doch heute war
er mit seinen Gedanken ganz woanders.

Was sollte er Vera sagen oder fragen? Hatte sie überhaupt noch
Kontakt zu ihrer Tochter? Soweit Werner sich erinnerte, waren Vera
und Helena sich nicht sonderlich nahe gewesen. War es überhaupt
gut, sie schon an der Haustür mit privaten Fragen abzufangen?

Nach zwanzig Minuten hielt die Bahn schließlich an der Haltestelle Glauburgstraße und Werner stand bereits zwei Minuten später
vor Veras Haustür. Unsicher sah er sich um, während unliebsame
Zweifel in ihm aufstiegen. Wie war er bloß auf diese Schnapsidee
gekommen? Ruckartig kehrte er auf dem Absatz um und ging die
Schwarzburgstraße entlang.

Vor wenigen Minuten noch war ihm in der überfüllten, stickigen
U-Bahn der Schweiß ausgebrochen, doch nun biss sich der kalte
Wind unangenehm durch seine dünne Lederjacke. Missmutig hielt
er den schmalen Kragen schützend um seinen Hals und sah sich um.
Schräg gegenüber lag das Café Pompös.

Kurzentschlossen überquerte er die Straße und ging hinein. Das
rosafarbene Gebäude sah drinnen anders aus, als er es sich spontan
vorgestellt hatte: Er hatte eher künstlerischen Pomp vermutet, doch
seinem Namen zum Trotz war es ein zwar gemütliches, aber letztendlich recht schlichtes Frankfurter Studentencafé.

Schnell setzte er sich an einen der Tische und schnappte sich die
Speisekarte. Vermutlich sollte er etwas essen, doch er war zu nervös. Ein paar Bier würden ihm sicherlich guttun und seine Nerven
beruhigen. In der Tat fühlte er sich bereits ein wenig leichter, als ihm
die gelangweilte Bedienung das überschäumende Bier schwungvoll
vor die Nase setzte. In großen Schlucken kippte er es herunter und
atmete tief durch, während er das leere Glas gedankenverloren in
den Händen hin und her drehte. Er würde zurück zu Vera gehen und
ihr einen Besuch abstatten, beschloss er. Irgendwo musste Helena
schließlich stecken. Das Ganze musste einfach ein Missverständnis

sein!

Abwesend ließ er seinen Blick durch den Raum schweifen und entdeckte plötzlich ein zuprostend erhobenes Bierglas am Nebentisch. Außer Werner war nur ein einziger Gast im Café. Er schien etwa Mitte dreißig zu sein und lächelte freundlich herüber. »Hilft beim Nachdenken, nicht wahr?«, grinste er und schwenkte erneut sein Bierglas.

Werner lächelte und erhob ebenfalls prostend sein Bierglas. »So traurig es ist, aber das tut es!« Verlegen stellte er das leere Bierglas ab. »Ich trinke sonst nicht um diese Uhrzeit, schon gar nicht unter der Woche!«

Warum hatte er das Gefühl, dass er sich vor diesem Fremden rechtfertigen musste? Zumal es nicht stimmte: Er trank durchaus immer mal wieder ein Glas Wein oder Bier nach Feierabend. Warum auch nicht?

»Kann ich dir noch eins bringen?«, fragte ihn die gelangweilte Bedienung mit dem unordentlichen, schwarzen Haarknoten, während sie ihm sein leeres Bierglas ohne abzuwarten aus den Händen nahm.

Irritiert blickte Werner auf seine leeren Hände und rutschte unwohl auf dem Stuhl herum. Er mochte weder dieses plumpe Duzen noch das Drängen nach einer neuen Bestellung. »Bringen *Sie* mir doch bitte nochmal dasselbe!«, sagte er schließlich.

Unbeeindruckt ging die Bedienung zurück zum Tresen. Er bezweifelte sehr, dass sie den Wink verstanden hatte.

Der Mann am Nebentisch lachte unterdrückt. »Die ist neu hier, die anderen sind netter«, flüsterte er. »Ich trinke aber auch nicht oft. Schon gar nicht unter der Woche oder um diese Uhrzeit!«, fügte er schelmisch grinsend hinzu.

Die beiden blickten sich an und brachen plötzlich gemeinsam in Gelächter aus. Die Bedienung schien ihre Geschwindigkeit mit jeder Bestellung zu erhöhen und knallte den beiden zwei weitere Biergläser auf den Tisch.

Der Mann mit den strubbligen, kurzen Haaren rückte auf den leeren Stuhl neben sich, sodass er zwar noch immer an seinem eigenen Tisch, aber dennoch nahe bei Werner saß und erhob spaßhaft feierlich sein überschäumendes Bierglas. »Ich heiße Felix und ich bin Alkoholiker!«, erklärte er mit der typischen Eröffnungsparole der Anonymen Alkoholiker.

Werner erhob ebenfalls gespielt feierlich sein Bierglas. »Ich heiße Werner und auch ich habe ein Problem!«

Grinsend prosteten sich die beiden Fremden zu und Werner musterte seinen neuen Kumpanen von der Seite. »Lustig, dass Sie auch Felix heißen!«

»Wieso *auch*?«

»Ich hatte eine Pat... eine gute Freundin, deren Freund Felix hieß. Eine sehr interessante Geschichte, fast ein bisschen wie Schicksal.«

Werner räusperte sich verlegen. Erstaunlich, wie gefühlsduselig ihn schon anderthalb Biere machen konnten.

»Tja, Schicksal ist meine Beziehung wohl nicht, befürchte ich!«

Felix nahm einen großen Schluck Bier und starrte vor sich hin. »Ich ziehe heute offiziell mit meiner Freundin zusammen. Sie ist gerade dabei, die Kisten auszupacken.«

»Oh, na dann herzlichen Glückwunsch!«

»Danke«, antwortete Felix monoton. Sie schwiegen ein paar Minuten. »Ist es normal, dass sie mich jetzt schon wahnsinnig macht?«

»Ich weiß nicht, das bleibt wohl langfristig nicht aus, fürchte ich.« Stirnrunzelnd dachte Werner an Johanna und ihr widersinniges System. »Gehört wohl dazu. Romeo und Julia hatten das große Glück, dass sie nie zusammen wohnen mussten!« Schwungvoll leerte er sein zweites Glas und gab der Bedienung ein Handzeichen, dass sie ihm ein weiteres bringen sollte.

»Das stimmt wohl«, seufzte Felix. »Wir arbeiten seit Jahren zusammen und sie war eigentlich nie mein Typ: zu mädchenhaft, zu aufgesetzt – schwer zu beschreiben! Aber irgendwie hat sie mich im Laufe der Jahre überzeugt, dass es vielleicht doch passt und ich konnte schließlich nicht ewig mit meinem Vater zusammenleben. Ich meine, wer wohnt denn bitte mit 37 Jahren noch bei seinen Eltern? Ich habe noch nie mit jemandem zusammengewohnt. Können Sie sich das vorstellen?«

Werner schüttelte bedauernd den Kopf. Ihm war inzwischen angenehm warm geworden und seine Gedanken waren erholsam zur Ruhe gekommen.

»Ich konnte dieses Gemecker von meinem Vater nicht mehr ertragen: ‚Geh zum Friseur, such dir einen anständigen Job, bla bla bla.‘ Tanja ist zwar nicht so ganz das, was ich mir vorgestellt habe, aber es ist so … bequem, irgendwie. Wir arbeiten zusammen, haben die gleichen Interessen. Und nun haben wir eine Wohnung hier bei meinem Vater um die Ecke gefunden, sodass er nicht ganz alleine ist. Klingt perfekt, oder? Ich sollte mich eigentlich freuen.« Er hielt plötzlich verlegen inne. »‘Tschuldigung, ist mein fünftes Bier und ich stecke das nicht mehr so gut weg wie früher. Manchmal muss man einfach die Augen zumachen und springen, oder?«

Werner hatte gerade sein drittes Bier angesetzt und horchte bei dem Wort *springen* plötzlich auf. Langsam ließ er das Bierglas sinken und sah Felix mit offenem Mund an. »Das mag jetzt ein wenig merkwürdig klingen, aber kennen Sie eine Helena Gutowski?«

Felix schüttelte erstaunt den Kopf. »Nein. Nicht, dass ich wüsste. Warum?«

Werner winkte ab. »War nur so eine Idee. Irgendwie haben Sie mich plötzlich an den Freund meiner ehemaligen Pat… guten Freundin erinnert, von der ich gesprochen habe. Aber ich habe ihren Felix nie persönlich kennengelernt.«

»Sie haben sich schon zweimal korrigiert.«

»Wie bitte?«

»Sie wollen immer etwas anderes als *gute Freundin* sagen und verbessern sich dann schnell«, sagte Felix.

»Gut beobachtet!«, gab Werner zu. »Ich bin Therapeut und hatte eine Patientin, die im Laufe der Zeit eine gute Freundin geworden ist. Sie hatte einen Freund, der Felix hieß und mit dem sie … wie soll ich sagen … auf recht ungewöhnliche Weise zusammengekommen ist. Ich verdanke ihr sehr viel und wollte sie wiederfinden, aber sie scheint wie vom Erdboden verschluckt zu sein. Kein Eintrag beim Einwohnermeldeamt, nichts! Und nun bin ich spontan hierhergefahren, weil ihre Mutter im Nordend wohnt und ich dachte, ich kann über sie herausfinden, wo Helena ist. Allerdings kennt mich die Mutter nicht und ich habe keine Ahnung, wie sie auf den spontanen Überfall reagiert.« Nun war es an Werner, sich zu unterbrechen. »'Tschuldigung, ist mein drittes Bier auf leeren Magen. Zählt das?« Felix nickte. »Auf jeden Fall!«, antwortete er todernst. »Warum haben Sie sich aus den Augen verloren?«

»Jojo, das ist meine Frau, hat nie verstanden, dass ich mich mit einer ehemaligen Patientin angefreundet habe. Helena war etwas besonders. Sie hatte … nun ja, das klingt jetzt vermutlich total bescheuert …«

»Immer raus damit, wir sind ja unter vier Augen!«, ermunterte Felix ihn schulterklopfend.

Werner gab sich einen Ruck. »Sie sagte, sie könne durch die Zeit springen, besonders unter Stress. Und ich habe ihr irgendwann geglaubt.« Verlegen sah er von seinem Bierglas auf.

»Und?«

»Was *und*?«

»Konnte sie tatsächlich durch die Zeit reisen?« Felix sah ihn neugierig an. Er schien ernsthaft interessiert zu sein.

»Ja! Letzte Woche habe ich den endgültigen Beweis dafür bekommen.«

»Donnerwetter, wie das?«

»Sie hat mir vor ein paar Jahren Details von einem Autounfall erzählt, die damals jedoch keinen Sinn für mich ergeben haben. Letzte Woche beim Fall der Berliner Mauer habe ich plötzlich gemerkt, dass Helenas Beschreibungen von damals genau auf uns zutrafen. Meine Familie und ich wären bei dem Unfall gestorben, zumindest meine Kinder, wenn ich sie nicht rechtzeitig aus dem Auto geholt hätte!«

»Und jetzt hat Ihre Frau ihre Meinung geändert und Sie dürfen wieder Kontakt haben?«

»Es war nicht so, dass Johanna es mir verboten hat«, erwiderte Werner schnell. »Aber wir haben uns dauernd gestritten, sodass ich irgendwann leider angefangen habe, Lügen zu erzählen, wenn ich mich mit Helena auf einen Kaffee oder so getroffen habe.«

»Oder so ...?«, fragte Felix neckend dazwischen.

»Nein, ehrlich, da war wirklich nie etwas! Aber Jojo hat das offenbar bezweifelt, besonders nachdem sie mich dann leider beim Lügen erwischt hat. Da hat es so heftig geknallt, dass ich dachte, sie reicht die Scheidung ein. Wir hatten gerade herausgefunden, dass unsere Tochter unterwegs war und als Jojo plötzlich nur noch heulend auf dem Sofa saß, habe ich mich entschieden, dass meine Familie Vorrang hat und ich den Kontakt zu Helena abbrechen muss. Sie hat das offenbar selber geahnt, zumindest hat auch sie sich danach nie wieder bei mir gemeldet.«

»Und jetzt ist sie plötzlich verschwunden?«

»Offenbar, ja. Sie ist anscheinend nicht mehr hier registriert und ich muss sie einfach wiederfinden!«

»Was sagt denn Ihre Frau dazu? Hat der Autounfall sie umgestimmt?«

Werner schwieg peinlich berührt. »Sie weiß es nicht«, gab er kleinlaut zu. »Ich habe wieder gelogen und einfach gesagt, dass ich heute später nach Hause komme.«

»Au weia ...«

»Ich weiß, ich weiß«, winkte Werner ab. »Ist komplett blödsinnig – ich sollte es lassen!«

Felix nippte nachdenklich an seinem sechsten Bier. »Würde ich nicht sagen. Ich denke, ich würde vermutlich genauso handeln.«

»Ehrlich?«

Felix nickte ernsthaft. »Ich habe mein ganzes Leben auf so etwas wie einen Wink des Schicksals gewartet. Darauf, dass meine Mutter irgendwann an die Tür klopft und doch noch am Leben ist. Darauf, dass mir eines Tages auf verrückte Art und Weise die richtige Frau über den Weg läuft. Darauf, dass ich einen Job finde, der besser zu mir passt als dieses oberflächliche Marketing. Doch es hat sich nie etwas geändert. Ich habe mich oft gefragt, ob ich nicht vielleicht aktiver hätte sein sollen, statt zu warten. Und bei Ihnen ist ja nun etwas wirklich Einschneidendes passiert. Ich würde diese Helena auch wiederfinden wollen, denke ich. Aber ich würde es Ihrer Frau diesmal vielleicht lieber sagen, bevor sie Sie wieder beim Schwindeln erwischt. Und ich würde vorher anrufen.«

»Wen – meine Frau?«

»Nee, die Mutter von Helena!«

Werner überlegt einen Moment und stand plötzlich energisch auf. Der Raum begann ein wenig zu schwanken, doch er fühlte sich wunderbar leicht und zuversichtlich. »Das ist ein guter Tipp, danke!« Lallte er? Vielleicht ein wenig, aber es war ihm egal. Zielstrebig ging er zur Theke und bezahlte. »Kann ich vielleicht kurz mal Ihr Telefon benutzen, bitte?«, bat er die Bedienung.

»Ortsgespräch?«

»Ja.«

Wortlos holte sie ein Schnurtelefon unter dem Tresen hervor und stellte es vor ihn. Werner kramte den Zettel vom Bürgeramt hervor und wählte schnell Veras Nummer. Sein Blick fiel auf die Wanduhr: Es war fast 18 Uhr, sie war sicherlich inzwischen zu Hause.

»Gutowski?«, meldete sich älter klingende, weibliche Stimme.

Werner stockte kurz. »Guten Abend, hier spricht Dr. Werner Genet. Ich hätte ein paar Fragen zu Ihrer Tochter und da ich gerade im Nordend bin, würde ich Sie gerne kurz persönlich sprechen, wenn es Ihnen recht ist.«

»Wie bitte?«

Werner war sich nicht sicher, ob Vera irritiert oder verärgert klang. »Ich bin ein alter Freund Ihrer Tochter und ...«

»Da haben Sie sich anscheinend verwählt!«

»Stopp, warten Sie! Sie sind doch Vera Gutowski, oder?«

»Ja ...«, kam es langgezogen und skeptisch aus dem Hörer.

»Und Sie haben doch eine Tochter namens Helena, oder?«

Vera schwieg einige Sekunden. »Ich habe eine *Nichte* namens Helena, aber die hat noch nie hier gewohnt«, antwortete sie zögernd.

Wie konnte das sein?

»Bitte«, startete Werner einen letzten Versuch,»darf ich kurz bei Ihnen vorbeikommen? Ich denke, da liegt irgendwie ein Missverständnis vor!«

»Das denke ich auch!«, entgegnete Vera scharf.»Ich habe keine Kinder! Meinen Sie nun meine Nichte Helena oder nicht?«

»Heißt die auch Gutowski?«

»Ich denke, Sie haben die falsche Nummer. Auf Wiederhören!«

Es klickte und bevor Werner etwas sagen konnte, hatte Vera aufgelegt.

»Dreck, verdammter!«, entfuhr es ihm laut. Sein Blick fiel auf einen jungen Mann mit wirren roten Haaren, der direkt neben dem Tresen saß und offenbar das ganze Gespräch mit angehört hatte. Er senkte seinen Kopf tief in die Speisekarte, sodass Werner außer den roten Haaren nicht viel von seinem Gesicht erkennen konnte. Wie lange war er schon dort gewesen? Sein Tisch war nicht weit weg von seinem, doch Werner hatte niemanden hineinkommen sehen. Waren Felix und er während ihres lauten, angeheiterten Gesprächs doch nicht alleine gewesen? Beschämt ging Werner zurück zum Tisch und griff nach seiner Jacke.

»Kein Glück?«, fragte Felix mit einem Blick auf Werners Mienenspiel.

Werner schüttelte den Kopf.

»Ich würde vielleicht trotzdem hingehen. Wenn man Sie persönlich sieht, wirkt die Geschichte sehr glaubhaft«, ermunterte er Werner.»Aber darf ich Ihnen noch einen guten Tipp geben?«

Werner nickte. Grinsend kramte Felix eine Schachtel Tic Tac aus seiner Tasche und warf sie ihm zu.»Es hilft vielleicht der Glaubwürdigkeit, wenn Sie der Dame beim Erklären nicht gleich eine Bierfahne entgegen hauchen!«

Werner lächelte plötzlich. Dieser Felix erinnerte ihn sehr an Helenas Erzählungen. Verrückt, dass es einen so ähnlichen Menschen mit demselben Namen in derselben Stadt gab! Er öffnete die kleine Schachtel, kippte schwungvoll ein paar Tic Tac in seine Handfläche

und gab Felix die Schachtel zurück.»Viel Glück beim Kistenausräumen! Ich würde auch ein paar nehmen, wenn ich Sie wäre. Wir wollen ja nicht, dass Ihre Freundin denkt, Sie wären gemütlich in einem Café gewesen, während sie alleine zu Hause schuftet!«
Felix lachte.»Gute Idee!«

»Darf ich Ihnen auch einen Tipp geben?«, fragte Werner plötzlich.»Springen Sie doch einfach mal! Den Rat habe ich damals Helena gegeben und zumindest vor ein paar Jahren schien ihr das geholfen zu haben.«

Der junge Mann mit den roten Haaren neben dem Tresen hatte offenbar Geschirr fallen lassen, doch statt sich um die Scherben am Boden zu kümmern, starrte er mit weit aufgerissenen Augen zu ihnen herüber.

Werner senkte seine Stimme zu einem Flüstern und stellte sich demonstrativ mit dem Rücken zu ihrem merkwürdigen Beobachter. »Wenn Sie einfach immer nur warten, passiert vermutlich tatsächlich nie etwas. Was würden Sie gerade machen, wenn Sie nicht mit Ihrer Freundin zusammen wären?«

Felix überlegte überrascht.»Keine Ahnung … Ich hoffe, ich würde mehr Zeit investieren, um etwas zu ändern«, antwortete er vage.

»Was genau würden Sie denn ändern?«

»Ich weiß nicht – vielleicht meinen Beruf? Wenn ich nicht diesen Familiengründungsdruck von meiner Freundin hätte, würde ich vielleicht studieren. Vermutlich Medizin. Und ich würde nach England fliegen und meine Mutter suchen, denke ich.«

»Was hindert Sie daran, zumindest nach Ihrer Mutter zu suchen?«

Felix runzelte die Stirn.»Bisher mein Vater. Das ist eine längere Geschichte. Aber inzwischen könnte ich das wohl tun, glaube ich.«

»Viel Glück!« Aufmunternd streckte Werner ihm die Hand entgegen.

»Danke! Hoffen wir mal, dass ich nach Ihrem Rat jetzt nicht genauso verschwinde wie Ihre ehemalige Patientin!«, lachte Felix.

»Hat mich gefreut!«

»Gleichfalls!« Werner grinste und winkte Felix kurz zum Abschied, bevor sich die Tür hinter ihm schloss. Der rothaarige Mann starrte ihm mit weit aufgerissenen Augen hinterher, doch Werner war mit seinen Gedanken bereits zu sehr bei Vera Gutowski, als dass er ihm weitere Beachtung geschenkt hätte.

~ KAPITEL 2 ~

Dehnbare Wahrheit

FRANKFURT AM MAIN, BRD. 19. NOVEMBER 1989.
WOHNUNG DER FAMILIE GENET.

»Viel Spaß!« Deutlich zu euphorisch schloss Johanna die Tür hinter Helmut, Martha und den Kindern. Aufseufzend lehnte sie sich mit dem Rücken an die Tür.

Werner wischte die letzten Frühstückskrümel vom Küchentisch und sah sich um. Die Anwesenheit seines Schwagers und dessen Frau hatte seiner Meinung nach erfreuliche Spuren hinterlassen – nämlich keine! Eine seit Jahren nicht mehr gesehene Ordnung ließ ihre Küche im Frankfurter Bockenheim plötzlich einladend wirken. Sie hatten sogar feststellen müssen, dass ihr Geschirr nur mit Mühe in die Wandschränke passte. Da es sonst stets überall auf der Arbeitsfläche und in der Spüle herumlag, war ihnen nicht bewusst gewesen, wie viel sich über die Jahre an zusätzlichem Plastikgeschirr für die Kinder angesammelt hatte.

Johanna wirkte unübersehbar gestresst, als sie schließlich in ihrem uralten, karierten Schlafanzug mit wirren Haaren zum Wandschrank über dem Spülbecken schlurfte, um sich einen Kaffeebecher in der Größe eines Blumentopfs daraus zu angeln. Normalerweise hätte Werner dieser Anblick zum Lachen gebracht, doch er sah in diesem Augenblick weder die Situationskomik noch spürte er seiner Frau gegenüber die Schadenfreude des Vortages.

Er hatte zwei recht unruhige Nächte hinter sich; die Worte seiner Café-Gesellschaft waren ihm nicht aus dem Kopf gegangen. Werner hatte sich danach spontan entschieden, doch nicht direkt zu Vera zu fahren, sondern das Thema nach dem erfolglosen Telefonat erstmal etwas ruhen zu lassen. Außerdem hatte selbst er gemerkt, dass die netterweise angebotenen Tic Tacs die Bierfahne nicht vollständig hatten überdecken können – keine gute Voraussetzung, um nach einem missglückten Telefonat neu anzufangen.

Felix hatte darüber hinaus recht: Er musste Johanna unbedingt diesmal von Anfang an die Wahrheit auftischen. Werner hatte seit Freitagabend wieder und wieder überlegt, wie er das Thema am besten anschneiden sollte, doch vor seinem inneren Auge waren stets sofort die unangenehmen Erinnerungen der heulenden Johanna auf dem Sofa und das schlechte Gewissen hochgekommen, sodass er letztendlich zu keinem Ergebnis gekommen war.

Lediglich zwei Dinge waren ihm bewusst geworden: Er musste Vera so schnell wie möglich sprechen und er sollte Johanna davon erzählen, bevor er Vera aufsuchte.

»Danke«, sagte Johanna plötzlich.

Verwirrt blickte Werner auf. »Wofür?«, fragte er unsicher.

»Dafür, dass du nicht zu den beiden ins Boot gesprungen bist, als sie angefangen haben, hier aufzuräumen und über mein System zu schimpfen.«

Werners schlechtes Gewissen bekam einen erneuten, gewaltigen Schub. Genau das hätte er unter normalen Umständen ganz sicher getan. Allein das Thema Helena hatte ihn vorübergehend davon abgehalten. Er schluckte nervös und gab sich schließlich einen Ruck. Helmut, Martha und die Kinder waren für mindestens zwei, drei Stunden aus dem Haus – jetzt oder nie! Warten würde es nicht besser machen.

»Ich bin dir gegenüber nicht ganz ehrlich gewesen, Jojo.«

»Ach ja?«, entgegnete sie schelmisch, während sie konzentriert mit dem Zeigefinger in der Rosinenschale vor sich herumwühlte. »Wie heißt sie denn?«

Werner wusste, dass es ein Scherz war, dennoch brach ihm augenblicklich der Schweiß aus. »Erinnerst du dich, dass ich letzte Woche gesagt habe, ich hätte den Unfall irgendwie kommen sehen?« Johanna wurde schlagartig ernst und starrte auf das schrumpelige Trockenobst zwischen ihren Fingern. »Ja.«

»Das stimmt so nicht ganz.« Johanna sah ihn forschend an und Werner sprach schnell weiter, bevor ihn der Mut verließ. »Ich bin vor einigen Jahren gewarnt worden. Naja, nicht direkt *gewarnt*. Du erinnerst dich sicher an meine ehemalige Patientin Helena. Sie hat mir Details von einem schlimmen Autounfall beschrieben, von dem sie oft vor unseren Sitzungen geträumt hatte. Ich konnte damals nicht erkennen, was das mit mir zu tun haben könnte – bis letzte Woche, als ich plötzlich einiges wiedererkannt habe. Und als dann noch Julia ständig das Wort *dumm* geschrien hat ...«

Werner brach ab. Ihm lief bei der bloßen Erinnerung ein eiskalter Schauer über den Rücken. Unwohl blickte er nach einer gefühlten Ewigkeit auf und sah zu seiner Überraschung eine sehr ruhige, konzentriert zuhörende Johanna vor sich. »Was denkst du gerade?«, fragte er nervös.

Johanna vermied seinen Blick. »Ich weiß nicht. Ich will diesen Teil des Abends eigentlich nur noch vergessen!«

Von welchem Abend sprach sie: dem Abend auf dem Sofa oder dem Abend des Unfalls?

Sie erwiderte schließlich seinen Blick und seufzte schulterzuckend. »Ich weiß nicht, was du von mir hören willst, Werner! Es kann natürlich sein, dass deine Patientin eine Vorahnung oder so etwas in der Art hatte. Aber es kann doch auch genauso gut sein, dass du einfach eine gute Intuition hattest. Man hört doch immer wieder, dass Menschen im letzten Moment einen Flug nicht antreten, weil sie plötzlich ein schlechtes Bauchgefühl hatten und dann stürzt tatsächlich der Flieger ab. Wer weiß ...«

»Das stimmt, aber das meine ich nicht! Helenas Schilderung war damals relativ bruchstückhaft, aber ich hätte garantiert nicht so reagiert, wenn ihre Beschreibungen nicht so haargenau gepasst hätten!«

War Johanna wütend? Sie wirkte recht ausdruckslos und Werner konnte nicht einschätzen, ob es unter der scheinbar ruhigen Oberfläche brodelte oder nicht. Doch er hatte nun angefangen, reinen Tisch zu machen und vielleicht hatte er nur noch wenige Momente, bevor sie die Fassung verlor.

»Ich habe Helena seit Jahren ... seit *damals* nicht mehr gesehen. Ehrlich! Aber nachdem sie uns nun letzte Woche indirekt das Leben gerettet hat, dachte ich, ich sollte sie zumindest anrufen und mich bei ihr bedanken. Aber es scheint sie plötzlich nicht mehr zu geben. Irgendwie ist das alles sehr merkwürdig: Sie muss damals zu Therapiezeiten einen festen Wohnsitz hier in Frankfurt gehabt haben, aber das Bürgeramt, bei dem ich gestern war, besteht darauf, dass sie hier weder als Bürgerin noch mit einer Umzugsmeldung registriert ist. Ich habe mir die Nummer ihrer Mutter geben lassen und merkwürdigerweise behauptet sie, dass sie keine Kinder, sondern nur eine Nichte namens Helena habe.« Unruhig sah er seine Frau an. »Jojo?«

»Was?«

»Was denkst du?«

»Schatz, ich weiß es nicht. Du hast offenbar das Gefühl, dass diese Patientin damals eine Eingebung gehabt hat. Ich gebe zu, dass mich das bei dir etwas wundert, aber okay. Ich war ja nicht dabei und kann natürlich nicht beurteilen, wie überzeugend sie war. Dass du sie nicht mehr finden kannst, ist in der Tat etwas seltsam. Bist du dir sicher, dass du dich an ihren Namen richtig erinnerst?«

Werner starrte sie einen Moment mit offenem Mund an. Spielte sie so lässig, um das Drama von damals nicht neu aufleben zu lassen oder war er nicht deutlich genug gewesen? Er holte tief Luft.

»Jojo, es war Helena! Helena Gutowski.« Das Herz schlug ihm bis zum Hals.

Johanna sah ihn mit leicht gerunzelter Stirn an und schien intensiv nachzudenken. »Hast du mir schon mal von ihr erzählt?«, fragte sie schließlich. »Der Name sagt mir so gar nichts.«

Werner rang nach Fassung. »Erinnerst du dich denn nicht mehr?

Du bist mit dem ersten Ultraschallbild von Julia nach Hause gekommen und Helena hat hier angerufen, als du gerade nach Hause
gekommen warst. Wir saßen im Wintergarten auf dem Sofa und ...
Mann, Jojo, veralberst du mich jetzt?«

Langsam wurde er frustriert. Dass sie ihm nicht sofort ins Gesicht sprang, war zwar einerseits sehr erfreulich. Doch dass sie dieses unerfreuliche Gespräch nun künstlich in die Länge zog, musste
ja nun ebenfalls nicht sein! Werner hatte es ihr einfach erzählen und
dann so schnell wie möglich abhaken wollen, bevor ihre Familie mit
Thomas und Julia zurückkam.

Johanna zuckte nun ebenfalls genervt mit den Schultern. »Tut
mir leid, Werner. Ich verstehe nicht ganz, warum du mich gerade so
anmotzt, nur weil ich mich nicht erinnere! Vielleicht hast du sie mal
erwähnt, das mag sein. Aber mir sagt der Name momentan einfach
nichts. Ich erinnere mich, dass ich mit dem Ultraschallbild nach
Hause gekommen bin, ja. Und ich weiß auch noch, dass du daraufhin zur Feier des Abends eine Flasche Rotwein im Alleingang geleert hast, die du zwischendrin fast über das Ultraschallbild gekippt
hast. Aber ich erinnere mich weder an einen Anruf noch an eine
Helena! Bist du sicher, dass das an demselben Abend war?«

Werner verstand die Welt nicht mehr und konnte nur noch wortlos nicken.

»Ich sehe, dass dir das irgendwie wichtig ist, Werner. Aber *du*
vergisst auch Vieles!«, verteidigte sie sich. Sie hatte an dem Abend
damals gedroht, die Scheidung einzureichen und sie hatte es bitter
ernst gemeint. Wie konnte sie sich daran nicht mehr erinnern? Auf
der anderen Seite war er nun ehrlich gewesen und sollte vermutlich
keine schlafenden Hunde wecken, bremste er sich schließlich.

»Mir tut es auch leid, Jojo«, brachte er schließlich lahm hervor.
»Mir sitzt der Unfall doch mehr in den Knochen, als ich gedacht
hatte und ich habe einfach das Gefühl, ich muss mich bei ihr bedanken.«

Johanna stand auf und setzte sich auf den Stuhl neben ihn. Mitfühlend legte sie einen Arm um seine Schultern. »Das verstehe ich,

Schatz, ehrlich! Du warst so großartig. Ich habe keine Ahnung, wie wir durch den Abend oder überhaupt nach Hause gekommen wären, wenn du nicht so einen kühlen Kopf bewahrt hättest. Vermutlich hat bei dir der Schock einfach zeitverzögert eingesetzt. Aber schau, wie du gesagt hast: Alles ist gut und niemandem ist etwas passiert!« Werner nickte wie betäubt.»Vielleicht tut es dir ja tatsächlich gut, wenn du diese Helena findest und dich bei ihr bedanken kannst? Um das Ganze für dich zu verarbeiten und abzuhaken sozusagen?«

Ungläubig sah er sie an.»Meinst du das ernst?«

»Na klar. Warum fährst du nicht heute hin und kaufst der Mutter oder Tante oder was auch immer sie nun ist am Bahnhof einen Blumenstrauß und eine Dankeskarte von uns allen? Vielleicht ist sie dann gesprächsbereiter. Ich kann auch gerne mitkommen, wenn du willst. Dann haben die Ossis mehr Zeit, hier in Ruhe alles durcheinander zu bringen«, schloss sie zähneknirschend.

Werner musste lachen und fühlte sich erleichtert.»Deine Idee mit dem Blumenstrauß und der Karte klingt überzeugend, Jojo, aber ich fürchte, da muss ich alleine hin. Sonst wirkt es so, als ob ich Patienteninformationen mit meiner Frau teilen würde.«

Der letzte Satz war nicht ganz ehrlich. Er wollte einfach nicht Gefahr laufen, dass Johanna sich womöglich doch noch erinnerte, wenn er Vera erzählte, wie gut Helena und er sich gekannt hatten. Aber es war auch nicht direkt gelogen, beruhigte er sich innerlich. Ob nun Patientin oder gute Freundin, Helena hatte damals schließlich mit ihm im Vertrauen gesprochen.

Johanna schien wenig begeistert, doch sie war immerhin überzeugt genug, um nachzugeben. Seufzend klopfte sie ihm fast kumpelhaft auf die Schulter und stellte die halbleere Kaffeetasse in die Spüle.»Ich gehe dann mal duschen. Bis später!«

Erleichtert sah Werner ihr nach, als sie die Wendeltreppe zum kleinen Bad erklomm. Er bemerkte noch nicht einmal, dass Johanna bereits die Schuhe vom Regal neben die Tür geräumt und ihr Geschirr wie immer ungewaschen im Spülbecken gelassen hatte.

Mit einem großen, herbstlichen Strauß und einer nicht minder großen Dankeskarte stand Werner knapp zwei Stunden später erneut vor Veras Tür in der Schwarzburgstraße und las die Namensschilder. Es gab offenbar nur fünf Mietwohnungen im ganzen Haus und Veras Name stand ganz oben. Er sah links und rechts an der Hauswand entlang. Es schien keine Gegensprechanlage zu geben, also musste Vera vermutlich vom Obergeschoss nach unten kommen, um zu sehen, wer dort war. Er nahm all seinen Mut zusammen und drückte auf die Klingel. Nach wenigen Minuten hörte er schließlich einen Schlüssel auf der Innenseite der Tür. Vor ihm stand eine ältere Dame, die mit Helena optisch so gar nichts gemeinsam zu haben schien. Helena war groß, blass und dünn mit dunklen Augen und aschblonden Haaren gewesen. *Straßenköter*, würde man wohl hinter vorgehaltener Hand sagen. Vera hingegen war hellblond mit stahlgrauen Augen, mittelgroß, kräftig, hatte ein pummeliges Gesicht und tiefe Falten.

»Ja bitte?«

»Guten Tag«, begann Werner selbstbewusst. Die ausgebliebene Auseinandersetzung mit Johanna hatte ihm enormen Aufschwung gegeben. »Mein Name ist Werner Genet und ich würde mich gerne im Namen meiner Familie bei Helena bedanken. Wir haben nur leider nicht ihre aktuelle Adresse. Könnten Sie mir vielleicht weiterhelfen?« Gekonnt brachte er sein gewinnendstes Lächeln hervor.

Vera sah ihn misstrauisch an, doch sie öffnete die Tür ein paar Zentimeter weiter, während sie ihn scharf musterte. »Da sind Sie hier falsch!«, antwortete sie schließlich kühl.

»Wie bitte?« Werner bemühte sich, nicht allzu überrascht zu wirken.

»Helena wohnt in Ostberlin und war hier noch nie zu Besuch!«

Er sah, dass Vera sich auf die Unterlippe biss. Hatte sie für ihren Geschmack bereits zu viel gesagt? Er wusste intuitiv, dass er Vera nur mit einer guten Geschichte und Selbstvertrauen gewinnen konnte.

»Ich weiß«, log er lächelnd. »Die Verwandten meiner Frau wohnen ebenfalls drüben und wir sind Helena kurz vor dem Mauerfall begegnet. Sie hat sich ganz toll um unsere Kinder gekümmert, als wir letzte Woche einen Unfall hatten. Wenn ich das richtig verstanden habe, wollte sie bald nach Frankfurt kommen, um Sie zu besuchen. Ich hoffe, die hier halten ein wenig bis dahin«, sagte er, auf den Blumenstrauß deutend.

Vera musterte ihn skeptisch, doch ein Hauch von Röte breitete sich auf ihren runden Wangen aus.»So, sie kommt mich also bald besuchen? Na, wir werden sehen! Und woher haben Sie meinen Namen und die Adresse?«

»Aus dem Telefonbuch. Helena hat Ihren Namen ein paar Mal erwähnt, weil wir auch aus Frankfurt sind und wir waren so dankbar, dass ich so frei war, Sie schon jetzt aufzusuchen, weil wir nicht genau wussten, wann Helena nun zu Ihnen kommt.« Werner wurde plötzlich bewusst, dass er aufpassen musste, sich nicht allzu tief in ein Lügennetz zu verstricken, wenn er noch weitere Informationen aus Vera herausbekommen wollte, ohne aufzufliegen. Er war selbst ein wenig erschrocken, wie glatt und routiniert er mit dieser Lügengeschichte aufgefahren war. Johanna hatte damals an besagtem Abend wohl recht gehabt: Er war verlogen durch und durch!

Immerhin schien Vera langsam aufzutauen. Vorsichtig trat sie einen Schritt zurück und deutete Richtung Treppe.»Na, dann kommen Sie mal rein!«

Erleichtert atmete Werner auf und folgte ihr ins oberste Stockwerk. Ihre Wohnung war erstaunlich klein mit vielen Dachschrägen. Überall lagen plüschige Kissen herum, welche die zwar farbenfrohe, insgesamt jedoch kärgliche Einrichtung ein wenig einladender erscheinen ließen. Es war auffällig schlicht. An den Wänden hingen viele Reisefotos, doch selbst diese waren recht unpersönlich: Palmen, Sonnenuntergänge, Berge, Tiere.

Wortlos stellte Vera ein Glas Mineralwasser vor ihm auf den Tisch und setzte sich ihm gegenüber auf einen Stuhl.»So, Sie haben Helena also letzte Woche während eines Unfalls kennengelernt!«

Werner nickte und nahm schnell einen Schluck Wasser.»Wir

sind Helena sehr dankbar«, wiederholte er etwas einfältig. Er hielt
es für unklug, sein Lügennetz weiter auszubauen, doch er hatte das
ungute Gefühl, dass Vera ihm dieses Gespräch nicht leichtmachen
würde.

Mit zusammengekniffenen Augen musterte sie ihn von Kopf bis
Fuß und schwieg, während sie zwei der bunten Kissen hinter ihrem
Rücken in die richtige Position rückte.»Es ist nett, dass Helena mal
etwas Anerkennung bekommt«, sagte Vera plötzlich.»Hat sie gesagt, ob sie alleine oder mit ihrer Mutter hierherkommt?«

Werner hielt einen Moment überrascht inne. Vorsichtig schüttelte er schließlich den Kopf.»Sie hat ihre Mutter nicht erwähnt«, stieß
er schließlich wahrheitsgetreu hervor.

Vera sah auf ihre Hände.»Das klingt sehr nach Helena. Sie erwähnt sie noch nicht einmal mir gegenüber, wenn ich zu Besuch
komme. Meine Schwester und ich sind einfach sehr unterschiedlich
... Nun gut«, unterbrach sie sich plötzlich abrupt.»Es ist so, wie es
ist! Noch mehr Wasser?« Ohne eine Antwort abzuwarten stand sie
auf und ging zur Küchenzeile.

Werner nahm all seinen Mut zusammen und setzte erneut an.
»Helena schien recht, wie soll ich sagen, introvertiert zu sein. Verstehen Sie mich nicht falsch: Sie war meiner Familie gegenüber
wunderbar! Aber sie war ziemlich schweigsam.«

»Das liegt vermutlich an meiner Schwester. Nicht, dass es ihre
Schuld ist!«, korrigierte sich Vera.»Aber wenn man wie Helena
ohne viel zu sprechen aufwächst, dann bleibt man wohl schweigsam.« Sie bemerkte Werners verwirrten Blick.»Meine Schwester ist seit ihrer Jugendzeit so gut wie taub«, erklärte sie.»Hanne
und Helena haben schon immer fast ausschließlich mit erfundenen
Handzeichen kommuniziert. Helena war sogar mehrere Stunden pro
Woche auf einer dieser primitiven Gemeinschaftsschulen, die auch
für Gehörlose sind, obwohl sie perfekt hören kann.«

Vera konnte ihr Missbilligen nicht verbergen.»Natürlich ist es
gut, dass es Schulen für Gehörlose gibt. Meine Schwester hatte es
nicht leicht, bis man bei ihr festgestellt hat, warum sie scheinbar

so schwer von Begriff war. Aber ein gesundes Kind da so rein zu zwingen ...«

Stirnrunzelnd schüttelte sie den Kopf und füllte ein bauchiges großes Glas mit Wasser. »Statt wie ein normales Kind aufzuwachsen, war Helena dauernd von Menschen umgeben, die gezwungen wurden, wie Hörende zu sprechen, was sie natürlich nicht konnten. Das heißt, Helena wurde dauernd unbewusst angebrüllt, weil man in der Zone nun mal noch nie etwas von dem Wort Kultur gehört hat, schon gar nicht für Behinderte! Wenn man dann nicht wenigstens sportlich ist und sich auf Wettkämpfen beweisen kann, hat man verloren! Kein Wunder, dass das Kind so ernst ist! Wäre sie bei mir aufgewachsen, wäre sie sicherlich aufgeschlossener und fröhlicher gewesen!«

Vera hatte sich in Rage geredet und hatte die Blumen unwirsch in das unförmige Glas gepfeffert. Sie hatte weder eine passende Vase, noch hatte sie die Stängel abgeschnitten, was Werner vermuten ließ, dass sie nicht viele Blumensträuße bekam. Aufgebracht nahm Vera einen großen, deutlich hörbaren Schluck Wasser aus ihrem Glas.

Werner rutschte unwohl auf dem Sofa hin und her und beschränkte sich auf ein dezentes Nicken. »Können Sie die Gebärdensprache?«, fragte er beiläufig.

Vera lachte sarkastisch auf und schüttelte verneinend den Kopf. »Nein, als man bei Hanne den Grund für ihre Langsamkeit festgestellt hat, war ich bereits in Westdeutschland und wir haben seitdem nicht mehr viel gesprochen. Und drüben ist Gebärdensprache ja ohnehin nach wie vor unerwünscht.« Sie schwieg einen Moment. »Nun gut, es ist so, wie es ist!«, wischte sie das Thema entschlossen vom Tisch. Sie sah Werner plötzlich scharf an. »Erzählen Sie mir mehr von sich!«

Werner räusperte sich unbehaglich. »Ich wohne hier mit meiner Familie in Bockenheim und habe eine Praxis in Sachsenhausen.«

»Sind Sie Arzt?«

»Nein, Therapeut.«

»Hmmm.« Vera kniff die Augenbrauen zusammen. »Ich halte

nicht viel von dem Psycho-Kram. Das ist doch eher so ein neumodischer, amerikanischer Hollywood-Trend, oder?«, kommentierte sie unverblümt.

Werner konnte sich ein Grinsen nicht verkneifen. Helena hatte ihm früher schon von Veras Einstellung erzählt. »So denken Viele und ich kann es ihnen nicht verdenken«, gab er freundlich Auskunft. »Aber manchmal tut es doch ganz gut, mit jemandem zu sprechen, der vollkommen unvoreingenommen ist, einen nicht verurteilt und oben drauf noch dazu verpflichtet ist, die Klappe zu halten, oder?«, konterte er schlagfertig.

Veras Mundwinkel ließen vage ein anerkennendes Lächeln vermuten. Er hatte den richtigen Ton getroffen! Werner wagte sich einen weiteren Schritt vor. »Verzeihen Sie die direkte Frage, aber geht es Helena gut?«

»Was meinen Sie?« Veras angedeutetes Lächeln war schlagartig verschwunden.

Sie machte dieses Gespräch wirklich nicht leicht!

»Sie wirkte nur etwas blass«, bemühte er sich leichthin zu sagen.

Vera schwieg. »Ihr geht es gut!«, beendete sie schließlich das Gespräch abrupt, indem sie aufstand und die Gläser zur Spüle brachte. »Wir haben eben alle unser Päckchen zu tragen, aber sie kriegt das alles ganz gut hin!« Sie begann, energisch abzuwaschen und die Spüle zu putzen. Enttäuscht stand Werner auf. Offenbar hatte er es irgendwie vermasselt. Schweigend nahm er seine Jacke und folgte ihr durchs Treppenhaus nach unten.

»Ich werde Helena einen Gruß von Ihnen ausrichten und ihr die Blumen geben, wenn sie kommt – sofern sie dann noch nicht verwelkt sind!«

»Danke, das weiß ich zu schätzen. Hier ist übrigens meine Karte, falls Helena sie letzte Woche in der Hektik verloren haben sollte. Es wäre schön, wenn sie mich anrufen würde.«

Vera nahm die Visitenkarte stillschweigend entgegen, ohne ihn dabei anzusehen.

»Auf Wiedersehen. Hat mich sehr gefreut«, sagte Werner zum

Abschied. Als er sich jedoch draußen mit ausgestreckter Hand umdrehte, schloss sich die Tür bereits. Beim Geräusch des sich umdrehenden Schlüssels wich seine Anspannung dennoch einer gewissen Erleichterung.

Kein Wunder, dass Helena solche Kommunikationsstörungen gehabt hatte, dachte er schaudernd.

Als er sich nach links Richtung U-Bahn-Station wandte, dämmerte ihm jedoch plötzlich, dass er einen fatalen Fehler gemacht hatte: Falls Helena tatsächlich bald Vera in Frankfurt besuchte und diese ihm von Werner erzählte, würde seine Lügengeschichte unweigerlich auffliegen und Helena würde sich garantiert nicht bei ihm melden. Vielleicht würde ihn die misstrauische Vera sogar bei der Polizei anzeigen. Er war ein Idiot! Warum hatte er nicht daran gedacht? Was sollte er nun tun?

Unschlüssig blieb er an der Ecke zur Glauburgstraße stehen, während seine Gedanken rasten. Er musste irgendwie aus diesem Netz herauskommen, in dem er sich verheddert hatte. Doch wie konnte er Vera zuvorkommen? Eigentlich nur, indem er Helena aufsuchte, bevor Vera mit ihr sprechen konnte. Das hieß, er musste schnellstmöglich nach Ostberlin! Er hatte weder ihren aktuellen Nachnamen noch eine Telefonnummer – sofern Helena überhaupt ein Telefon zu Hause hatte.

Vera hatte jedoch erwähnt, dass Helenas Mutter Hanne hieß und sie für den Gehörlosen-Verband arbeitete. Da würde er Helena sicherlich recht schnell als vermutlich eine der wenigen Hörenden finden können. Doch wie konnte er Hals über Kopf nach Ostberlin reisen, ohne erneut zu Hause in Schwierigkeiten zu geraten?

Ohne nachzudenken, drehte er sich plötzlich um und setzte sich Richtung Café Pompös in Bewegung. Zu seinem Erstaunen war es heute zum Bersten voll und recht laut. Die Bedienung war jedoch eine andere. »Dürfte ich vielleicht mal kurz Ihr Telefon benutzen?«

»Klar!«, antwortete sie fröhlich, während sie mehrere Teller jonglierte. »Hol es dir doch bitte einfach unterm Tresen raus, ja? Ich hab' gerade keine Hände frei.«

Trotz des Duzens war ihm diese Bedienung um einiges lieber als die vorherige von seinem ersten Besuch.

Jemand nahm sofort ab, doch Werner konnte nichts hören.

»Jojo?«, fragte er irritiert in den Hörer. »Hallo?«

»Ach Werner, du bist es!«

»Seit wann meldest du dich denn nicht mehr, wenn du abnimmst?«

»Entschuldige, ich hatte nur allein heute Morgen schon fünf Anrufe von irgendjemandem, der nur in den Hörer atmet und nichts sagt. Ich weiß nicht, ob ich es gruselig oder einfach unverschämt finde! Gestern hatte ich das auch schon ein paar Mal.«

»Vielleicht eine Störung bei der Post?«

»Nein, da ist definitiv jemand dran!« Dem Lärmpegel im Hintergrund nach tobte die ganze Bande die Treppe rauf und runter. Vermutlich hatte Johanna einfach wegen des Krachs nichts gehört.

»Jojo, ich bin gleich auf dem Weg nach Hause.«

»Hast du Helena gefunden?«

»Nicht direkt, ich ...«

»Moment! Habt ihr genügend Geld dabei?«, hörte er Johanna in den Hintergrund rufen. »Nimm dir bitte mein Portemonnaie. Jetzt sei nicht so stur! Martha, komm! Ihr habt gestern schon so viel ausgegeben!«

Werner hörte, wie sie sich schließlich genervt verabschiedete und der Krach im Treppenhaus leiser wurde. »Hör zu, Jojo«, versuchte er es erneut, »ich habe nicht genug herausgefunden und müsste sehr bald nach Ostberlin reisen. Aber ich fahre nur, wenn du wirklich hundertprozentig damit einverstanden bist, okay?«

»Stopp!«, rief Johanna schrill in den Hintergrund, sodass Werner automatisch den Hörer vom Ohr weghielt. »Wartet!« Offenbar brüllte sie durchs Treppenhaus, denn das Echo hallte von allen Wänden wider. »Werner kann euch fahren! ... Helmut, jetzt sei nicht albern, das ist ideal! Ihr müsst dann weder jetzt zum Bahnhof hetzen, noch eure ganzen Tüten von gestern schleppen! ... Quatsch, er fährt sowieso!« Der Lärm in der Wohnung wurde wieder lauter.

»Dann packt jetzt schnell, Werner hat einen wichtigen Termin in Ostdeutschland und nimmt euch mit!«

»Jojo? Hallo? Ich meinte damit nicht, dass ich jetzt sofort losfahren muss!«, protestierte Werner laut in den Hörer.

Noch immer sprach Johanna mit erhobener Stimme in den Hintergrundlärm hinein und ignorierte seine Einwände. »Werner kommt jetzt nach Hause und dann muss er *sofort* los, sagt er!«

Helmut antwortete etwas, doch Werner konnte ihn in dem Tumult nicht verstehen.

»Alles klar«, flötete Johanna auf einmal hörbar gut gelaunt in den Hörer. »Bis gleich, Werner! Ich packe schon mal deine Tasche, dann könnt ihr gleich losfahren!«

~ KAPITEL 3 ~

Die andere Helena

OSTBERLIN, DDR. 20. NOVEMBER 1989.
GEHÖRLOSENVERBAND.

Erleichtert öffnete Werner die schwere Tür des Gehörlosenverbandes in Ostberlin. Es war eine lange Fahrt gewesen und er hatte erst spät am Abend im schäbigen Hotel Adler eingecheckt. Helmut und Martha hatten ihn stundenlang regelrecht gelöchert, warum Johanna so kurz angebunden und genervt gewesen war. Sie hatten offenbar jedoch nicht die leiseste Vermutung, dass es etwas mit ihrem Besuch zu tun haben könnte und tippten stattdessen auf eheliche Probleme.

Werner fand es einen schwierigen Spagat, sie davon zu überzeugen, dass zwischen ihnen als Ehepaar alles in Ordnung war, ohne ihrer Familie wiederum allzu deutlich auf die Füße zu treten. Hoffentlich würde Peggy das nächste Mal mitkommen können! Seine inzwischen 27-jährige Nichte war Marthas und Helmuts Tochter.

Bis heute stellte Werner jedes Mal erneut fest, wie ungeheuer ähnlich sich Peggy und Helena sahen. Das war ihm schon damals bei einer seiner allerersten Sitzungen mit Helena aufgefallen. Es schien zu stimmen, dass jeder Mensch irgendwo auf der Welt einen Doppelgänger hatte. Allerdings waren die beiden trotz ihrer verblüffenden Ähnlichkeit sehr unterschiedlich: Peggy war stets aufgeschlossen und fröhlich, während Helena damals meistens introvertiert und kränklich wirkte.

Johannas Eltern waren nach dem Aufstand in der DDR mit der gerade erst dreijährigen Johanna in den Westen geflohen, während der damals 18-jährige Helmut sich entschlossen hatte, dort zu bleiben. Er hatte Martha kurz vor dem Mauerbau kennengelernt und die beiden hatten schnell heiraten müssen, als Peggy plötzlich unterwegs war. Martha und Helmut hatten zwei Jahre später auch einen gemeinsamen Sohn bekommen, doch dieser war bei einem Unfall ums Leben gekommen.

Die genauen Umstände kannte Werner nicht. Er wusste lediglich, dass ihre Familie damals zusammen mit Freunden bei Marthas Verwandten in Dannenwalde zu Besuch gewesen waren, wo die Kinder das nahegelegene sowjetische Militärgelände hatten durchstöbern wollen. Werner konnte es sich nicht anders als mit jugendlichem Leichtsinn oder einer abenteuerlichen Mutprobe erklären. Peggy war damals fünfzehn und Peter dreizehn Jahre alt gewesen. Werner wusste nicht, wie sie die Explosionen ausgelöst hatten, doch es waren unzählige Katjuscha-Raketen in die Luft gegangen, die in den benachbarten Dörfern einschlugen. Es mussten hunderte von Menschen dabei gestorben sein, doch das Regime hatte den Vorfall komplett unter den Teppich gekehrt. Die Presse hatte keine Erlaubnis zur Berichterstattung bekommen und unter den Anwohnern kursierte das Gerücht, dass es selbst untereinander oder gar in Briefen nicht erwähnt werden durfte.

Peggy hatte es unversehrt nach Hause geschafft, Peter hingegen war nie gefunden worden. Man hatte ihn für tot erklärt, doch es hatte weder eine Beerdigung stattgefunden, noch war seinem Verbleib nachgegangen worden. Die einst so rebellisch gesinnten Martha und Helmut hatten sich danach sehr verändert. Peters Zimmer in Ostberlin war in seinem originalen Zustand beibehalten worden und es wurde stets im Präsens von ihm gesprochen. Martha behauptete steif und fest, dass er bald nach Hause kommen würde.

Werner gruselte es jedes Mal, wenn Johanna und er die beiden im Osten besuchten. Er verstand nicht, warum die gesamte Familie das Ganze einfach hinnahm und dieses schaurige Theater mitspielte.

Seiner Meinung nach gehörten Martha und Helmut in Therapie, um über den Schock hinwegzukommen, doch dieses Thema hatte er nur ein einziges Mal angeschnitten. Eine aggressive Welle der Empörung seitens der Familie hatte ihn augenblicklich zum Schweigen gebracht und so biss er sich seitdem bei jedem Besuch auf die Lippen und versuchte, sein Unbehagen so gut es ging zu verbergen.

Der streng tabuisierte Vorfall hatte die Familie trotz aller Gegensätze eng zusammengeschweißt. Helmut war die Familie heilig und man kümmerte sich umeinander, auch wenn es ständig knallte und man sich nervte.

Seufzend schob Werner die trüben Gedanken von sich. Immerhin hatte er Martha und Helmut ein wenig mit der Suche nach dem Gehörlosenverband ablenken können. Helmut hatte letztendlich in kürzester Zeit über Freunde herausgefunden, wo Werner diesen finden konnte und war recht stolz, als er mehrfach betonte, dass man eben nicht immer ein Telefon bräuchte, um schnell an Informationen zu kommen.

Überhaupt schien es sowohl Helmut als auch Martha offenbar recht wichtig, dass ihre alte Heimat, die sich nun so schlagartig und nahezu ohne Vorwarnung komplett ändern sollte, nicht allzu schlecht im Vergleich wegkam. Nach all den Jahren der Unterdrückung durch die Sowjetunion, der erzwungenen Solidarität mit dem Osten und Marthas mehr als rebellischer Jugend waren nun plötzlich sowohl von Helmut und Martha als auch von deren Freunden erstaunlich patriotische Parolen gekommen. So hatte Martha beispielsweise mehrmals erklärt, dass Wessi-Kinder viel zu verwöhnt und zugleich weniger sozialfähig als Kinder im Osten wären.

Ob sie damit seine Kinder gemeint oder ganz allgemein gesprochen hatte, war Werner nicht ganz klar. Doch er hatte sich nach einer Weile wieder einmal sehr auf die Zunge beißen müssen. Natürlich hatte sie nicht ganz Unrecht, doch in Anbetracht der unzähligen Einkäufe, die sie an nur einem Wochenende gemacht hatten und die Werners Kofferraum nahezu bis zum Bersten füllten, fand er das doch ein wenig scheinheilig.

Martha und Helmut hatten besonders in den vielen türkischen Läden mit billigem Kleinkram zugeschlagen, vermutlich weil die Umrechnung von Ost- auf Westmark recht undankbar war, und sie schienen so ziemlich alles aufgekauft zu haben, was es an kunterbuntem Ramsch gegeben hatte. Geschmackvolles schien dabei weniger von Priorität gewesen zu sein. Martha hatte ein paar Mal begeistert etwas von *Bückware* gemurmelt, doch sie hatte anschließend schnell vom Thema abgelenkt und Werners Fragen ignoriert. Werner hatte grinsen müssen, als ihm beim Ausladen in Ostberlin eine Shisha in die Hände gefallen war. Er wagte doch sehr zu bezweifeln, dass seine Schwägerin wusste, was das war. Vermutlich hielt sie diese für einen interessanten Kerzenhalter. Martha war zwar erst 46 Jahre alt und somit nur zwei Jahre älter als Werner, doch Helmuts belehrende, väterliche Art hatte im Laufe der Jahre spürbar auf sie abgefärbt, sodass auch sie trotz aller Herzlichkeit konservativ und festgefahren geworden war.

Als die schwere Tür des Gehörlosenverbandes hinter Werner ins Schloss fiel und das Echo von den kahlen Wänden widerhallte, merkte er plötzlich, dass er nervös war. Würde er Helena hier finden oder hatte er die Reise womöglich umsonst gemacht?

Das Gebäude war groß und seine Wände alt, rissig und schmuddelig. Wie so viele Gebäude in Ostberlin, sah es recht verkommen aus. An den Wänden hingen Bilder von Sportveranstaltungen sowie eine große grellrote Fahne mit der Aufschrift *DTSB DDR*, den Initialen des Deutschen Turn- und Sportbundes der DDR. Sie war der einzige Farbfleck in der grau-weißen Eingangshalle und Werner verstand auf einmal den Drang seiner Schwiegereltern nach farbenfrohem Kitsch.

»Kann ich Ihnen helfen?«

Werner fuhr herum. Vor ihm stand plötzlich eine kleine Frau um etwa Mitte vierzig mit wirren, braungelockten Haaren und großen blauen Augen. Wie sie auf ihren hohen Absätzen lautlos und unerwartet hinter ihm hatte auftauchen können, war ihm ein Rätsel.

»Haben Sie einen Termin?« Ihre Stimme erinnerte ihn ein wenig an *Kermit der Frosch* aus der Muppet Show, doch er war froh, dass er spontan auf jemanden gestoßen war, der hören konnte. Er hatte Sorge gehabt, wie er sich sonst hätte verständlich machen können, ohne ein womöglich unpassendes Maß an Händen und Füßen zu benutzen.

»Ich bin nicht gehörlos«, beeilte er sich zu sagen. »Ich suche nur jemanden.«

»Wen denn, wenn ich fragen darf?«

»Eine Dame namens Helena Gutowski. Das heißt beim Nachnamen bin ich mir nicht sicher. Helena ist jetzt …« Werner unterbrach sich und rechnete in Windeseile zurück. »Sie müsste jetzt 31 sein, glaube ich. Soweit ich weiß, arbeitet sie hier.«

»Ja, das tut sie in der Tat! Allerdings hat sie heute frei.«

»Sie kennen Helena?« Fast hätte Werner die fremde Frau umarmt. »Können Sie mir ihre Adresse sagen? Oder vielleicht ihre Telefonnummer?« Werner war plötzlich aufgeregt wie ein kleines Kind.

»Wir haben kein Telefon zu Hause.«

»Ach ja, natürlich, blöde Frage! Aber haben Sie die Adresse?«

Die Frau mit der lustigen Stimme nickte. Ein schelmisches Lächeln umspielte ihre Lippen und ihre blitzenden Augen ließen sie deutlich jünger aussehen, als sie vermutlich war. »Falls Sie eine Affäre mit ihr haben, sollten Sie aber geschickter sein!«, mahnte sie mit deutlich zuckenden Mundwinkeln und deutete auf Werners Ehering.

»Um Gottes Willen, nein! Da haben Sie mich missverstanden! So etwas würde ich nie tun! Ich …«

»Schon gut«, winkte die Frau lachend ab. »War nur Spaß! Wir dürfen jetzt schließlich ungestraft Witze machen, das müssen wir ausnutzen! Wir wohnen in der Wilhelm-Pieck-Straße 231, direkt neben der Humboldtapotheke. Sagt Ihnen das etwas?« Werner schüttelte bedauernd den Kopf. »Oder vielleicht das Kino Nickelodeon? Das ist ganz in der Nähe auf der gegenüberliegenden Straßenseite«, versuchte sie es erneut.

»Nein, leider nicht. Ich bin nicht von hier. Aber ich werde mich einfach durchfragen.«

»Warten Sie mal kurz, ich bin gleich wieder da!« Sie hatte sich bereits ein paar Schritte entfernt, als Werner auf einmal stutzig wurde. Sie hatte bereits mehrmals das Wort *wir* gesagt.

»Wohnen Sie mit Helena zusammen?«, fragte er aufgeregt. Die Dame drehte sich nicht um, obwohl sie definitiv noch in Hörweite war.

»Hallo?«, rief Werner ihr etwas lauter hinterher, doch sie verschwand ohne jegliche Reaktion durch eine Tür hinter der Treppe.

Wenige Sekunden später bog sie strahlend um die Ecke, als sei nichts geschehen und wedelte mit einem Papier. »Ich habe hier die Verbindungen der meisten öffentlichen Verkehrsmittel drauf«, erklärte sie. »Schauen Sie!« Mit flinken Fingern zog sie Linien, machte Kreuze und schrieb kleine Randbemerkungen.

»Wohnt Helena bei Ihnen?«, wiederholte er seine Frage, doch wieder kam keine Antwort. Werner beobachtete verwirrt, wie sie konzentriert schrieb, während ihre Zungenspitze zwischen ihren Lippen hin und her flitzte.

Nach einer gefühlten Ewigkeit sah sie auf und drückte ihm den Ausdruck lächelnd in die Hand. »Es sind viele Informationen auf einmal, ich weiß. Berlin ist groß«, entschuldigte sie die gekritzelte Flut aus Pfeilen, Kreuzen und Anmerkungen. Sie bemerkte plötzlich Werners Verwirrung. »Entschuldigen Sie, haben Sie etwas gesagt?«

»Ja, ich habe Sie gefragt, ob Sie mit Helena zusammen dort wohnen. Weil Sie *wir* gesagt haben.«

»Oh, das habe ich nicht gehört! Ich bin so gut wie taub, wie Sie sicherlich bemerkt haben. Helena ist meine Tochter!« Ein rotes Licht begann neben der Treppe zu blinken. »Entschuldigen Sie – Telefon. Sagen Sie Helena, wir brauchen unbedingt Milch!«

Noch bevor Werner sich von seiner Überraschung erholen oder gar seine Gesichtsfarbe unter Kontrolle bekommen konnte, war sie um die Ecke verschwunden.

Einen Moment lang wusste er nicht, was in ihm überwog: die

Scham, dass er ihre Behinderung nicht bemerkt und einfach los-
geplappert hatte oder die Fassungslosigkeit, dass er tatsächlich sofort auf Helenas Mutter gestoßen war. Das war also Hannelore, die
schwerhörige Zwillingsschwester von Helenas Tante Christine und
die jüngere Schwester von Vera Gutowski!

So ganz konnte Werner es allerdings kaum glauben: War sie nun
wirklich Helenas Mutter oder nicht? Von Ähnlichkeit war bei den
beiden keine Spur. Allerdings konnte man das auch im Vergleich zu
Vera nicht sagen. Sie wirkten alle, als stammten sie aus vollkommen
unterschiedlichen Familien.

Einen Moment lang überlegte Werner, ob er warten sollte bis
Hannelore zurückkam. Nach Tagen der Verwirrung platzte er nun
förmlich vor Neugierde! Auf der anderen Seite schämte er sich für
seine Tollpatschigkeit und konnte sich nicht vorstellen, wie er jetzt
ein unbefangenes Gespräch über ihre Familiengeschichte beginnen
sollte. Hannelore hatte so überzeugend artikuliert gesprochen, dass
er einfach nicht auf die Idee gekommen war, sie könnte schwerhörig
oder gar taub sein.

Er sah auf die Wegbeschreibung in seinen Händen und beschloss,
erst einmal Helena aufzusuchen. Er hatte nur noch bis zum nächsten
Tag Zeit, dann musste er unbedingt zurück nach Frankfurt – zum
einen wegen Johanna und der Kinder, zum anderen aber auch wegen
seiner Praxis.

Dr. Keller hatte spontan seine Patienten für zwei Tage übernommen und so sehr ihn die Überheblichkeit seines Kollegen auch nervte, so konnte sich doch stets selbst kurzfristig auf ihn verlassen. Es
war merkwürdig, dass zwei so vollkommen unterschiedliche Menschen wie Hartmut und er, die in ihrer Berufsausübung kaum hätten
verschiedener vorgehen können, dennoch seit Jahren immer wieder
zusammenfanden und es erneut miteinander versuchten. Fast so wie
Helena und ihre Mutter.

Nein, Tante!, korrigierte sich Werner in Gedanken selbst. Noch
immer verwirrte ihn der Gedanke, dass Vera Gutowski nicht Helenas Mutter war, aber nun würde er dem Ganzen hoffentlich bald auf

den Grund kommen.

Eine knappe Stunde und mehrere waghalsige U-Turns später fand Werner schließlich die Hausnummer 231 in der Wilhelm-Pieck-Straße. Zu seinem Erstaunen war dieses Gebäude sogar sehr ansehnlich und erinnerte ihn eher an ein Theatergebäude als an einen typischen Ostberliner Wohnblock. Helmut und Martha wohnten beispielsweise in klassischen, sozialistisch-kommunistisch angehauchten Wohnanlagen. Vor ihm lag die von Hannelore erwähnte Humboldt-Apotheke und links daneben war ein Spirituosen-Geschäft.

Als Werner die vielen Klingelknöpfe der Nummer 231 genauer unter die Lupe nahm, stellte er schlagartig fest, dass er in all der Aufregung vergessen hatte, nach Helenas Nachnamen zu fragen. Fiebernd ging er die Namen auf den Schildern durch: Konzack, Gubatz, Herrmann, Schabowski, Kraft, Bludovsky. Werner starrte auf die Beschilderung und versuchte krampfhaft, sich an Helenas Erzählungen zu erinnern. Wie war nochmal der Mädchenname von Vera? Doch vielleicht hatte Hannelore ja im Laufe der Jahre geheiratet? Das war schließlich mehr als wahrscheinlich.

Resigniert drückte er schließlich auf alle Klingelknöpfe. Er würde sich einfach durchfragen müssen. Als er sich jedoch an die Tür lehnte, fiel er beinahe der Länge nach ins Treppenhaus. Die Tür war offen gewesen! Langsam erklomm er die Treppe nach oben und lauschte auf die Geräusche aus den einzelnen Wohnparteien. Im ersten Stockwerk war nichts zu hören, vermutlich waren die meisten Bewohner bei der Arbeit.

Als er das zweite Stockwerk erreichte, hörte er Stimmen und wartete. Eine Tür wurde schließlich aufgerissen und eine ältere Dame mit Lockenwicklern stand plötzlich vor ihm.»Ja?«, bellte sie ihn an, allerdings wirkte sie dabei nicht unfreundlich.

»Ich suche eine Helena. Wohnt sie vielleicht hier?«

»So, so«, grinste sie, während sie ihn anzüglich musterte und dabei ihren geblümten Haushaltskittel glattstrich.»Isses mit dem Andern schon wieder aus?« Sie zeigte mit dem Finger ins obere Stockwerk und beobachtete ihn unverhohlen mit einem merkwürdig abfälligen Grinsen.

Verlegen stieg Werner die blank gebohnerten Stufen zum dritten Stockwerk empor, in dem sich in diesem Moment eine weitere Tür öffnete. War es vielleicht doch nicht die richtige Helena?

Sein Blick fiel auf eine junge Frau um die dreißig mit grell blond gefärbten, langen Haaren, eindeutig zu viel Make-up und einer gewagten Kleidung, die man vermutlich durchaus auch auf der Hamburger Reeperbahn hätte finden können. Sie sah dennoch sehr attraktiv aus, als sie ihn ausdruckslos anstarrte und dabei eine Zigarette zwischen ihren Fingern rollte.

Helena!

»Hallo!«, brachte Werner verblüfft hervor. Er wusste nicht, ob Helenas Anblick ihn schockierte oder eher zum Lachen brachte. An die Möglichkeit, dass sie vollkommen anders aussehen könnte, hatte er nicht eine Sekunde gedacht. Auch diese Helena sah blass und übermüdet aus, wodurch der dicke dunkelblaue Lidschatten noch intensiver hervortrat. Werner bemühte sich dennoch krampfhaft, ihr in diese merkwürdig bemalten Augen zu sehen, denn ihre dürftige Bekleidung ließ ihn noch unsicherer werden, als er ohnehin schon war.

»Kenn ich dich irgendwoher?«, fragte sie gelangweilt und kniff die Augen zusammen.

Es war merkwürdig, dass ihn diese fremde Helena gleich in burschikosem Berlinerisch duzte. Das hätte die Frankfurter Version nie von sich aus getan!

»Ja, das heißt nein, eigentlich nicht«, verhaspelte Werner sich atemlos. »Wir haben uns vor einigen Jahren kennengelernt, aber daran erinnerst du dich vermutlich nicht.«

»Nee!«, bestätigte sie schulterzuckend. »Aber du kommst mir irgendwie bekannt vor.«

Werner hörte die schnippische Dame mit den Lockenwicklern im zweiten Stockwerk auflachen und wand sich unwohl. »Ich weiß, das klingt jetzt vermutlich etwas unangemessen, aber dürfte ich vielleicht kurz reinkommen? Das ist eine längere Geschichte und ich würde gerne ein Ohrenpaar weniger haben.« Vielsagend nickte er in Richtung des zweiten Stockwerks.

Helena lehnte noch immer im Türrahmen und stieß die Tür mit dem Fuß weiter auf. »Klar, kein Ding«, antwortete sie mit dieser merkwürdig ausdruckslosen Stimme und ging voran.

Werner folgte ihr durch den Flur. Aus dem Zimmer neben der Eingangstür schallte laute Popmusik, allerdings konnte Werner nicht heraushören, in welcher Sprache das Lied war. Die Wohnung war erstaunlich großräumig und schön hergerichtet. Am Ende des Flurs war auf der linken Seite eine sehr ordentliche Küche mit großem Esstisch. Auf der rechten Seite lag ein einladender Raum mit vielen bunten Kissen und farbenfrohen Bildern. Offenbar war dies jedoch Hannelores Zimmer, denn Helena ging daran vorbei und stieß die Tür am Ende des Flurs zwischen der Küche und dem bunten Raum auf. Es schien Helenas Schlafzimmer zu sein, wenngleich ihr Bett durch den selbstgestrickten Überwurf etwas mehr nach einer Couch aussah, wie Werner zu seiner Erleichterung feststellte. Helena ließ sich darauf niederplumpsen und machte es sich bequem. Auf dem kleinen Nachttisch neben dem Bett lag eine leere Zigarettenschachtel der Marke Juwel. Helena drückte den Rest ihrer abgebrannten Zigarette in der Schachtel aus und verschränkte die Arme hinter dem Kopf.

Werner hatte sich schnell in dem vergleichsweise kleinen Zimmer umgesehen. Es war fast vollständig von oben bis unten mit Fotos tapeziert, als habe Helena jeden Schritt ihres Lebens festhalten wollen. Sowohl die unzähligen Fotos als auch die Spiegelreflexkamera auf einem kleinen Beistelltischchen in der Ecke mussten ein Vermögen gekostet haben! Helmut und Martha hatten sich eine Praktica wie diese kaufen wollen, doch die hatte 2.300 Ostmark gekostet und somit ihr Budget bei weitem überstiegen. Werner und Johanna hatten ihnen damals zu Weihnachten eine exportierte Praktica bei Quelle gekauft. Dort hatte sie immer noch 250 DM gekostet, doch für Johanna und Werner war das deutlich erschwinglicher gewesen als der horrende DDR-Preis für Ostdeutsche.

Vermutlich hatte Helena recht viel von Vera bekommen. Werner erinnerte sich, dass Helena sich immer beschwert hatte, wie viel Vera in den Osten schmuggelte.

Wie gebannt starrte Werner auf die vielen Fotos, die von schwarzweiß über Sepia bis Farbe variierten und Helenas Leben in verschiedensten Formaten und Größen ins Leben riefen. Ihm fiel auf, dass Helena meist entweder alleine oder mit nur einer Person im Bild zu sehen war. Intuitiv suchte er nach einem Gruppenbild oder einem Familienfoto, auf dem alle zu sehen waren, doch er konnte spontan nichts dergleichen finden. Manche Bilder zeigten sie mit Vera, viele mit Hannelore und einer anderen Frau, die Hannelore sehr ähnlich sah. Das musste ihre Zwillingsschwester Christine sein. Es gab jedoch kein gemeinsames Bild von den drei Schwestern.

»Wer ist das?«, fragte Werner gebannt und zeigte auf ein paar Bilder von Helena mit einer älteren Dame.

»Meine Oma Erna.«

»Ich dachte, die kennst du nicht?«, gab Werner gedankenverloren zurück.

»Wer sagt das?«

Verwirrt drehte Werner sich um und wurde schlagartig in die Realität zurückgeholt. Vor ihm auf dem Bett lag eine sehr ungewohnt aussehende Helena, die mit hinter dem Kopf verschränkten Armen schief grinste und deutlich mehr Bein und Dekolleté zeigte, als er auf Anhieb visuell verdauen konnte.

Plötzlich wurde ihm bewusst, dass er im Schlafzimmer einer wildfremden Frau stand, die seinen Besuch womöglich komplett missverstand. Er hatte keine Ahnung, wie er alles erklären sollte – weder sich selbst, noch Helena oder gar Johanna, die vor seinem inneren Auge sofort wieder heulend auf dem Sofa saß.

Unwohl wischte er seine schweißnassen Hände an der Hose ab und lehnte sich mit dem Rücken an die Wand im äußersten Winkel des Zimmers. »Ich weiß nicht, wie ich anfangen soll«, begann er stockend. »Kann ich dich um einen Gefallen bitten?«

Helena zog eine Augenbraue hoch und pfiff leise durch die Zäh-

ne. »Du bist ganz schön dreist, oder? Sag mir mal, wie du heißt!«
»Du hast recht, entschuldige. Ich heiße Werner, bin aus Frankfurt am Main wie deine Tante Vera und wir haben uns vor gut fünf Jahren kennengelernt.«

»So?«, erstaunt zog sie nun auch die zweite Augenbraue nach oben.

»Ja, aber du erinnerst dich sicherlich nicht mehr daran. Ich weiß nicht, wie ich anfangen soll. Kannst du dir vielleicht etwas anziehen?«

Helena lachte auf. »Ich habe bereits etwas an!« Demonstrativ zeigte sie an sich herunter.

»Ich meinte *mehr*!«, korrigierte sich Werner gereizt. »Entschuldige, du machst mich nervös!«

»Tu ich das?«, fragte sie süffisant grinsend. »Wie haben wir uns denn kennengelernt? Kannten wir uns gut?« Lachend setzte sie sich auf.

»Verdammt, Helena, das reicht jetzt! Ich bring mich mit diesem Besuch vermutlich zu Hause in Teufelsküche und ich habe damals weiß Gott eine Menge für dich riskiert! Zieh dir was an! Oder meinethalben eben drüber – scheißegal!«

Ihr Lachen erstarb und Werner fragte sich für einen kurzen Moment, ob er womöglich zu weit gegangen war. Er fand diese Helena nicht allzu sympathisch, doch wenn sie ihn rauswarf, wozu er ihr langsam genügend Anlass gab, dann würde er nie Antworten auf seine Fragen finden.

Zu seiner Erleichterung stand sie nach ein paar Sekunden wortlos auf und ging zum Kleiderschrank. Sie zog sich abrupt ein übergroßes T-Shirt über, auf dem über jeder Brust ein durchgestrichenes Ohr abgebildet war; darunter stand: *Ohne Worte*.

»Zufrieden?«, fragte sie schnippisch.

Werner verkniff sich jeden weiteren Kommentar und ließ sich seufzend ihr gegenüber auf dem Boden nieder. Er war enttäuscht. Diese Helena war ebenso kratzbürstig wie die Frankfurter Helena, als sie sich gerade kennengelernt hatten. Doch die Ostberliner-Version schien darüber hinaus noch zynischer und abgeklärter zu sein. Werner fragte sich, ob er genau wie bei der alten Helena lernen könnte, diese Variante von ihr eines Tages zu mögen.

»Wir haben uns also vor fünf Jahren kennengelernt«, wiederholte sie etwas freundlicher und runzelte die Stirn. »Du kommst mir bekannt vor, aber ich erinnere mich nicht. Wo war das?«

»In Frankfurt am Main«, gab Werner wie aus der Pistole geschossen zurück.

»Dann verwechselst du mich mit jemandem«, konterte sie achselzuckend. »Ich war noch nie im Westen.«

Werner biss sich auf die Zunge. »Das hatte ich befürchtet.«

Helena saß nun sehr aufrecht und sah ihn schief an. Abschätzig fuhr sie sich mit der Zunge über die Schneidezähne, um eventuelle Spuren ihres grellroten Lippenstifts zu entfernen. »Kann ich dich mal etwas Persönliches fragen?«

Werner nickte.

»Bist du irgendwie gestört oder so?«

Werner holte tief Luft. »Okay, ich weiß, wie das alles klingt. Pass auf, ich sag jetzt einfach mal alles, was mir zu dir einfällt und woran ich mich erinnere und du sagst mir dann, ob ich richtig liege, ja?«

Helena überkreuzte erwartungsvoll die Beine zum Schneidersitz, sodass Werners Blick Dank der bemerkenswerten Kürze des Jeansrocks automatisch auf ihre Unterwäsche fiel. Ruckartig wandte er sich ab und fixierte seinen Blick auf die Wäscheleinen im Innenhof vor dem Fenster.

»Wir haben uns in meiner Praxis kennengelernt. Damals war jedoch deine Tante Vera deine Mutter und du hattest nur Kontakt zu deiner Tante Christine in Rostock. Soweit ich weiß, wusstest du weder von deiner Tante Hannelore, also deiner jetzigen Mutter, noch hattest du Kontakt zu deinen Großeltern.«

Werner fuhr sich hektisch durch die Haare und fuhr atemlos fort. »Gott, das klingt alles wild! Aber wurscht, weiter! Du warst bei mir in Therapie, weil du dir nicht sicher warst, ob deine Episoden, wie wir sie lange genannt haben, nun real sind oder nicht. Du hast oft merkwürdige Situationen und fremde Menschen gesehen, die du in deiner Realität nie getroffen hattest. Das hat dich oft in ziemliche Schwierigkeiten gebracht. Ich habe eine Weile gedacht, du hast entweder Halluzinationen oder brauchst mehr Aufmerksamkeit, aber du warst in deinen Schilderungen sehr glaubwürdig. Wir hatten nach deinem Therapieende lange keinen Kontakt mehr. Doch den endgültigen Beweis dafür, dass du tatsächlich durch die Zeit reisen kannst, hatte ich letzte Woche beim Mauerfall. Kannst du dich an einen Unfall erinnern, den du von einem Kindersitz aus erlebt hast, während ein Mann mit blinkender Jacke das Wort *dumm* gesungen hat?«

Helena starrte ihn wortlos an und trotz ihres ungewohnten Aussehens erinnerte sie ihn einmal mehr an seine Nichte Peggy. Diese hatte genau denselben Blick, wenn sie angestrengt versuchte, das Gebrabbel seiner Tochter Julia zu verstehen.

»Du hast meine Familie und mich damit vor einem schlimmen Autounfall bewahrt«, fuhr Werner fort. »Der Mann mit der blinkenden Jacke war übrigens David Hasselhoff.«

Er lächelte unsicher und versuchte, in ihrem Gesicht zu lesen, doch sie starrte ihn ausdruckslos an. Langsam ging sie schließlich zur Tür und öffnete diese, während sie sich mit dem Rücken an die Wand stellte und ihn unverwandt im Auge behielt. Werner sah zu seinem Erstaunen, dass sie verängstigt zu sein schien. Hatte er den Nagel auf den Kopf getroffen oder klang er für diese Version von Helena einfach wie ein Irrer?

Verzweifelt startete er einen letzten Versuch. »Ich weiß nicht, wie das alles klingt, Helena. Das heißt, ich kann es mir leider ungefähr vorstellen. Aber bitte versuch dich darauf einzulassen! Das habe ich damals auch für dich getan!«

»Was willst du?«, stieß sie kaum hörbar hervor.

»Ich wollte mich nach dem Unfall einfach bei dir melden. Wir haben so lange keinen Kontakt gehabt und plötzlich hast du uns nach so langer Zeit das Leben gerettet, als ich es am wenigstens erwartet habe! Ich habe dich damals ziemlich mies hängen lassen, befürchte ich. Nach dem Unfall letzte Woche wollte ich mich einfach bedanken, aber du warst auf einmal wie vom Erdboden verschluckt. Und als ich dann bei Vera war und herausfand, dass du nicht ihre Tochter bist und jetzt in Ostberlin lebst, da wollte ich einfach herausfinden, was passiert ist. Ich zweifle langsam an meinem Verstand! Selbst meine Frau kann sich nicht mehr an dich erinnern, obwohl wir damals heftig wegen dir gestritten haben. Ich hatte gehofft, wenigstens *du* würdest dich erinnern können!«

Ihre dunklen Augen blitzten gefährlich.»Hör zu Alter, wer auch immer dich geschickt hat, um mich zu verarschen ...«

»Nein, nein, stopp!«, unterbrach Werner sie hektisch und wedelte beschwichtigend mit den Händen.»Ich kann mir vorstellen, wie das alles für dich klingen muss, aber ...«

»Ach ja?« Sie schien allmählich wirklich wütend zu werden.

Werner griff vorsichtig nach seiner Jacke und bewegte sich langsam aus der Tür. Ohne nachzudenken griff er dabei in die innere Jackentasche und warf eine seiner Visitenkarten Richtung Nachttisch.

Rückwärtsgehend behielt er sie im Auge und versuchte fieberhaft, sich an etwas zu erinnern, das sie umstimmen könnte.»Du wolltest damals, dass die Sprünge aufhören, weil du dadurch ständig Probleme bekommen hast. Da war eine Frau, die in einem überfluteten Haus verschwunden ist. Du hast später herausgefunden, dass das die Mutter deines Freundes Felix war und konntest ihr das Leben retten, als du etwas während eines Sprungs dorthin geändert hast. Und du hast oft eine Ärztin gesehen, die manchmal erschreckend entstellt war und manchmal ganz normal aussah. Ich weiß nicht, ob du jemals herausgefunden hast, wer das war und warum du sie zweimal unterschiedlich gesehen hast. Und dann war da eben der Autounfall, obwohl du damals nicht wusstest, dass das meine Familie und ich in dem Auto waren.«

Sie waren fast an der Haustür angelangt und standen nun neben dem Zimmer, aus dem laute Popmusik schallte. Helenas Gesicht war puterrot und ihr Atem kam in flachen, schnellen Zügen.»Du hältst mich für komplett behindert, oder? Meine Mutter mag so gut wie taub sein, aber erstens bin ich das nicht und zweitens ist keiner von uns *geistig* behindert, du Arschloch!«

»Helena, du hast mich komplett falsch verstanden! Ich habe dich damals sehr für deine Gabe bewundert! Wie kommst du auf *geistige Behinderung*? Bitte, hör zu! Du wolltest damals, dass das alles aufhört, weil es schwer war, mit all diesen Aussetzern zu leben. Ich weiß nicht, ob du das heute auch noch erlebst oder ob du jetzt ein komplett anderes Leben hast. Aber wenn du nur ein kleines bisschen wie die Helena bist, die ich von früher kenne, dann reist du durch die Zeit! Und der einzige Grund, der dich damals die Sprünge halbwegs hat ertragen lassen, war der Gedanke, dass dieser Alfred verschwindet, dem du immer wieder begegnet bist. Und du hast gehofft, dass da noch jemand ist, der durch die Zeit reist, weil du dir viele Veränderungen nicht erklären konntest. Du hast nach Therapieende mal erwähnt, dass du immer das Gefühl hattest, dass du noch einen Bruder hast. Ich weiß nicht, ob es ihn tatsächlich gibt oder du ihn inzwischen gefunden hast. Ich weiß nur, ich habe dich damals ziemlich im Stich gelassen. Aber ich bin jetzt hier und wenn du ihn noch immer finden willst, dann helfe ich dir, versprochen!«

Er hatte die letzten Sätze sehr laut gesprochen, um die dröhnenden Bässe zu übertönen. Helenas Gesicht hatte einen gefährlich tiefen Rotton angenommen, als sie nun aggressiv die Tür neben ihnen aufriss, hinter der die laute Musik die Altbauwände zum Vibrieren brachte.»Michi, bist du uns verloren gegangen?«

Die Musik wurde abgestellt und ein schmaler, dunkelblonder Mann Ende zwanzig erschien im Türrahmen. Seltsame Augenfarben schienen in der Familie zu liegen, wie Werner unterbewusst registrierte. Doch im Gegensatz zu Helenas blauschwarz leuchtenden Augen waren seine Augen durchdringend eisblau.

»Was ist los?«, fragte er genervt zurück.

»Klasse, ich denke, wir haben ihn gefunden!«, stellte Helena sarkastisch fest. Ohne jeden weiteren Kommentar öffnete sie nun die Haustür und schubste Werner regelrecht hinaus. Ihr Gesicht wechselte alle paar Sekunden zwischen aschfahl und puterrot.»Tu mir einen Gefallen und zisch ab! Und lass gefälligst Alfred aus dem Spiel!« Sie riss sich auf einmal das T-Shirt vom Oberkörper und schleuderte es ihm ins Gesicht.»Da! Danke für die *Hilfe*!«, fauchte sie und knallte die Tür zu.

Werner drückte verschwitzt das T-Shirt an sich und starrte fassungslos auf die geschlossene Tür vor sich, hinter der er noch einige Sekunden Helenas schrille Stimme hörte. Kurz darauf wurde eine Tür geknallt und die Bässe der zuvor gespielten Popmusik ertönten erneut. *Warum war sie so extrem wütend?* Stimmte etwas von dem, was er gesagt hatte oder hatte sie ihn für einen gefährlichen Spinner gehalten, dem man zum Selbstschutz besser aggressiv gegenüber auftrat? Wie er es auch drehte und wendete, dies war offenbar die Endstation seiner Nachforschungen. Wie betäubt ging er die Stufen hinunter. Sein Kopf fühlte sich überfüllt und zugleich leer an. Er nahm kaum war, dass ihm aus dem Erdgeschoss federnde Schritte entgegenkamen.

Als er im ersten Stockwerk ankam, stand plötzlich Hannelore vor ihm.

»Na, gehen Sie schon wieder?«, fragte sie fröhlich.»Hat Helena wenigstens Milch geholt?«

Wortlos schüttelte Werner den Kopf. Hannelore stutzte bei seinem ernsten Gesichtsausdruck und ihr Blick fiel auf das T-Shirt in seinen Händen.

»Was ist los?«

Mühsam suchte Werner nach den richtigen Worten.»Ich habe Helena vor vielen Jahren kennengelernt und Ihrer Schwester Vera in Frankfurt einen Besuch abgestattet, um Helena wieder zu finden. Es ist eine komplizierte Geschichte und ich habe es irgendwie versaut, befürchte ich!« Verlegen gab er Hannelore das T-Shirt.»Ich weiß nicht, wonach das jetzt aussieht, aber es ist nicht so, wie Sie womöglich denken!« Mit glühendem, pochendem Kopf machte er sich an den weiteren Abstieg.

»Ich denke, dass meine Tochter manchmal etwas schwierig sein kann«, hörte er plötzlich Hannelores eigentümliche Stimme hinter sich. »Sie muss hier raus!«

Erstaunt drehte er sich um.

»Sie fragen sich, was ich denke«, wiederholte sie. »Ich denke, dass Helena Hilfe braucht! Von wem, weiß ich nicht, aber ihre behinderte Mutter ist wohl nicht die Richtige dafür!« Traurig lächelnd hielt sie kurz das T-Shirt in ihren Händen hoch. »Helena hat wegen mir viel ertragen müssen, mehr noch als Michael. Von Mädchen erwartet man irgendwie immer mehr, denke ich. Ich weiß nicht, wie gut Sie Helena kennen und was da oben passiert ist, aber ich habe das Gefühl, dass Sie es gut mit ihr meinen.«

Sie hielt inne und sah ihn eindringlich an. »Meine Tochter braucht Freunde!«

~ KAPITEL 4 ~

Unerwartete Passagiere

OSTBERLIN, DDR. 21 NOVEMBER 1989.
HOTEL ZUR GOLDENEN ÄHRE.

In der darauffolgenden Nacht gingen ihm Hannelores Worte noch lange durch den Kopf. Ob seine Schlaflosigkeit von der ungemütlichen Hoteleinrichtung inklusive zugigem Fenster oder von der Aufregung der vergangenen Tage herrührte, konnte er selbst nicht sagen. Werner war trotz der großen Enttäuschung froh, als es draußen endlich hell wurde und Zeit für die Abreise war.

Er entschied sich, das Frühstück auszulassen und ging an dem muffigen kleinen Frühstücksraum vorbei Richtung Empfang, an dem er der grell geschminkten Empfangsdame freundlich nickend den Zimmerschlüssel auf den Tisch legte. War dieses Übermaß an Schminke hier gerade in Mode? Als er sich zur Tür wandte, wartete auf ihn eine unerwartete Überraschung in Form von Hannelore und Helena.

»Woher wusstet ihr, ich meine ... wussten Sie, dass ...«, stammelte Werner. Dass die beiden plötzlich hier sein würden war das Letzte gewesen, was er nach dem gestrigen Tag erwartet hatte. Oder waren sie vielleicht gar nicht wegen ihm hier? Beide hatten jeweils eine große Reisetasche in der Hand.

Hannelore zog einen zerknitterten kleinen Papierfetzen aus ihrer Manteltasche: seine Visitenkarte vom vorherigen Tag!

»Aber woher wussten Sie, dass ich hier bin?«, wiederholte Werner noch immer reichlich verwirrt.

»Ich habe in Ihrer Praxis angerufen und ein Dr. Keller hat mir Ihre Privatnummer gegeben. Ihre Frau wusste, in welchem Hotel Sie sind und hier sind wir nun!« Verlegen strahlte sie ihn an, als wäre damit alles geklärt.

Sein Blick schweifte über die Wanduhr hinter dem Empfang. Es war gerade einmal kurz nach sieben Uhr morgens. Was machte Hartmut um diese Uhrzeit bereits in seiner Praxis? Auch über das Herausgeben seiner Privatnummer würde er ein ernstes Wort mit ihm reden müssen.

»Fahren Sie jetzt ab?«, fragte Hannelore. Sie sprach heute unangenehm laut und er bemerkte, dass Helena ihr fast unmerklich zweimal an den Arm tippte. Sofort senkte Hannelore ihre Stimme, als sie weitersprach. »Wir würden gerne mit Ihnen mitkommen, wenn es Ihnen nichts ausmacht.«

Werner zog überrascht die Augenbrauen hoch.

»Sie fahren doch zurück nach Frankfurt am Main, oder?«, fragte Hannelore unsicher.

Werner nickte zögernd. Würden die beiden bei Vera unterkommen oder erwarteten sie, dass er sich um eine Unterkunft für sie kümmerte? Er musste sich heute dringend auf seine morgigen Patienten vorbereiten und trotz Johannas offenbarem Gedächtnisverlust in Bezug auf Helena wagte er nicht, sie bei diesem Thema allzu sehr mit einzubeziehen.

Als hätte Helena seine Gedanken erraten, schaltete sie sich nun zum ersten Mal ins Gespräch ein. »Wir werden dich da nicht belästigen, keine Angst!«, sagte sie in ihrer brüsken Art.

»Nein, nein, schon gut«, winkte Werner verlegen ab. »Ich bin einfach nur überrascht. Natürlich dürft ihr, also, dürfen Sie gerne mitkommen!« Etwas hölzern winkte er einladend zur Ausgangstür.

Helena pfiff durch die Zähne, als sie den nagelneuen roten Golf erblickte.

»Nur ein Leihwagen«, erklärte Werner unbeholfen. »Wegen des

Unfalls letzte Woche.«

Hannelore hatte von seiner Bemerkung offenbar nichts mitbekommen und drehte sich strahlend zu ihm um. »Donnerwetter, ist das Ihrer?«, fragte sie erneut sehr laut.

Werner nickte und Helena rollte hinter ihrem Rücken mit den Augen. Diesmal gab sie ihrer Mutter allerdings kein Zeichen, sondern kletterte kommentarlos auf die Rückbank, als Werner die Tür öffnete. Er hatte immer gedacht, ihr uncharmantes, abruptes Wesen wäre durch Veras sehr ähnliche Art entstanden. Doch diese neue Helena machte seiner Theorie einen gewaltigen Strich durch die Rechnung. Während sie beinahe noch ungenießbarer war als die Helena, die er vor fünf Jahren kennengelernt hatte, schien Hannelore hingegen stets freundlich und fröhlich zu sein.

Er verstaute die beiden Reisetaschen sowie Hannelores riesige Handtasche im Kofferraum und setzte sich neben Hannelore auf den Fahrersitz. Schweigend startete er den Wagen, während Hannelore und Helena gedankenverloren aus dem Seitenfenster sahen.

Es verging eine ganze Weile, bevor Helena sich schließlich von der Rückbank aus meldete. »Woher wusstest du von der Frau im Haus?«, fragte sie unvermittelt.

Werner sah sie überrascht über den Rückspiegel an und ihr bohrender Blick erinnerte ihn sehr an die Augen seiner Tochter, als sie kurz vor dem Unfall das Wort *dumm* gebrüllt hatte. Bei der bloßen Erinnerung bekam er eine Gänsehaut. Hannelore sah noch immer aus dem Fenster und schien nichts mitbekommen zu haben.

»Wie gesagt, du hast es mir vor vielen Jahren erzählt. Genau wie die anderen Dinge, die du damals gesehen hast«, antwortete er schließlich zögernd in den Rückspiegel.

Helena sah ihn durchdringend an. »Es stimmte nicht alles, was du gesagt hast. Ich weiß zum Beispiel nicht, was dieser Bruder-Quatsch sollte. Und an einen Unfall kann ich mich ebenfalls nicht erinnern. Aber diese Frau und die Ärztin mit dem entstellten Gesicht ... Davon habe ich noch nie jemandem erzählt! Also, abgesehen von Mama.«

Werner sah Hannelore an und diese drehte sich unter seinem Blick zu ihm um. »Entschuldigung, haben Sie etwas gesagt?«, fragte sie kaum hörbar.

Helena führte ihre Hände vor Hannelores Gesicht und tippte ein paarmal die Fingerspritzen aneinander.

»Ist das Gebärdensprache?«, fragte Werner fasziniert.

»Nein!«, antwortete Helena kurzangebunden.

»Nein«, sagte Hannelore zeitgleich, wenngleich auch deutlich freundlicher. »Das sind unsere eigenen kleinen Zeichen. Gebärdensprache ist … *war* in der DDR nicht gerne gesehen. Entschuldigen Sie, dass ich heute so oft nachfragen muss. Ich hatte letzte Woche die ganze Zeit ein Fiepen auf den Ohren und seit gestern Abend höre ich plötzlich absolut nichts mehr. Ich konnte sonst mit meinem Hörgerät zumindest Geräusche hören. Das heißt, ich habe mehr mitbekommen und konnte dadurch meine Stimme besser kontrollieren. Aber jetzt ist da wirklich absolut nichts mehr, Totenstille sozusagen!«

»Das muss hart sein«, sagte Werner mitfühlend. Er konnte sich nicht vorstellen, wie es sein musste, taub zu sein. Auch wenn Johanna oft mehr oder minder spaßhaft sagte, dass er ohnehin nie zuhörte. Doch genau das war sein Beruf und er wäre nicht der Mensch, den er sein ganzes Leben kannte, wenn er auf einmal nicht mehr hören könnte.

»Es ist hoffentlich nur vorübergehend«, fuhr Hannelore mit schwankender Lautstärke fort und lächelte tapfer. »Aber ich bin etwas unruhig, weil es genauso war, als ich damals plötzlich mein Gehör verloren habe. Zunächst war es vollkommen weg und dann kam es phasenweise ein wenig zurück. Naja, abwarten…«, schloss sie und schluckte hörbar.

Helena klopfte ihr mit beiden Händen und abwesendem Gesichtsausdruck mehrfach abwechselnd auf die Schultern. Werner sah sie über den Rückspiegel fassungslos an. Wie konnte diese Version von Helena so gefühlskalt sein? Sie war trotz dieser warmherzigen Mutter offensichtlich schlimmer als die alte Helena, die bei der emotional verkorksten Vera aufgewachsen war!

Zu seiner Überraschung lachte Hannelore jedoch und tätschelte Helena die Hände, die nun auf ihren Schultern ruhten. »Jetzt dürfen wir es ja vermutlich offiziell zugeben, ohne gleich verhaftet zu werden: Helena und Michi haben oft Westradio gehört! Und letztes Jahr gab es doch dieses Lied *Don't worry be happy*. Wir haben in der Küche Westsüßigkeiten von meiner Schwester gefuttert und Helena und Michi haben mir den Rhythmus vorgeklopft. Ich weiß nicht, ob die Melodie und der Text so gut sind wie der Rhythmus, dafür müsste ich sowohl hören als auch Englisch verstehen können, aber wir hatten einen Heidenspaß!«

Helenas Gesicht zeigte ein schiefes Lächeln bei der Erinnerung und Werner betrachtete sie nun ein wenig friedlicher gestimmt. Hannelore fand er allerdings wirklich bewundernswert. In einer Welt der Hörenden immer außen vor zu sein und noch nicht einmal Gebärdensprache benutzen zu dürfen, mit der man sich leichter und ohne immense Konzentration unterhalten konnte, musste schwer gewesen sein. Und dennoch stach Hannelore bisher durch ihre positive Art hervor. Wie unterschiedlich diese Frauen doch waren!

Plötzlich schoss ihm jedoch siedend heiß ein wichtiger Gedanke durch den Kopf. »Ich habe Ihre Schwester angelogen!«, sprudelte es unvermittelt aus ihm heraus.

»Was meinen Sie?«, fragte Hannelore noch immer lächelnd. Offensichtlich konnte sie nichts und niemand allzu schnell aus der Ruhe bringen. Er sah aus dem Augenwinkel, wie Helena sich auf der Rückbank argwöhnisch aufsetzte.

»Nichts Schlimmes, denke ich. Hoffe ich zumindest!«, stammelte Werner. »Ich wusste nicht, wie ich Helenas neue Adresse herausfinden sollte und ich verdanke Ihrer Tochter sehr viel. Also bin ich zu Vera gegangen und habe ihr erzählt, dass wir uns letzte Woche spontan bei meinem Autounfall während des Mauerfalls kennengelernt haben. Den Unfall hat es wirklich gegeben!«, fügte er schnell hinzu. »Wie auch immer, ich fand, dass es zu merkwürdig klang zu sagen, ich wolle Helena nach so vielen Jahren plötzlich wiedersehen. Also habe ich in Bezug auf unser Kennenlernen gelogen, damit Vera mir sagt, wo ich Helena finden kann. Das war bescheuert von mir, das weiß ich! Ich habe mich da böse verstrickt, fürchte ich.« Angespannt blickte er auf Helena und Hannelore, während seine Hände krampfhaft das Lenkrad umklammerten. Die beiden tauschten Blicke über den Seitenspiegel aus.

Hannelore drehte sich schließlich so weit sie konnte zu ihm um. Sie lächelte spitzbübisch.»Helena und ich haben erst Ihren Kollegen und dann Ihre Frau angelogen, um herauszufinden, in welchem Hotel Sie sind!«, erklärte sie schließlich nahezu feierlich.»Wir haben gesagt, dass ich eine alte Schulfreundin bin und wir nun nach dem Mauerfall ein Klassentreffen organisieren, um alle zusammen zu kriegen.« Sie griff kurz nach seinem Arm und grinste.»So, sind wir damit quitt?«

Werner lachte auf und nickte. Erleichtert startete er den Motor und bugsierte den Golf aus der engen Parklücke.

Hannelore saß noch immer fast vollständig zu ihm gedreht auf dem Beifahrersitz und sah ihn musternd an.»Sie kennen Helena also von früher, aber Helena kann sich nicht daran erinnern?«

Werner nickte ausweichend.

»Solche Verwirrungen haben wir öfter, aber meistens sind es die Anderen, die sich nicht erinnern!« Helena drückte kurz aber spürbar ihr Knie in Hannelores Sitz vor sich und Hannelore brach ab. Nachdenklich blickte sie an Werner vorbei.»Meine Schwester erwartet mich nicht«, fuhr sie schließlich in ihrem eigentümlichen Singsang fort. Er registrierte das merkwürdige Auf und Ab von Tonhöhen und Lautstärke inzwischen jedoch kaum noch.

Sie sah ihn schließlich traurig an.»Ich habe ein Zusammentreffen mit meiner Schwester gemieden, wo es nur ging, wenn sie nach Ostberlin zu Besuch kam. Sie hat immer im Hotel übernachtet und dann eigentlich nur Helena und Michi getroffen. Das heißt, Helena eigentlich mehr als Michi, die beiden haben einen guten Draht. Und meine Schwester investiert gerne ein Vermögen in Helenas Foto-Wahnsinn!«

Lächelnd warf sie einen kurzen Blick auf die Rückbank. Helena streckte ihr kurz spaßhaft die Zunge raus. Nach einigen Sekunden fuhr Hannelore etwas ernster fort, wobei sie an Werner vorbei aus seinem Seitenfenster sah. »Meine Schwester hatte immer ein schlechtes Gewissen, weil sie heimlich in den Westen geflüchtet ist und Tine und mich nicht rüberholen konnte. Und ich habe ihr oft innerlich Vorwürfe deswegen gemacht, auch wenn ich weiß, dass das ungerecht war.«

Sie hielt abrupt inne und sah Werner beschämt an, bevor sie sich plötzlich kopfschüttelnd die Hände vors Gesicht schlug. »Herrje, entschuldigen Sie! Ich hatte nicht vor, die Fahrt für eine Therapiesitzung zu benutzen!«

Werner lachte und zog ihr kurz mit seiner rechten, freien Hand ihre Hände vom Gesicht, sodass sie ihn ansehen konnte. »Das ist okay, ehrlich! Genau dafür bin ich schließlich hergekommen. Ich habe einiges wieder gutzumachen, denke ich!«

Ein verlegenes Schweigen legte sich einige Minuten über die drei Golf-Insassen und Hannelore drückte ihm schließlich dankbar den Arm. »Es gibt Vieles, was meine Schwester nicht weiß«, begann sie. »Ich habe mich immer davor gedrückt. Mit ihr zu reden ist nicht nur wegen unserer Vergangenheit, sondern auch wegen meiner Behinderung nicht ganz leicht. Aber wenn wir es nicht versuchen, werden wir vielleicht nie normal miteinander umgehen, nicht wahr?«

~ KAPITEL 5 ~

Unter der Oberfläche

ROSTOCK, DDR. 20. MAI 1957.

NEPTUN-SCHWIMMHALLE.

»Die Schnellsten sind sie nicht gerade!« Missmutig beobachtete Karl Kraft die unbeholfenen Schwimmzüge seiner Töchter. Erna starrte ebenfalls ratlos auf die Zwillinge, die in der neuen Rostocker Neptun-Schwimmhalle fröhlich nebeneinander her paddelten und sich gegenseitig nass spritzten. Heute war ihr sechzehnter Geburtstag und sie hatten sich diesen Hallenbadbesuch gewünscht.

»Immerhin haben sie Spaß«, bemerkte Alfred grinsend.

Erna hatte seine plötzliche Anwesenheit nicht bemerkt und drehte sich abrupt um. Alfred war am vergangenen Weihnachtsabend mit einem großen Blumenstrauß vorbeigekommen und hatte ihnen gestanden, dass Gabriele zwei Monate zuvor in den Westen geflüchtet war. Er hatte ihnen erzählt, dass sie sich zu sehr schämte, um mit ihnen Kontakt aufzunehmen, aber dass die Blumen und die Entschuldigung von ihnen beiden seien. Für ihn wäre es leichter als für Gabriele, zwischen Ost- und Westberlin zu pendeln, da er immer noch seinen Wohnsitz in Ostberlin bei seinen Eltern hätte und wegen seiner Anstellung in Westberlin über eine Sondergenehmigung verfügte.

Karl hatte zunächst getobt. Natürlich hatten sie längst herausgefunden, dass Gabriele letzten Oktober nicht zu Tante Hilde gefahren war und ihr plötzliches Verschwinden hatte sie alle in Panik versetzt. Dann waren auf einmal Beamte der Staatssicherheit aufgetaucht und die ganze Familie war wochenlang verhört worden.

Karl hatte sich zutiefst gedemütigt gefühlt und erklärt, dass Gabriele ab sofort nicht mehr ein Teil seiner Familie sei und er nie wieder auch nur ihren Namen hören wolle. Wochenlang hatte er seinen Frust an allem und jedem ausgelassen. Seitdem genügte ein einziges falsches Wort, um schier unberechenbare Wut in ihm auszulösen.

Erna ging es nicht viel anders. Je frustrierter Karl wurde, umso aggressiver wurde auch sie. Sie hatten nun weiß Gott bereits genügend Probleme gehabt! Wie hatte Gabriele nur so etwas Dummes tun können?

Erstaunlicherweise schien sich Karl inzwischen mit Alfred als Ersatz für Gabriele abgefunden zu haben. Alfred hatte sie seit Weihnachten trotz Karls Rasereien wieder und wieder besucht und sich nahezu rührend um die Zwillinge gekümmert, die ihn inzwischen ebenfalls als Familienmitglied akzeptiert hatten und jedes Mal jubelten, wenn er zu Besuch kam.

Es war Alfreds Idee gewesen, die Zwillinge ein wenig auf ihre Sportlichkeit zu testen, denn er hatte in seiner Heimatstadt Ostberlin von einer Schule gehört, an der Gehörlose und Schwerhörige besonders gefördert wurden, wenn sie sich sportlich für ihr Vaterland einsetzten.

Missmutig sah Erna auf die hundeartig paddelnden Zwillinge, die johlten und sich gegenseitig untertauchten. Diese Idee war Unsinn! Hannelore war weder sportlich noch war sie überhaupt schwerhörig, auch wenn Alfred und Karl dies zu glauben schienen. Sie war schlicht und ergreifend stur!

»Hanne! Tine! Schwimmt entweder anständig oder kommt aus dem Wasser raus! Wir haben nicht teures Eintrittsgeld bezahlt, damit ihr da nur Quatsch macht!«

Karl und Alfred waren gerade in eines ihrer fachsimpelnden Gespräche verwickelt gewesen und sahen erstaunt auf. Alfred hatte sich als handwerklich recht geschickt erwiesen, was Erna überrascht hatte, da er ihnen vor anderthalb Jahren bei seinem ersten Besuch erzählt hatte, er würde Medizin studieren wollen, da er nicht praktisch veranlagt sei. Er hatte ihnen in seiner Entschuldigungsrede an Weihnachten gestanden, dass ihm vom Regime kein Studienplatz zugeteilt worden war. Daher würde er nun vorerst bei seinem Onkel in Westberlin arbeiten und das Geld vom Klassenfeind zumindest dafür nutzen, um Gabriele im Westen und seine Familie in Ostberlin zu unterstützen.

Mit zusammengekniffenen Augen betrachtete Erna den Freund ihrer Tochter, der inzwischen wieder in ein Gespräch mit dem offenbar zufrieden brummelnden Karl verwickelt war. Irgendetwas stimmte an der Sache nicht! Schon bei ihrem ersten Kennenlernen war er ihr zu aalglatt gewesen und jedes Mal, wenn er zu Besuch kam und ihnen heimlich in Karls Abwesenheit Grüße von Gabriele übermittelte, fragte sich Erna, ob er ihnen nicht schamlos ins Gesicht log.

Sein Auftreten war sehr überzeugend, doch seine Wortwahl klang so gar nicht nach Gabriele. Erna war ihren Töchtern noch nie sonderlich nahe gewesen, doch obwohl sie weder tiefsinnig noch belesen war, hatte sie normalerweise ein gutes Gespür für die Wahrheit. Sie fand Karl und Gabriele oft erschreckend naiv und ihr Bauchgefühl sagte ihr, dass da irgendetwas in Alfreds Erzählungen nicht zusammenpasste. Warum sollte er Gabriele im Westen unterstützen, wenn er doch so sehr gegen den Klassenfeind war, wie er angeblich nicht müde geworden war, den Beamten der Staatssicherheit zu versichern? Er hatte behauptet, dass auch er verhört worden war und durch seine guten Kontakte letztendlich das Ruder für alle hatte herumreißen können, damit die Stasi von ihnen abließ. Doch warum arbeitete er überhaupt im Westen, wenn er doch sein Vaterland so sehr liebte? Allein um seiner Familie in Ostberlin finanziell zu helfen, von der er den Krafts jedoch nie Genaueres erzählte? Oder für Gabriele, die er gerade einmal anderthalb Jahre kannte? Das machte für Erna keinen Sinn!

Sie wurde das Gefühl nicht los, dass Gabriele etwas passiert war.

Vielleicht war sie schwanger und lebte in Ostberlin bei seiner Familie statt im Westen? Das würde erklären, warum er nie viel über seine Familie preisgab oder gar volle Namen nannte. Zumindest ihnen gegenüber hatte er dies nicht getan. Dem MfS[1] hatte er sicherlich alle Karten offenlegen müssen, doch das würden die Krafts nie erfahren. Vielleicht war er heimlicher Mitarbeiter der Stasi? Oder aber wollte er einfach seine Weste weißwaschen, falls Gabriele tatsächlich geflüchtet war und er nun ebenfalls unter Verdacht stand, zur Republikflucht beigetragen zu haben?

Erna hasste diese Ahnungslosigkeit! Sie waren wochenlang nahezu Tag und Nacht verhört worden. Karl hatte man zudem mit Schlafentzug regelrecht gefoltert, um ihn zum Reden zu bringen. Was Alfred bei den Verhören widerfahren war, wussten sie nicht. Auch von den Ergebnissen der Befragungen oder dem tatsächlichen Wissen der Staatssicherheit erfuhren sie nichts. Alles war wie immer streng geheim und man stellte besser keine Fragen.

Im Januar, kurz nach Alfreds Erscheinen, hatte dann alles auf einmal aufgehört und ihr Leben schien wieder so zu sein wie früher. Einfach so. Erna wurde das ungute Gefühl nicht los, dass es etwas mit Alfred zu tun hatte, doch sie konnte es sich einfach nicht erklären. Ob sie noch immer überwacht wurden oder nicht, vermochten sie nicht zu sagen, doch sie waren so gut es ging wieder zum Alltag zurückgekehrt – wenn auch schweigsamer und deutlich vorsichtiger als vorher.

Wenn sie schon vorher herzlich wenig miteinander geredet hatten, so war ihre Kommunikation inzwischen fast vollständig erstorben. Karl und Erna unterhielten sich nur noch über das Allernötigste. Selbst die früheren Gespräche über das Wetter oder Essen fanden nicht mehr statt. Der Einzige, mit dem sich Karl noch unterhielt, war Alfred.

Erna verstand die Logik ihres Mannes einfach nicht. Egal welcher Teil von Alfreds Geschichte letztendlich der Wahrheit entsprach, so schien er doch zumindest indirekt mit Gabrieles Tun und ihrem jetzigen Leben in Verbindung zu stehen. Warum wollte Karl nichts mehr von Gabriele hören, aber akzeptierte dafür Alfred als ihren Ersatz? Er schien der Sohn geworden zu sein, den sie ihm nie hatte geben können. Vielleicht war ihr Mann jetzt sogar glücklicher als vorher. Auch die inzwischen sehr schweigsamen Zwillinge blühten jedes Mal auf, wenn Alfred zu Besuch kam und wirkten wie ausgewechselt. Erna hingegen wurde von allen regelrecht ignoriert, wenn man von Alfreds anbiedernden Freundlichkeiten einmal absah.

Energisch ging sie zum Beckenrand und klatschte laut in die Hände. »Jesus, Christus und Maria Gottes! Hanne! Tine! Ich sag das nicht noch einmal! Dann kommt jetzt raus, wenn ihr keinen Ehrgeiz habt! Los! Zack, zack!«

Erschrockene Blicke fuhren zu ihr herum und Karl machte sich nun verärgert bemerkbar. »Erna! Ich habe dir schon zig Mal gesagt, ich dulde keine religiösen Äußerungen!«

Erna spürte, wie eine fast unerträgliche Welle des Zorns in ihr hochkochte, doch Karl hatte sich bereits wieder Alfred zugewandt und stand mit dem Rücken zu ihr. Alfred warf ihr einen kurzen Blick zu und lächelte.

Dieser arrogante, selbstgefällige Schleimer!, dachte sie wutentbrannt.

»Tine! Hanne!« Ihre Stimme überschlug sich förmlich und begrub die hallenden Schwimmbadgeräusche fast vollständig unter sich.

Christine hatte sie durch den Lärm hindurch kaum gehört und paddelte lachend in Ernas Richtung herum, während Hannelore erneut quietschend abtauchte.

Diese aufsässige Rotzgöre!, dachte Erna, bebend vor Zorn. Hanne war genauso ignorant wie ihr Vater, genau wie auch Gabi! Egal wie oft sie Hanne zu ihrem eigenen Besten versucht hatte zu disziplinieren, nichts schien bei diesem sturen Mädchen zu fruchten!

Christine bemerkte von weitem den Gesichtsausdruck ihrer Mutter und das Lächeln auf ihrem Gesicht erstarb schlagartig. Mit zitternden Händen paddelte sie unbeholfen so schnell sie konnte zum Beckenrand und versuchte, Hannelore auf sich aufmerksam zu machen. Diese tauchte jedoch immer wieder johlend unter und bemerkte die eindringlichen Handbewegungen ihrer Zwillingsschwester nicht.

Erna rannte zum Beckenrand, an dem sich Christine soeben mit wackeligen Knien hochgezogen hatte und setzte an, ihr eine Ohrfeige zu geben. Ihre Tochter war jedoch inzwischen im Ausweichen geübt und so traf sie der harte Schlag nur an der Schulter. Dennoch heulte Christine vor Schmerz auf.

»Ab in die Umkleidekabine! Wir zwei sprechen uns später!«, fauchte Erna sie an.

Christine warf einen zögernden Blick auf Hannelore, die inzwischen wieder aufgetaucht und kreidebleich geworden war.

»Los!« Ein weiterer harter Schlag traf Christine, diesmal wohlgezielt auf der Wange, sodass sie von der Wucht des Schlags zurücktaumelte. »Wag es nicht, so störrisch zu werden wie deine Schwester!« Ernas Stimme war nur noch ein atemloses Zischen und ihre Augen wirkten dunkler denn je.

Ängstlich wich Christine zurück und entfernte sich so schnell sie konnte. Erna drehte sich zu Hannelore um, die mit starren Augen aus etwa drei Metern Entfernung auf sie blickte und langsame Paddelbewegungen vollführte, um sich an der Wasseroberfläche zu halten.

»Hanne! Ich zähl' jetzt bis drei und wenn du dann nicht hier bist, knallt es so dermaßen, dass du nicht mehr weißt, wo oben und unten ist, das verspreche ich dir! *Eins* …«

Reglos starrte Hannelore sie an.

»*Zwei!* Ich warne dich, Hanne! Provozier mich nicht!«

Hannelore hörte auf zu paddeln und sank langsam ohne zu blinzeln unter die Wasseroberfläche. Ob es noch eine gezählte Drei in Ernas Countdown gab, wusste Hannelore nicht. Sie hätte es ja ohnehin nicht gehört!

Stille und Ruhe umgaben sie. Das sonst so irritierende, lautverzerrende Rauschen und Knacken, das sie seit längerer Zeit im Alltag begleitete, war unter Wasser auf einmal gedämpft und erträglich. Unter Wasser war es fast so, als wäre alles wieder in Ordnung. Taucher und die Beine schwimmender Badegäste glitten an ihr vorbei. Stumm, lächelnd, harmlos. Wer auch immer ihr hier begegnete, hörte so viel wie sie selbst: nichts!

Wie in Trance beobachtete sie die Schuhe ihrer Mutter, die plötzlich etwa zwei Meter vor ihr ins Wasser eintauchten. Erna sank durch den Sprung bis auf den Beckenboden und paddelte hektisch, mit weit aufgerissenen Augen auf Hannelore zu. Als sie ihre Tochter erreichte, erstarrte auch sie einen Augenblick, bevor sie Hannelores Handgelenke mit eisernem Griff packte. Hannelore regte sich noch immer nicht und Ernas wutverzerrtes Gesicht wandelte sich langsam ebenfalls in eine ausdruckslose Starre, während sie einander unverwandt anblickten. Es schien Hannelore wie eine Ewigkeit, in der sie nahezu gleichgültig abwartete, ob ihre Mutter sich entschieden hatte, ihre Tochter zu retten oder höchstpersönlich zu ertränken.

Die Situation schien so absurd und doch war alles auf einmal so ungewohnt friedfertig, dass Hannelore sich wünschte, sie könnten für immer so verharren. Mit einem Lächeln löste sie ihre Handgelenke aus dem inzwischen recht lockeren Griff ihrer Mutter und führte sie an ihre Kehle. Sollte ihre Mutter doch zudrücken, es konnte hier unter Wasser offenbar nur besser werden!

Mit einem Ruck zog Erna ihre Hände zurück und begann panisch mit Armen und Beinen zu paddeln. Hannelore bemerkte kaum, dass plötzlich ihr Vater und Alfred ebenfalls neben ihnen waren und spürte apathisch, wie Alfred sie unter den Armen packte und nach oben zerrte, während Karl seine Frau an die Oberfläche beförderte.

Heftig keuchend lagen alle vier schließlich am Beckenrand. Um sie herum hatte sich eine kleine Menschentraube gebildet und Hannelore hörte ein lautes, klickendes Rauschen. Mühsam schirmte sie ihre vom Chlorwasser brennenden Augen vom grellen Licht der Schwimmhalle ab. Vor ihnen stand der Bademeister, der offenbar heftig mit allen vieren schimpfte. Hannelores Augen tränten zu sehr, als dass sie alles hätte verstehen könnte, aber soweit sie seine Mundbewegungen erkennen konnte, war er weder erfreut über das spontane Bad in voller Straßenbekleidung noch darüber, dass sie überhaupt im Schwimmerbecken anstatt im Bereich für Nichtschwimmer waren, wo sie offenbar hingehörten.

Karl war puterrot im Gesicht und atmete schwer, während Erna mit gewohnt bitterem Gesichtsausdruck neben ihm stand und die Schimpftirade des Bademeisters über sich ergehen ließ.

»Komm, dir ist kalt!« Fürsorglich legte Alfred seinen Arm um Hannelore und zog sie zu den Umkleidekabinen. Hannelore ließ sich widerstandslos von ihm mitziehen. Diese verzerrten Geräusche, die mal laut mal leise beständig auf sie einströmten und jegliches Filtern auf ihre Wichtigkeit hin so gut wie unmöglich machten, würden sie noch in den Wahnsinn treiben! Es war herrlich unter Wasser gewesen und zum ersten Mal, seitdem sie sich erinnern konnte, hatte sie keine Angst vor ihrer Mutter gehabt. Auf merkwürdige, ungewohnte Art und Weise hatten sie sich unter Wasser auf einer gemeinsamen Ebene getroffen.

Nervös dachte Hannelore an ihre Eltern, die jetzt fuchsteufelswild waren. Sie konnte sich mühelos ausmalen, was nun geschehen würde. Zunächst würde Karl seine Frau anbrüllen, ob sie von allen guten Geistern verlassen wäre und Erna würde alles schlucken müssen, während sie innerlich kochte. Sobald er mit ihr fertig war, würde sie dann allen aufgestauten Zorn und ihren gesamten Lebensfrust ungefiltert an Hannelore auslassen, wie immer.

Es rauschte an ihrem Ohr und sie sah auf. Alfred hatte offenbar etwas gesagt. »Es wird schon nicht so schlimm!«, las sie auf seinen Lippen durch die verzerrte Geräuschkulisse durch. »Du kennst doch deine Eltern. Wie alle Trottel explodieren sie von einer Sekunde auf die andere und in der nächsten Minute ist schon wieder alles vergessen!«

Dankbar sah sie ihn an. Mit dem Vergessen lag er zwar falsch, darin war zumindest ihre Mutter so gar nicht gut, aber es war nett von ihm gemeint. Wie gut, dass wenigstens er hier war, wenn Gabriele schon nicht kommen konnte oder durfte. Alfred war immer nett zu ihr und Christine gewesen. Hannelore hoffte inständig, dass er sie eines Tages heimlich mit zu Gabriele nehmen würde, wenn er sah, dass auch sie liebe Mädchen waren und ihm keine Schwierigkeiten machen würden.

Sie bemerkte plötzlich, dass sie in einer engen Umkleidekabine waren. Alfred hatte sich auf die schmale Bank gesetzt und sie auf seinen Schoß gezogen. »Du bist deiner Schwester sehr ähnlich«, las sie auf seinen Lippen und sie lächelte erleichtert. »Genauso dumm!« Ihr Lächeln erstarb und sie brach in Tränen aus. Sofort presste er ihr fest eine Hand auf den Mund legte den Zeigefinger der anderen Hand an seine Lippen. Er sah plötzlich gar nicht mehr nett aus und zwischen seinen Augenbrauen hatte sich eine Furche gebildet.

»Es tut mir leid!«, flüsterte sie verängstigt. »Entschuldigung!« Erneut tippte er den Zeigefinger an seine Lippen und verstärkte den Druck auf ihren Mund. Offenbar hatte sie aller Bemühung zum Trotz zu laut gesprochen. Sie würde noch alles versauen! Wenn sie ihn böse machte, würde er sie nie zu Gabriele bringen! Er war doch die einzige Verbindung, die sie noch hatten!

Sie bewunderte ihre große Schwester zutiefst dafür, dass sie einfach in den Westen geflüchtet war. Sie hatte es schon lange vorher geahnt, doch sie war sich nicht sicher gewesen, ob Gabriele es letztendlich wirklich wagen würde. Zu Hause durfte nicht über Gabriele gesprochen werden. Auch Alfred erwähnte sie nicht mehr, doch Christine und Hannelore lagen oft heimlich nachts wach und malten sich aus, wie es Gabriele wohl gehen würde. Sie waren fest davon überzeugt, dass sie inzwischen eine gute Anstellung gefunden hatte und viel Westgeld verdiente. Und sobald Gabi genug angespart hatte, würde sie ihre Schwestern zu sich in den Westen holen, das wussten sie. Ihre Eltern hatten in ihrer Strenge nicht bedacht, wie sehr sie damit die drei Mädchen zusammenschweißen würden.

Alfred hatte offenbar wieder etwas gesagt und Hannelore sah ihn fragend an.

»Streng dich mehr an!«, las sie auf seinen Lippen. Er sah verärgert aus.

Was meinte er bloß? Sollte sie sich anstrengen und besser zuhören? Oder sollte sie netter sein? Aber sie gab sich doch immer alle Mühe! Hannelore spürte einen panischen Kloß in sich aufsteigen. Wenn sie ihn zu sehr nervte oder gar verärgerte, würde sie Gabriele vermutlich nie wiedersehen und sie würde für immer ihren Eltern ausgeliefert sein!

Er bemerkte offenbar, dass sich wieder ein Weinen bei ihr anbahnte und presste ihr erneut heftig die Hand auf den Mund, während er sie ruckartig mit dem Rücken zu sich herumdrehte, sodass sie ihn nicht sehen konnte. Sie wollte aufstehen, doch er ließ sie nicht aus seinem festen Griff entkommen. Das Pressen auf ihren Mund drückte ihren Kopf unangenehm weit nach hinten in den Nacken und sie spürte seinen Atem auf ihrer Stirn. Sie winselte vor Schmerz und er ließ sie kurz los. Ihre Erleichterung währte jedoch nicht lange. In der nächsten Sekunde zog er sie zurück auf seinen Schoß, diesmal weiter nach hinten, während er ihr so heftig seine Hand auf Mund und Nase presste, dass sie nur mühsam nach Luft ringen konnte. Sie bemerkte kaum, dass er ihr den unteren Teil des Badeanzugs zur Seite geschoben hatte.

Bevor sie begreifen konnte was geschah, legte er den anderen Arm vor ihre Kehle und drückte sie mit aller Kraft an den Schultern auf sich herunter. Von einer Sekunde auf die andere brannte es zwischen ihren Beinen wie Feuer, als er mit einem Ruck bis zum Anschlag in sie eindrang und sie spürte, wie sowohl ihre äußere Haut als auch in ihr etwas schmerzhaft riss. Das Brennen war beinahe noch unerträglicher als sein unerbittliches Zustoßen, doch ihr fehlte die Luft zum Schreien. Dieser Zustand schien ewig zu dauern.

Endlos lange Minuten vergingen in nichts als brennendem Schmerz und dem krampfhaften Ringen nach Atem. Doch was sie auch tat, sie konnte sich nicht losreißen. Er hatte sie fest im Griff und ihre Arme gleichzeitig gekonnt verdreht. Unter Schock schloss sie die Augen und versuchte zu vergessen, wo sie war und was da gerade geschah. Das Gefühl zu ersticken und das furchtbare Brennen machten diesen Versuch jedoch gnadenlos zunichte und so gab es eine gefühlte Ewigkeit kein Entkommen.

Sie hörte schließlich ein merkwürdiges Pfeifgeräusch an ihrem Ohr und der Druck seiner Hände auf Schultern und Mund nahm noch einmal zu. Heftige Übelkeit stieg in ihr hoch und sie schnappte verzweifelt nach Luft, als er sie plötzlich losließ, sodass sie von seinem Schoss herunter nach vorne fiel. Keuchend nach Atem ringend blieb sie zusammengekrümmt vor ihm auf dem Boden liegen, während ihr vor Scham und brennendem Schmerz die Tränen herunterliefen. Er schien etwas zu sagen, doch wie immer hörte sie nur abgehacktes Rauschen hinter sich. Panisch drehte sie sich um und hob die Fäuste. Blitzschnell hielt er sie lächelnd an den Handgelenken fest – so galant, als sei nichts geschehen.

»Was ist los? Sitzt dir der Schock vom Wasser noch in den Knochen?«, las sie auf seinen Lippen. »Trockne dich lieber ab, sonst erkältest du dich noch!«

Er lehnte sich plötzlich mit zusammengekniffenen Augen so weit vor, dass sie fast schielen musste, um seine Lippen zu lesen, während sie versuchte, seinem heißen Atem auszuweichen. »Keine Sorge, ich bin kein nachtragender Mensch. Dein dummer Versuch, besonders nett zu mir zu sein, bleibt natürlich unter uns! Ich möchte schließlich nicht, dass deine Eltern noch wütender auf dich werden, als sie es ohnehin schon sind. Und Gabi wäre natürlich sehr enttäuscht von dir. Das ersparen wir ihr also besser, nicht wahr? Es soll sich ja niemand noch mehr für dich schämen müssen, als sie es jetzt schon tun!«

Mahnend kniff er ihr in die Wange und zwinkerte ihr verschwörerisch zu. Er stand auf und entriegelte die Kabinentür. Als er sie öffnete, stand er einer sehr bleichen Christine gegenüber. »Gut, dass du hier bist!«, sagte er charmant lächelnd. »Ich schaffe es irgendwie nicht, deine Schwester zu beruhigen. Der Krach mit euren Eltern scheint sie doch ziemlich aus der Fassung gebracht zu haben. Vielleicht hast du ja mehr Glück.«

Er wandte sich noch einmal an Hannelore. »Keine Angst, alles wird gut, Hanne. Es ist schließlich dein Geburtstag, da will doch niemand ein unnötiges Drama, nicht wahr?« Erneut zwinkerte er ihr vielsagend zu.

Die Zwillinge sahen ihm hinterher, als er zufrieden pfeifend den Gang entlang zurück zur Schwimmhalle ging. Hannelore ließ schluchzend den Kopf auf die Knie sinken. Hilflos legte Christine ihr die Hand auf die Schulter und schwieg. Sie nahm schließlich Hannelores Kopf in die Hände und drehte ihn zu sich um, sodass Hannelore sie ansehen konnte. »Wir müssen zurück, sonst wird es nur noch schlimmer!«

Hannelore schüttelte vehement den Kopf.

»Doch, komm! Ich bin bei dir und ich lass dich nicht mehr alleine, versprochen! Wir kommen hier raus!« Sie packte Hannelore an der Hand und drückte ihrer Zwillingsschwester ihr eigenes Handtuch in die Hand, das sie bisher über ihrer Schulter getragen hatte.

Als Hannelore reglos stehen blieb, nahm Christine das Handtuch und band es um Hannelores Hüften. »Komm, wir gehen erstmal duschen!« Christine schluckte entsetzt, als ihr Blick auf die kleine rot-weiße Lache fiel, die nun in Strömen zwischen Hannelores Füßen floss. »Danach geht es dir besser«, fügte sie heiser hinzu.

Entschlossen verstärkte Christine den Griff um die Hand ihrer Zwillingsschwester und zog sie zu den Duschkabinen.

~ KAPITEL 6 ~

Russisch

ROSTOCK, DDR. 21. NOVEMBER 1957.
HAUS DER FAMILIE KRAFT.

»Hast du dir das gut überlegt?«, formte Christine lautlos mit den Lippen, während sie sich auf dem Bett vorbeugte, damit ihre Zwillingsschwester sie ansah. Sie hatten seit langer Zeit das Lippenlesen nahezu perfektioniert und obwohl Christine einwandfrei hörte, konnten beide nun problemlos und für andere oft unverständlich miteinander kommunizieren.

Sie saßen in ihrem gemeinsamen Schlafzimmer auf Hannelores Bett, während diese nach und nach verschiedene Kleidungsstücke und Utensilien in zwei Taschen neben ihrem Bett steckte. Beiden schlug das Herz bis zum Hals und Hannelores Packen war alles andere als koordiniert: Wahllos stopfte sie Dinge hinein, nur um sie im nächsten Moment kopfschüttelnd wieder herauszuziehen und in ihre Kommode zurück zu stopfen.

Sie hatte keine Ahnung, was sie mitnehmen oder wo sie überhaupt hinsollte. Sie wusste nur, dass sie so schnell wie möglich wegmusste! Eine Nachbarin hatte sie heute skeptisch gemustert. Hannelores Zustand ließ sich inzwischen nur noch schwer verbergen. Dass ihre Eltern, insbesondere ihre Mutter, noch nichts bemerkt hatten, grenzte an ein Wunder.

»Willst du nicht noch wenigstens bis Weihnachten warten?«, bat

Christine, den Tränen nahe.

Lautlos sarkastisch auflachend hob Hannelore kurz ihr weites T-Shirt und fuhr ohne jeden weiteren Kommentar mit ihrem sinnlosen Packprozedere fort. Bislang war Christine die einzige, die von dem Vorfall im Schwimmbad und seinen Folgen wusste. So sehr es einerseits in gewisser Weise gut tat, den zweifachen Schrecken mit ihrer Zwillingsschwester teilen zu können, doch letztendlich stand Hannelore alleine da. Christine konnte es nun mal nicht ungeschehen machen.

Alfred hatte sich zu ihrer Erleichterung seit damals nicht mehr blicken lassen, doch die Stimmung im Hause Kraft war seitdem auf einen rekordverdächtigen Tiefpunkt gesunken. Karl hatte keinen Zweifel daran gelassen, dass es wieder einmal die Frauen in seinem Haushalt gewesen seien, die Alfred vergrault und alles verdorben hatten.

Erna und Karl gingen sich seitdem geradezu hasserfüllt aus dem Weg. Die Zwillinge wurden von beiden Eltern gleichermaßen gemieden und ignoriert, was den Schwestern kurioserweise zum ersten Mal in ihrem Leben mehr Freiheit und Entspannung brachte, als ihnen je zuvor vergönnt gewesen war.

War es sein schlechtes Gewissen, das Alfred ferngehalten hatte? Oder hatte sie sich tatsächlich nicht nett genug ihm gegenüber verhalten? Wie viel hatte er inzwischen Gabriele verraten? War Gabi wütend auf sie? Wilde Gedanken schossen Hannelore durch den Kopf und die Übelkeit, die sie seit der siebten Schwangerschaftswoche durchweg begleitet hatte, drohte erneut überhand zu nehmen.

Christine packte ihre Hände und zwang sie zum Hinsetzen. »Bleib hier, bitte!«, flehte sie inständig, ohne einen Ton von sich zu geben.

Auch Hannelore schluchzte lautlos. »Mutti wird mich umbringen, das weißt du doch! Sie hasst mich sowieso. Wie wir es auch drehen und wenden, ich bin tot, wenn ich hierbleibe!«

Christine sprang plötzlich ruckartig auf, hopste auf Zehenspitzen zum Wandschrank und holte einen größeren Turnbeutel heraus.

Hannelore folgte ihr und drehte sie zu sich herum. »Was machst du, Tine?«

»Ich komme mit!«

Für einen Moment fühlte sich Hannelore fast erleichtert. Es wäre weitaus weniger angsteinflößend, wenn sie nicht ganz alleine wäre. Sie wusste in ihren vielen schlaflosen Nächten nicht, wovor ihr mehr graute: vor der Ungewissheit, wo sie hingehen sollte oder die Vorstellung, was bei der Geburt und danach alles auf sie zukommen würde.

Alles was sie über das Thema wusste, waren bissige Kommentare ihrer Mutter und die steten Horrorgeschichten junger Mütter aus der Nachbarschaft. *Nimm den schlimmsten Schmerz, den du je erlebt hast und multiplizier den mit zehn, während dir jemand ohne Betäubung mit einer Säge zwischen die Beine geht! Oder: Stell dir vor, du liegst dreißig Stunden mit den schlimmsten Menstruationskrämpfen deines Lebens danieder und jemand zieht dir alle paar Minuten ruckartig eine riesengroße, endlose Dornenkette aus dem Unterleib, bis du dir wünschst zu sterben!* Dabei lachten sie stets und schoben stolz ihre sperrigen Kinderwagen mit den offenbar rund um die Uhr schreienden Sprösslingen vor sich her.

Hannelore hatte bereits bei dem bloßen Gedanken das Gefühl, ihr wollte das Herz zum Hals herausspringen und unterdrückte nur mühsam einen aufkommenden Brechreiz. Von Grauen erfüllt knetete sie ihre klitschnassen Hände und beobachtete ihre packende Zwillingsschwester. Wo sollten sie nur hin? Sie waren beide im Abschlussjahr der Mittelschule und würden diese erst im Sommer abschließen – für Hannelore in ihrem Zustand eindeutig zu spät!

Trotz all des Horrors konnte sie jedoch das aufkommende schlechte Gewissen nicht abschütteln. Für sie mochte es zu spät sein, aber Christine hatte nach wie vor die Chance, einen Schulabschluss zu bekommen. Zwar hatte keines der Mädchen besonders gute Noten vorzuweisen, doch solange die Regime-getreue Gesinnung der Eltern bekannt war, tat das gewöhnlich nichts zur Sache.

Nervös nagte Hannelore an ihrer Unterlippe. Wenn Christine jetzt mit ihr fortging, würde auch sie aus dem Schulsystem herausfallen und ohne Abschluss dastehen. Hatte sie das Recht, nicht nur sich selbst und dieses Ding in ihr ins Unglück zu stürzen, sondern auch ihre loyale Zwillingsschwester?

Matt hob sie die Hand, um Christine auf sich aufmerksam zu machen. »Nein!«, sagte Hannelore lautlos und schüttelte bekräftigend den Kopf.

Christine ließ sich wieder neben Hannelore nieder und gestikulierte ebenfalls heftig. »Wenn du gehst, habe ich auch keine andere Wahl!«, artikulierte sie eindringlich. »Die werden mir doch nie glauben, dass ich von alledem nichts wusste! Das wird hier auch für mich die Hölle auf Erden, sobald du weg bist und sie alles herausfinden, das weißt du doch!«

»Du musst die Schule fertig machen!«

»Quatsch! Spinnst du?« Fassungslos sah Christine ihre Zwillingsschwester an. »Das ist doch nun echt egal!«

»Nein!«, lehnte Hannelore entschlossen ab. »Wenigstens eine von uns muss doch eine Zukunft aufbauen. Du hilfst niemandem, wenn auch du kein Geld und kein Zuhause hast. Du machst deinen Abschluss im Sommer, suchst dir eine Anstellung und dann komme ich zu dir!«

Christines Widerstand bröckelte langsam. Hannelores Erklärung machte zu ihrem Unwillen Sinn. Im Gegensatz zu Hannelore hasste Christine die Schule, besonders Mathematik und Russisch, und der Gedanke an die Reaktion ihrer Eltern erfüllte sie mit Panik.

Hannelore erriet ihre Gedanken. »Kannst du nicht zu Siggi gehen? Seine Eltern mögen unsere nicht und die haben doch viel Platz!«

Christine hatte seit ein paar Monaten einen Freund, bei dem die Zwillinge fast ihre gesamte Freizeit verbracht hatten. Siegfrieds Eltern waren in der Partei, sein Vater war sogar ein guter Freund von Generalsekretär Walter Ulbricht[2], wie er oft stolz betonte. Seine Eltern waren ebenfalls streng, doch im Vergleich zu den Krafts waren sie sehr gerecht. Siegfrieds Mutter vertrat den Grundsatz, dass nur glückliche und geförderte Kinder gute Bürger der DDR werden könnten. Als sie dies jedoch vor Erna bei einem spontanen Aufeinandertreffen erwähnt hatte, waren die Fronten schnell geklärt gewesen.

»Arrogante Kuh!«, hatte Erna sie danach heimlich genannt und damit war jegliches Interesse ihrerseits an dem neuen Freund ihrer Tochter und dessen Familie erloschen gewesen.

Die Zwillinge hatten jedoch sehr von der Herzlichkeit der Lehmanns profitiert und abgesehen von Hannelores Zustand und all ihren Ängsten war es eine gute Zeit für beide gewesen. Christine hatte Dank Siegfried ihre Mathe-Noten etwas verbessern können und Hannelore hatte trotz ihres Hörschadens bemerkenswerte Russischkenntnisse erworben. Ihre Aussprache war zwar recht schwach, da sie die neuen Wörter und die Satzmelodie nicht hören konnte, doch im Schriftlichen wie auch im Lippenlesen war sie erstaunlich gut, wie Siegfrieds Vater erfreut feststellte. Er selbst war Russischlehrer und zum ersten Mal in ihrem Leben bekam die von Zuneigung so wenig verwöhnte Hannelore ermutigende Worte und Beachtung. Wäre sie nicht schwanger, wäre alles nahezu perfekt!

Allerdings fiel ihre Abwesenheit vom in der DDR so wichtigen Sportunterricht allmählich auf. Seit Monaten drückte sich Hannelore mit der Begründung, ihr sei furchtbar schlecht und schwindelig. Das entsprach zwar meistens der Wahrheit, Übelkeit und Schwindel waren seit Monaten ein beständiger Begleiter. Doch ihre Lehrer führten dies auf ihre Schwerhörigkeit zurück, welche durchaus zu Schwindel und Balance-Problemen führen konnte.

Erna und Karl waren zu einem offiziellen Gespräch vorgeladen worden, in dem die Schulleitung, der Klassenlehrer sowie die Sportlehrerin eindringlich eine gründliche ärztliche Untersuchung nahegelegt hatten. Zu Hannelores Glück im Unglück und dem heimlichen Entsetzen der Lehrerschaft hatte Erna in gewohnt wenig warmherzigen Worten klargestellt, was sie von der ausgekochten Sturheit ihrer Tochter hielt und dass sie ihr eine gewaltige Lehre erteilen würde, sollte Hannelore weiterhin Schwierigkeiten machen. Das Lehrergremium hatte nach diesem Treffen intern beschlossen, das Ganze vorerst ruhen zu lassen und Hannelores Leistungen genauer zu beobachten. Von dem eigentlichen Problem schien jedoch trotz der schon recht vorangeschrittenen Schwangerschaft noch niemand etwas bemerkt zu haben.

Christine sah sie unsicher an. »Vielleicht kannst du ja mit zu Siggi und seinen Eltern kommen?«

Ein bitteres Lächeln stahl sich auf Hannelores Gesicht. »Fällt dir noch etwas Blöderes ein?«

»Warum nicht?«, gab Christine uneinsichtig zurück. »Vielleicht sind die Lehmanns nicht so konservativ wie sie tun?«

Wortlos sahen sie sich an und dachten dasselbe. Es war in der Tat eine dumme Idee! Die Lehmanns hatten mehr als deutlich gemacht, wie sich ein guter, anständiger Bürger der Deutschen Demokratischen Republik zu verhalten habe und auf welchen Säulen das Vaterland aufgebaut sei. Eine schwangere, unverheiratete 16-jährige ohne Schulabschluss und Perspektive, noch dazu schwerhörig und unsportlich, passte da sicherlich nicht hinein!

Es war fraglich, ob sie überhaupt Christine bei sich aufnehmen würden. So gerne die Lehmanns sie auch mochten, so brachte es sicherlich keinen Glanz in den politischen Vorzeigehaushalt, eine Minderjährige zu beherbergen, deren Familie mehr und mehr von zweifelhaftem Ruf war. Alleine schon das Thema Gabriele war ein unausgesprochenes Tabu, obwohl sie sicherlich von ihrer Republikflucht gehört hatten.

»Mir ist schlecht!«, sagte Christine schließlich kläglich.

»Mir auch!«

Ratlos saßen sie eine Weile nebeneinander, hielten sich die verschwitzten Hände und starrten vor sich hin.

»Ich werde Gabi finden!«, flüsterte Hannelore schließlich kaum hörbar.

Sprachlos blickte Christine sie an. »Bist du dir sicher? Was ist, wenn Alfred ... also, wenn Gabi ...« Unsicher brach sie ab und ihr

Blick streifte kurz Hannelores Bauch.

Hannelore nickte dennoch. »Mir fällt nichts anderes ein. Dann kann ich ihr alles erklären. Blut ist dicker als Wasser, sagt man, oder?«

Christine biss sich auf die Unterlippe und nickte zweifelnd. Es fiel ihr schwer, ihrer Zwillingsschwester direkt ins Gesicht zu sehen, damit diese ihre Lippen lesen konnte. »Ich will nicht in den Westen!«, stieß Christine schließlich lautlos hervor.

Hannelore schluckte bitter. »Das habe ich auch nicht erwartet!«

Christine griff erneut nach ihrer Hand und drückte sie fest. »Ich stehe dir bei, wo ich nur kann, aber ich kann nicht in den Westen gehen. Ich will da nicht hin!«

»Warum nicht? Was hält dich hier? Drüben gibt es bestimmt Millionen von Typen wie Siggi!«, fügte sie sarkastisch hinzu.

»Versteh doch, Hanne: Da ist alles anders! Wenn man überhaupt hinkommt! Soweit ich weiß, kommt man nicht einfach so rüber und selbst wenn man es schafft und sie einen nicht vorher schnappen, dann geht es den Zurückgebliebenen hier schlecht. Erinnere dich doch an letztes Jahr, als Gabi verschwunden ist! Ich will nicht, dass Mutti, Vati und wahrscheinlich auch die Lehmanns von der Stasi drangenommen werden! Wer weiß, was die das nächste Mal machen, wenn unsere Familie noch mal Republikflucht begeht! Ich pack' das einfach nicht!«

Hannelore streichelte ihr beschwichtigend die Hand. »Ich verstehe dich. Aber hast du eine bessere Idee für mich?«

Krampfhaft suchte Christine nach einer Antwort und schüttelte schließlich stumm den Kopf.

»Gut«, schloss Hannelore zitternd, aber entschlossen, »dann wissen wir ja, was zu tun ist: Du gehst zu Siggi und ich zu Gabi!«

»Muss das denn wirklich gleich heute Nacht sein?«, fragte Christine nur noch mühsam beherrscht.

Hannelore nickte und deutete kurz auf ihren deutlich gerundeten Taillenumfang. Sekundenlang war nichts als unterdrückt schweres Atmen der beiden zu hören.

»Wann und wo sehen wir uns wieder?«, fragte Christine.

Hannelore hob hilflos die Schultern.»Bald, hoffe ich!«

Spätestens in diesem Moment wurde beiden klar, dass ihre Wege ab sofort unweigerlich und vielleicht für immer auseinanderlaufen würden und eine schier unerträgliche Schwere breitete sich aus. Gleichzeitig sprangen beide auf und schnappten ihre Taschen. Hannelore fühlte einen erneuten Brechreiz in sich aufsteigen, der sie einige Minuten von ihrem Elend ablenkte, während Christine mit zitternden Händen wahllos Kleidung und Utensilien in ihren Turnbeutel stopfte. Genau wie Gabriele letztes Jahr wussten auch die Zwillinge nicht, was sie brauchen könnten und mitnehmen sollten.

Mit wackeligen Knien stand Hannelore schließlich auf und schloss die Taschen. Christine erhaschte einen letzten Blick auf ein dickes Russischbuch, das darin verschwand.»Bist du komplett bescheuert? Was willst du denn damit?«

»Russisch ist das Einzige, was mich in letzter Zeit abgelenkt hat!«, konterte Hannelore bockig.

Kopfschüttelnd riss Christine ihr die mit Blumen umhäkelte Tasche aus dem Nadelunterricht aus der Hand, zog das Russischbuch wieder heraus und legte es auf den Schreibtisch.»Sei nicht blöd, Hanne! Der Schinken wiegt eine Tonne und Russisch ist jetzt das Letzte, was du brauchst – schon gar nicht beim Klassenfeind!«

Hannelore biss die Zähne zusammen und gab widerwillig nach. Christine hatte Recht. Sie sah auf den kleinen, aufziehbaren Wecker neben Christines Bett: Es war knapp zehn Uhr. Erna und Karl waren wie immer schon lange in ihren Betten und würden sie nicht hören, wenn sie sich leise hinausschlichen. Je früher sie gingen, umso weiter würde zumindest Hannelore hoffentlich entfernt sein, wenn sie aufwachten.

Lautlos schlichen sie an Ernas Zimmer vorbei. Ihre Eltern teilten sich bereits seit vielen Jahren kein gemeinsames Zimmer mehr. Sie mieden geübt die knirschende dritte und siebte Holzstufe und tapsten leise an Karls Zimmer im Erdgeschoss vorbei, aus dem beruhigendes, lautes Schnarchen zu hören war. Hannelore nahm ein recht ansehnliches Bündel Geldscheine aus der Vase im Küchenregal, in der Erna stets ein paar Ersparnisse aufbewahrte. Mit unendlicher Vorsicht und Langsamkeit öffnete Christine die Tür zum Garten, die sich leiser schließen ließ als die Haustür.

Es war kälter als erwartet und Hannelore bereute sofort, dass sie in der Eile eben nicht an ihren dicken Wintermantel gedacht hatte. Jetzt noch einmal umzukehren und womöglich ihre Eltern aufzuwecken, war jedoch einfach zu riskant.

Sie kämpften sich ihren Weg durch sperriges Gebüsch und matschiges Gras bis sie auf der Hauptstraße waren und sahen sich schließlich an. Es gab keine Straßenlaternen im Jan-Maat-Weg, doch der Mond schien glücklicherweise hin und wieder matt durch die grau-schwarzen Wolken hindurch. Fröstelnd rieben sie sich die Hände.

»Soll ich dich vielleicht zu Siggi begleiten?«

»Ich weiß nicht.« Unsicher trat Christine von einem Fuß auf den anderen. »Wenn seine Eltern noch wach sind und schlecht reagieren, gehen die vielleicht sofort zu unseren Eltern und dann sitzen wir alle beide in der Tinte!«

Die beiden schwiegen und schluckten schwer.

»Ich will mich nicht verabschieden!«

Hannelore konnte Christines Lippen im Mondlicht nur schwer erkennen, aber sie wusste, was ihre Zwillingsschwester gesagt hatte. »Ich auch nicht!«

Abrupt drehte sich Hannelore schließlich um und ging die Straße entlang in die entgegengesetzte Richtung. »Bis bald, Genossin!«, rief sie über die Schulter, ohne sich umzudrehen.

Einen Moment lang war Christine versucht, hinter Hannelore her zu laufen. Doch was würde das ändern? Nichts! Sie hatten alles wieder und wieder durchgesprochen. Die Welt würde morgen noch genauso aussehen wie heute. Es gab einfach kein Zurück. Was sie auch versuchten, sie konnten ihre Lage unmöglich schlimmer machen, als sie schon war.

»Freundschaft![3]«, flüsterte Christine, während sie ihren Turnbeutel fest an sich drückte. Nach wenigen Sekunden setzte auch sie sich in Bewegung und machte sich auf den Weg zu den Lehmanns. Hannelore schossen sehr ähnliche Gedanken durch den Kopf. Jeder Schritt, der sie von ihrer Zwillingsschwester fortführte, fühlte sich schwerer und einsamer an als der vorherige. Wie sie dieses Ding in sich hasste! Und wie sie erst Alfred hasste! Sie musste unbedingt zu Gabi in den Westen und ihr alles erklären. Hoffentlich war es dafür nicht schon zu spät. Wusste der Himmel, was Alfred ihr vermutlich für Lügen aufgetischt hatte! Doch dieser Teil musste noch warten, zuerst musste sie erst einmal überhaupt über die Grenze kommen, um Gabriele zu finden.

Fest drückte sie das dicke Bündel gestohlener Geldscheine enger an sich, das sie in der Eile in ihren Ausschnitt gestopft hatte. Ein schlechtes Gewissen hatte sie seltsamerweise überhaupt nicht. Im Gegenteil: Es fühlte sich an, als würden ihre Eltern ihr das Geld in gewisser Weise sogar schulden. Der Gedanke an ihre Eltern ließ sie schneller werden und die Schwere machte sogar einer gewissen Erleichterung Platz. Wenn sie es schaffte, von hier wegzukommen, war alles andere nur noch halb so angsteinflößend.

Es widerstrebte ihr, das wertvolle Geld für ein teures Zugticket nach Ostberlin auszugeben. Außerdem würde sie bis zum Morgen warten müssen. Siggi hatte ihnen vor einigen Wochen erzählt, dass er mit seinem Freund im kommenden Sommer einen Urlaub per Anhalter machen wollte. Ob er das nur gesagt hatte, um Christine zu beeindrucken oder ob er es wirklich vorhatte, wusste Hannelore nicht. Aber vielleicht war das eine gute Idee? Der Weg nach Ostberlin war zwar weit, aber vielleicht fuhr ja irgendjemand in die richtige Richtung? Außerdem hatte nun mal bei weitem nicht jeder ein Auto, da war es vielleicht tatsächlich eine logische Idee, bei jemandem mitzufahren.

Den Gedanken, dass sie eventuell zu Leuten der Staatssicherheit ins Auto steigen könnte, schob sie schnell von sich. Ihr graute bereits vor mehr Dingen, als sie in Worte fassen konnte. Noch mehr Sorge hatte in ihren wirren Gedanken einfach keinen Platz.

Das tagsüber so laute Rauschen und Knacken in ihren Ohren war in der nächtlichen Stille angenehm leise. Doch merkwürdigerweise wünschte sie sich jetzt, sie würde es hören, denn das einzige, was die Dunkelheit und Stille um sie herum durchbrach, war der hämmernde Herzschlag in ihren Ohren. *Wohin sollte sie gehen?* Es schien niemand nachts unterwegs zu sein.

Spontan entschied sie sich, zum Bahnhof zu gehen. Das Bahnhofsviertel war zumindest tagsüber immer sehr belebt. Vielleicht fuhr ja dort ein Wagen in die richtige Richtung vorbei? Alles war besser, als noch in der Nähe ihres Elternhauses zu sein, wenn diese ihr Verschwinden bemerkten! Ihre Mutter würde toben, wenn sie das fehlende Geld bemerken würde. Zum ersten Mal seit langer Zeit zeigte sich für einen kurzen Moment ein zufriedenes Grinsen auf Hannelores Gesicht.

Der lange Weg zum Bahnhof verging erstaunlicherweise wie im Flug. Alles wirkte so irreal, als würde sie träumen. Hier war sie nun und hatte den größten Schritt ihres Lebens gewagt und doch wollte der Groschen nicht recht fallen. Erst als sie das Bahnhofsschild vor sich sah, bemerkte Hannelore, dass sie vollkommen außer Atem und dehydriert war. In ihrem Hals brannte es bei jedem Atemzug und eine erneute Welle der Übelkeit schwappte unbarmherzig über ihr zusammen. Keuchend lehnte sie sich an die Steinmauer des Bahnhofsgebäudes und versuchte krampfhaft, die verhasste Übelkeit herunterzuschlucken. Sie war trotz der Kälte verschwitzt und ihre dünne Kleidung klebte wie eine zweite Haut am Rücken und unter den Armen.

Plötzlich spürte sie eine Hand auf ihrem nassen Rücken und fuhr erschrocken herum. Eine blonde Frau etwa Ende dreißig stand vor ihr. Hinter ihr parkte ein Wagen, aus dem mehrere Insassen zu ihr herüber starrten. Offenbar hatte die Frau vorher bereits versucht, sie anzusprechen und Hannelore hatte sie wie immer nicht gehört. Erneut sagte die Frau mit den stark hervorstehenden Wangenknochen und dem grellroten Lippenstift etwas, doch Hannelore konnte in dem schwachen Licht nicht erkennen, was sie sagte.

Verzweifelt deutete sie schließlich auf ihre Ohren und schüttelte den Kopf. Die Frau stockte kurz und kam ein Stück näher heran. Erstaunen lag in ihrem Gesicht und Hannelore meinte, ehrliches Mitleid in ihrem Blick zu sehen, als sie unerwartet ihre Hand auf Hannelores Bauch legte und erneut sprach. Es dauerte einige Augenblicke bis Hannelore begriff, warum sie selbst aus dieser unmittelbaren Nähe nicht anhand ihrer Lippen lesen konnte, was die Frau sagte: Sie redete in einer anderen Sprache!

Die Frau lächelte plötzlich, als sie Hannelores verzweifelten Versuch bemerkte, ihren Redefluss zu erraten. Sie zeigte auf sich selbst und erklärte deutlich artikuliert: »русская!« – Sie war Russin!

Hannelore musste trotz aller Übelkeit ebenfalls lächeln. Was für eine Ironie des Schicksals, dass Christine ihr nur wenige Stunden zuvor empört das Russischlexikon mit dem Kommentar abgenommen hatte, dass dies das Letzte sei, was sie nun benötigen würde!

»Теперь поняла – jetzt verstehe ich!«, gab Hannelore zurück.

Überrascht sah die Russin sie an. Sie drehte sich zum Wagen hinter sich um und Hannelore bemerkte erst jetzt eine wild winkende Hand auf der Rückbank. Sie gehörte zu einem jungen Mädchen, das seine Nase an der Scheibe plattdrückte und glücklich lachte. Hannelore konnte ihr Gesicht nur schemenhaft erkennen, doch sie sah dennoch deutlich, dass die Augen des Mädchens etwas seltsam wirkten. Trotzdem fühlte sich Hannelore sofort zu ihrem Strahlen hingezogen.

»Berlin?«, fragte Hannelore, als die Frau sich wieder umdrehte und zeigte auf den Wagen.

Die Russin zögerte einen Moment und sah noch einmal auf das winkende Mädchen, das vermutlich ihre Tochter war. An ihren Lippen erkannte Hannelore, dass sie etwas Richtung Auto rief. Vermutlich die Antwort auf eine Frage, denn der Fahrer hatte sich über den Beifahrersitz gebeugt und sah nun stirnrunzelnd zu ihnen herüber.

Für einen Augenblick war Hannelore sprachlos, denn er war bei weitem der am besten gekleidete Mann, den sie je gesehen hatte. Seine blau-grüne, offenbar nagelneue Uniform war von schimmern-

den Abzeichen übersät und auf seinem dichten, schwarzen Haar
thronte eine passende Schirmmütze. Auch er sagte etwas, das Hannelore nicht verstehen konnte.

Die Russin drehte sich energisch zu Hannelore um und fasste sie
an der Hand. »да, в Берлин – ja, nach Berlin!«, erklärte sie schließlich feierlich und drehte dabei lachend die rechte Hand mit ausgestreckten Fingern mehrmals hin und her. Hannelore war sich nicht
sicher, was diese Geste bedeutete, doch sie riet, dass sie anscheinend *so ungefähr* heißen musste. Vermutlich waren sie auf dem Weg
Richtung Berlin und konnten Hannelore zumindest ein gutes Stück
mitnehmen.

Sie holte tief Luft. Da war er also, der Moment, auf den sie gehofft hatte! Und doch war sie auf einmal schrecklich nervös. Wenn
sie jetzt in den Wagen stieg, gab es endgültig kein Zurück mehr. Ein
erneuter Tritt in ihrem Unterleib machte ihr jedoch schlagartig klar,
dass es dafür ohnehin zu spät war. Doch konnte sie einfach so zu
Russen ins Auto steigen? Sie hatte nach wie vor Angst vor den Be-
satzern und hatte stets nur Schreckliches über Russen gehört.

Dem Russen darf man nie trauen!, hatte Erna ihren Kindern von
klein auf an eingebläut. Sie benutzte stets die Einzahl, wenn sie
über andere Nationalitäten sprach: *Der Russe* war von Natur aus ein
schlechter Mensch, *der Amerikaner* war grundsätzlich nicht vertrau-
enswürdig und so weiter. Gute Bürger wie sich selbst bezeichnete
sie hingegen gerne mitleidheischend als *den kleinen Mann auf der
Straße.*

Mit diesen Phrasen bestritt sie unerschütterlich jede noch so tief-
schürfende, politische Diskussion – sehr zum Unmut ihrer Familie,
die nach vielen Jahren der konsequenten Wiederholungen nur noch
genervt mit den Augen rollte. Kommentare *zum Russen* hatte sich
Karl bereits vor vielen Jahren verbeten, doch auch hier blieb Erna
bei ihrer festgefahrenen Meinung, ob sie diese nun laut aussprach
oder auf Anordnung ihres Mannes widerwillig für sich behielt.

Grimmig schob Hannelore den Gedanken an ihre Mutter beiseite. Vielleicht war genau dies ein Wink des Schicksals. In der Nacht,

in der sie endlich den Mut aufgebracht hatte, ein Leben ohne ihre Eltern zu beginnen, waren es nun ausgerechnet Russen, die ihr offenbar Hilfe anboten.

Die Frau lächelte noch immer einladend und sagte offenbar etwas, während sie sich ein geblümtes Tuch fester um ihre blondierten Haare knotete. Eine leichte Brise war aufgekommen und trug ihr dezentes Parfum in Hannelores Richtung. Das Mädchen im Auto winkte noch immer und der Mann in der schicken Uniform sah nun ebenfalls freundlicher aus.

Hannelores Blick wanderte über den Wagen. Soweit sie diesen im dumpfen Mondlicht erkennen konnte, war er dunkelgrün mit einem weißen Dach. Er sah fast ein bisschen wie ein übergroßes Spielzeugauto aus und war bestimmt alles andere als günstig gewesen. Dass sie hinter Hannelores kärglichem Hab und Gut her waren, war mehr als unwahrscheinlich.

Sie gab sich schließlich einen Ruck und erwiderte den warmen Händedruck der Frau. »огромное спасибо – vielen Dank!«

»да не за что!«, winkte die Russin strahlend ab und schob Hannelore energisch neben ihre Tochter auf die Rückbank. Aus irgendeinem Grund schien sie aufgeregt zu sein.

Hannelore lehnte sich auf der beigefarbenen Rückbank so gut es ging zurück und atmete durch. Sie war sich nicht sicher, ob der Mann und die Russin sich stritten oder angeregt diskutierten. Da Hannelore hinter dem Fahrer saß, konnte sie nur hin und wieder die Lippenbewegungen der Russin sehen, wenn diese sich während des wilden Gestikulierens ausreichend zu ihr herumdrehte. Die einzelnen russischen Wortbrocken machten jedoch ohne jeden Kontext und Dank Hannelores alles andere als perfektem Russisch nicht allzu viel Sinn.

Die Russin nannte mehrfach den Namen *Tatjana* und ein Wort, das wie *Dedowschtschina* klang. Hannelore war sich nicht sicher, ob sie es richtig verstanden hatte oder nicht, doch es heizte die Diskussion der beiden offenbar enorm an.

Zu ihrem Erstaunen sah Hannelore, dass die Russin sich jedoch in keiner Weise einschüchtern und schon gar nicht den Mund verbieten ließ. Erna hätte schon lange mit verbissener Miene geschwiegen, um nicht von Karl vor den Kindern gemaßregelt oder gar geschlagen zu werden. Die Russin hatte entweder keine Furcht oder ihr Mann war einfach vollkommen anders als Hannelores Vater. Erneut las sie ‚Dedowschtschina'. Die Russin schien ihrem Mann wegen irgendetwas Vorwürfe zu machen und sah ihre Tochter offenbar in Gefahr. Hannelore gab auf. Was auch immer es war, sie konnte weder die Lippenbewegungen erkennen, noch reichte ihr Russisch für tiefer gehende Gespräche aus.

Sie spürte plötzlich, dass das Mädchen ihren Arm drückte und betrachtete ihre Sitznachbarin zum ersten Mal genauer von der Seite. Sie sah in der Tat ungewöhnlich aus: Das Gesicht war sehr breit und flach mit großen, schlitzartigen Augen. Hannelore erinnerte sich dunkel, dass einmal in der Nachbarschaft ein Kind mit solchen Gesichtszügen gelebt hatte, das von den Erwachsenen nie bei seinem Namen genannt, sondern immer nur *das schwachsinnige Kind* gerufen worden war. Die Familie hatte nur wenige Jahre in Brinckmannsdorf gewohnt und war dann weggezogen, sodass Hannelore den Jungen nie genauer kennengelernt hatte. Erna hatte ihnen zudem jeglichen Umgang mit *dem schwachsinnigen Kind* verboten, damit die Nachbarn nicht schlecht von ihnen dachten.

Schwachsinnig wirkte dieses Mädchen nicht, lediglich optisch etwas sonderbar. Dennoch war sie unglaublich hübsch und sehr fein angezogen. »папуля ist zu lieb!«, sagte sie stolz.

»Wie bitte?«, fragte Hannelore verwirrt zurück. Sie erinnerte sich dunkel, dass папуля ‚Papa' auf Russisch hieß.

»Papa hat einem Soldaten geholfen. Andere Soldaten waren ganz gemein zu ihm gewesen und hatten ihm schlimm wehgetan. Als Papa davon gehört hat, ist er hingegangen und hat dem armen Soldaten geholfen. Und die Bösen mussten alle auf Papa hören. Papa ist nämlich ganz wichtig«, fügte Tatjana strahlend hinzu. »Aber jetzt hat Mama Angst, dass ...«

Ein scharfes Bremsen warf Hannelore gegen den Fahrersitz. Tatjanas Eltern drehten sich simultan herum und sprachen in rasend schnellem Russisch auf sie ein. Hannelore wusste nicht, was sie mehr beeindruckte: dass man Russisch in einem solchen Tempo sprechen konnte, dass die Frau ihrem Mann rigoros über den Mund fuhr oder dass der Fahrer die eigentümlichsten Augen hatte, die Hannelore je gesehen hatte! Sie waren eisblau mit langen, pechschwarzen Wimpern – genau wie die seiner Tochter. Sein Wimpernansatz waren so intensiv schwarz umrandet, dass es fast so aussah, als hätte er sich geschminkt. Fasziniert starrte sie ihn an, bis sie bemerkte, dass er nicht mehr sprach, sondern zurücklächelte.

Mit hochroten Wangen konzentrierte sie sich auf ihre Hände im Schoß. »Es ist nicht Tatjanas Schuld! Ich habe nicht alles verstanden und sie hat es mir nur erklärt«, sagte Hannelore in ihrem besten Russisch.

Tatjanas Vater startete den Wagen und Hannelore sah an seinen Bewegungen, dass er seiner Frau etwas sagte.

Diese lächelte Hannelore kurz an und drehte sich wieder zu ihrem Mann herum. »Natürlich war das eine gute Idee!«, konterte die Frau selbstbewusst auf Russisch.

Tatjana zog Hannelores Arm abrupt liebevoll zu sich herüber, als wäre sie eine Puppe. »Sie ist so nett! Darf ich sie behalten? Bitte, bitte!«

Ihre Mutter lachte und die stahlgrauen Augen im Rückspiegel lächelten Hannelore ebenfalls gutmütig an. Unter normalen Umständen wäre ihr vermutlich aufgefallen, dass sowohl die Reaktion der Russin als auch Tatjanas Ausruf etwas sonderbar waren. Hannelore fühlte sich jedoch zu müde, um etwas zu bemerken. Sie drückte Tatjana dankbar die Hand. Das Mädchen war vermutlich nur wenige Jahre jünger als sie selbst. Vielleicht war sie sogar gleich alt. Doch ihre eigentümlich simple, herzliche Art war wunderbarerweise genau das, was Hannelore jetzt brauchte.

Sie schloss die Augen und genoss die bleierne Müdigkeit, die langsam überhandnahm, während sie auf holprigen Straßen durch die pechschwarze Nacht in eine neue Zukunft fuhr.

~ KAPITEL 7 ~

Der neue Patient

FRANKFURT AM MAIN, BRD. 22. NOVEMBER 1989.
PSYCHIATRISCHE PRAXIS DR. GENET.

»Siehe Notizen«, brummelte Werner Genet verärgert vor sich hin, als er stirnrunzelnd die kaum lesbaren Randnotizen seines Kollegen dechiffrierte. Werner war beinahe pedantisch, was die säuberliche Archivierung seiner Patientenakten betraf und sein Kollege Hartmut Keller hatte ihm wieder einmal binnen kürzester Zeit sein Büro durcheinandergebracht. Statt einer ordentlichen, persönlichen Übergabe, hatte Hartmut für heute Patientengespräche in seiner eigenen Praxis angesetzt und Werner sehr überschaubare, teilweise eher sinnfreie Notizen dagelassen. Wie er das hasste! Er würde jetzt möglichst unauffällig bei seinen Patienten nachfragen müssen, wie die Sitzungen gelaufen waren.

Warum konnte Hartmut nicht zumindest halb so viel Energie in die Übergabe stecken, wie er in sein Äußeres investierte, dachte Werner grantig.

Doch nicht nur Hartmut brachte ihm seine akribisch detailliert angelegten Akten und Ausführungen durcheinander. Auch seine neue Empfangsmitarbeiterin machte sein Leben nicht unbedingt leichter. Frau Winter hatte letzten Sommer gekündigt, um ihre kranke Mutter zu pflegen und erst jetzt stellte Werner fest, dass er ihr nicht oft genug für ihre jahrelange Professionalität gedankt hatte.

Frau Winters Ersatz war zwar nett und brachte die entsprechende Ausbildung mit. Doch sie war sehr wechselhaft in ihrer Zuverlässigkeit und für Werners Geschmack eindeutig zu gesprächig.

Ärgerlich schweifte sein Blick über die vielen quietschbunten Notizzettel, die Katharina Stein scheinbar wahllos in die Akten geklebt, geheftet oder einfach nur hineingelegt hatte, sodass sie beim bloßen Aufschlagen durcheinandergerieten und nicht mehr zuzuordnen waren. Frau Winter hätte niemals seine Akten geöffnet! Frau Stein, die darauf bestand, von allen *Katha* gerufen zu werden, sah das Thema Diskretion jedoch deutlich entspannter als ihre Vorgängerin.

Als hätte sie geahnt, dass seine erbosten Gedanken soeben zu ihr gewandert waren, öffnete sie schwungvoll die Tür zu Werners Büro, strahlte ihn an und legte sofort in ihrem fröhlichen, breiten Unterfränkisch los. »Oh wie schön, Sie sind ja wieder da! Hatten Sie einen schönen Urlaub? War ja ziemlich kurz, aber manschmal denk isch, wenn man wegfährt und net zu Haus is, dann kommt es einem länger vor, als wie es eigentlisch is, ge? Besser als wie wenn man arbeide muss, denk isch mir. Also, net, dass isch net gern arbeide ...«

»Stopp!«, entfuhr es Werner gereizter als beabsichtigt. Katha war nett, doch es war ihm einfach zu früh für ihr endloses Geplapper ohne Punkt und Komma. »Seien Sie mir nicht böse, aber ich habe massig viel zu tun. Gab es etwas Wichtiges in meiner Abwesenheit?«

»Einen neuen Patienten!«, antwortete Katha kurzangebunden. »Kommt heute um neun Uhr!« Noch bevor Werner sie dazu befragen konnte, war Katha aus dem Raum gestürmt und hatte die Tür hinter sich geschlossen.

»Na bravo!«, stöhnte Werner genervt. Es war 8:50 Uhr und er hatte weder einen Überweisungsschein mit entsprechendem Vermerk noch sonstige Informationen darüber vorliegen – ganz zu schweigen von einem Namen! Gereizt setzte er an, Katharina in den Empfangsraum zu folgen, doch im selben Augenblick wurde die Tür geöffnet und ein rothaariger, junger Mann stand verlegen im

Türrahmen.

»Net so zimperlisch, immer rein in die gute Schtubb!«, hörte er Katharina Stein laut von ihrem Empfangstisch aus sagen.

Werner bemühte sich so schnell er konnte, seinem Gesicht eine Spur von Gefasstheit und Zuversicht angedeihen zu lassen. Nicht zum ersten Mal ging er in Gedanken ein fiktives Gespräch mit Frau Winter durch, in dem er sie auf Knien darum bat, wieder zurück in die Praxis zu kommen. Sie würde alles wieder auf Vordermann und in Ordnung bringen. Sollte sich Katharina Stein doch mitsamt ihrer Art und ihrem Mundwerk in einer Apfelwein-Kneipe bewerben!

»Entschuldigen Sie«, sagte Werner so gewinnend wie möglich, während er auf den schüchtern wirkenden Mann zuging und seine Hand ausstreckte. »Ich bin Werner Genet.«

»Alexander Weiß.«

Erleichtert atmete Werner auf. Zumindest war ihm die unangenehme Aufgabe erspart geblieben, nach dem Namen seines neuen Patienten zu fragen.

»Ich hatte mir Frau Winter ganz anders vorgestellt – älter, denke ich«, murmelte Alexander vor sich hin.

»Wie bitte?« Erstaunt hielt Werner inne. Irgendwie kam ihm der junge Mann verdächtig bekannt vor. »Kannten Sie Frau Winter?«

»Nicht direkt«, gab Alexander zögerlich zur Antwort.

Werner wartete auf eine weitere Erklärung, doch der junge Mann schwieg. Woher kannte er ihn nur? Er hätte schwören können, dass er seinen Namen noch nie gehört hatte und doch kam ihm irgendetwas an ihm bekannt vor. Seine Augen erinnerten ihn sehr an Helena. »Kennen wir zwei uns irgendwoher?«

»Nicht direkt«, wiederholte Alexander erneut ausweichend.

Werner atmete tief ein. Wenn das Gespräch so zäh blieb, würde dies eine lange Sitzung werden.

»Was führt Sie denn zu mir?«, fragte Werner schließlich, in dem er sorgsam eine Fragestellung vermied, auf die sein neuer Patient wieder mit den Worten *nicht direkt* antworten konnte.

»Ich bin mir nicht sicher. Ich komme alleine nicht weiter, denke ich.«

Werner spürte, wie er eine Gänsehaut bekam. Es war, als säße er plötzlich wieder Helena gegenüber: dieselben bohrenden Augen, dieselbe ablehnende Körpersprache und Art. Nur die feuerroten Haare verliehen ihm ein etwas lebendigeres Aussehen als die damals aschblonden Haare von Helena. Werner räusperte sich ermunternd. »Mein Leben hat sich vor einiger Zeit sehr drastisch geändert und nichts ist mehr so wie vorher. Ich versuche seitdem ständig, alles wieder in Ordnung zu bringen, damit es so wird wie vorher. Aber meine ... Also, jemand in meiner Familie hat ...«

Schwungvoll wurde die Tür aufgerissen und Katharina Stein stand in der Tür. Sie war noch nicht wieder so fröhlich wie sonst, doch ihr Mundwerk hatte offenbar wieder Oberwasser gewonnen. »Dr. Genet, da war eine Helena am Telefon und sachte was von Abreisen. Sch hab net alles verstanden, weil da im Hintergrund so viel gekrische wurd, aber sch denk, sie wollte zum Bahnhof!«

Mühsam beherrscht nickte Werner recht deutlich Richtung Alexander. Wie konnte Frau Stein so indiskret sein? »Warten Sie doch bitte einen Moment, ja?«, bat er Alexander freundlich zwischen zusammengebissenen Zähnen und deutete Katharina recht forsch den Weg nach draußen. »Frau Stein, da muss ich jetzt einfach mal offen sein: So geht das nicht! Sie wussten doch ganz genau, dass ich gerade mitten im Gespräch bin!«

Es fiel ihm schwer, seinen aufgestauten Ärger zu unterdrücken und Katharinas Augen füllten sich erschrocken mit Tränen. »Sch hab's doch nur gut gemeint, Dr. Genet, ehrlisch. S klang halt escht wischtisch und sch dacht ...«

»Das ist auch gut, dass Sie mir schnell Bescheid geben, wenn etwas Wichtiges passiert, Frau Stein«, unterbrach Werner sie erneut lauter als beabsichtigt, »aber dann klopfen Sie an die Tür und bitten mich nach draußen, statt einfach so in den Raum zu blöken!«

Katharina brach nun endgültig in Tränen aus. »S tut mir escht leid, sch wollte doch nur helfen! Die Helena klang so uffgebracht am Telefon und sch wollte keine Zeit verlieren!«

Genervt ging Werner zum Schreibtisch und griff nach dem Telefon. »Haben Sie wenigstens eine Rückrufnummer aufgeschrieben?«

Mit zitternden Händen hielt Katharina ihm ein gelbes Post-it mit einer gekritzelten Nummer entgegen.

»Schon gut, schon gut, jetzt hören Sie auf zu weinen! Das Ende der Welt ist es ja nun auch nicht!« Eher souverän als mitfühlend griff er nach der Taschentuchpackung am Schreibtischrand und reichte sie Katharina.

Er hatte es noch nicht einmal klingeln hören, als bereits Veras Stimme lautstark durch den Hörer keifte. »Gutowski!«

Werner zögerte einen Augenblick. Er hatte erwartet, dass Helena sich melden würde. »Frau Gutowski, hallo. Hier ist Werner Genet, der Therapeut, der Sie neulich besucht hat. Erinnern Sie sich?«

»Ja!«, erwiderte Vera knapp und nicht gerade freundlich. »Was gibt's?«

»Ich habe Helena und Ihre Schwester gestern mit nach Frankfurt genommen und wollte nur wissen, wie es ihnen hier im Westen so geht.« Selbst für Werner klang diese schnell erfundene Ausrede lächerlich, doch etwas Besseres war ihm auf die Schnelle nicht eingefallen.

»Und jetzt bieten Sie uns eine Familientherapie an?« Veras Stimme wurde leicht schrill.

»Wie bitte?«

»Wie viel hat Ihnen meine Schwester denn erzählt? Da dürften ja mindestens dreißig Jahre Schmutzwäsche zusammengekommen sein!«

»Frau Gutowski, Ihre Schwester und Nichte sind wirklich nur bei mir mitgefahren. Ich versichere Ihnen …«

»Ach kommen Sie, lassen Sie doch dieses Geschwafel! Meine Schwester hat mir bereits gesagt, dass sie während der Fahrt mit Ihnen gesprochen hat. Großartig, Hanne, ich fass es einfach nicht!«, brüllte sie aufgebracht in den Hintergrund. Hannelore keifte etwas Unverständliches zurück und auch Helena rief nun dazwischen. »Um Ihre Neugierde endgültig zu befriedigen: Die zwei reisen jetzt ab, wir gehen gleich zum Bahnhof! Auf Wiederhören!« Ohne eine Antwort abzuwarten, hatte Vera unsanft aufgelegt.

Werner starrte einige Sekunden unentschlossen auf das Telefon und legte plötzlich seinerseits abrupt auf. Die noch immer laut schniefende Katharina ignorierend, ging er zurück zum Praxisraum und öffnete die Tür. Der Raum war leer. Verwirrt sah Werner sich um und blickte selbst hinter die Tür. Nichts!»Frau Stein, ist der neue Patient eben an uns vorbei gegangen, während ich am Telefon war?«

Katharina hielt überrascht im Schluchzen inne und zog laut hörbar die Nase hoch.»Nee!«

»Das gibt's doch nicht!« Erneut flitzte er in den Raum und schaute nun selbst unter seinen Schreibtisch. Versteckmöglichkeiten gab es keine und die Fenster waren nicht ohne Schlüssel zu öffnen. Er stürmte zurück zum Empfang.»Verdammt, sind Sie sicher?«

Erneut füllten sich Katharinas Augen mit Tränen, während sie heftig nickte.

»Verdammt noch mal!« Wütend bückte er sich und schaute nun auch unter den Empfangstisch.»Das gibt's doch nicht!«, wiederholte er frustriert und riss die Toilettentür auf. *Nichts.* Er schoss um die Ecke und sah das Treppenhaus hinunter. Alles war still. Der Fahrstuhl war nach wie vor im dritten Stock und war ebenfalls nicht benutzt worden.»Schwören Sie mir, dass das kein blöder Scherz ist!«

Katharina schluchzte erneut als Antwort.

»Schon gut, schon gut!« Halbherzig tätschelte er ihr auf die Schulter und ging zurück in den Praxisraum, um seine Jacke zu holen. Er brauchte jetzt dringend frische Luft und einen klaren Kopf!

»Frau Stein, wann ist mein nächster Termin?«

»Um eins?«

»Ist das eine Frage oder eine Antwort?«

»Meinen Unterlagen nach um eins«, gab sie blass zurück.

Frau Winter hätte ihm nie Termine zusammengestellt, die zeitlich so weit auseinander lagen!

»Frau Stein, ich bin jetzt kurz unterwegs, aber wir unterhalten uns nachher mal, ja? Ich denke, wir sollten einiges noch mal gemeinsam durchgehen!«

Katharina war nun kreidebleich geworden. »Sie schmeißen misch doch net raus, oder?«, flüsterte sie mit großen Augen.

Trotz seines Unwillens hatte Werner plötzlich Mitleid mit ihr. »Nein«, entfuhr es ihm zu seinem Unmut, bevor er nachdenken konnte. »Wir sprechen uns später! Schreiben Sie in der Zwischenzeit alles gut auf und machen Sie einfach einmal alles in der Form, um die ich Sie gebeten habe, ja?«

Katharina nickte heftig, während sie erneute Tränen wegwischte.

»Und wenn der neue Patient wieder auftaucht, lassen Sie ihn auf keinen Fall entwischen! Er heißt übrigens Alexander Weiß, schreiben Sie sich das am besten gleich auf!«

Werner sah sich noch einmal um, ob er Alexander nicht doch irgendwo entdeckte und sprang schließlich die Treppenstufen hinunter, immer zwei auf einmal nehmend. Er brauchte dringend einen klaren Kopf, sonst würde er heute das Handtuch werfen und seinen Beruf wechseln. Er hätte etwas anderes studieren sollen, mit Menschen zu arbeiten war einfach ausgekochter Mist!

Energisch riss er die Tür im Erdgeschoss auf und konnte nicht umhin, vorsichtig in die Büsche neben der Hauswand zu lugen. »Was für ein Unsinn!«, schalt er sich selbst laut aus. Die Fenster waren nicht zu öffnen, er konnte also nicht gesprungen sein. Die logischste Erklärung war, dass Frau Stein und er einfach zu sehr beschäftigt gewesen waren, um zu bemerken, dass er den Raum verlassen hatte und gegangen war. Er war einfach zu sehr auf Vera und die Hintergrundgeräusche am Telefon konzentriert gewesen.

Helena hatte am Telefon also etwas von ‚Bahnhof‘ gesagt, erinnerte er sich an Kathas Worte. Ohne nachzudenken ging er bereits Richtung Lokalbahnhof. Er sollte sich aus dem Ganzen einfach raushalten, schoss es ihm durch den Kopf. Und dennoch stieg er wie ferngesteuert in die leere S-Bahn zum Hauptbahnhof.

Nur wenige Minuten später hatte er sein Ziel erreicht und nahm die Treppen nach oben zu den Fernzügen. Hoffentlich hatten sie nicht zufälligerweise sofort einen Zug Richtung Berlin erwischt, sonst waren sie vermutlich schon weg! Die U-Bahn von Veras Wohnung im Nordend brauchte nur wenige Minuten zum Hauptbahnhof.

Sein Puls schlug nach der ungewohnten Lauferei beinahe schmerzhaft in seinem trockenen Hals, während er mühsam Luft holend die Bahnsteige ablief. Sein Blick schweifte über die Abfahrtsanzeiger an den Bahnsteigen. Soweit er sich erinnerte, nahm Johanna immer einen Zug über Bebra, wenn sie in den Osten fuhr. Der nächste Zug würde erst in über zwei Stunden fahren. Auf Gleis 5 gab es einen internationalen Zug nach Warschau. Würde der inzwischen in Berlin halten oder galten noch immer die alten DDR-Fahrpläne?

Keuchend blieb er stehen und versuchte, sachlich zu denken. Sie waren vermutlich genauso Hals über Kopf aufgebrochen wie er und mussten ebenfalls erstmal einen passenden Zug finden, der zumindest in die richtige Richtung fuhr. Und sie würden Fahrscheine brauchen. Eine vertraute Stimme in nicht allzu weiter Entfernung ließ ihn aufhorchen.

»Jetzt lass mich doch zumindest die dusseligen Brötchen kaufen! Meine Güte nochmal!« Veras Stimme übertönte die lauten Bahnhofsgeräusche nahezu mühelos, während sie mit puterrotem Kopf auf ihre Schwester schimpfte.

Hannelore stand über eine Reisetasche gebeugt und suchte offenbar mit einer Hand nach ihrer Geldbörse, während sie Vera mit der anderen Hand ein Stück zur Seite schob. »Ich bin durchaus in der Lage, unsere Brötchen selbst zu bezahlen, danke! Und du musst nicht so brüllen. Deiner Gesichtsfarbe nach sprichst du lauter als deinem Blutdruck guttut!«, keifte Hannelore mit zusammengebissenen Zähnen zurück.

Zu Werners Erstaunen stand zur Abwechslung eine alles andere als zynische Helena zwischen ihnen und versuchte offenbar, die beiden Kampfhähne zu beschwichtigen. Sie war ungeschminkt und sah hilflos aus, als sie versuchte, Hannelore zu beruhigen und ihr die Reisetasche abzunehmen. Ihr Blick fiel auf Werner und ihre verquollenen Augen wirkten erleichtert.»Oh, hallo!«

Bis auf die noch immer weißblonden Haare sah sie heute fast genauso wie die Helena aus, die er von früher kannte.

»Na wunderbar, hast du unsere Familie noch nicht genug in den Schmutz gezogen? Du kannst es nicht gut sein lassen, oder?« Veras Gesicht wirkte gefährlich rot, als sie Werner erblickte.

Hannelore gab das Ringen um die Reisetasche vorübergehend auf und sah Vera wütend an.»Was hast du gesagt?«

»Es ist gut, Mama, sie wollte nur die Brötchen bezahlen«, log Helena schnell mit einem erzwungenen Lächeln.

»Nein, nein, Leni, ich kenne deine Tante gut, glaub mir. Dem Gesichtsausdruck nach hat sie …« Ihr Blick fiel auf Werner und sie hielt erstaunt inne.»Was machen *Sie* denn hier?«

Nervös nestelte Werner an seiner Jacke herum, als ihn plötzlich drei Augenpaare durchbohrten.»Ich habe keine Ahnung, um ganz ehrlich zu sein! Ich weiß allerdings, wie viel Einfluss die Familien-situation auf Helena hat – schon immer gehabt hat. Und ich dachte, unserer alten Freundschaft zuliebe könnte ich vielleicht irgendwie helfen.« Aus den Augenwinkeln sah er die vor Wut bebende Vera nach Atem ringen.»Ich meine das nicht im therapeutischen Sinne!«, beschwichtige er schnell.»Aber Helena und ich kannten uns einmal sehr gut und ich denke, es gibt Vieles, was Sie vielleicht wissen sollten.«

Veras Gesichtsfarbe wurde etwas heller und auf den Gesichtern der beiden Schwestern zeigte sich eine Spur von Verwunderung.

»Was meinen Sie?«, fragte Hannelore forsch, sehr aufmerksam seine Mundbewegungen lesend.

»Wollen wir uns vielleicht irgendwo in ein Café setzen?«, fragte Werner.»Da spricht es sich leichter als hier mitten auf dem Bahn-hof.«

»Danke, wir stehen gut, denke ich!«, erwiderte Vera kühl. Sie sah erneut verärgert aus und schien entschlossen, sich nicht einen Zentimeter von der Stelle zu rühren.

»Gerne!«, antwortete Hannelore jedoch zeitgleich, die nun mit dem Rücken zu Vera stand und deren Mundbewegungen nicht gesehen hatte. Sie legte den Arm um Helena und setzte sich Richtung Hauptausgang in Bewegung. »Willst du ausnahmsweise einmal zuhören, Gabi, oder nicht?«, rief sie ihrer Schwester schnippisch über die Schulter hinweg zu, ohne sie dabei anzusehen.

Sichtbar grimmig setzte sich nun auch Vera langsam in Bewegung. Eine fremde Dame mit toupierten Haaren und starkem Makeup stand jedoch plötzlich vor ihnen und zwang sie zum Stehenbleiben. Jemand hatte sie direkt vor die kleine Truppe geschoben und sie wirkte alles andere als erfreut darüber. »So, Herzchen, jetzt ist es aber mal genug! Braucht hier nun jemand meine Hilfe oder nicht?«

Fassungslos sah Werner von Dr. Irena Horvat auf seinen neuesten Patienten hinter ihr. Er hatte die Ärztin seit Helenas Krankenhausaufenthalt vor fünf Jahren nicht mehr gesehen, doch dieses Gesicht hätte wohl niemand jemals vergessen. Die sorgfältig überschminkten Narben konnten nicht die Grausamkeit überdecken, die dieses Gesicht erfahren hatte. Sie war wie immer perfekt geschminkt, doch ihre vielen Narben und Verbrennungen waren so klar erkennbar, dass es schwerfiel, sie nicht unentwegt anzustarren.

Werners Blick wanderte zu seinem neuen Patienten, der nervös hinter ihr stand. »Alexander! Was machen Sie denn hier?«

In einem etwas verzweifelten Versuch packte Alexander die Ärztin erneut und schob sie zu Helena. »Bitte!«

Werner verstand weder, was Alexander mit seinem Bitten meinte, noch warum er plötzlich hier war.

»Wie kann das sein?«, flüsterte Helena kaum hörbar. Sie war beim Anblick der Ärztin kreidebleich geworden.

»Herzchen, ich muss den Zug nach Warschau erwischen, sonst verpass ich meinen Anschluss in Dresden! Braucht nun jemand Hilfe: ja oder nein?«

Alexander schien den Tränen nahe zu sein. »Bitte!«, flehte er erneut, während er Helena regelrecht hypnotisiert anstarrte. Wie schon während der morgendlichen Sitzung fiel Werner auf, dass Helena und Alexander enorme Ähnlichkeit miteinander hatten. Abgesehen von der Haarfarbe sahen jedoch nicht nur die beiden einander frappierend ähnlich: Wäre seine Nichte Peggy aus Ostdeutschland hier, würden alle drei problemlos als Geschwister durchgehen!

»Herzchen, ihr seht alle gesund und munter aus! Ich gehe jetzt zum Zug!« Entschlossen hob sie ihren schweren Koffer hoch, drehte sich um und schickte sich zum Gehen an.

»Moment!«, riefen plötzlich Hannelore und Vera gleichzeitig mit weit aufgerissenen Augen. Ergriffen drückte Hannelore die Hand der Ärztin herunter, sodass ihr Koffer wieder auf dem Boden stand. Vera war wie erstarrt, während ihre Gesichtsfarbe nun zwischen rot und weiß wechselte. Alexander rieb nervös die Hände aneinander und Helena sah aus, als würde sie sich jeden Moment übergeben müssen.

Nun gesellte sich auch die Ärztin zu Werners vollständiger Verwirrung. Gutmütig, wenngleich auch ein wenig gehetzt sah sie die offenbar sehr emotionale Hannelore an, die noch immer ihre Hand hielt. »Herzchen, was ist denn los? Ich habe wirklich nicht viel Zeit – hopp, hopp, raus mit der Sprache!«

»Ich bin wegen Ihnen damals nicht gesprungen!«

»Wie bitte?«

Auch Helena sah ihre Mutter nun erstaunt an.

»Damals in Berlin.« Hannelores Augen blinzelten verdächtig. »Die Grenzen wurden geschlossen und ich bin zusammen mit Helena in eines dieser Häuser gerannt, deren Eingang im Osten lag und wollte auf der Westseite rausspringen. Ich war damals hochschwanger mit Michael. Unten war eine riesige Menschenmenge, die schrie, sie würde uns auffangen und ich wollte Helena zuerst herunterschubsen, weil sie Angst hatte zu springen. Aber ich habe gezögert, weil ich unten nur ein Gesicht genauer erkennen konnte. – Ihres!«, sagte sie wieder zur Ärztin gewandt und brach verlegen ab.

»Und ich sah so monströs aus, dass Sie abgeschreckt waren«, stellte die Ärztin sachlich fest. »Schon gut«, winkte die Ärztin ab, als Hannelore vor Scham das Blut in die Wangen schoss. Sie schien ihren Zug vergessen zu haben. »Es war damals noch nicht lange her, da hat man die Verstümmelungen im Gesicht noch deutlich intensiver gesehen als heute.«

»Ich habe Sie trotzdem erkannt!«, schaltete sich plötzlich Vera ins Gespräch ein.

»Kennen wir uns auch?«

Werner war erstaunt, eine ebenfalls sehr offensichtlich bewegte Vera zu sehen. Konnte es sein, dass sie sich tatsächlich alle kannten? »Ich war Nummer 811! Damals in Marienfelde«, sagte Vera leise.

Die Ärztin sah überrascht aus. »Da haben Sie aber ein gutes Gedächtnis, Nummer 811. Ich war dort nur relativ kurze Zeit«, antwortete Dr. Horvat halb scherzend. »Wie heißen Sie denn?«

»Gabr..., ich meine: Vera. Meinen Namen durfte ich Ihnen ja aber damals nicht sagen. Sie waren der einzige Mensch, der sich normal mit mir unterhalten hat und nett war. Ich habe Sie kurz vor Ihrem Weggang kennengelernt, Sie wollten in der darauffolgenden Woche zu Ihren Eltern nach Budapest. Ich habe erst später von der Revolution gehört und mich immer wieder gefragt, wie es Ihnen ergangen ist.«

»Nicht allzu gut!«, erwiderte die Ärztin trocken und deutete kurz auf ihr Gesicht. Allerdings war der Anflug eines Lächelns zu erkennen. Aus den Augenwinkeln sah sie, dass Alexander sich über Helena gebeugt hatte, die am Boden kniete.

Auch Werner hatte sich aus seiner maßlosen Verwirrtheit lösen können und kniete nun neben Helena. »Geht's wieder los?«, fragte er leise.

Helena nickte wimmernd, während ihr die Tränen herunterliefen. »Ich will das nicht mehr sehen! Das soll endlich aufhören!«

»Herzchen, ist dir schlecht? Schwindelig? Sieh mich mal an!« Dr. Horvat schob resolut ihre Hand unter Helenas Kinn und hob ihren Kopf an. Prüfend musterte sie Helena, die weiß wie die Wand geworden war. Plötzlich hielt sie jedoch inne und erstarrte. »Nein, das kann nicht sein! Meine Güte, Herzchen, du hast eine solche Ähnlichkeit mit einem Mädchen in Budapest – verrückt!« Ernst, aber routiniert zog sie dabei mit einer Hand Helenas Augenlider hoch, während sie mit der anderen Hand ihren Puls fühlte.

»Fogd be a szád!«, herrschte Helena sie plötzlich mit einer sonderbaren, deutlich tieferen Stimme an.

»Wie bitte?« Erstaunt hielt Dr. Horvat inne.

»Fogd be a szád! Halt die Klappe!«, wiederholte Helena mit dieser merkwürdigen Stimme auf Ungarisch. Sie packte die Ärztin ohne Vorwarnung an einem Handgelenk, zog sie mit einem Ruck zu sich heran und drückte ihre Finger gegen Dr. Horvats Mund. »Zuhanyoztál már? Hast du dich schon geduscht?«, fragte sie plötzlich mit einem kalten Lachen. Werner fühlte, wie sich die Haare auf seinen Armen aufstellten.

Entsetzt riss Dr. Horvat sich los und machte achtlos einen großen Satz rückwärts, der sie über ihr eigenes Gepäck fallen ließ. Zitternd rappelte sie sich in Windeseile auf. »Ist das ein schlechter Scherz?«

Ihre Stimme zitterte ebenso sehr wie sie selbst und war kaum hörbar. Auch Hannelore und Vera sahen entsetzt aus. Alexander hatte sich Hannelores Tasche hinter ihrem Rücken geschnappt und wühlte fluchend darin herum, doch keiner der Anwesenden bemerkte seine Suche.

»Lena, jetzt reiß dich aber mal zusammen!« Veras Stimme klang aufgesetzt forsch. »Was machst du denn wieder für einen Quatsch!«

»Halt den Mund!«, fuhr Hannelore ihre Schwester an. »Wie oft muss ich dir das noch sagen: *Mein* Kind, *meine* Erziehung! Und ich weiß, dass sie mir die Wahrheit sagt, wenn sie …« Sie brach plötzlich ab, als sie die recht beachtliche Menschentraube um sich herum bemerkte. Schon seit einiger Zeit hatten sich mehr und mehr Schaulustige eingefunden, welche die Situation mit überwiegend ausdruckslosen Gesichtern aus nächster Nähe beobachteten, als wären sie in einer Theatervorstellung.

»Beachte sie einfach nicht!«, flüsterte Werner Helena zu und nahm ihre kalten Hände. »Ganz ruhig atmen, ich weiß, dass dir furchtbar schlecht ist. Denk dran: Wenn du es nicht aufhalten kannst, dann sieh, ob du vielleicht etwas ändern kannst!«

»Genau das darf sie eben *nicht*!«, fuhr Alexander zornig dazwischen und schob Werner wütend von Helena weg. Er hatte Hannelores Tasche achtlos auf den Boden geworfen und seine feuerroten Haare standen wild in alle Richtungen. »Dann ist das alles also *Ihre* Schuld?«

»Was ist meine Schuld?«, fragte Werner verwirrt zurück.

Helena sank von den Knien in eine liegende Position.

»Hör mir genau zu!« Alexander hatte sich mit aller Kraft zwischen die beiden protestierenden Schwestern gedrängt und die sprachlose Ärztin zur Seite geschoben. Er ignorierte Werners Rückfrage und hatte sich stattdessen über die flach und viel zu schnell atmende Helena gebeugt. »Ich will, dass du zum Haus in Ostberlin zurück gehst und springst, wenn du Irena siehst! Sie wird dich auffangen! Du darfst auf keinen Fall etwas in Ungarn verändern, hörst du! Halt Irena auf keinen Fall bei den Arkaden auf! Geh nach Berlin und lass Hannelore springen! Hörst du?«

~ KAPITEL 8 ~

Daheim bei Fremden

BUDAPEST, UNGARN. 22. OKTOBER 1956.
WOHNUNG DER FAMILIE HORVAT.

»Noch etwas Brot, Apu?«, fragte Irena ihren Vater in ihrem eigentümlichen deutschen Singsang.

Strahlend nahm Sándor Horvat mit seinen knochigen Fingern den Brotkorb entgegen, den Irena ihm entgegenhielt. Er sprach nicht viel und Irena hatte sich bei ihrer Ankunft erschrocken, wie sehr ihr Vater in den letzten Jahren gealtert war. Der einst so muskulöse, beschwingte Mann wirkte ausgezehrt und seine dunkel umschatteten Augen lagen tief in den Höhlen. Doch alle seine Kinder nun versammelt am Tisch zu sehen, schien dem inzwischen 73-jährigen ein wenig seiner ursprünglichen Energie zurück zu geben.

Dankbar wanderte Piroskas Blick über die Gesichter all ihrer Lieben, die endlich wieder vereint am gemeinsamen, wenn auch wackeligen Küchentisch saßen und ihren Mann so strahlen ließen. Die letzten Jahre waren in vielerlei Hinsicht besonders hart gewesen. Darüber hinaus hatte Irena ihre inzwischen 11-jährige Schwester Marika seit deren Geburt nicht mehr gesehen. Dass sich ihre Kinder fremd sein könnten, kam der überglücklichen Mutter an diesem Abend nicht in den Sinn. Zu lange hatte sie auf diesen besonderen Moment gewartet, als dass ihre Augen für die Wahrheit offen gewesen wären.

»Wer ungarisches Brot isst, soll Ungarisch sprechen«, murmelte Mátyás kaum hörbar vor sich hin.

Ein gezielter Fußtritt seines Bruders Dávid brachte ihn zwar augenblicklich zum Schweigen, doch Irena bemerkte die angespannten Kiefernmuskeln ihres mittlerweile 20-jährigen Bruders, den sie nur als kleinen, fröhlichen Jungen in Erinnerung hatte. Abgesehen von ihrem älteren Bruder Dávid und ihrer Mutter hatten sich alle so sehr verändert, dass sie sich wie eine Fremde vorkam.

Seit ihrer Ankunft hatte sie bemerkt, dass Mátyás immer wieder kleine Feindseligkeiten oder zynische Bemerkungen vor sich hin brummelte und ihre Enttäuschung über diese unerwartete Ablehnung schlug allmählich in Ärger um. »Hallgatni arany, beszélni ezüst! Reden ist Silber, Schweigen ist Gold!«, entgegnete sie ihm kühl auf Ungarisch.

»Wie treffend!«, zischte Mátyás zurück. »Dann fällt dein Akzent im Ungarischen auch nicht so auf!«

»Mátyás László Horvat!« Entrüstet setzte Piroska ihr Glas ab und blickte ihren Sohn vorwurfsvoll an. »Was ist denn das für ein Empfang! Schäm dich und hör auf, deine Schwester zu ärgern!«

Mühsam beherrscht kaute Irena auf dem bröckeligen, trockenen Brot herum und verkniff sich die verbale Retourkutsche, die ihr auf der Zunge brannte. Mátyás' Verhalten ging für ihren Geschmack eindeutig über die Grenzen eines unschuldigen Ärgerns, wie ihre Mutter es nannte, hinaus.

Überhaupt schien dieser zynische, verbissene, junge Mann mit den kurzgeschnittenen, dunkelbraunen Locken und den schmalen Lippen nichts mehr mit ihrem einst so geliebten kleinen Bruder gemeinsam zu haben. Er war zu früh geboren worden und das stete Sorgenkind der Familie gewesen. Doch wie eine Katze hatte er der Medizin getrotzt und fröhlich ein Leben nach dem anderen angetreten. Wie oft hatte er sich damals heimlich zu Irena ins Bett gekuschelt, um seine Füße an ihr zu wärmen und ihr sein Herz auszuschütten. Und wie sehr hatte er geweint, als sie ihm erklärt hatte, dass sie fortgehen würde, um in Deutschland Medizin zu studieren.

Wieder einmal merkte Irena, dass es nicht nur für sie ereignisreiche zehn Jahre gewesen waren. Auch für alle anderen war die Zeit nicht stehen geblieben und so hatte sich ihr aller Leben stetig, aber unaufhaltsam in andere Richtungen entwickelt. Es war eine bittere Erkenntnis, dass es die Familie, an die sie in den vielen einsamen Stunden im Ausland stets mit viel Liebe gedacht hatte, nur noch in ihrer Erinnerung gab. Ihre Geschwister und Eltern mochten füreinander vielleicht noch eine Familie sein und sich als eine solche empfinden. Doch Irena gehörte einfach nicht mehr dazu.

Als hätte er ihre düsteren Gedanken erraten, legte Sándor seine knochige, von dicken bläulichen Adern durchzogene Hand auf den Unterarm seiner Tochter. »Ich bin froh, dass mein Mädchen wieder zu Hause ist!«, sagte er schlicht.

Dankbar drückte Irena kurz seine kalte Hand. Aus den Augenwinkeln sah sie eine steile Zornesfalte zwischen Mátyás' Augenbrauen, der ihr schräg gegenübersaß. Doch bevor ein weiterer Kommentar die Stimmung trüben konnte, meldete sich Dávid zu Wort. »Wir freuen uns alle, dass du wieder da bist!«

Mátyás schwieg klugerweise, wenn es ihm auch nur allzu offensichtlich schwerfiel. Unberührt von dem eisigen Gesichtsausdruck seines jüngeren Bruders fuhr Dávid fort. »Dieses Land braucht Menschen, die anders denken, Mut haben und ihren eigenen Kopf benutzen! Wir sind es leid, dass man hier nie seine ehrliche Meinung sagen darf und ständig in Angst leben muss! Du hast es richtig gemacht, als du damals weggegangen bist. Ich hätte mit dir gehen sollen. Wir alle hätten das tun sollen! Aber wir haben zu sehr gehofft, dass alles nur vorübergehend ist. Jetzt können wir nur noch hoffen, dass es uns ...«

»Feige wegzulaufen hätte nichts geändert!«, fiel Mátyás ihm provokativ ins Wort. »Wir Ungarn müssen zusammenhalten, sonst ...«

»Aber wir sind nun mal keine Ungarn!«, unterbrach Dávid ihn scharf.

»Ich bin doch aber Ungarin, oder?«, piepste Marika plötzlich mit weit aufgerissenen Augen in fließendem Ungarisch von ihrem Stuhl.

Doch an diesem Abend nahm niemand von ihr Notiz. Dávid fuhr unbeirrt fort. »Auch du nicht, Mátyás! Egal, wie perfekt dein Ungarisch ist und unabhängig davon, wie viele sogenannte Vollblutungaren du zum Freund hast. Wir sind als Ungarndeutsche immer diejenigen, die zuerst dran glauben müssen, noch weit vor den sogenannten wahren Ungaren!«

»Das stimmt!«, hörte sich Irena zu ihrem eigenen Erstaunen beipflichten. In der Tat hatte sich offenbar alles geändert. Dávid und sie waren vor ihrem Weggang damals ständig aneinander gerasselt und hatten sich so gut wie nie auf irgendetwas einigen können. Dávid war derjenige gewesen, den sie, wenn auch mit schlechtem Gewissen, am wenigsten vermisst hatte. Und hier saß sie nun und traute ihren eigenen Ohren nicht. Mit einem kurzen Lächeln auf Dávid fuhr sie fort. »Ich bin nicht feige weggelaufen!«

»Das meint dein Bruder doch auch nicht wirklich«, warf Piroschka schnell ein. Besorgt sah sie auf die erhitzten Gesichter. Ob der selbstgemachte Apfelschnaps, den sie heimlich gebraut und an diesem Abend zum ersten Mal serviert hatte, vielleicht doch zu stark geraten war?

»Lass mich doch kurz ausreden, Anyu[4]!«, entfuhr es Irena lauter als beabsichtigt. An Mátyás gewandt fuhr sie fort, während sich nun auch bei ihr eine deutlich sichtbare Furche zwischen den Augenbrauen bildete. »Wie fast alle hier, habe ich keine beruflichen Möglichkeiten gehabt. Deshalb habe ich mich damals dazu entschieden, etwas zu tun, statt einfach verbitterte Reden über etwas zu schwingen, von dem ich keine Ahnung habe! Meiner Meinung nach ist das Mut, nicht Feigheit! Glaubst du wirklich, dir steht es zu, über Feigheit und Mut zu urteilen? Was genau weißt du denn noch von mir? Oder überhaupt vom Leben da draußen?«

Mit Genugtuung sah sie, dass Mátyás rot wurde und nach Luft schnappte. Sie hatte sehr laut gesprochen und ihre Stimme schien die handbemalten Teller an den Wänden der winzig kleinen Küche zum Beben zu bringen.

Bis auf Marika, die sie mit großen Augen und leicht geöffnetem

Mund direkt ansah, blickte jeder betont auf seinen Teller vor sich. Ihr war klar, dass dieser laute, politisch unerwünschte Ausbruch gefährlich war, auch wenn sie von den täglichen Schrecken, die ihre Familie seit ihrem Weggang erlebt hatte, nur ansatzweise wusste. Niemand sprach ein Wort. Nur der weite dunkelblau-weiße Trachtenrock ihrer Mutter, den sie zur Feier des Tages angezogen hatte, raschelte ein wenig, als Piroska vergeblich versuchte, den Apfelschnaps unauffällig im Wandschrank zu verstauen.

Die plötzliche Stille ließ ihre Wut im Nu verrauchen und schnürte ihr die Kehle zu. Wenn ihre Familie sie doch nur ein wenig verstehen würde!»Ich möchte genauso anerkannt werden und dazu gehören, wie ihr alle!«, erklärte sie mit heiserer Stimme.»Und ich dachte ebenso wie ihr, dass in Deutschland alles leichter werden würde. Die Menschen haben mehr Geld, sie dürfen sagen und denken, was sie wollen und ich als Deutsche würde automatisch endlich einmal zu einem Volk gehören. – So dachte ich zumindest!«

Zu ihrem Ärger bemerkte sie, dass ihre Stimme bei den aufkommenden Erinnerungen an die ersten bitteren Jahre zu zittern begann und ihre Augen sich mit Tränen füllten. Energisch wischte Irena sie weg, während sie ihr Glas so fest umklammerte, dass Piroska befürchtete, ihre Tochter würde es in ihrer Hand zerdrücken.»Ich habe vor allem eines gelernt: Man kann drüben sehr viel erreichen, das stimmt. Man darf politisch sagen, was man denkt, das ist ebenfalls wahr. Aber das alles ändert nichts daran, dass man noch immer Ungarndeutsche ist – dass man noch immer zu einem Volk gehört, das niemand haben will!«

Erneut füllten sich ihre Augen mit Tränen, doch diesmal scherte sie sich nicht darum, sondern machte zum ersten Mal seit über zehn Jahren ihrem aufgestauten Zorn Luft.»Wir werden immer zwischen den Stühlen sitzen. Wir gehören weder nach Ungarn, noch nach Deutschland. Alles was wir haben, sind emotionale Werte: Freunde, Familie. Nur sie machen das Leben lebenswert und erträglicher. Aber davon hatte ich in Deutschland nichts! Ich habe meine Kommilitonen beobachtet, die miteinander ausgingen und Spaß hatten, aber mich als Ungarndeutsche mit peinlichem Akzent luden sie nie ein, mitzugehen. Ich sah Kranke und Verletzte im Krankenhaus, die trotz aller Schmerzen strahlten, wenn ihre Familie zu Besuch kam und ihnen beistand. Für mich kam niemand, egal wie es mir ging! Im Flüchtlingslager Marienfelde ging es Menschen ähnlich wie uns: Auch sie kamen aus einer Diktatur und durften selbst im Westen zunächst nicht frei reden. Aber sie schwiegen gemeinsam und gingen gemeinsam in eine neue Zukunft. Mit mir wurde noch nicht einmal geschwiegen! Ich wurde höchstens angeschwiegen, während andere sich unterhalten haben!« Eine Welle des Selbstmitleids erfasste sie.

»Aber Kind, war denn niemand nett zu dir?«, fragte Piroska hilflos. »Es muss dort doch auch nette Menschen geben. In jedem Menschen steckt ein gutes Korn«, fügte sie belehrend hinzu.

Für einen kurzen Moment erinnerte sich Irena an eine ebenso einsame Seele aus jüngster Vergangenheit, die sich in Marienfelde bei ihr bedankt hatte, dass sie sich nett mit ihr unterhalten hatte.

Sie sind der erste Mensch hier, der sich nett mit mir unterhalten hat. Schade, dass sie weggehen!, erinnerte sich Irena an die Worte des jungen Mädchens. Ihren Namen hatte sie nie erfahren. Sie erinnerte sich nur noch flüchtig, dass ihre Nummer mit der Zahl acht begonnen hatte.

»Sollen wir dich jetzt bemitleiden, weil du studieren durftest, immer genug zu essen hattest und jetzt gut verdienst?«, brauste Mátyás wütend auf. »Du kommst hier mit deiner modischen, deutschen Kleidung an und willst uns weismachen, du wüsstest, was harte Zeiten sind?«

Irena schoss nun ebenfalls eine dunkle Zornesröte ins Gesicht. Sie würden es nie verstehen!

Doch bevor der Wortwechsel weiter entflammen konnte, schlug Piroska die Hände über dem Kopf zusammen. »Ach, nun schaut euch doch den armen Apu[5] an!«, rief sie betont munter aus, während sie ihrem Mann sanft über die Schultern strich.

Sándor war aller Lautstärke und Aufregung zum Trotz eingeschlafen. Seine Hand lag noch immer ausgestreckt neben Irenas

Teller, als wartete er darauf, dass Irena sie ergreifen würde. Augenblicklich schmolz Irenas Ärger dahin und ein schlechtes Gewissen nahm stattdessen überhand. »Ich bringe Apu zu Bett, wenn es dir recht ist, Anyu«, bot Irena reumütig an.

Piroska stand die Erleichterung über den erreichten Stimmungswechsel so offenkundig ins Gesicht geschrieben, dass sie vermutlich zu Allem Ja und Amen gesagt hätte. »Danke, Kind!«, antwortete sie kopfnickend, während die anderen Kinder bis auf Dávid aufsprangen, um ihr beim Tischabräumen und Spülen zu helfen.

»Ich helfe dir mit Vater«, sagte Dávid und stand nun ebenfalls auf.

Augenblicklich stellte Mátyás die soeben aufgestapelten Teller zurück auf den Tisch und schickte sich an, sich den älteren Geschwistern anzuschließen.

»Du hilfst Mutter und Marika!«, ordnete Dávid in einem Ton an, der keine Widerworte duldete.

In Anbetracht des Geschirrberges auf dem Tisch und in der Küche, atmete Marika erleichtert auf, was ihr einen bösen Blick von Mátyás und ein mahnendes Räuspern ihrer Mutter bescherte. Wütend blickte Mátyás den älteren Geschwistern nach, die, ihren Vater stützend, um die Ecke in Richtung Wohnzimmer verschwanden. Für ein eigenes Schlafzimmer war in der bescheidenen Wohnung kein Platz, daher schliefen die Eltern nachts auf einer schäbigen Matratze im Wohnzimmer.

»Ist es vorbei?«, fragte Sándor schlaftrunken, als sie ihn vorsichtig auf die durchgelegene, weiche Matratze legten. Scharf kratzte die Spitze einer Spirale an Irenas freiliegendem Unterarm, als sie ihre Hand unter seinem Rücken hervorzog. Der ausgezehrte, mühsam lächelnde, alte Mann auf der sehr in Mitleidenschaft gezogenen Matratze entsprach so gar nicht dem Bild, das Irena in ihren dunklen Stunden begleitet hatte, wenn sie sehnsüchtig an ihr ungarisches Zuhause gedacht hatte.

Sie war sich nicht sicher, ob ihr Vater sich mit seiner Frage auf das Abendessen oder den Streit bezog, doch wie abgesprochen nickten beide Kinder artig lächelnd.

»Wir sind schnelle Esser!«, fügte Irena mit aufgesetzter Leichtigkeit hinzu.

Mit unerwarteter Energie setzte sich Sándor plötzlich auf und zog jeweils eine Hand von Irena und Dávid an seine Brust. »Ich habe gehofft, dass wir ungestört sprechen können!« Vielsagend blickte er Dávid an und dieser nickte ihm kaum merklich zu. Erstaunt sah Irena von einem zum anderen. War Dávid aus diesem Grund plötzlich so nett zu ihr gewesen? Hatten die beiden ein vertrauliches Gespräch mit ihr geplant? Vor Irenas Abreise nach Deutschland wäre ein ruhiges Gespräch mit Dávid undenkbar gewesen. Die beiden hatten es grundsätzlich nicht zwei Minuten ohne heftigen Streit miteinander ausgehalten.

Erneut schien es, als würde ihr Vater Irenas Gedanken lesen können und er drückte ihre Hand kurz, wenn auch mit erstaunlicher Kraft. »Eure Mutter und ich sehen mehr als ihr denkt!«

Beschämt fühlte Irena, wie ihre Wangen zu glühen begannen und auch Dávid starrte unbehaglich auf das Muster der selbstgestrickten Überdecke.

»Wir spielen unsere Rollen gut, nicht wahr?«, fragte Sándor mit dem Anflug eines schelmischen Grinsens, doch bevor seine Kinder nach einer verlegenen Antwort suchen konnten, fuhr er fort. »Eure Mutter stellt sich blind und verbreitet Fröhlichkeit und Eintracht, obwohl sie weiß, dass weder das eine noch das andere vorherrscht. Ich hingegen spiele taub und höre weder eure Streitigkeiten, noch weiß ich, was in der Welt vor sich geht oder gar, dass meine Zeit hier auf Erden sich dem Ende neigt.«

»Aber Vater, das …«, begann Irena schwach, doch Sándor winkte sofort ab.

»Ich stelle mich gerne taub und weiß von nichts. Doch für einen Augenblick müssen wir das Spiel unterbrechen, denn ich muss etwas mit meinen beiden Großen klären, bevor ich gehe!«

Dávid räusperte sich und Irena fühlte ihr Herz heftig in ihrem trockenen Hals pochen.

Sándor sah sie durchdringend an. »Ich weiß, du hast eurer Mutter den Gefallen nicht abschlagen können, mich noch einmal auf dem Sterbebett zu besuchen. Das rechne ich dir hoch an, mein Kind. Aber das war dumm!« Überrascht sah Irena ihren Vater an, doch er ließ sich nicht unterbrechen. »Genauso dumm wie es von mir ist, dass ich eurer Mutter noch nie klare Anweisungen geben oder etwas abschlagen konnte. Aber sie braucht ein bisschen heile Welt in all diesem Unsinn«, fügte er wie zur Entschuldigung hinzu. »Hier wird es immer schlimmer. Wir haben schon vor Jahren böse gescherzt, dass es drei Klassen in Ungarn gibt: Diejenigen, die schon im Gefängnis waren. Diejenigen, die gerade dorthin gehen. Und diejenigen, die noch ins Gefängnis kommen werden. Aber inzwischen ist uns selbst das müde Lächeln darüber vergangen. Wir dachten, es könnte nicht mehr schlimmer werden, aber damit lagen wir falsch!«

Der alte Mann brach ab und rang nach Fassung. Dávid räusperte sich erneut und erklärte knapp mit belegter Stimme, was sein Vater meinte. »Kurz bevor du kamst, hat Vaters Freund von nebenan sich das Leben genommen.«

»Professor Kálmán?«, fragte Irena perplex. Der ehemalige Geschichtsprofessor László Kálmán, der langjährige, beste Freund ihres Vaters, dem Mátyás seinen zweiten Vornamen verdankte, war stets lustig gewesen und hatte allen Schwierigkeiten des Alltags mit bewundernswertem Lebensmut getrotzt.

Dávid nickte und erklärte mit wenigen Worten, was passiert war. »Er hatte Angst, dass die ÁVO[6] kommen würde, um ihn zu holen. Wir alle haben täglich Angst davor. Eines Tages hielt ein Auto mitten in der Nacht mit quietschenden Reifen vorm Haus an und man hörte Männer die Stufen heraufkommen. Er dachte, sie kommen für ihn und da ist er gesprungen. Es stellte sich heraus, dass die Männer einfach nur direkt vor unserem Haus eine Reifenpanne hatten und nachsehen wollten, ob ihnen jemand hier behilflich sein könnte.«

Fassungslos blickte Irena von Dávid auf ihren Vater, der auf seine gefalteten Hände sah und beinahe teilnahmslos wirkte, wäre da nicht das rege Zucken seiner Kiefermuskeln gewesen.

Mit einem plötzlichen Ruck nahm er erneut Irenas Hand. »László ist umsonst gestorben, doch er hätte genauso gut recht haben können. Niemand ist mehr sicher, jeder Tag könnte der letzte sein! Eure Mutter und ich haben zu hart gearbeitet, um uns alles wegnehmen zu lassen oder gar zuzusehen, wie unsere Familie …«

Erneut brach er ab, doch Irena und Dávid konnten sich den Rest zusammenreimen. »Ihr dürft nicht so streng mit Mátyás sein«, wechselte Sándor abrupt das Thema. »Er ist ein Hitzkopf und Weltverbesserer, das hat er von mir. Er hat das Herz am rechten Fleck, aber er hat noch den jugendlichen Irrglauben, dass ihm nichts passieren kann. Er arbeitet seit einigen Monaten sehr fleißig für eine dieser neuen Wochenzeitungen und hat seit Tagen von einem studentischen Protestmarsch geredet, der morgen stattfinden und über den er berichten soll. Ein Protest gegen die sowjetische Besatzung, der angeblich von der Regierung genehmigt worden ist. Ich halte das für äußerst dumm, aber er lässt sich nichts ausreden, der sture Hund!«

Für einen kurzen Moment huschte ein liebevolles Lächeln über sein hageres Gesicht, doch er wurde sogleich wieder ernst. »Nichts und niemand wird ihn davon abhalten, eure Mutter und ich am allerwenigsten. Aber ihr seid jung! Versucht ihm zu zeigen, dass ihr ihn versteht, auch wenn ihr dafür lügen müsst, dass sich die Balken biegen!« Er brach kurz ab. Der zweifelnde Gesichtsausdruck seiner Kinder war ihm nicht entgangen. »Ich weiß, dass es schwierig wird, aber es ist mein letzter Wunsch! Ihr werdet es ihm schwerlich ausreden können, aber geht mit ihm und bringt mir meinen Jungen heil nach Hause!«

Betreten sahen Dávid und Irena sich an. Wer hätte ihm einen solch flehentlich ausgesprochenen Wunsch abschlagen können? Sie hatten keine Ahnung, wie sie mit Mátyás sprechen oder ihn gar davon abbringen sollten, aber sie würden es versuchen. Fast unmerklich nickten sie einander entschlossen zu.

»Gewiss, Vater«, beendet Dávid gewohnt knapp das Gespräch.

~ KAPITEL 9 ~

Freunde

BUDAPEST, UNGARN. 23. OKTOBER 1956.
PROTESTMARSCH.

Natürlich hatten sie Mátyás nicht dazu überreden können, dass ein Kollege den Artikel für ihn schreiben könnte. Wenn sie ehrlich zu sich selbst war, hatte Irena es aber auch nur halbherzig versucht. Sie war selbst viel zu gespannt gewesen, wie weit die Kundgebung in ihrer Kritik gehen würde. Seitdem Chruschtschows Abrechnung mit Stalin im Februar über Umwege an die Öffentlichkeit gelangt war, hatte auch Irena im fernen Deutschland gehofft, dass es bald zu einem Ende der Diktatur und Zensur in Ungarn kommen würde.

In Polen hatte dieser Eklat immerhin zu einem Regierungswechsel beigetragen. Vielleicht gab es ja auch endlich für Ungarn einen Hoffnungsschimmer. Es war zwar nur ein studentischer Protestmarsch, der vermutlich mehr Aufsehen als Wirkung nach sich ziehen würde. Doch zumindest hatte die Regierung offenbar zugestimmt, dass öffentliche Kritik an der Besatzungsmacht geübt werden durfte – eine bislang noch nie dagewesene Möglichkeit, die sie innerlich jubeln ließ.

Wie wunderbar wäre es, wenn man endlich sagen dürfte, was man wollte, zu Hause wie auch in der Öffentlichkeit! Und welch eine Erleichterung würde es erst sein, wenn man nicht mehr Tag und Nacht Angst vor Rákosis Terrorpolizei ÁVO haben müsste!

Ob Dávid insgeheim genauso neugierig war wie sie selbst, konnte sie nicht einschätzen. Sie verstanden sich zwar eindeutig besser als damals vor ihrem Weggang nach Deutschland, doch noch immer war er ihr mit seinen kurzen Antworten und seinem stets unbeweglichen Gesicht ein Rätsel. Immerhin hatte er den Mut gehabt, seine Arbeit in der Fabrik einfach mitten am Tag niederzulegen und war mitgekommen, wenngleich er nach wie vor schweigend neben ihnen herlief und stur geradeaus blickte.

Wusste der Himmel, nach wem Dávid geraten war! Dem Rest der Familie waren sämtliche Emotionen stets wie in einem offenen Buch ins Gesicht geschrieben. Für einen kurzen Moment erinnerte sich Irena, dass dies einer der beständigen Hauptkritikpunkte ihrer Professoren gewesen war. Da sie in Deutschland keine Freunde gehabt und sich sehr einsam gefühlt hatte, hatte sie sich sämtlichen Lehrstoff stets erstaunlich schnell angeeignet und, zum heimlichen Neid ihrer Kommilitonen, nur selten Fehler gemacht. In den praktischen Stunden, die sie zu absolvieren gehabt hatte, war sie jedoch nur allzu oft ermahnt worden, die Patientenschicksale nicht allzu nah an sich heranzulassen und ihre Gesichtszüge in Patientengesprächen besser unter Kontrolle zu halten.

Es war berechtigte Kritik gewesen, doch die Arbeit daran war Irena nahezu unmöglich erschienen. Sie hatte sich dazu entschieden, Ärztin zu werden, weil ihr etwas am Menschen lag. Und so sehr ihre Professoren auch recht haben mochten, doch die Patienten spürten Irenas herzliche Anteilnahme, sodass Irena bei ihnen deutlich mehr Sympathie und Zuneigung erfuhr als in der Welt der Gesunden. Irena wusste wie sich Isolation, Angst und Kälte anfühlten. Das spürten ihre Patienten.

Eine ausgestreckte Hand riss Irena aus ihren Gedanken. »Biri, hallo!« Ein strahlendes Mädchen von etwa achtzehn Jahren stand plötzlich vor ihr und ein ebenso strahlender Mátyás legte kurz seinen Arm über ihre Schulter.

»Wir kennen uns von der Zeitung«, erklärte er stolz, während er bis über beide Ohren grinste.

Nur mühsam riss sich Irena aus ihrem Erstaunen über den wie ausgewechselten Mátyás. Vor ihr stand ein junger, sympathisch wirkender Mann, der sie zum ersten Mal seit ihrer Ankunft an den kleinen Bruder erinnerte, den sie so schmerzlich vermisst hatte. »Biri! Eigentlich Barbara, aber alle nennen mich Biri!«, wiederholte das Mädchen, das offensichtlich dachte, Irena hatte es in all dem Lärmen, Singen und Jubeln um sie herum nicht hören können. »Du musst die Schwester sein, von der Mátyás ständig spricht!« Irenas Erstaunen erklomm neue Höhen. Meinte Biri das ernst und Irena hatte womöglich in Mátyás' Verhalten der letzten Tage zu viel hineingelesen? Er ließ sich nichts anmerken und war in einen der Gesänge eingefallen, den der marschierende Chor immer wieder anschlug. Ein ungarisches Lied, in dem es darum ging, dass das Volk nach mehr verlangt. Irena kannte das Lied nur vage, daher wurde ihr die unverhohlene Kritik des Liedtextes umso mehr bewusst.

»Das ist nett«, gab Irena ein wenig hölzern, jedoch freundlich lächelnd zurück.

Alles wirkte so surreal, als wäre sie überhaupt nicht in Ungarn. Normalerweise hasteten alle Menschen aneinander vorbei, gesprochen wurde in der Regel nur wenig. – Aus Angst vor Spitzeln, aber auch aufgrund des steten Leistungsdrucks, da die Besatzungsmacht den ungarischen Arbeitern für lächerlich geringe Löhne nahezu unerreichbare Leistungen abverlangte, sodass jeder bis an seine Belastungsgrenzen und darüber hinaus arbeitete.

Offiziell diente der kaum ertragbare Erfolgsdruck dem Aufbau Ungarns. Doch jeder wusste, dass die Erzeugnisse hauptsächlich in die Sowjetunion abwanderten. Über diese Ungerechtigkeit zu schweigen war nicht leicht, doch jede noch so kleine Kritik konnte einem zum Verhängnis werden. Die geheimen Spitzel von Generalsekretär Rákosi lauerten überall. Für jedes noch so geringe Vergehen konnte man denunziert werden.

Dávid hatte ihr letzte Nacht erzählt, dass ein Arbeiter in seiner Fabrik vor wenigen Monaten geschimpft hatte, als er trotz aller Arbeit um eine Zigarette betteln musste, weil das Geld hinten und vorne nicht reichte. Er hatte seiner kleinen Tochter einen Wintermantel schenken wollen, doch ein solcher kostete so viel wie mehrere Monatsgehälter zusammen, sodass er selbst nach vielen Monaten immer noch nicht genügend Geld dafür zusammen und somit kein Geburtstagsgeschenk für sie gehabt hatte. Das fehlende Geld selbst für eine läppische Zigarette hatte ihn offenbar vollends aus der Fassung gebracht, sodass er sich zu diesem Ausbruch hatte hinreißen lassen. Am nächsten Tag war er nicht zur Arbeit erschienen. Stattdessen hatte ein großes Plakat neben der Eingangstür der Fabrik gehangen, dass unangemessene Kritik an ‚der besten aller Welten' unerwünscht sei und scharf geahndet werden würde. Den Kollegen hatten sie nie mehr wiedergesehen.

Wie in Trance lief Irena neben ihren Brüdern in der großen, stetig wachsenden Menschenmenge Richtung Bem-Platz mit. Um sie herum war eine ausgewachsene Fröhlichkeit und mitreißende Euphorie, der man sich nur schwer entziehen konnte. Selbst Dávid lachte und klatschte, als plötzlich im ersten Stock über ihnen eine ungarische Fahne geschwenkt wurde. Die Dame hatte das sozialistische Wappen in der Mitte einfach herausgeschnitten und auf die Straße geworfen. Während sie über den Köpfen der jubelnden Menge die verbliebene, nun schlicht dreifarbige ungarische Flagge schwenkte, hatten einige Demonstranten auf dem Gehsteig das heruntergeworfene, runde Zeichen der UdSSR-Zugehörigkeit mit dem Weizen, Hammer und Stern gefunden. Johlend spuckten und trampelten sie darauf herum, während die Frau auf dem Balkon lachend eine geballte Faust durch das große, runde Loch in der Flagge steckte.

Irena fühlte sich fremd wie noch nie in dieser Umgebung, die heute so gar nicht nach ihrer gewohnten Heimat aussah. Und doch wurde sie automatisch und unaufhaltsam in den Freudentaumel hineingesogen. Wie gut es tat, endlich einmal ohne Wenn und Aber zu einer großen Gruppe zu gehören – sie, die immer und überall die Außenseiterin gewesen war! Was für eine wunderbare Welt sich da direkt vor ihren Augen auftat! Eine freie Welt, in der sie leben konnte, wie sie wollte und denken durfte, wie es ihr beliebte!

Ein eher mädchenhaftes Kichern nahm von ihr Besitz, als sie plötzlich bemerkte, dass es nicht nur ihr so ging. Immer wieder hörte sie wahllose, teilweise recht zusammenhangslose Äußerungen, welche sowohl politische Provokationen wie auch deftige, höchst vulgäre Aussprüche beinhalteten. Dabei strahlten die Gesichter der Fluchenden auf merkwürdig ergreifende Weise.

Verbale Diarrhoe, hatte ihr Anatomieprofessor Dr. Klenke solche unkontrollierten Ausbrüche stets genannt. Irena brach bei dem Gedanken daran in wildes Lachen aus. Es waren regelrechte emotionale Schockwellen, welche die Straßen Budapests durchfluteten. Das plötzlich aufkommende Gefühl der Freiheit, welches die meisten Ungaren an diesem Nachmittag zum ersten Mal in ihrem Leben kennenlernten, war beinahe unerträglich wunderbar.

Der Menschenstrom auf der großen Ringstraße war fast vollständig zum Stillstand gekommen. Nur noch im Schneckentempo schob sich die tosende Menge voran. Irena hatte mitunter das Gefühl, sie würde nicht mehr ihre eigenen Füße benutzen, sondern von der dichten Menge getragen werden. Wie unbeschreiblich es war, sich wortwörtlich und zum ersten Mal in ihrem Leben leicht und schwerelos zu fühlen! Obwohl das Gedränge sie streckenweise beinahe zu erdrücken schien, fühlte sich Irena auf einmal sicher und zuversichtlich wie noch nie.

Von weitem sah sie den überfüllten Bem-Platz, der aus allen Nähten zu platzen drohte. Nie hätte sie gedacht, dass sich so viele Menschen auf diesen Platz drängen könnten. Wie viele mochten es sein? Fünfzig tausend? Oder gar einhundert tausend?

Wenn sie gedacht hatte, der Straßenlärm auf der Ringstraße sei bereits ohrenbetäubend gewesen, so hatte sie sich getäuscht! Als sie sich nach einer gefühlten Ewigkeit endlich auf den Bem-Platz zwischen die dicht gedrängten Menschen quetschten, war der Lärm um sie herum so laut, dass man sein eigenes Wort nicht mehr verstehen konnte. Der Platz schien ein Eigenleben entwickelt zu haben und die Menschen darauf hatten sich wie von selbst in eine kollektive Einheit verwandelt. In einiger Entfernung, direkt vor der Statue von General Bem, schienen junge Menschen, vermutlich Studenten, Theater zu spielen.

Irena konnte nicht viel erkennen, doch ihre Gebärden und der immer wieder ausbrechende Applaus bei der Statue ließ sie vermuten, dass sie die Revolution von 1848 nachspielten, in welcher der in Polen geborene General Bem Ungarn aus der Unterdrückung befreit hatte. Eine passende Anlehnung, wenn man bedachte, dass Polen auch diesmal der politische Wegweiser und Vorreiter für Ungarn zu sein schien. Über den Darstellern hing ein Plakat. Oder war es ein Schild? Irena konnte es aus der Entfernung nicht erkennen, doch der Schriftzug darauf war gut zu lesen: Eötvös Loránd Tudományegyetem, ein ungarischer Naturwissenschaftler, der außerhalb Ungarns unter seinem internationalen Namen Roland von Eötvös berühmt geworden war. Was hatte dieser jedoch mit dem Protestmarsch zu tun?

Sie versuchte mehrere Male vergeblich, Dávid, Mátyás und Biri dazu zu befragen, doch obwohl sie recht dicht beieinanderstanden, war selbst grundlegende Verständigung über die Köpfe und den Lärm zwischen ihnen hinweg schlicht unmöglich. Dávid formte schließlich das Wort *Universität* mit seinen Lippen und Irena erinnerte sich dunkel, dass die Budapester Universität vor wenigen Jahren umbenannt worden war und nun den Namen des Wissenschaftlers trug.

Wie viel sich in ihrer langen Abwesenheit geändert hatte! Ihre Familie war eine andere geworden, wichtige Gebäude waren umbenannt worden ... – und dennoch hatte sich unter dem Mantel der Unterdrückung und gegenseitigen Denunzierung eine Gemeinschaft bilden können, die nun gemeinsam Rückgrat zeigte und Hand in Hand kämpfte. Auf einmal war man kein Sonderling, wenn man Herz und Seele offen zeigte.

Den Blick noch immer auf den mehr oder minder neuen Universitätsnamen gerichtet, wanderten ihre Gedanken flüchtig nach Berlin. Was hielt sie dort eigentlich? Wofür konnte sie dort kämpfen? Sie hatte ihre Stelle in Marienfelde gekündigt, weil sie nicht wusste, wie lange sie letztendlich in Ungarn bleiben würde. Sie hatte zwar vor Kollegen und Fragenden fast ein wenig großspurig verkündet, dass sie nicht nur wegen ihres Vaters nach Ungarn ging, sondern weil das Land auch Menschen mit Bildung brauchte, die bereit waren, etwas zu ändern. Doch im Grunde genommen hatte sie daran selber nicht geglaubt und fest geplant, wieder nach Deutschland zurückzukehren. Wohin sollte sie aber zurückkehren? Wahre Freunde hatte sie dort nicht. Ihre Arbeitsstelle hatte sie aufgegeben. Und Patienten gab es überall.

Was sollte sie in diesem kalten, ausländerfeindlichen, konservativen Deutschland, in dem alles immer schnell gehen musste und jeder stolz eine Habseligkeit nach der anderen anhäufte, um sich als ein Teil des gepriesenen Wirtschaftswunders zu fühlen? Sie würde nie dazu gehören! Hier hingegen hatte sie nun offenbar endlich eine Gelegenheit dazu. Ungarndeutsche wie Ungaren, Arbeiter wie Studenten, das einfache Volk wie Intellektuelle mischten sich hier einheitlich und zogen gemeinsam an einem neuen Strang. Apu hatte ausnahmsweise einmal nicht Recht: Dieser Marsch war nicht dumm, sondern der richtige Weg in die Zukunft!

Beim Gedanken an ihren Vater besann sie sich plötzlich auf dessen Wunsch, ihm seinen Sohn heile nach Hause zu bringen. Doch wo war Mátyás? Sie konnte weder ihn noch Biri irgendwo zwischen den unzähligen Köpfen entdecken, die sich zwischen sie geschoben hatten. Besorgt suchte sie die Köpfe um sich herum ab und entdeckte nach einer Weile zumindest Dávid, der in etwa zehn Metern Entfernung stand und wie gebannt Richtung Bem-Statue blickte.

»Dávid!«, brüllte Irena so laut sie konnte über den Lärm hinweg. »Dávid!«

Ob er sie wirklich hatte hören können oder ob es ihr Gezappel und Winken beim Rufen gewesen war, das ihn aus der Trance gerissen hatte – Irena vermochte es nicht zu sagen. Sein beinahe verträumter Gesichtsausdruck wurde sofort gewohnt ernst, als er ihren Blick forsch erwiderte.

»Mátyás!«, brüllte sie so laut sie konnte und machte eine fragende Miene, während sie die Schultern hob.

Dávid verstand sie sofort und suchte nun ebenfalls mit den Augen seine unmittelbare Umgebung nach seinem jüngeren Bruder ab. Irena meinte, eine Spur von Besorgnis auf seinem Gesicht erkennen zu können, als sein vergeblich suchender Blick wieder bei ihr angelangte und er nun ebenfalls fragend mit den Schultern zuckte.

Was tun?, formte sie hilflos mit den Lippen.

Dávids Gesicht nahm plötzlich einen entschlossenen Ausdruck an, als er energisch mit der Hand in eine Richtung deutete. Irena folgte seinem Zeichen und drängte sich so gut es ging in dieselbe Richtung wie Dávid, während sie noch immer die Gesichter um sich herum nach Mátyás absuchte. Hatte Dávid ihn irgendwo entdeckt oder liefen sie nun auf Gutdünken los? Irena hielt es für keine gute Idee, einfach auf gut Glück fortzugehen, wenn sie nicht sicher sein konnten, ob Mátyás nicht vielleicht doch noch in der Menschenmenge auf dem Bem-Platz sein konnte.

Dávid strebte jedoch unbeirrbar Richtung Margaretenbrücke und als er Irena einholte, griff er ihre Hand und zog sie mit eisernem Griff, der keine Einwände duldete, durch die Menschenmenge. Zu ihrem Erstaunen bemerkte Irena, dass sie recht zügig vorankamen. Erneut schien die Menschenmasse nicht mehr aus Individuen, sondern aus einem kollektiven Ganzen zu bestehen, denn wie auf Kommando bewegten sich nun enorme Menschenmassen in dieselbe Richtung. Erneut überkam Irena das Gefühl, dass ihre Füße kaum den Boden berührten, während sie zügig auf den Parlamentsplatz zustrebten.

Zwischen Margaretenbrücke und Parlamentsplatz kamen sie jedoch erneut nur noch mühsam voran. Die Menschenmenge pferchte die Menschen dicht zusammen und Irena war Dávid zutiefst dankbar, dass er mit all seiner Kraft und komplettem Körpereinsatz einige Menschen von Irena wegschob und sie ein wenig abschirmte, damit sie nicht zu sehr eingequetscht wurde. Die Menschen um sie herum waren trotz des recht kühlen Oktobertages erhitzt. Dennoch schien niemand daran zu denken, hin und wieder etwas zu essen oder zu trinken. Es musste bereits später Nachmittag sein, denn es dämmerte allmählich und obwohl Irena und Dávid seit dem Frühstück nichts mehr gegessen hatten, verspürten sie weder Hunger noch Durst.

Nach langer Zeit des Schiebens und Drängens rückte der Parlamentsplatz endlich in Sichtweite. Noch immer war von Mátyás keine Spur, doch die Geschwister waren vorübergehend zu abgelenkt, um sich allzu sehr um ihren jüngeren Bruder zu sorgen. Es ging das Gerücht um, dass der ehemalige Ministerpräsident Imre Nagy, der wegen seiner Idee vom menschlichen Sozialismus im vergangenen Jahr aller seiner Ämter enthoben und aus der Partei entlassen worden war, eine Rede halten würde. Wie ein Lauffeuer verbreitete sich die Kunde und die Stimmung wurde übermütig. Unglaublich was ein Volk bewegen konnte, wenn es einfach zusammenhielt!

»Russen raus!«, brüllte ein Mann mit blondem Schnauzbart neben Irena. Seine Stimme überschlug sich förmlich und seine grünen Augen blitzten, während er die noch in den Morgenstunden so undenkbaren Worte wieder und wieder lauthals herausschrie.

In Sekundenschnelle hatte die Masse seine Worte übernommen und in ohrenbetäubender Lautstärke hallten sie nun von allen Hauswänden wider. »Russen raus! Russen raus!«

Zorn funkelte aus tausenden von Augen, geballte Fäuste fuhren gen Himmel und das taktgebende Fußstampfen der Masse ließ den steinernen Boden vibrieren, sodass die Parole wie auf Wellen in die Lüfte getragen wurde.

Irena blieb jedoch stumm. Auch sie wollte, dass die Russen abzogen, keine Frage. Doch die plötzliche Ähnlichkeit mit ihrer eigenen Situation ließ ihre Stimmbänder einfrieren. Auch sie gehörte einer Nation an, die niemand haben wollte. In Ungarn war sie immer *die Deutsche* gewesen und ihre Familie hatte politische wie wirtschaftliche Nachteile ebenso einstecken müssen wie den steten Hohn und die Abfälligkeit der Ungaren. In Deutschland wiederum war sie plötzlich *die Ungarin* gewesen – eine Studentin aus einem armen Land, die sicherlich nur nach Deutschland gekommen war, um ei-

nem Deutschen erst den Studien- und dann den Arbeitsplatz wegzunehmen. Überhaupt galten Ungaren und alle anderen Menschen aus
den sogenannten Ostblockstaaten für die Deutschen nichts anderes
als Lügner, Diebe und faule Parasiten, die noch nicht einmal anständig Deutsch lernen wollten.

Bitter verschloss sich ihr Mund noch eine Spur fester und sie
bemerkte, dass auch Dávid mit steinerner Miene schwieg. Ein flüch-
tiger Blick auf die Menschen um sie herum bestätigte zu ihrer Erleichterung, dass es nicht nur ihnen so ging. Viele Menschen blieben
bei dieser Parole stumm.

Irenas Blick wanderte weiter über den Platz. Mátyás und Biri
waren nirgendwo zu sehen. Dafür schien auf dem Balkon des Re-
gierungsgebäudes etwas zu geschehen. Ein Mikrofon schnarrte und
knackte leise.

»Lauter!«, brüllte jemand neben ihnen.

»Das sind nur Sprechproben«, erklärte ein Anderer. »Sie prüfen
die Mikrofone für Imre Nagys Rede.«

»Kommt er denn wirklich?«, fragte Irena ungläubig.

»Na sicher!«, behauptete der junge Mann überzeugt. »Schau
dich doch mal um! Das ist doch genau das, was Imre Nagy wollte.
Er hat Ungarn gebraucht und jetzt brauchen wir ihn!«

Irena blieb skeptisch, doch sie wurde durch eine neue Parole abgelenkt, die den Platz zum Beben brachte. »Macht den Stern aus!
Stern aus! Stern aus!«

Wieder schwangen tausende von Fäusten in die Lüfte, während
Irenas Blick zur runden Kuppel des Parlamentsgebäudes wanderte.
Es war eine Miniaturausgabe des Moskauer Kremls und seit An-
bruch der Dämmerung leuchtete der Stern hell auf die Demonstranten herunter.

»Stern aus! Stern aus!«, brüllte die Masse und ließ den Platz erneut mit ihrem begleitenden Fußstampfen vibrieren.

Automatisch bewegten sich selbst Irenas Füße mit, wenngleich
sie noch immer stumm blieb. Minutenlang klebten tausende von
Blicken wie gebannt unter der anfeuernden Parole auf dem hell

leuchtenden Stern, als wollten sie ihn allein durch die Kraft ihrer Gedanken zum Erlöschen bringen.

Tatsächlich wurde es nach ein paar Minuten schlagartig dunkler auf dem Platz. Doch es waren die Laternen, welche plötzlich abgeschaltet worden waren. Der Stern hingegen leuchtete nun heller denn je, während die Demonstranten in pechschwarzer Dunkelheit standen. Unbändiger Zorn brach aus und brachte die Menschenmassen derart in Bewegung, dass Irena erneut den Boden unter den Füßen verlor, ohne hinzufallen. Dávid hielt sie nach wie vor fest an der Hand. Doch auch er konnte nicht mehr verhindern, dass sie eingequetscht wurden und nur noch mühsam nach Atem ringen konnten.

»Irena!«, schrie Dávid auf einmal unvermittelt und drückte ihre Hand so fest, dass sie schmerzerfüllt aufjaulte. »Da! Mátyás!«

Ganz in ihrer Nähe entdeckte nun auch Irena die Köpfe von Mátyás und Biri, die soeben eine brennende Zeitung in die Luft hoben. Der Druck der Umherstehenden hatte ein wenig nachgelassen und Irena bemerkte, dass die bedrückende Dunkelheit des Platzes einer warmen Helligkeit gewichen war. Tausende von Zeitungen, Kleidungsstücken, Fahnen und sonstige brennbare Materialien waren angezündet worden und brannten lichterloh über ihren Köpfen. Das warme Flackern brachte Harmonie in die aufgebrachte Menge und ließ sie verstummen. Kleine Funken sprühten umher und verbrannten so manches Haar hier und da, doch niemand kümmerte sich darum. Andächtig standen sie da, tausende von Menschen in dieser merkwürdigen, ergreifenden Stille, während ihre improvisierten Fackeln den schwarzen Himmel erhellten.

Und dann geschah das Unbegreifliche: Der Stern wurde abgeschaltet! Der rubinrot leuchtende Stern, das Symbol ihrer Unterdrückung erlosch vor ihren Augen! Irena konnte ihren Augen kaum trauen und schwor sich in dieser Sekunde, nie wieder das Wort *unmöglich* zu benutzen.

Fassungslos stand die Menge zwischen den wieder eingeschalteten Laternen, senkte die verglühenden Papiere und Stoffe und starrte auf den schwarzen Himmel über der Kuppel. Mehrere Sekunden vergingen, bevor ein langsames Begreifen einsetzte und tosender Jubel ausbrach. *Sie hatten es geschafft!* Mit ihrer friedvollen Kundgebung und ohne den Einsatz von Gewalt, hatten sie die Besatzungsmacht in die Knie gezwungen!

Auch Irena schrie nun euphorisch mit. Sie wusste nicht, was sie da eigentlich aus vollem Halse brüllte, doch ein kaum zu beschreibender Druck musste einfach aus ihr heraus, bevor er ihren Brustkorb zum Bersten brachte. Sie sah Mátyás und Biri in der Luft klatschen und jubeln, während sie Dávid etwas zuriefen. Irena verstand kein Wort in dem Tumult, aber ihre Augen blitzten um die Wette. Dávid blieb stumm, doch auch er sah ergriffen aus und strahlte wie ein Honigkuchenpferd.

Erneutes Knistern knarzte aus den Mikrofonen des Balkons und die jubelnde Menge schrie und kommentierte laut durcheinander. »Die wollen uns doch nur hinhalten!«, brüllte jemand neben Irena.

Wieder wurden die Mikrofone getestet und mit jeder ergebnislos verstrichenen Minute schlug der Jubel der Demonstranten in Gereiztheit um. Bevor der Protest jedoch feste Formen annehmen konnte, schritt plötzlich eine bekannte Person auf den Balkon. Dort in der Ferne auf dem Balkon stand tatsächlich Imre Nagy! Er wirkte deutlich kleiner, als sie ihn sich vorgestellt hatte, doch er war es ohne Zweifel. Seine ersten Worte gingen in lautstarkem Tumult unter.

»Was hat er gesagt?«, rief Irena den Umherstehenden zu, doch die Antwort auf ihre Frage bekam sie prompt durch unzählige Protestrufe und schrilles Pfeifen Richtung Balkon. »Wir sind nicht deine *Genossen!*«

Beschwichtigend hob Imre Nagy die Hände. Eine fahrige Geste seinerseits ließ Irena vermuten, dass er sich Schweiß von der Stirn wischte. Er rückte das quietschende, knarrende Mikrofon unter weiteren Protestrufen und durchdringenden Pfiffen näher zu sich heran und sprach die nächsten Worte sehr bewusst deutlich. »Freunde! Mitbürger!«

Unbändiger Jubel brach aus und tosender Applaus zollte seinen schlichten Worten Anerkennung. Genau das hatten sie hören wollen! Selbst Irena merkte, wie seine Worte sie tief berührten. Sie war keine Ungarin, keine Deutsche und keine Genossin. Aber eine Freundin und Mitbürgerin, das wollte sie gerne sein! »Man glaubt, man träumt, oder?«, brüllte plötzlich jemand Irena ins Ohr. Es war Biri, die wieder neben ihr stand und ihren Arm ergriff, als sei diese Geste das Normalste von der Welt und als würden sie sich schon seit Jahren kennen. Irena nickte zustimmend und musterte die kleine Biri lächelnd von der Seite. Sie hatte sehr dicke, leicht gewellte braune Haare, die ihr bis knapp über die Schultern reichten. Obwohl sie recht kleinwüchsig war, fiel sie jedoch sofort auf. Aus ihrem lebhaften Gesicht strahlten zwei große braune Augen und sie schien sich eher freudig hopsend statt gehend fortzubewegen. Fasziniert beobachtete Irena die perlenweißen Zähne, die immer wieder aus ihrem unaufhörlich plaudernden und lachenden Mund hervorblitzten. Kein Wunder, dass ihr kleiner Bruder sich von diesem Mädchen so angezogen fühlte und in ihrem Beisein bis über beide Ohren strahlte! Selbst Irena merkte, wie Biris Lebhaftigkeit auch auf sie überging.

Von Nagys Rede bekamen sie nicht mehr viel mit. Stattdessen befanden sich die beiden Frauen in einem atemlosen Redefluss, der sie für alles andere um sie herum blind werden ließ. Abgesehen vom Vorabend hatte Irena noch nie jemandem erzählt, wie es ihr im Ausland ergangen und was ihr alles widerfahren war.

Biri wiederum erzählte frei und offen von den Inhaftierten ihrer Familie und so manch politisch inkorrekte Anekdote von zu Hause. Und doch schien es nur natürlich, dass sie sich in aller Öffentlichkeit über Themen unterhielten, die noch wenige Stunden zuvor als höchst brisant, wenn nicht gar als Hochverrat betrachtet und umgehend geahndet worden wären.

Nur am Rande registrierte Irena, dass jedoch niemand überhaupt nur von ihnen Notiz nahm. Um die beiden herum ging es hoch her und es schien, als hätten das Abschalten des Sterns und Nagys geänderte Begrüßungsworte sämtliche verbale Dämme gebrochen.

Mátyás' erhitztes Gesicht tauchte plötzlich neben ihnen auf und er brüllte etwas, während er mit der Hand vom Platz weg deutete.

»Was hast du gesagt?« Irena hatte kein Wort verstanden und merkte, dass der konstante, trommelfellerschütternde Lärm, dem sie seit Stunden ausgesetzt waren, ihrem Gehör merklich zugesetzt hatte.

»Rundfunk!«, brüllte Mátyás so laut er konnte zurück und winkte erneut euphorisch zum Abmarsch.

Dávid schüttelte energisch den Kopf und machte eine deutliche Geste, dass er für heute genug hatte. Irena merkte plötzlich, dass ihre Lippen beim Sprechen immer wieder an den trockenen Zähnen kleben blieben und ihr Hals heftig kratzte. »Was für ein Rundfunk?«, fragte sie matt.

»Wir gehen zum Rundfunkgebäude in der Sándor-Bródy-Straße!«, brüllte Biri erklärend in ihr Ohr. »Die erzählen Lügen über uns und wir müssen das richtig stellen!«

»Ohne mich!«, winkte nun auch Irena entschieden ab. Es war dunkel und ziemlich kühl geworden. Zudem brauchte sie unbedingt etwas zu essen und zu trinken. Allein der Gedanke an den weiten Nachhauseweg ließ sie gleich noch müder werden, als sie sich auf einmal ohnehin schon fühlte.

»Komm schon!«, forderte Biri sie aufmunternd auf und stieß ihr kumpelhaft den Ellenbogen in die Rippen. »Jetzt oder nie, so ein Tag muss ausgenutzt werden!«

Woher nahm sie nur ihre Energie? Irena fühlte sich, als sei sie einen Marathon gelaufen und hätte sich dabei lautstark selber anfeuern müssen. Ihre Glieder schmerzten, ihr Hals brannte, ihre Ohren dröhnten und Piroschkas bröckelndes, trockenes Brot vom letzten Wochenende schien ihr auf einmal das Köstlichste, was sie sich nur vorstellen konnte. Keine zehn Pferde würden sie auch nur einen Schritt mehr laufen lassen als unbedingt nötig!

Erneut und wieder zu ihrem größten Erstaunen war Dávid offenkundig voll und ganz auf ihrer Seite und zeigte Mátyás und Biri ohne Worte, jedoch mit einer unmissverständlichen Geste, was er von dem Vorhaben hielt.

»Bis bald, Freunde!«, rief Biri ihnen daraufhin fröhlich mit theatralischer Kusshand zu und verschwand mit dem kurz winkenden Mátyás in der Menge.

»Apu!«, rief Irena Dávid verzweifelt entgegen. Er nickte und sah Mátyás und Biri unentschlossen nach. Auch er erinnerte sich an das Versprechen, das sie ihrem Vater gegeben hatten.

Doch in der nächsten Sekunde besann er sich, packte Irena beruhigend am Arm und zog sie in die andere Richtung mit sich fort. »Ungarn hat gewonnen!«, rief er ihr ins Ohr. »Die beiden kommen jetzt auch ohne uns klar!«

Irena war nicht so recht überzeugt, doch sie war zu müde, durstig und hungrig, um seine Worte anzuzweifeln. Er hatte sicherlich Recht. Sie würden jetzt nach Hause gehen, ordentlich essen und trinken und nach einer guten Portion Schlaf würde ihnen Mátyás großspurig wie immer erzählen, was er den Leuten vom Rundfunk gesagt hatte. Sie hätten ihn ohnehin nicht davon abhalten können.

Erleichtert atmeten die beiden auf, als der dichte Menschenstrom schließlich lichter wurde und die Lautstärke zum ersten Mal seit vielen Stunden deutlich abnahm. Es war beinahe merkwürdig, nach dem stundenlangen Lärm mit einer erholsamen Stille konfrontiert zu werden. Vielleicht erschien es Irena jedoch nur so, weil es in ihren Ohren summte und sich alles dumpf anhörte. Sie fröstelte plötzlich, da nun die brütende Wärme der Masse fehlte und drückte sich enger an Dávids warmen Unterarm, den sie noch immer festhielt.

Sie gingen durch eine Gegend, an die sich Irena nur noch vage erinnerte. So lange war alles her und doch erinnerte sie sich, dass sie als Kind ein paar Mal mit Apu hier entlang gegangen war, wenn sie ihn von Freunden abgeholt und zum Abendbrot nach Hause gebracht hatte.

Dávid verlangsamte plötzlich seinen Schritt und starrte auf das Straßenende in der Ferne. Intuitiv zog er seine Schwester in Sekundenschnelle in den nächsten dunklen Hauseingang neben ihnen, während sie abwarteten, wer da auf sie zukam. Es waren etwa zehn oder zwölf Menschen.

Soweit Irena von ihrem Versteck aus erkennen konnte, waren es überwiegend Menschen mittleren Alters, die allesamt recht schäbig gekleidet waren. Einer von ihnen saß rittlings auf einem großen, rundlichen Gegenstand und brüllte immer wieder spaßhafte Kommandos auf die Anderen herunter, die versuchten, ihn zu tragen. Es wollte ihnen jedoch nicht recht gelingen. Offenbar war es ein enormes Gewicht, das da von dem runden Ding und seinem Reiter ausging, und so ließen sie ihn immer wieder unter Stöhnen und Lachen fallen.

Auf diese Weise kam der johlende Trupp nur langsam voran und obwohl den beiden Geschwistern recht schnell klar wurde, dass von der kleinen Gruppe keine Gefahr ausging, blieben sie dennoch in geschulter Vorsicht in ihrem Versteck. Ungläubig erkannten sie schließlich, was das runde Ding war.

»Das gibt es doch nicht ...«, murmelte Dávid. Er klang schockiert.

Auch Irenas Gefühle waren erstaunlich zwiespältig. Das runde Ding war nichts anderes als der Kopf ihres Diktators höchstpersönlich. Offenbar war die riesige Stalin-Statue auf dem Platz zersägt worden und hier wurde nun sein reichlich malträtierter, aber dennoch klar erkennbarer Kopf triumphierend durch Budapests Straßen getragen. Irena mochte die Russen nicht, doch die Statue war für sie ein Teil Budapests gewesen. Sie hatte einfach hierhergehört. Nun gab es diese also nicht mehr, genauso wenig wie das Budapest ihrer Kindheit.

Sie wusste, dass diese Gedanken töricht waren. Dies war ein Neuanfang und ein sensationell positiver noch dazu. Den heutigen Tag hätte sie sich in ihren kühnsten Träumen nicht vorstellen können. Und dennoch war es auch ein wenig beängstigend, so viele Menschen vollständig außer Rand und Band zu sehen. Welche Gesetze waren noch gültig und welche nicht? Wie würde die neue Regierung aussehen? War es wirklich sicher, sich in aller Öffentlichkeit als Feind der Besatzer zu bekennen?

Wie immer konnte sie Dávids Miene nicht deuten, doch er machte keinerlei Anstalten, ihr Versteck zu verlassen, was sie zu der Vermutung kommen ließ, dass auch er unsicher war. Johlend zog der Trupp mit Stalins Kopf an ihnen vorbei. Alle paar Meter schlossen sich nun weitere Übermütige an und der Kopf erhielt so manche weitere Beule auf seinem gewaltsamen Transport.

Staunend und noch immer regungslos verharrten Dávid und Irena in ihrem kleinen Versteck und beobachteten das surreale Schauspiel. Erst als die Gruppe lange außer Sichtweite war, krabbelten die zwei mit steifen Knien aus ihrem Versteck.

~ KAPITEL 10 ~
Wahre Ungaren

BUDAPEST, UNGARN. 24.OKTOBER 1956.
WOHNUNG DER FAMILIE HORVAT.

»Irena ...! Irena!« Schlaftrunken wehrte Irena die Hand ab, die sie recht unsanft an der Schulter rüttelte. »Irena, wach auf!«

Müde und alles andere als erbaut blinzelte Irena dem hellen Licht entgegen. »Wie spät ist es?«

»Steh auf und komm!«, forderte Dávid sie kurzangebunden auf, ohne auf ihre Frage einzugehen.

Seufzend brachte sich Irena in eine sitzende Position. Der verschlissene, hellgraue Vorhang war noch immer geschlossen und das grelle Licht kam von Dávids Petroleumlampe, die er direkt vor Irena Gesicht hielt. Sie verabscheute diese Lampen und ihren widerlichen Geruch.

»Nun komm! Beeil dich!« Ungeduldig ging er zur Tür und drehte sich erneut auffordernd um.

Die bleierne Müdigkeit ließ sie nur langsam in Bewegung kommen. Als sie jedoch das besorgte Gesicht sah, stand sie widerwillig auf. Gähnend legte sie sich die geblümte Überdecke um die Schultern und folgte Dávid in die Küche. Eine blasse Gesellschaft, bestehend aus allen Familienmitgliedern und einigen Nachbarn, saß oder stand um den Tisch herum. Herr und Frau Szabó von nebenan hatten ihren wuchtigen, hölzernen Radioapparat mitgebracht und auf den Esstisch der Horvats gestellt. Irena setzte sich schweigend neben Apu an den Tisch und unterdrückte ein erneutes Gähnen. Ihr Vater schien um mehrere Jahre gealtert zu sein. Ohne aufzublicken ergriff er schweigend Irenas Hand und umklammerte sie schmerzhaft. Wortlos starrte er auf das Radiogerät.

»Die genaue Anzahl der Verwundeten und Toten ist aufgrund der noch immer anhaltenden Schussgefechte bislang unbekannt. Auch die Herkunft der unzähligen Waffen ist noch nicht geklärt. Der Weg zum Radiosender in der Sándor-Bródy-Straße scheint nahezu mit menschlichen Körpern gepflastert zu sein.«

Wie unter Strom fuhr Irena Blick immer wieder über alle Gesichter in der Küche. Alle Müdigkeit war schlagartig wie weggeblasen. Wo war Mátyás? Dávid war kreidebleich und hob kaum merklich die Schultern, als er ihren fragenden Blick auffing. Mátyás war also noch nicht zurückgekommen und steckte vermutlich mitten im Schussfeuer, genau wie auch Biri! Sie wagte nicht, Apu anzusehen. Er hatte seine zwei Ältesten nur um einen einzigen Gefallen gebeten, und sie hatten aus purem Egoismus seinen jüngsten Sohn im Stich gelassen. Nicht auszudenken, wenn ihm etwas passiert war!

Warum waren sie nicht einfach mitgegangen oder hatten ihn einfach mit nach Hause gezerrt?

Weil niemand ihn hätte aufhalten können!, flüsterte ihr die Vernunft leise ins Ohr. Ihr schlechtes Gewissen mischte sich jedoch mit Panik und ließ ihre Gedanken vor ihrem inneren Auge wie einen Derwisch um die schlimmsten Szenarien kreisen.

Erneut wanderte ihr Blick zu Dávid, der wie gelähmt neben Frau Szabó stand und sich auf die Lippen biss. Zum ersten Mal seit ihrer Ankunft, vielleicht sogar zum ersten Mal in ihrem Leben, wusste Irena, was ihr verschlossener Bruder fühlte.

Als hätte er ihre Gedanken gehört, schüttelte er plötzlich seine Trance ab. »Irena und ich werden ihn suchen!« Es war keine Frage, ob sie bereit war, sich mit ihm in Lebensgefahr zu begeben. Es war beschlossene Sache. Sie hatten denselben Gedanken gehabt, nur hatte er ihn schneller ausgesprochen.

Apu hielt noch immer Irenas Hand und drückte sie fest. Behutsam versuchte sie, seine Hand abzustreifen, doch er umklammerte sie mit eisernem Griff.

»Apu, es tut mir so leid. Wir werden ihn finden!« Energisch schüttelte er den Kopf, während er noch immer wie gebannt auf den Radioapparat starrte, als würde der Sprecher jeden Moment verkünden, dass es seinem Sohn gut ginge.

»Apu, wir müssen gehen!« Mit einer Einfühlsamkeit, die Irena ihrem Bruder nicht zugetraut hätte, löste er sanft den festen Griff seines Vaters um Irenas Hand.

Piroschka, die bisher nicht ein Wort gesagt hatte, schoss wie ein geölter Blitz zur Tür und stellte sich davor.

»Anyu, bitte! Wir müssen uns beeilen! Es kommt vielleicht auf jede Sekunde an!« Irena hatte endlich ihre Sprache wiedergefunden. Ihre Müdigkeit war trotz Schlafmangel vollständig verflogen und hatte einer pochenden Nervosität Platz gemacht. »Bitte, Anyu«, flehte sie erneut. »Das bringt doch nichts, wir müssen ihn finden!«

»Kommt nicht in Frage! Mátyás ist schon auf dem Nachhauseweg. Ich weiß es!«, überzeugte Piroschka sich selbst mit lauter Stimme. »Ich werde sicherlich nicht noch zwei meiner Kinder in dieses Höllenfeuer schicken! Verschwindet von der Tür, los!«

»Mutter!« Dávid war noch immer weiß wie die Wand, doch auch er hatte zu gewohnter Stärke zurückgefunden. »Wenn wir uns einschließen, helfen wir niemandem! Mátyás ist da draußen und wir müssen ihn finden! Das willst du doch auch, oder?«

Piroschka brach in Tränen aus. »Diese verdammten Russen! Seht doch, was sie mit uns allen machen! Ich hasse sie! Ich hasse sie!«

Verstört beobachtete Irena, wie Dávid ihre Mutter mit aller Kraft und dennoch so vorsichtig wie möglich von der Tür wegzog, während sie unkontrolliert um sich schlug. Sie hatte Piroschka noch nie so außer sich gesehen und der geradezu animalische Ausdruck auf dem Gesicht ihrer Mutter, als sie ihren Schmerz und unterdrückten Hass herausschrie, verstörte sie zutiefst.

Dávid gelang es schließlich, sie in die Küche zu zerren und auf einen Stuhl zu setzen. Laut schluchzend gab sie schließlich auf und vergrub ihr Gesicht in ihren Händen. Die versammelte Gruppe in der Küche, die bislang betreten das Schauspiel beobachtet hatte, versammelte sich sofort um Piroschkas Stuhl herum und versuchte, sie zu beruhigen. Die Stille wich einem regelrechten Tumult und selbst die kleine Marika bemühte sich rührend, ihre Mutter zu beruhigen und streichelte ihr über das Haar. Irena hätte sich am liebsten zu ihnen gesellt. Sie fühlte sich miserabel, ihre Mutter in diesem Zustand alleine zu lassen.

Doch Dávid zog sie energisch nach draußen. »Ich weiß«, sagte er schlicht, als wüsste er genau, was sie dachte. »Dafür ist jetzt keine Zeit! Komm!«

Atemlos rannten Irena und Dávid durch die kalte Morgendämmerung. Sie rannten ohne nachzudenken, stattdessen beflügelte reines Adrenalin ihre schnellen Schritte über die holprigen, löcherigen Straßen Budapests. Den Gedanken, ob Mátyás noch am Leben war, schoben beide weit von sich. Nach einer guten halben Stunde war das Rundfunkgebäude schließlich nur noch ein paar hundert Meter entfernt, doch die ununterbrochen lauten Schüsse ließen sie augenblicklich langsamer werden. Ihnen wurde plötzlich klar, dass sie keinen Plan hatten, wie sie Mátyás finden oder überhaupt erst zum Gebäude gelangen konnten.

Mehrere Krankenwagen fuhren in rasantem Tempo an ihnen vorbei. Ohne zu Zögern schafften die beiden es schließlich, einen der Krankenwagen in einer gewagten Aktion zu stoppen. Der vordere Reifen des Wagens verfehlte dabei Dávids Fuß um höchstens einen Millimeter.

»Was wollt ihr?«, brüllte der Fahrer ungehalten zu ihnen herüber.

»Mitfahren! Ich bin Ärztin!«, rief Irena laut, wenngleich auch wenig überzeugend zurück. Das Knallen und Zischen der Waffen war angsteinflößend! Allein der Gedanke an den vielleicht verwundeten Mátyás trieb sie mit zitternden Beinen voran. Der Fahrer sah zunächst zögernd auf Irena und dann auf Dávid.

»Unser Bruder ist da irgendwo! Nun mach schon, komm!«,

herrschte Irena ihn ungehalten an.

»Kommt rein, wir müssen weiter!«, schrie nun eine männliche Stimme aus dem Hinteren des Krankenwagens ebenfalls ungeduldig über den Lärm hinweg und der Fahrer nickte kurzangebunden zur hinteren Tür des Wagens. Eine der beiden weißen hinteren Doppeltüren des betagten, zerkratzten Dodge wurde aufgerissen und die beiden schlüpften schnell ins enge Wageninnere.

Mit weit aufgerissenen Augen starrten Irena und Dávid auf das unerwartete Bild. Die männliche Stimme gehörte nicht etwa einem fürsorglichen Sanitäter oder Arzt. Die beiden Geschwister kauerten einem dunkelhaarigen, schmutzigen Mann Ende dreißig mit dickem Schnauzbart gegenüber, der sie argwöhnisch musterte. Dazu hatte er ganz offenbar auch jeden Grund, denn die drei saßen nicht etwa in einem Krankenwagen, sondern in einem Waffenlager! Um sie herum waren hundert bis zweihundert Schusswaffen und Gewehre aller Kaliber und Größen.

»Oh mein Gott …«, entwich es Irena ungewollt auf Deutsch. Von außen unbemerkt, für Irena jedoch deutlich spürbar bohrte Dávid seinen Ellenbogen hart in ihre Seite.

»Du bist Ärztin?«, fragte der Mann sie mit forschem Blick.

Irena nickte mit offenem Mund.

»Erfahrung mit Schusswunden oder Frischling?«, bohrte der Mann eindringlich weiter.

»Ich praktiziere seit zehn Jahren«, gab Irena ausweichend zurück. Sie hatte drei Schusswunden in ihrer Laufbahn gesehen und keine von ihnen im Alleingang behandelt. Bei zweien war das auch nicht mehr nötig gewesen, da sich die Männer in die Brust geschossen hatten und vor dem Eintreffen der Ärzte bereits verblutet waren. Der dritte Patient hatte ebenfalls einen Selbstmordversuch unternommen, doch er hatte sich in den Mund geschossen und die Kugel hatte wie durch ein Wunder weder den gekreuzten Sehnerv noch das Gehirn beschädigt. Stattdessen war sie mit nahezu chirurgischer Präzision zwischen den beiden Gehirnhälften hindurchgefeuert und hatte beim Hinaustreten lediglich die Schädeldecke beschädigt. Es war nur eine kleine Wunde gewesen, die lediglich ambulanter Versorgung bedurfte.

Irena hatte für den Bruchteil nur weniger Augenblicke die gesamte Situation wieder vor Augen, als wäre es gerade eben passiert. Der Stationsarzt hatte den frisch eingelieferten, unter Schock stehenden Patienten in den größten OP-Saal gerollt und in Windeseile sämtliche Schwestern und Pfleger zusammengetrommelt, die man auf die Schnelle hatte versammeln können, um dieses medizinische Wunder mit ihnen zu teilen. Eine der Schwesternschülerinnen hatte nicht mitbekommen, dass der Patient bei Bewusstsein war, da er reglos auf der Liege lag.

»Gott, wie blöd muss man sein, sich einfach so in den Mund zu ballern! Es weiß doch nun jeder Depp, dass man zuerst den Mund mit Wasser füllt!«, hatte sie mit der berühmten Berliner Sensibilität geschimpft und alle Umherstehenden damit zum Lachen gebracht. Irena hingegen hatte einen schweren Kloß im Hals, als der Patient ihre Hand ergriff und sie ängstlich fragte, ob er im Himmel sei.

»Das wollen wir mal nicht hoffen! Unsere Stationskapelle ist so unbegabt, dass jedes Jahr selbst dem Weihnachtspunsch schlecht wird!«, hatte der Stationsarzt salopp an Irenas Stelle geantwortet und wieder waren die Umherstehenden in grölendes Gelächter ausgebrochen.

Irena hatte nicht mitgelacht, doch das hatte von *dem ungarischen Sauertopfgesicht*, wie man sie oft nannte, vermutlich auch niemand erwartet. Eines hatten alle drei Selbstmordversuche gemeinsam gehabt, wie sich Irena ebenfalls in derselben Sekunde erinnerte: Alle drei Männer waren in russischer Kriegsgefangenschaft gewesen.

»Ja oder nein?«, wiederholte der schnauzbärtige Mann eindringlich.

»Natürlich kann sie das!«, antwortete Dávid überzeugt an Irenas Stelle und holte sie damit jäh in die Realität zurück.

Irena erwiderte den strengen Blick des Mannes mit plötzlicher Bestimmtheit. »Wir müssen unseren Bruder finden – er ist irgendwo da draußen! Wir haben unseren Eltern versprochen, dass wir ihn nach Hause bringen.«

Der Blick des Mannes änderte sich schlagartig. Die Kühle darin verschwand, doch anstelle von Mitgefühl machte sie einem eher strengen Ausdruck Platz. »Das ist verständlich«, sagte er. »Auch ich habe Eltern, die sich gerade die Augen ausweinen. Aber ich frage Sie und antworten Sie mir ganz ehrlich: Sollen die jetzt auch kommen und mich nach Hause holen? Und was ist mit all den Anderen da draußen? Sollen deren Mütter auch alle kommen und sie abholen?«

»Sie müssen mich nicht veralbern!«, gab Irena eingeschnappt zurück. »Unser Bruder ist noch ein dummer Junge! Er weiß nicht, was er da tut!«

»Ich veralbere Sie ganz sicher nicht«, antwortete der Mann vollkommen ruhig. »Ich stelle Ihnen eine ganz ehrlich gemeinte Frage. Ich verstehe Sie sehr gut, glauben Sie mir. Wir alle haben Familie – entweder zu Hause, da draußen oder im Gefängnis. Wenn wir jetzt alle nach Hause gehen, muss sich dann wirklich niemand mehr Sorgen machen? Was passiert, wenn wir nichts tun? Hört Moskau dann einfach auf, uns alles wegzunehmen und Unmögliches zu verlangen? Oder verliert die ÁVO plötzlich ihren Gefallen am Terror? Die Antwort kennen Sie genauso gut wie ich: Nein! Bestenfalls bleibt es so, wie es ist; vermutlich wird es aber noch schlimmer! Wie sieht dann das Leben unserer Familien aus? Wie viele Mütter werden dann erst weinen, wenn ihre Kinder unschuldig in Gefängnissen umkommen, weil sie es gewagt haben, eine eigene Meinung zu haben? Wie viele Menschen werden sterben, weil sie trotz reicher Ernten nicht genügend zu essen bekommen oder nicht das Geld für warme Kleidung haben?«

»Das ist kein Grund für Mord!«, gab Irena scharf zurück. »Ich bin Ärztin. Ich habe einen Eid geleistet, Leben zu retten, nicht zu morden!«

Dávid hielt hörbar die Luft an und machte sein typisches, undurchdringliches Gesicht. Der Mann mit den bohrenden, dunklen Augen blieb jedoch erstaunlich ruhig. Er wirkte eher traurig als angegriffen.»Ich wäre mit dem Wort *Mord* vorsichtig. Sich selbst und seine Lieben mit dem eigenen Leben zu verteidigen, weil man eine bessere Zukunft, … ach, was rede ich da …, weil man überhaupt eine Zukunft haben will, das ist für mich kein Mord, sondern Verteidigung der Grundrechte! Mehr als das: Ich finde es bewundernswert! Sehen Sie sich gleich mal all diese jungen Leute an, wenn wir ankommen. Sie alle haben noch ihre ganze Zukunft vor sich und trotzdem riskieren sie alles, damit künftige Generationen nicht das erleben müssen, was sie selbst durchgemacht haben. Für mich sind junge Leute wie Ihr Bruder nicht dumm, wie Sie sagen, sondern Helden! Aber wenn Sie immer noch der Meinung sind, dass es sich nicht lohnt zu kämpfen, dann nehmen Sie Ihren Bruder mit nach Hause, wenn Sie ihn finden. Wir halten niemanden. Viel Glück!«

Der Wagen hielt an. Sie parkten in einem dunklen Gebäude, dem Lärm nach mussten sie allerdings in unmittelbarer Nähe des Rundfunkgebäudes sein. Die Schießerei war deutlich zu hören. Entschlossen schnappten sich der dunkelhaarige Mann und der Fahrer mehrere Gewehre und gingen auf eine Tür zu. Dávid und Irena blieben stocksteif inmitten des Waffenarsenals sitzen und sahen sich mit blassen Gesichtern an.

»Was denkst du?«, fragte Irena.

»Ich weiß es nicht. Er hat recht, befürchte ich«, gab Dávid zu.

Irena schüttelte vehement den Kopf. Doch auch in ihr regte sich leiser Zweifel. Unwirsch wischte sie diesen jedoch weg, stand auf und zog Dávid aus dem Wagen. Sie standen in einer verlassenen, kleinen Fabrikhalle, die offenbar einmal einer Bäckerei gehört hatte. In einer Ecke lagen einige halb leere, von Mäusen zerfressene Mehlsäcke und an den Wänden hingen einige vergilbte Werbetafeln.

»Wir haben ein Versprechen gegeben und das zählt mehr als alles andere! Außerdem ist Mátyás leicht beeinflussbar, statt selber zu denken!«, versuchte sie sich selbst zu überzeugen. Dávid schwieg, doch er folgte ihr. Sie waren gerade an der Tür angelangt, als diese plötzlich von außen aufgestoßen wurde und eine Schar von etwa zwanzig Menschen sie zurück ins Innere stieß.

»Schnell! Alle rein!«, brüllte der schnauzbärtige Mann, der offenbar der Anführer der kleinen Truppe war.

»Danke, Mann, ich stehe in deiner Schuld!« Keuchend klopfte ihm ein junger Mann dankbar auf die Schulter. Sein Arm blutete recht stark am Ellenbogen, doch er schien es nicht zu bemerken.

»Mátyás!«, riefen Dávid und Irena wie aus einem Munde.

Der schmutzige, junge Mann drehte sich zu ihnen herum und grinste plötzlich von einem Ohr zum anderen. Auch der Truppenführer sah zunächst erstaunt zu ihnen herüber und begann plötzlich trotz der beunruhigend lauten Schießerei vor der Tür zu lächeln.

»Das ist also der gesuchte Bruder? Sehen Sie, Frau Doktor, ich sagte Ihnen doch: Für mich ist Ihr Bruder ein Held! Und dabei wusste ich noch nicht einmal, dass Ihr Bruder mein bester Mann da draußen ist. Ein wahrer Ungar!« Er zog ein langes Stofftaschentuch aus seiner Hosentasche und band es Mátyás in einer schnellen Bewegung um den blutenden Ellenbogen.

Irena schwankte zwischen dem Impuls, ihm das alles andere als adrette, vermutlich hochgradig bakterienverseuchte Schnupftuch von der offenen Wunde zu reißen und dem Wunsch, dem sogenannten wahren Ungaren ganz gewaltig auf Deutsch ihre Meinung zu sagen!

Doch während irgendetwas in seinem Strahlen sie auf merkwürdige Weise verstummen ließ, kam Dávid ihr plötzlich zuvor. »Ist es das, was du willst und für richtig hältst?«, fragte er schlicht.

»Natürlich!« Erstaunt, doch ohne inne zu halten, folgte Mátyás den anderen Kämpfern ins Innere des umfunktionierten Krankenwagens, um nach neuen Waffen und Munition zu suchen.

»Ihr hättet mal sehen sollen, wie Mátyás zwei Typen von der ÁVO niedergestreckt hat! Er ist wie eine Katze an der Hauswand hochgeklettert, hat sich durch ein Fenster geschwungen und sich lautlos im Zimmer nebenan an sie herangeschlichen. Zu dem Zeitpunkt hatte er noch nicht einmal eine Waffe! Mátyás hat sie mit bloßen Händen überwältigt und ihnen die Waffen abgenommen. Wie Janos schon sagte: ein wahrer Ungar!« Eine vor Stolz förmlich platzende Biri stand auf einmal neben Irena und strahlte verliebt zum Krankenwagen. Ihre Haare waren auf einer Seite erheblich weggesengt, auf ihrer Stirn prangte eine etwa vier Zentimeter lange, verkrustete Schramme und ihre Hände waren blutverklebt, doch sie schien sich nicht darum zu scheren.»Komm!« So vertraut wie am Tag zuvor zog Biri Irena Richtung Krankenwagen.

»Nein!« Mit einem plötzlichen Ruck blieb Irena stehen.»Ich glaube nicht daran, Gewalt mit Gegengewalt zu bekämpfen. Und ich sehe nichts Heldenhaftes darin, jemanden niederzustrecken, wie du es nennst!«

Mátyás sprang gerade mit neuer Munition aus dem Krankenwagen heraus, als er auf die laute Stimme seiner Schwester aufmerksam wurde.

»Das hier ist kein Spiel, Mátyás! Du musst niemandem etwas beweisen! Und du übrigens auch nicht, Biri!«, keifte Irena mit einem wütenden Seitenblick auf die zerrupfte und zerschrammte Angesprochene neben ihr.»Ihr kommt damit nicht weiter, versteht ihr das denn nicht? Die ÁVO ist organisiert und hat deutlich mehr Macht als ihr! Notfalls holen sie eben die Russen rüber, wenn sie hier alleine nicht weiterkommen. Ihr habt keine Chance!«

Als hätte jemand den Ton abgestellt, stellte sich von einem Moment auf den anderen Totenstille in der Halle ein. Nur das Schussgefecht vor der Tür war nach wie vor deutlich zu hören. Alle starrten zu ihr herüber und Irena fühlte die Welle der Feindseligkeit wie einen Schlag ins Gesicht. Selbst Dávid stand zusammen mit den Anderen ihr gegenüber und sein sonst so verschlossenes Gesicht zeigte unmissverständliche Ablehnung. Irena schluckte schwer, doch sie würde sich nicht unterkriegen lassen. Sie war es gewohnt, alleine dazustehen, auch wenn es hier nun wortwörtlich war, doch sie würde ihre Überzeugung nicht verraten!

»Mátyás! Dávid! Es reicht jetzt! Noch können wir hier vielleicht unbeschadet raus, also los! Wir haben ein Versprechen einzuhalten!« Entschlossen erwiderte sie Dávids starren Blick.

Das Klicken eines ladenden Gewehrs durchbrach die Stille.

»Alle raus!«, kommandierte der schnauzbärtige Anführer laut und stieß den Mann mit dem soeben geladenen Gewehr bedeutsam, wenn auch kumpelhaft an. Noch immer schweigend bewegte sich die Truppe schließlich geschlossen zur Tür. Nur Dávid, Mátyás und Biri blieben zurück. Ihre Mienen waren jedoch alles andere als freundlich.

»Wie kannst du es wagen, die erste gute Sache seit Jahren schlecht zu machen?«, flüsterte Mátyás drohend.

»Warte!« unterbrach Biri ihn. »Vielleicht wollte sie …«

»Nein Biri«, unterbrach Mátyás seine Freundin barsch. »Sie wollte ganz sicher nicht auf ihre Art helfen! Du kannst bei ihr damit aufhören, alles verstehen zu wollen. Sie versteht selber nichts! Sie ist eben keine von uns!«

Irena fühlte, wie ihre kämpferische Haltung dahinschwand. Sie war diese Ungerechtigkeiten so leid! »Mátyás, versteh doch …«, versuchte sie es flehentlich und griff nach seinem Arm.

Mátyás riss seinen Arm jedoch aggressiv von ihr los. »Ich verstehe sehr gut!«

»Nein, das tust du nicht!«, fuhr nun Dávid dazwischen. Er packte Mátyás und Irena an den Händen, und sie standen plötzlich in einem kleinen Kreis. »Keiner von euch versteht den Anderen, das ist ja das Problem! Du willst alles ändern, Mátyás. Und das ist theoretisch auch gut, aber du darfst dabei nicht dumm sein! Mit dem Herzen alleine gewinnt man nicht, ein bisschen Gehirn muss auch dabei sein!« Mahnend blickte er dabei auf die errötende Biri. »Und du, Irena, warst nun mal zu lange weg. Jetzt zieh keine beleidigte Miene, wir haben keine Zeit zum Eingeschnapptsein! Du verstehst uns hier nicht!«

»Ich gehöre vielleicht nicht zu euch, aber ich will euch doch nur helfen!« Irena verlor die Fassung und brach in Tränen aus. »Ich bin auch ein Teil dieser Familie, ob es euch nun gefällt oder nicht!«

Dávid zog überrascht die Augenbrauen hoch. »Natürlich tust du das, davon war doch überhaupt nicht die Rede!«

Irena hörte verwirrt auf zu weinen.

»Aber du warst eben viele Jahre nicht hier und verstehst unsere Wut nicht mehr so wie früher! Du hast inzwischen deine eigene Wut, die sich aus ganz anderem Frust zusammensetzt. Aber wir haben jetzt keine Zeit, uns zu rechtfertigen! Niemand verlangt, dass du eine Waffe in die Hand nimmst. Du solltest dir nur nicht anmaßen, uns verstehen zu können! Die schlichte Frage ist: Bleibst du hier an unserer Seite oder gehst du nach Hause? Beides ist in Ordnung!«

Irena zögerte. Sie wollte nach Hause! Und doch fühlte es sich falsch an, zu gehen.

Anführer Janos stürmte mit zwei anderen Kämpfern herein. Sie trugen einen angeschossenen jungen Mann zwischen sich und legten ihn vorsichtig auf den harten Boden.

»Mir ist so kalt«, wimmerte der Angeschossene zuckend. Er hatte offenbar binnen nur weniger Minuten viel Blut verloren.

Mátyás wurde blass. Er ergriff Irenas Hand und drückte sie fest.

»Keine Angst, Atti«, sagte er zu dem Angeschossenen. »Meine Schwester ist Ärztin!«

»Und wird die Ärztin uns helfen?«, fragte Janos. Es klang nicht zynisch, sondern nach einer ehrlichen Frage.

Irena zögerte keine Sekunde. »Was habt ihr an Verbandszeug da? Bitte keine vollgeschnupften Taschentücher!«, kommandierte sie ohne Umschweife, wobei sie auf Mátyás' reichlich unhygienischen Verband deutete.

Janos musste trotz der ernsten Lage schief grinsen und klopfte ihr kumpelhaft auf die Schulter. Auch Dávid zeigte so etwas Ähnliches wie ein Lächeln und Biri puffte ihr erleichtert in die Seite. Am meisten erstaunte sie jedoch Mátyás. Er organisierte in Windeseile ein paar halbwegs saubere Tücher sowie einen großen Becher Wasser und umarmte sie sogar kurz. »Ich habe dich vermisst!«, sagte er mit festem Blick. »Geh nie wieder weg!«

Die nächsten Tage erschienen den Aufständischen wie ein Rausch. Die Kämpfe weiteten sich auf ganz Budapest und seine Vororte aus. Trotz vieler Verluste erreichten die nur vereinzelt organisierten ungarischen Gruppen Erstaunliches.

Imre Nagy wurde schon nach wenigen Tagen unter Jubel in die Regierung zurückgeholt und es wurden neue Parteien gewählt. Irena erinnerte sich an die großen Worte, die sie in Marienfelde geschwungen hatte: *Irgendjemand muss etwas tun! Wenn niemand mit Bildung in das Land zurückkehrt, dann wird sich dort niemals etwas ändern!*

Wie falsch hatte sie damit gelegen: Es waren nicht die Intellektuellen, welche hier für die Freiheit Ungarns kämpften. Es waren Ungaren aller Klassen und Altersstufen, oft sogar Kinder. Und doch hatte Irena in einer Sache recht behalten – mehr als sie sich je hätte erträumen lassen: Sie war zurückgekommen und hatte geholfen, etwas zu ändern! Zwar weigerte sie sich nach wie vor, von Waffen Gebrauch zu machen und verabscheute das bloße Geräusch, das diese beim Abschuss machten. Doch sie hatte ihr medizinisches Wissen mitgebracht und unzähligen Verwundeten helfen können. Ein paar Kämpfern hatte sie sogar das Leben gerettet, was ihr ein völlig neues, ungeahntes Selbstwertgefühl gab. Es war nicht wichtig, ob sie Deutsche oder Ungarin war. Die Medizin verschaffte ihr einen Platz in der Gesellschaft, auf dem sie sich wohl fühlte. Nur darauf kam es an.

Imre Nagy hatte alle Aufständischen über das Radio aufgerufen, bis 18 Uhr die Waffen niederzulegen und darauf zu vertrauen, dass die Regierung gelernt habe und von nun an anders verfahren werde. Dies hatte jedoch trotz der Androhung von Konsequenzen nur für Empörung unter den Aufständischen gesorgt, sodass die Kämpfe gegen die ÁVO erbittert weiter gegangen waren. Einige russische Panzer kamen den Regierungstruppen schließlich zu Hilfe, doch Irena war insgeheim erstaunt, dass es nur so wenige waren.

Es schien, als ob Moskau sich aus der Lage in Ungarn ebenso heraushalten wollte wie die verzweifelt aufgerufenen Westmächte. Nach einigen Tagen blutiger Kämpfe hatten sich tausende Aufständischer an die britischen und amerikanischen Abgesandten in Budapest gewandt, doch trotz offizieller Verurteilung der Moskauer Regierungsweise in Ungarn griff niemand ein. Es hieß, es seien noch juristische Fragen zu klären.

Hofften sie, dass sich alles von alleine regeln würde? Das westliche Schweigen verwirrte Irena und viele andere Aufständische ebenso sehr wie die Zurückhaltung der Russen, doch die erbitterten Kämpfe ließen ihnen keine Zeit zum Nachdenken.

Die Kampftruppe um Janos herum hatte sich bereits kurz nach Dávids und Irenas Ankunft in dem kleinen Corvin-Kino am Ende der Üllöi-Straße einquartiert. Hier waren sie auf viele andere Aufständische getroffen, denn das Kino war nicht nur von kleinen, engen Gassen umgeben und somit für Panzer nur schwer zugänglich. Es lag außerdem in der Nähe einer großen Kaserne, aus der sie fortlaufend neue Waffen und Material für Molotowcocktails beschafften.

Wie sie genau an die Waffen und Materialien kamen, hinterfragte Irena nicht. Sie wollte es nicht wissen. Sie war überwiegend im Keller und versorgte Verwundete oder verfolgte mit Janos und Dávid die Geschehnisse in Ungarn und der Welt über verschiedene Radiosender.

Janos war in ihrer Achtung enorm gestiegen. Er war nicht nur wohlüberlegt und besonnen in seiner Vorgehensweise, sondern bewies gleichzeitig eine Menschlichkeit, die Irena unter solchen Umständen nie erwartet hätte. Er verstand es, jedem Einzelnen seine individuelle Stärke bewusst zu machen und sorgte beinahe väterlich für ,seine Rebellen‘, wie er sie nannte. So hatte er der recht leichtsinnigen Biri gezeigt, wie man Molotowcocktails bastelte und sie zeigte in kürzester Zeit enorme Geschicklichkeit darin. Das Werfen selbiger überließ er jedoch lieber den zwar ebenso wagemutigen, gleichzeitig jedoch weniger emotionalen Aufständischen.

Dávid hatte feststellen müssen, dass er nicht auf Menschen schießen konnte. Mátyás war ihm in letzter Sekunde zu Hilfe geeilt, als er wie erstarrt einem bewaffneten Mitglied der ÁVO gegenübergestanden hatte. Ohne mit der Wimper zu zucken, hatte Mátyás sich vor seinen älteren Bruder geworfen und dessen Gegenüber noch im

Sprung direkt zwischen die Augen geschossen.

Irena war von Dávids Erzählung ebenso beeindruckt wie schockiert. Ihr Bruder war eine geborene Kampfmaschine und auch wenn sie seinen Hass auf Ungarns Terrorregime mehr verstand als ihm bewusst und ihr selbst lieb war, so fand sie seine Kaltblütigkeit dennoch abstoßend.

Dávid half seitdem Irena bei der Versorgung der Verletzten und entwickelte sich zum verlässlichen und umsichtigen Assistenten, den Irena und Janos nicht genug loben konnten. Es erforderte viel Kraft und Nerven, Schusswunden zu versorgen und kleine Operationen mit entweder nur geringer oder gar ohne Betäubung vorzunehmen. Doch Dávid schlug sich tapfer, als hätte er in seinem Leben noch nie etwas anderes getan.

Trotz ihrer Abneigung gegen die Gewalt um sie herum, konnte Irena nicht anders als ihre Brüder mit jedem Tag mehr zu bewundern. Mátyás machte seinem Kindheitsruf, dass er wie eine Katze eindeutig mehr als nur ein Leben hatte, erneut alle Ehre. Wann immer er sich kurz bei Irena und Dávid im Keller zum Schlafen hinlegte, hatte es sich zum Ritual entwickelt, dass er auf die Frage, ob er heute verletzt worden sei, einfach nur grinsend mit einem Miauen antwortete. Abgesehen von ein paar Schrammen, wurde er wundersamer Weise und aller Logik zum Trotz nie verletzt. Sie alle wuchsen zu einer derart starken und engen Gemeinschaft zusammen, wie Irena es noch nie erlebt hatte. Es war ein wunderbares, unbeschreibliches Gefühl!

Die Radiobeiträge waren zunächst ernüchternd: Unzählige Tote, keine Hilfe aus dem Westen und Imre Nagy schien nicht die Entscheidungsfreiheit zu haben, die sich Ungarn bei seiner Neuernennung zum Ministerpräsidenten erhofft hatte. Doch im Laufe der Tage schien es, als ob Ungarn sich dennoch zu helfen wusste: Die Regierung formte sich neu, Ungarn trat aus dem Warschauer Pakt aus und forderte den sofortigen Abzug der Sowjetarmee.

Es war eine Zeit, in der in fast jeder Minute so viel geschah, dass sich jeder Tag wie ein Jahr anfühlte. Sie alle waren unendlich müde und dennoch mit so viel Adrenalin geladen, dass sie unermüdlich weiterkämpften. Die Kämpfe schienen nach einer guten Woche nachzulassen, wie Irena und Dávid anhand der sinkenden Zahl der Verwundeten erfreut feststellten. Es sah tatsächlich danach aus, als würde all das Gemetzel zu einem friedlichen Ende kommen.

Tatsächlich stand eine Wende der Geschehnisse unmittelbar bevor. Doch sie sollte so ganz anders aussehen, als die Geschwister annahmen.

~ KAPITEL 11 ~

Der Traum von Freiheit

BUDAPEST, UNGARN. 3. NOVEMBER 1956.
CORVIN-KINO. REBELLENQUARTIER.

Der 3. November begann mit einem Schrecken. Mátyás brachte eine schwer verletzte Marika in den Keller. Ihre 11-jährige Schwester hatte seit Tagen nach ihnen gesucht und war nicht nur vollkommen dehydriert, sondern hatte sich seit mindestens zwei Tagen mit einem zerschmetterten linken Bein zu ihnen geschleppt. Irena gefror bei ihrem Anblick das Blut in den Adern und zum ersten Mal war es Dávid, der umsichtig und vollständig im Alleingang die kleine Schwester versorgte, während Irena kreidebleich und mit zitternden Knien neben ihm stand.

Dávid verarztete das Bein so gut er konnte, doch Irena war sich nicht sicher, ob sie es behalten können würde. Marika hatte sich während ihrer Suche nach den Geschwistern in einer Mülltonne versteckt und als die ÁVO sie darin entdeckte hatte, hatten sie auf die Tonne eingetreten und sie durch die Luft geschmissen.

Sie erzählte abgehackt in nur kurzen Sätzen, bevor sie zu jedermanns Erleichterung vor Schmerzen in Ohnmacht fiel und somit von der ärztlichen Versorgung nichts mehr mitbekam. Sie hatten inzwischen keinerlei Betäubungsmittel mehr und Irena und Dávid dankten Gott innerlich auf Knien, dass sie Marika zumindest vorerst nicht noch zusätzliche Schmerzen zufügen mussten.

Als sie am späten Nachmittag aufwachte, sprach sie nicht viel. Sie sah so klein und verletzlich aus, dass es Irena das Herz brach. Müde winkte sie Irena näher zu sich heran, die in den vergangenen Stunden neben ihr gesessen und sie nicht aus den Augen gelassen hatte. »Apu«, sagte Marika schwach.

Irena horchte besorgt auf. »Was ist mit Apu?«

»Apu geht es nicht gut. Anyu sagt, ihr sollt kommen!«

Irena verstand sofort die Nachricht, die Piroschka ihnen zwischen den Zeilen mitgab. Ihr Vater lag im Sterben und es würde nicht mehr lange dauern. Sie sollten kommen, um Lebewohl zu sagen. Marika war bereits wieder weggedämmert. Mátyás, Irena und Dávid sahen sich ratlos an.

»Wir können hier nicht einfach weg«, fasste Irena die Lage schließlich verzweifelt zusammen und sprach damit laut aus, was alle dachten. Janos war vor einigen Tagen verwundet worden und Mátyás hatte an seiner Stelle die Führungsrolle übernommen. Es war inzwischen zwar ruhiger geworden und es kamen deutlich weniger Verletzte pro Tag in den Keller. Doch es gab noch immer genug zu tun und sie konnten die Verwundeten nicht einfach zurücklassen, insbesondere nicht Marika.

»Irena geht zu Apu!«, entschied Mátyás nach kurzem Überlegen. Bevor Irena protestieren konnte, winkte er ruhig, aber bestimmt ab und fuhr fort. »Wir müssen logisch denken, Irena. Du hast Dávid viel gezeigt und er stellt sich gut an. Und verzeih meine Direktheit, aber bei Marika scheint er stärkere Nerven zu haben als du und die brauchen wir jetzt. Ich kann nicht weg, weil sonst Chaos ausbricht und das können wir uns ebenfalls nicht erlauben. Du musst daher in unser aller Namen zu Apu gehen und ihm das Gehen so leicht wie möglich machen. Lüg ihn an, wenn es sein muss, aber erzähl ihm nicht, was hier vorgeht! Das hat er nicht verdient!«

Abrupt wandte er sich ab und begann, Tassen mit Wasser für die Patienten zu füllen. Dávid nickte kurz zu seinen Worten und fing an, benutztes Geschirr zusammen zu suchen.

Irena war sprachlos. Sie wusste, wie sehr Mátyás von Kindheit an um Apus Aufmerksamkeit gekämpft hatte. Dávid hatte in den letzten Jahren fast vollständig die Vaterrolle von Apu übernommen und sich um alle gekümmert. Und doch überließen sie es ihr, Irena, die über zehn Jahre nicht bei ihnen gewesen war, Apu zum letzten Mal sehen zu dürfen. »Seid ihr sicher?«, fragte sie zweifelnd.

Die beiden Brüder drehten sich nicht um und taten geschäftig.

»Hau schon ab!«, sagte Dávid lediglich.

»Ja, verschwinde!«, bestätigte Mátyás.

Für einen kurzen Augenblick drehten sie sich nun doch zu ihr um und grinsten schief. Es war kein ehrliches Lächeln, die Entscheidung war ihnen sichtlich schwergefallen. Doch Irena erkannte in ihrem Grinsen eine Aufrichtigkeit, die sie zutiefst rührte. Zum ersten Mal in ihrem Leben verstand sie den Wert einer Familie. »Ich komme so schnell zurück, wie ich kann!«

Es war ein adrenalingeladener Weg nach Hause. Irena hatte seit Beginn der Kämpfe den Keller kaum verlassen und war schockiert über das Bild, das sich ihr nun in der Abenddämmerung bot. Es war beinahe unheimlich still und doch schien ein Schreien in der Luft zu liegen, das wie ein gruseliges Echo von den zerlöcherten Häuserwänden hin und her flog. Überall lagen Menschen, die man teilweise mit Müllüberresten und dem Schutt zerstörter Materialien an die Seite geschafft hatte. Die Toten oder schwer Verwundeten zu bergen hätte nach einer Lebensmüdigkeit verlangt, die sich keine der beiden Seiten erlauben konnte.

Sie kam an einer Straße vorbei, in der man offenbar Mitglieder der ÁVO regelrecht gelyncht hatte. Einer baumelte wie ein Schweinebraten kopfüber von einem langen Stock, während man ein anderes ÁVO-Mitglied verstümmelt an ein Kreuz genagelt hatte. Irgendjemand hatte auf seine Stirn das Wort *Monster* geschrieben.

Irena zitterten die Knie bei dem Anblick. Sie verstand den Hass der Menschen, das tat sie wirklich! Doch rechtfertigte dieser Hass solch ein animalisches Verhalten? Wie konnte man Menschlichkeit einfordern, wenn man sich selbst schlimmer als ein wildes Tier verhielt? Dieses Bild zeugte nicht mehr von Verteidigung, sondern von bestialischer Rache!

Wie merkwürdig es doch war, von einer Sekunde auf die andere so hin und hergerissen zu sein. Gerade eben noch hatte sie sich ihrer Familie und Ungarn so unendlich nah gefühlt. Und nun war sie doch wieder eine Fremde, die das Denken der Anderen weder verstand noch verstehen wollte. Sie liebte Ungarn, aber sie verstand die Menschen nicht. Und sie hatte zwar gelernt, selbst das kalte Deutschland zu mögen, doch zu Hause fühlte sie sich auch dort nicht. War es möglich, dass manche Menschen vom Schicksal dazu verdammt waren, nirgends hinzugehören? Die Angst und ihre jagenden Gedanken ließen ihr den Weg wie nur Minuten erscheinen, bis sie sich plötzlich im elterlichen Schlafzimmer wiederfand.

Trotz Marikas deutlicher Nachricht traf Irena der Anblick ihres Vaters wie eine Schockwelle. Er sah aus, als sei er bereits von ihnen gegangen. Sein Atem war so flach und unregelmäßig, dass Irena mehrere Male dachte, er sei nun endgültig eingeschlafen, als er plötzlich unerwartet wieder Luft holte.

Er hatte offenbar seinen schwachen Körper bezwungen und darauf gewartet, dass seine Kinder nach Hause kamen. Irena hoffte inständig, dass er mit ihrer Anwesenheit seinen Frieden finden konnte und nicht darauf wartete, dass sie alle nach Hause kamen. Piroska sah ihre Älteste seltsam leer und doch eindringlich an, als erwartete sie etwas.

»Wie geht es dir, Apu?«, begann Irena etwas hölzern das einseitige Gespräch.

Wie zu erwarten kam nichts als seine flachen Atemzüge zur Antwort. Konnte er sie hören? Irena hatte stets die Familien ihrer Patienten dazu ermuntert, mit den Kranken zu sprechen und davon auszugehen, dass selbst Patienten, die keine Reaktion zeigten, meistens sehr wohl etwas, wenn nicht gar alles mitbekamen. Die Scheu und Steifheit der besuchenden Verwandten und Freunde hatte Irena nie wirklich verstanden.

Nun war es, als würde sie sich selbst von außen betrachten und es wollte ihr einfach nichts einfallen. Wenn er tatsächlich etwas mitbekam, dann würde er sicherlich merken, wenn sie log. Doch sie wollte, dass er in Frieden ging und die Wahrheit würde dies unmöglich machen. Hilflos sah sie ihre Mutter an, doch diese erwiderte ihren Blick noch immer auf diese seltsam leere und doch so intensive Weise. Über was sollte sie reden? Ihr war klar, welche Fragen auf der Zunge ihrer Mutter brannten, doch die konnte sie jetzt nicht beantworten. Oder wollte Piroska dies auch gar nicht? Blickte sie Irena deshalb so eindringlich an?

Irena hielt die leblose Hand ihres Vaters fest mit ihren Händen umschlossen und starrte verkrampft an seinem Gesicht vorbei. Sie holte schließlich tief Luft und sprach schnell, ohne den Blick zu heben. »Dávid und Mátyás sind bei Freunden und es geht ihnen gut. Besonders Janos passt gut auf sie auf. Dávid und ich streiten uns nicht mehr wie früher. Wir sind uns jetzt oft sogar recht ähnlich. Sie wollten mitkommen, als Marika die Nachricht brachte, aber die Straßen sind ...«

Piroska hustete laut. War es Zufall oder war es ein verstecktes Zeichen, nicht davon erzählen?

Verwirrt hielt Irena inne, bevor sie schließlich unsicher fortfuhr. »Wir haben dir versprochen, dass wir auf Mátyás aufpassen, also ist Dávid mit ihm dortgeblieben. Einfach nur zur Sicherheit, weißt du. Vielleicht ist es übertrieben, Mátyás hat ohnehin mehr Leben als wir alle zusammen. Aber ich wollte zurück und mal nach dir sehen, falls du etwas brauchst. Und wenn es dir wieder besser geht, dann kommen die beiden auch hierher.«

Sie dachte an die schrecklichen Bilder in den Straßen und an Marikas Bein und brach ab. Sie fühlte, dass ihre Hände trotz der Kälte im Zimmer angefangen hatten, zu schwitzen.

»Ich glaube, Apu ist eingeschlafen«, hörte sie die Stimme ihrer Mutter leise neben sich. Piroska hatte behutsam den Schaukelstuhl neben das Bett gezogen und sich neben Irena gesetzt.

In dem Moment fühlte Irena, dass Apu ihren Händedruck mit unerwarteter Kraft erwiderte. Seine Augen waren noch immer geschlossen, doch sein Druck blieb so fest, als wollte er sie auf seine

Reise mitnehmen. Er zog ihre Hände auf seinen Brustkorb und murmelte etwas. Seine trockenen Lippen öffneten sich wenig und seine Stimme war kaum hörbar.

»Was hast du gesagt, Apu?«

Sándor nahm seine letzte Kraft zusammen. Er drückte Irenas Hände auf seine Brust und brachte sogar ein angedeutetes Lächeln zustande. Seine Augen öffneten sich allerdings nicht mehr. »Zu Hause!«, wiederholte er leise, jedoch deutlich hörbar.

Irena verstand ihn sofort. Es kam nicht darauf an, wo sie war und wie fremd sie sich fühlte. Ihre Familie war ihr Zuhause und er würde sie mitnehmen, wo auch immer seine Reise nun hinging. Sie legte ihren Kopf auf seine Hände und begann, hemmungslos zu weinen. Der Druck seiner Hände ließ allmählich nach, doch sie bemerkte es nicht. Piroska zog sie schließlich zu sich hinüber. Irena sackte vor ihrer Mutter auf die Knie und weinte lauthals in ihrem Schoß weiter.

»Na, na, es wird alles wieder gut, Kindchen! Alles wird gut! Du bist stark. Alles wird gut, hörst du? Alles wird gut«, wiederholte Piroska immer und immer wieder, während sie ihrer Tochter über den Kopf streichelte.

Irena verharrte so viele Stunden, bis ihre Knie wund waren und der Kopfschmerz ihr verbot, weiter zu weinen. Ihre Nase war vom Weinen zu verstopft, um Luft zu holen. Ein wenig röchelnd atmete Irena laut durch den Mund und schlief schließlich ermattet ein.

Es war noch dunkel, als Irena von einem merkwürdig knirschenden Geräusch aufwachte. Es klang wie ein unterdrücktes Quietschen und doch hatte es etwas bedrohlich Monotones, Rasselndes an sich. Piroska saß noch immer im Schaukelstuhl. Irena konnte ihr Gesicht im Dunkeln nicht sehen, doch sie erkannte an ihrer stocksteifen Haltung, dass ihre Mutter hellwach war.

»Was ist das, Anyu?«

»Panzer«, erklärte Piroska mit seltsam ruhiger Stimme. »Hunderte. Vielleicht sogar tausende.« Noch immer bewegte sie sich keinen Millimeter. Irenas Augen hatten sich inzwischen an die Dunkelheit gewöhnt und sie sah, dass Piroskas Augen weit geöffnet ins Leere starrten, während ihre Hände die Armlehne umklammerten. Irena stürmte ans Fenster. Es war ein Anblick, den sie ebenso wenig vergessen sollte wie das Geräusch der unzähligen Panzer- ketten. Piroska hatte recht: Sie konnte aus dem Fenster mehrere Straßen überblicken und überall waren Panzerkolonnen soweit das Auge reichte! Es schien, als war ganz Russland gleichzeitig nach Ungarn gekommen. Nur waren sie sicherlich nicht auf einen freund- schaftlichen Besuch hier.

Irena entzifferte in Windeseile das Ziffernblatt ihrer Armband- uhr, während ihre Gedanken rasten. Es war kurz nach vier Uhr mor- gens. Seltsamerweise klang die Stimme ihres Anatomieprofessors in ihrem Ohr. Wann immer ein Student während des praktischen Teils eine zitternde Hand bekam, hatte er sich stets dicht hinter den Studenten gestellt, die unruhige Hand fest umfasst und mitgeholfen, bis der Student ruhiger wurde.

Angst ist der Lösung schlimmster Feind! Mit Ruhe geht alles besser und schneller. Immer mit der Ruhe. Da, schauen Sie, wie fein das geht, wenn Sie das Atmen nicht vergessen! Ganz ruhig ...

Wie seltsam, dass sie ausgerechnet hier und jetzt an ihren alten Professor Klenke dachte. Doch es schien zu helfen. Es war, als stün- de er direkt hinter ihr und redete in seiner väterlichen Weise auf sie ein. Vielleicht weil er sie immer an Apu erinnert und ein wenig zu Hause hatte fühlen lassen.

Mit einem gewaltigen Schlag brach eine erneute Schockwelle der Trauer über Irena zusammen, doch sie war zu ausgebrannt, um wieder zu weinen. Ihre Augen wanderten zurück ins dunkle Zim- mer. Piroska saß noch immer steif und unbeweglich in ihrem Schau- kelstuhl und man hätte meinen können, sie wäre ebenfalls tot.

Irena zwang sich zur Ruhe. *Ganz ruhig*, redete sie sich innerlich zu. *Angst ist der Lösung schlimmster Feind! Atmen! Ganz ruhig!*

»Wir müssen hier raus, Anyu!«

Piroska antwortete nicht. Atmete sie nicht mehr?

Heftig schüttelte Irena ihre Mutter an den Schultern. »Anyu, komm! Wir müssen hier raus!«

Wie in Zeitlupe öffnete Piroska die Augen und sah ihre Tochter beinahe erstaunt an. »Wohin sollen wir denn gehen?«, fragte sie monoton.

»Weg von hier! Vielleicht erstmal in den Keller und wenn sie weg sind, dann raus aus Ungarn! Wir alle!«

Piroska nahm Irenas aufgeregt gestikulierende Hände in die ihren und zog sie langsam, jedoch unerwartet kräftig zu sich herunter. »Mein liebes Kind, du bist so stark! Wenn es jemand schafft, hier rauszukommen, dann du! Aber ich gehe nirgendwo mehr hin. Ungarn ist mein Schicksal und Apu meine Welt. Ich fange nirgendwo ohne ihn an!«

»Anyu, bitte! Wir schaffen das zusammen!«

Energisch schüttelte Piroska den Kopf und zwang Irenas fahrige Hände zur Ruhe. »Meine Welt ist hier und wenn sie endet, dann ist mein Weg hier ebenfalls zu Ende.«

»Nein!«

»Irena!« Sanft nahm Piroska den Kopf ihrer Tochter zwischen ihre Hände und sah sie ruhig an. »Du hast immer deinen eigenen Weg gefunden und ich habe mir oft gewünscht, dass dieser dich nicht so weit von uns wegführt. Aber jetzt sehe ich, dass das Schicksal es so wollte, denn genau das ist jetzt deine Chance. Mein Platz ist hier, aber deiner ist es nicht!«

»Nein!«

Energisch unterbrach Piroska ihre Tochter. »Irena, du kannst nichts sagen, was mich umstimmen könnte!«

Selbst in diesem Moment erstaunte es Irena zu sehr, wie viel Kraft ihre Mutter mit ihren immerhin knapp sechzig Jahren hatte, als dass sie sich zur Wehr setzen konnte. Piroska stand auf, zwang Irena in den Schaukelstuhl und nestelte unter dem Lattenrost des Bettes herum.

»Da!« Sie zog ein braunes Päckchen hervor und legte es Irena feierlich in den Schoß. Erneut nahm sie die Hände ihrer Tochter in die ihren und musterte sie ernsthaft, bevor sie weitersprach. »Leben die Jungs und Marika noch?«

Irena vergaß für einen kurzen Augenblick ihre Trauer und erstarrte.»Ja«, gab sie schließlich nach kurzem Zögern zur Antwort. Piroska sah ihr unverwandt fest in die Augen.»Die Wahrheit, Irena! Leben sie noch?« Die Augen ihrer Mutter erkannten alles, es gab kein Verstecken oder Rausreden.

»Ja. Marika ist verletzt, aber sie lebt.«

Ihre Mutter wurde eine Spur bleicher als sie ohnehin schon war, doch sie blieb ruhig.»Wie schlimm?«

»Ihr Bein, aber sie wird es überstehen!«, antwortete Irena wahrheitsgemäß.

Zu ihrer Erleichterung gab sich Piroska mit dieser Antwort zufrieden.»Das hier ist für euch«, erklärte sie und deutete auf das Päckchen.»Apu und ich haben seitdem du weggegangen bist gespart, was wir konnten. Es ist nur wenig, du weißt, wie wenig Geld wir haben. Aber wir wollten so viel wie möglich zurücklegen, falls du es im Westen nicht schaffst, damit wir dir zumindest eine Fahrkarte nach Hause schicken können.«

Unter normalen Umständen hätte Irena vor Rührung geweint, doch sie fühlte sich auf einmal vollkommen leer. Nur ihre vom Weinen geschwollenen Augen brannten mehr als noch vor wenigen Minuten.

»Da, nimm es!« Piroska schloss Irenas Hände um das kleine Päckchen.»Ich hätte dir so gerne mehr mitgegeben, aber alles ist besser als nichts, nicht wahr? Geh schnell zu den Jungs und Marika und nimm sie mit in deine Welt. Ich habe noch keine Schüsse gehört, vielleicht bleibt es noch ruhig, bis sie alle im Zentrum versammelt sind. Aber viel Zeit bleibt euch sicherlich nicht!«

Irena dachte an die Schießereien und dass es sicherlich alles andere als besser werden würde, wenn die Panzer ins Zentrum kamen. Die Freiheitskämpfer würden bis zum bitteren Ende kämpfen, Mátyás allen voran. Doch durfte sie ihrer Mutter tatsächlich die letzte Illusion rauben?

Ihr Blick wanderte für den Bruchteil einer Sekunde zu Apu. Es schien ihr als würde er unmerklich den Kopf schütteln, auch wenn sie wusste, dass sie es sich nur einbildete.

Das Knirschen der Panzerketten vor der Tür schien allmählich leiser zu werden. Offensichtlich hatte Piroska Recht und sie wollten zuerst das Zentrum angreifen. »Wir sind nicht im Zentrum. Da wo wir sind, kommen Panzer nur schwer hin. Mátyás ist einer der Gruppenführer und Dávid ist bei Marika. Sie sind nicht da draußen, es ist also alles gut!« Irena war über die Festigkeit in ihrer Stimme selbst überrascht. Es war nicht ganz die Wahrheit, aber auch nicht komplett gelogen, beruhigte sie sich selbst.

Ganz ruhig, hörte sie erneut Professor Klenke in ihrem Ohr und es schien zu wirken.

»Ich nehme sie mit, Anyu. Geh zu den Szabós nach nebenan, hörst du! Bleib hier nicht alleine! Du solltest hier ohnehin erstmal vor den Russen sicher sein. Und dann holen wir dich nach, sobald sich die Lage beruhigt hat. Der Westen greift sicherlich schnell ein, sie können das Ganze jetzt nicht mehr ignorieren!«

Piroska legte sich neben Apu ins Bett und sah Irena nicht an. »Geh!«, sagte sie entschieden und schloss die Augen.

Irena zögerte einen Augenblick, doch ihr wurde plötzlich bewusst, dass es jetzt auf jede Sekunde ankam. Auch wenn ihre Geschwister im Kino vorerst halbwegs sicher waren, so würde es jedoch nicht lange dauern, bis die sowjetische Übermacht es auch dort hinschaffte. Mátyás war sicherlich alles andere als bereit, sich zu verstecken.

Sturer Hund!, übertönte Apus Stimme die von Professor Klenke. Irena straffte die Schultern und atmete tief ein. Sie hatte keine Ahnung, wie sie die drei da rausholen und nach Berlin bringen würde. Vermutlich würden sie wieder erstmal über Österreich gehen. Doch mit Mátyás' Glück, Marikas Charme und Dávids Besonnenheit würden sie es schon gemeinsam schaffen!

Das Herz schlug ihr bis zum Hals und ihr Kopf hämmerte, als Irena durch die versteckten kleinen Gassen über Umwege Richtung

Kino hetzte. Überall tönten Schreie. Gewehrschüsse knallten durch den frühen Morgen und so manch entfernter Bombeneinschlag ließ den Boden unter ihren Füßen vibrieren.

Alles wird gut!, war alles, woran sie denken konnte. *Alles wird wieder gut! Es wird alles wieder gut ...*

~ KAPITEL 12 ~

Gegen die Zeit

BUDAPEST, UNGARN. 3. NOVEMBER 1956.
CORVIN-KINO. REBELLENQUARTIER.

Der Weg zum Kino zog sich über unendlich viele Stunden, da sich Irena immer wieder für längere Zeit verstecken und unzählige Umwege nehmen musste. Es war bereits Nachmittag, als sie sich über eine verborgene Passage an das Corvin-Kino heranschlich. Als Irena um die Ecke bog, stockte ihr jedoch der Atem. Der Platz vor dem Kino war ein Schlachtfeld! Ein ausgebrannter Panzer stand in seiner Mitte und die grauen Häuser um den Platz herum waren von Schüssen und Einschlägen übersät. Überall lagen Menschen auf dem Boden.

Eine Übelkeitswelle schwappte über Irena zusammen. Mit zitternden Knien zog sie sich in Sekundenschnelle in die kleine Passage zurück und versteckte sich so gut es ging hinter einem Baumstamm, um ihren Atem unter Kontrolle zu bekommen. Ihr Herz und ihre Gedanken rasten um die Wette, während sie atemlos auf Geräusche hin lauschte. Es war jedoch totenstill. Nach mehreren Minuten gelang es ihr, einige Schritte zu machen und erneut um die Ecke zu spähen. Waren ihre Geschwister noch im Kino? Oder hatten sie sich an einem anderen Ort in Sicherheit gebracht?

Mühsam kämpfte sie gegen ihre Panik und ging schließlich mit schnellen Schritten Richtung Kino. Am Hauseingang angekommen, stellte sich ihr jedoch plötzlich eine junge Frau entgegen. Sie schien ungefähr in ihrem Alter zu sein, doch sie sah merkwürdig aus: Ihre Haare waren weißblond, fast wie bei Marylin Monroe. Irena hatte erst vor wenigen Wochen einen Film mit ihr gesehen, doch das schien jetzt mehrere Jahre zurückzuliegen. Ihre Kleidung war entweder eingelaufen oder stammte von einer eindeutig kleineren Person. Sie schien unter Schock zu stehen und schwankte besorgniserregend.

Geübt griff Irena ihr schnell unter die Arme. »Alles in Ordnung? Was ist geschehen?«

Das Sprechen fiel der seltsamen Frau offenbar schwer. »Verstecken!«, stieß sie mühsam hervor. »Schnell!«

Irena stand zu sehr unter Adrenalin um zu bemerken, dass die junge Frau Deutsch sprach. »Ich denke, wir sind hier vorerst in Sicherheit! Es ist niemand mehr hier«, gab Irena heiser zurück. Erneut suchten ihre Augen den Platz ab, als sie plötzlich bemerkte, dass sich eine der Personen auf dem Platz ein wenig bewegte. »Oh mein Gott, da lebt jemand!«

»Nein!« schrie die Frau plötzlich unerwartet laut und klammerte sich an Irena fest. »Nicht!«

»Schon gut, schon gut, ganz ruhig! Ich bin Ärztin!« Irena schlug das Herz bis zum Hals, doch sie versuchte mit letzter Kraft, sich nichts anmerken zu lassen. »So, Herzchen, jetzt lehn dich erst einmal an die Hauswand, sonst fällst du mir gleich um!«

Die weißhaarige, junge Frau brach in Tränen aus. »Nein! Ich kann nicht mehr! Bitte!«

Irena befreite sich nur mit Mühe aus ihrem krallenden Griff, doch es gelang ihr schließlich, die hysterische Frau an die Hauswand hinter ihr zu drücken. »Nicht so schreien, sonst kommt vielleicht doch noch jemand zurück!«, versuchte Irena sie zu beruhigen und bemerkte auf einmal, dass sie miteinander Deutsch sprachen. Die junge Frau sprach mit deutlich hörbarem Berliner Dialekt! Doch Irena musste schnellstmöglich zu den Menschen auf dem Platz, die verwundet zu sein schienen. Vielleicht wussten sie, wo ihre Geschwister waren.»Leise, Herzchen, sonst gibt es hier gleich wieder Schießereien!«

Erneut versuchte die weißhaarige Frau, Irena festzuhalten.»Sie kommen gleich zurück! Bitte!«, rief sie und klammerte sich mit aller Kraft an Irena.

Irena verlor die Geduld. Sie schob die Frau energisch zurück an die Wand und drückte sie an den Schultern auf den Boden.»Schluss jetzt, Ruhe und hinsetzen! Ich bin ja gleich wieder da! Lass mich los! Hör zu, wie heißt du?«

»Helena!«, schluchzte die weißhaarige, blasse Frau.

»Gut, Helena, ich bin gleich wieder da! Aber du musst mich loslassen, sofort!«

Zu Irenas Erstaunen wurde Helena auf einmal von einem jungen Mann mit feuerroten Haaren fortgerissen.»Wie oft muss ich das noch machen – komm da weg!«

Auch er war sonderbar gekleidet. Er hatte eine Kapuze an seinem dicken Pullover und sie registrierte flüchtig einen englischen Schriftzug auf seinem Rücken. Er hatte dieselben stechend dunklen Augen wie diese merkwürdige Helena.

»Nein!«

»Doch, verdammt nochmal! Du musst da weg! Lass sie gehen, du darfst nichts ändern! Wie oft soll ich dir das denn noch sagen, verdammt!«

Irena riss sich los. Auch der rothaarige Mann hatte Deutsch gesprochen, doch die Angst um ihre Geschwister erstickte ihre Neugierde im Keim. Sie musste herausfinden, wo sie waren! Und dann würden sie hier weggehen, alle zusammen! Was hatte sie sich nur dabei gedacht, in dieses Land zurückzukehren? Wie hatte sie sich in den letzten Tagen so derart blenden lassen können?

Nichts würde sich hier je ändern, nichts!

Und wo war der Verletzte, dessen Arm sie vor einigen Augenblicken gesehen hatte?

Von Entsetzen erfüllt bahnte sich Irena langsam einen Weg durch die am Boden liegenden Körper. Lebte hier noch jemand? Plötzlich bemerkte sie eine erneute Bewegung in ihrem Augenwinkel. Im Bruchteil einer Sekunde kniete Irena neben ihm. Es war ein Kind, das mit dem Gesicht zum Boden gewandt lag und schwach neben sich tastete. Irena gefror das Blut in den Adern, als sie das Profil der Person neben dem Kind erkannte: *Mátyás!*

Ähnlich wie eben die aufgelöste Helena, begann nun auch Irena abgehackt zu schreien. »Nein, nein, nein! Mátyás! Nein!«

Ihr kleiner Bruder, dem sie in den letzten Tagen endlich wieder ein Stück nähergekommen war, lag bleich und leblos neben dem Kind, dessen Hand wieder schwach sein regloses Gesicht abtastete. Marika! Von einer noch nie gefühlten Schmerzwelle überrollt, riss Irena die kleine Schwester bebend vom Boden und in ihre Arme.

Marika hatte mehrere tiefe Wunden am ganzen Körper und atmete nur noch schwach. Sie stand unter Schock, doch sie hatte offenbar wenigstens keine Schmerzen. Wimmernd drückte Irena das schwache Bündel an sich.

»Du machst uns alle wieder gesund, ja?«, flüsterte Marika.

Irena schluchzte auf und drückte ihre kleine Schwester noch fester an sich. Wo waren Dávid und Biri?

Der rothaarige Mann und Helena rangen miteinander beim Haupteingang und Irena hörte Helena wie durch Watte hysterisch schreien. Sie stand gekrümmt und würgend vornübergebeugt, als ob sie mit Übelkeit kämpfte.

Ein anderes Geräusch durchbrach jedoch plötzlich die beklemmende Stille des Platzes und das Ringen der beiden Streithähne. Es war ein rasselndes Geräusch. Dasselbe Geräusch, das sie am Morgen geweckt hatte. Doch Irena bewegte sich nicht von der Stelle. Marika hing schlaff in ihren Armen. Wie ähnlich sie Mátyás sah, das war Irena noch überhaupt nicht aufgefallen. Überhaupt hatte sie ihre kleine Schwester kaum kennengelernt, ebenso wenig wie ihre veränderten und doch so vertrauten Brüder. Wie sehr sie sich auf ihre Familie gefreut hatte! Sie waren die ganze riskante Reise wert gewesen. Sie hatte ihre Arbeit in Marienfelde aufgegeben und ernsthaft mit dem Gedanken gespielt, ganz nach Ungarn zurückzukehren

– trotz allem Übel in Ungarn.

Ihr leerer Blick fegte gehetzt über das Grauen. Sie konnte Dávid nicht sehen, aber es war recht eindeutig, dass hier niemand überlebt hatte. Er wäre Marika sonst nicht von der Seite gewichen, das wusste sie mit erschütternder Gewissheit. Nichts war mehr übrig: keine Familie, keine Perspektive, keine Freude, kein Leben.

»Lauf weg!«, schrie Helena aus vollem Halse zu Irena herüber und versuchte verzweifelt, sich aus dem eisernen Griff des rothaarigen Mannes zu befreien. Fluchend trat sie nach ihm, doch dieser gab nicht nach und sprach aufgeregt auf sie ein. Er klang jedoch verängstigt und seine Stimme überschlug sich, was eigentlich überhaupt nicht ins Bild passte. Doch Irena war zu sehr mit ihrem Schmerz beschäftigt, um solche Feinheiten zu bemerken.

»Lauf weg!« heulte Helena. »Lass sie liegen! Bitte! Steh auf!« Mitten in ihrem Schreien brach sie plötzlich ab, als hätte jemand den Ton eines Radios von einer Sekunde auf die andere abgestellt.

Die plötzliche Grabesstille ließ Irena trotz ihrer überwältigenden Trauer aufblicken. Die zwei waren verschwunden! Helena hatte sich nur eine Sekunde vorher recht nah an Irena herangekämpft und sie waren nicht mehr in unmittelbarer Nähe des Kinoeingangs gewesen. Es gab keine Büsche oder sonstige Versteckmöglichkeiten auf dem Platz. Und doch waren sie weg, binnen nur einer Sekunde wie vom Erdboden verschluckt!

Etwas anderes war jedoch urplötzlich da: ein sonderbares, zischendes Pfeifen, das ihren Kopf zur Seite riss und ihren Nacken in bestialischem Schmerz verdrehte. Röchelnd lag Irena zwischen ihren toten Geschwistern. Sie sah nur verschwommen und war vor Schreck gelähmt. Oder war es mehr als nur der Schreck? Ihr Gesicht fühlte sich sonderbar an. Es war als hätte jemand eine ätzende Flüssigkeit darauf geschmiert und sie spürte zu ihrem Entsetzen, wie die Haut unter ihrem linken Auge im Wind hoch und runter klappte.

Ein Stiefelpaar näherte sich ihr, doch mehr konnte sie nicht erkennen.

»Guter Schuss, fast ein Volltreffer!«, lachte jemand auf Unga-

risch. »Sollen wir sie erlösen oder noch ein bisschen Spaß haben?«
Eine Stiefelspitze rollte ihren erstarrten Körper unsanft hin und
her. Es war das seltsamste Gefühl ihres ganzen Lebens, als würde
sie sich selbst von oben betrachten. Fast so, als würde sie magisch
nach oben gezogen werden, während allein ihre grenzenlose Panik
ihren entstellten, halb toten Körper auf dem Boden hielt und sich
weigerte, loszulassen.

»Halt!«, brüllte jemand aus einiger Entfernung. »Lebt da noch
jemand?«

»Naja, so halb!«, antwortete der Inhaber der Stiefelspitze. »Mehr
tot als lebendig, würde ich sagen!«

Ein weiteres Stiefelpaar erschien vor Irenas Augen. »Dann nehmt
sie mit, wir brauchen mehr Informationen über die Drecksbande!«

Kalte stahlblaue Augen beugten sich über Irena. Trotz ihrer ver-
schwommenen Sicht erkannte sie den Ekel darin. »Helft mir mal,
los! Ich will sie nicht alleine tragen!«

»Das Gesicht sieht ja widerlich aus! Was suppt denn da aus der
Wange?« Erneut bohrten sich Stiefelspitzen zwischen ihre Rippen.
»Zuhanyoztál már – hast du dich schon geduscht?«

Seine Begleiter lachten kalt auf, als plötzlich ein harter Urin-
strahl auf ihr Gesicht herunterplatschte. Irena schloss mit rasendem
Herzen die Augen. Sie fühlte keine Schmerzen, nur blankes, noch
nie gekanntes Entsetzen.

»Du Sau!«, grölte ein Anderer.

»Sie brauchte dringend eine Dusche!«, verteidigte sich der Mann
vor ihr lachend. »Ich wollte nur schnell ihre Wunde verarzten!«

»Jetzt sieht das aber noch widerlicher aus, Herr Doktor! Steck
den kleinen Doktor mal wieder ein und pack mit an!«

Unsanft wurde sie unter weiterem Johlen hochgehoben.

»Hättest du ihr nicht wenigstens in die Beine schießen können,
Mann? Das wäre weniger eklig gewesen. Sieh dir die Sauerei doch
mal an!«

»Die Pisse macht das Drecksstück definitiv nicht schöner!«

»Hoffentlich kann die Hure auch mit halbem Gesicht noch geradeaus denken!«

Die groben Träger lachten kurz auf.

»Palavert nicht so viel, macht lieber schneller! Wer weiß, wie lange sie noch brauchbar ist!«

~ KAPITEL 13 ~

Familienangelegenheiten

FRANKFURT AM MAIN, DEN 22. NOVEMBER 1989.
HAUPTBAHNHOF.

»Kannst du dich aufsetzen, Leni?«

»Nun betüddel sie nicht so, Hanne, das Kind ist ohnmächtig geworden und nicht dem Tod von der Schippe gesprungen!«

Hannelore war jedoch zu sehr auf ihre Tochter konzentriert, um die Lippen ihrer ebenfalls kreidebleichen Schwester zu lesen.

Helena setzte sich auf und starrte Irena wie hypnotisiert an. »Sie sind immer noch entstellt!«, stellte sie schwach fest. »Manchmal ändert sich das, wenn ich wieder zurück bin.«

Werner sah Helena fasziniert an. Sie war schätzungsweise eine Minute ohnmächtig gewesen, höchstens zwei. Und doch schien sich in dieser Zeit für sie ein ganzes Leben abgespielt zu haben. Er hatte Helena noch nie direkt während eines Sprunges gesehen und automatisch angenommen, dass es länger dauern würde und irgendwie spektakulärer aussehen würde.

»Leni, was ist passiert?« Konzentriert blickte Hannelore auf ihre Tochter, während sie mit einer Hand Vera abwehrte, die versuchte, Helena auf die Füße zu ziehen.

»Erinnern Sie sich an mich?«, fragte Helena die Ärztin, ihre Mutter und Tante kaum registrierend.

Irena nickte. »Wie ist das möglich?«, fragte sie mit bemüht sachlicher Stimme.

»Eine lange Geschichte und vermutlich nicht sehr glaubwürdig«, entgegnete Helena schwach grinsend. Endlich drehte sie sich zur besorgten Hannelore um. »Mama, mach bitte ein Foto!« Wortlos kramte Hannelore mit zitternden Fingern eine Polaroid-Sofortbildkamera aus Helenas Reisetasche.

»Hanne, das ist doch wohl nicht dein Ernst!«, protestierte Vera empört. »Jetzt lass uns doch bitte erstmal diese Zirkusvorstellung beenden und dann kriegt das Kind einen starken Kaffee!«

»Sie ist *mein* Kind, Gabi, nicht deins!«, wiederholte Hannelore zum wiederholten Male schroff, während sie ein Foto von Helena und Irena machte. Dieser Satz schien eine große Wirkung auf Vera zu haben und sie jedes Mal in ihre verbitterten Schranken zu weisen, wie Werner überrascht feststellte.

»Warum haben Sie nicht auf mich gehört?«, fragte Helena die Ärztin, ohne auf Hannelore oder Vera zu achten.

»Ich hatte nur noch meine Geschwister im Sinn und wusste, sie müssen irgendwo da draußen sein.« Irena machte eine kurze Pause.

»Ich habe nur Mátyás und Marika auf dem Platz gesehen, nachdem es geschehen ist«, sagte Helena leise. Irenas Hände begannen nun doch zu zittern. »Lebt Dávid noch? Fahren Sie zu ihm?«

Irena nickte langsam. »Nun ja, indirekt. Es gibt für sie alle ein großes Ehrendenkmal in Budapest.«

»Sie fahren nur wegen des Denkmals hin?«

»Nein.« Ein kleines Lächeln erhellte das Gesicht der Ärztin. »Mein Neffe hat Geburtstag und auch wenn er inzwischen längst selber eine Familie hat, so spiele ich immer noch gerne die großzügige Tante aus dem Westen.«

Helena rieb sich verwirrt den Kopf. »Wenn Sie einen Neffen haben, dann muss doch aber eines Ihrer Geschwister überlebt haben?«

»Nein. Die Freundin meines Bruders war schwanger.«

Helena überlegte kurz. »Biri?«, fragte sie verwirrt.

»Sie merkwürdiges Stück Mensch!«, lachte Irena auf und ihr ungarischer Akzent brach mehr durch denn je. »Ja, Biri! Sie hat als

einzige überlebt und wir haben den Kontakt gehalten, so gut es eben
nach dem Aufstand ging. Aber das ist eine lange Geschichte und
mein Zug fährt in zwei Minuten.« Hektisch kramte sie in ihrer weiten Manteltasche und holte eine alte Quittung hervor.»Nicht sehr
professionell, aber ungewöhnliche Umstände erfordern ungewöhnliche Maßnahmen«, murmelte Irena, während sie schnell eine Tele-
fonnummer auf die Rückseite des schmuddeligen Zettels schrieb.
Sie drückte die Quittung in Helenas Hand und umschloss deren
Finger um das Papier.»Nicht verlieren!«, mahnte sie eindringlich.
»Wir müssen uns unbedingt unterhalten, wenn ich wieder da bin.
Ich muss mich außerdem noch anständig bei Ihnen bedanken!«
»Wofür?«, fragte Helena verwirrt. Ihr Blick fiel unwillkürlich
auf das entstellte Gesicht der Ärztin.
»Sie haben mir wieder eine Familie gegeben!«
»Wie bitte?«
»Ihr Freund sagte, Sie hätten ihn geschickt. Er hat Biri gerettet!«
»Mein *Freund*?«
»Der rothaarige Mann, der vorhin hier war und mich zu Ihnen
gebracht hat, ist doch Ihr Freund?«
Verwirrt blickte Helena sich um. Auch Werner und Vera suchten
auf einmal ihre nähere Umgebung mit den Augen ab. Alexander war
verschwunden.
»Das gibt's doch nicht!«, entfuhr es Werner zum wiederholten
Male an diesem Morgen, doch sein Ausruf wurde von der lauten
Bahnhofsansage übertönt. Irenas Zug war abfahrbereit.

Die Darmstädter Landstraße staute sich, doch Werner nahm die
Hupkonzerte auf der Straße neben sich kaum wahr, als er gedankenverloren zu Fuß zurück in die Praxis ging. Sie hatten noch gemeinsam einen Kaffee in einem zugigen Bahnhofscafé getrunken, doch
nachdem Helena in ihrer gewohnt knappen Art erzählt hatte, was
sich in Budapest abgespielt hatte, hatte einfach kein Gespräch mehr
in Gang kommen wollen.
Werner hatte nur noch in Erfahrung bringen können, was es mit

dem Foto auf sich hatte: Helena fotografierte täglich ihr Leben, um nach einem Sprung an ihrer Fotowand sehen zu können, ob sich etwas geändert hatte. Wann immer es möglich war, machte sie außerdem direkt nach jeder Zeitreise ein Foto.

Hannelore und Vera hatten recht schnell aufgehört zu streiten, wenn auch mit eisernen Mienen, und beschlossen, dass alle erstmal zurück zu Veras Wohnung fahren und sich ausruhen würden. Werner hatte keinen guten Anlass gefunden, um mit ihnen mitzugehen ohne sich allzu aufdringlich zu fühlen. Er brannte jedoch vor Neugierde, mehr zu erfahren. Die Berliner Helena war in vielerlei Hinsicht so anders – die Sache mit den Fotos war ihm beispielsweise vollkommen neu. Die Frankfurter Helena, die bei Vera aufgewachsen war, hatte so etwas nie erwähnt.

Auch Hannelores Geschichte ging ihm einfach nicht aus dem Sinn. Sie hatte ihm auf der Fahrt nach Frankfurt von ihrer Flucht aus Rostock erzählt, seitdem hatte sie jedoch keine Zeit mehr gehabt um Werner zu erzählen, wie es mit den Russen im Auto weiter gegangen war. Es kam ihm seit dem Unfall so vor, als ob er träumte. Wenn er sich damals nicht auf Helenas Welt eingelassen hätte, wäre seine Familie heute vermutlich nicht mehr da. Eine nie gekannte Unsicherheit hatte seit dem Ereignis von ihm Besitz ergriffen, die ihn ruhelos antrieb, so viel wie möglich zu erfahren. Vermutlich war es Unsinn, aber mehr noch als der Wunsch Helena zu helfen, quälte ihn die Ungewissheit, ob es vielleicht noch mehr gab, was er wissen sollte. Warum sonst konnte er sich offenbar als einziger an die alte Helena erinnern? Das musste doch etwas bedeuten – vielleicht war seine Familie noch immer in Gefahr!

Ob es unangemessen war, sie alle zum Abendessen einzuladen? Doch wie sollte er Johanna diese Idee erklären? Noch immer war es ihm ein Rätsel, wenn auch ein sehr willkommenes, warum seine Frau sich nicht mehr an Helena erinnerte. Immerhin hatte seine Freundschaft mit Helena damals fast zur Scheidung geführt.

In Gedanken versunken trat er aus dem Fahrstuhl und betrat den Empfangsraum seiner Praxis. Der Blick auf den Empfangstisch riss ihn jedoch jäh aus seinen Gedanken und ließ ihn verblüfft stehenbleiben. Mitten auf dem Tisch, nicht etwa auf Stühlen, saßen Katharina und Alexander! Beide sahen verheult aus und blickten ihn wie einen Störenfried an.

»Ihr Termin ist nicht vor 13 Uhr!«, stellte Katharina schließlich verschnupft fest.

Werner war zu verdutzt, um ihre Bemühungen zu bemerken, in dialektfreiem Hochdeutsch zu sprechen. »Ich weiß.« Sein Blick fiel verwirrt auf seine Armbanduhr. »Es ist noch viel Zeit bis dahin, aber ich dachte ...« Warum rechtfertigte er sich? Scharf blickte er Alexander an. »Was machen Sie hier? Oder besser gesagt: Wie kommt es, dass Sie ständig urplötzlich auftauchen und sich dann offenbar im Nichts auflösen?«

Seine Frustration und Verwirrtheit hatten ihn gereizter als beabsichtigt klingen lassen, doch zu seinem Erstaunen ergriff Katharina gefasst und sogar selbstbewusst das Wort. »Alex springt durch die Zeit und kann unter Stress nicht immer kontrollieren, wann es losgeht. Ist nichts Persönliches!«, erklärte sie würdevoll in erneut fast perfektem Hochdeutsch. Sie blickte Werner gefasst in die Augen, als hätte sie ihm soeben die logischste, natürlichste Antwort der Welt gegeben.

Werner konnte nicht anders – es war einfach zu absurd: Er brach in unbändiges Lachen aus. »Er springt also durch die Zeit, ja?«, brachte er schließlich schwer atmend hervor.

»Ja!« Katharina strafte ihn mit vorwurfsvollem Blick. »Ich sehe allerdings nicht die Komik darin!«, fuhr sie scharf fort.

Werner kam aus dem Staunen nicht heraus. Katharina war wie ausgewechselt. Hätte sie nicht dieselbe Kleidung wie am Morgen getragen und nach wie vor unterschwellig mit ihrem unterfränkischen Dialekt gekämpft, hätte er sie in ihrem Verhalten und ihrer Sprechweise nicht wiedererkannt.

»Sie haben recht!«, entschuldigte sich Werner umgehend. Er ging zum Armsessel neben der Toilettentür, schob ihn vor den Empfangstisch, auf dem die beiden saßen und setzte sich auf die Armlehne, sodass er dem ungewöhnlichen Paar auf derselben Ebene in die Augen sehen konnte.

»Sie reisen also durch die Zeit«, wiederholte er möglichst sachlich. Wie oft würde er das noch hören? War er womöglich einer der wenigen Menschen, die einfach nur im Hier und Jetzt lebten? Alexander und Katharina nickten gleichzeitig.

»Gut.« Werner rang ein wenig nach Fassung. »Sind Sie heute auch durch die Zeit gereist?«

»Er war in Budapest und hat Biri gerettet!« Alexander wand sich verlegen, doch bevor er etwas sagen konnte, fuhr Katharina gewichtig fort. »Überall waren Panzer, aber er hat es trotzdem geschafft Hilfe zu holen! Sie war nämlich schwer angeschossen. Ach so, Biri ist übrigens die Freundin von Irenas Bruder. Irena ist die Ärztin, die Ihre Helena oft sieht.«

Werner sah sie noch immer mit geöffnetem Mund an.

»*Helena*!«, wiederholte Katharina nun unwirsch etwas lauter, als sei es ein akustisches Problem. »Sie erinnern sich doch, dass vorhin eine Helena angerufen hat? *Die* meine ich!«

»Ich weiß, wen Sie meinen«, gelang es Werner schließlich zu sagen. »Und ich habe auch von Biri gehört. Erst heute Morgen, um genau zu sein.« Hilflos wandte er sich an Alexander. »Sie waren also heute Morgen in Budapest«, wiederholte er angestrengt. »Sind Sie da öfter?«

»Also, Doktor Genet, ehrlisch! Er war da doch net im Urlaub!«, unterbrach Katharina ihn empört in tiefstem Dialekt. Sonderbarerweise gab dieser ungewollte Ausbruch ihm die nötige Fassung zurück. Diese Katharina war ihm eindeutig vertrauter und machte die Situation etwas weniger absurd.

Nachdenklich blickte er den blassen, rothaarigen Mann an. »Sie reisen also ebenfalls durch die Zeit. Sind Sie mit Helena verwandt?«

Alexander starrte auf seine Schuhspitzen und schwieg. »Nein!«, antwortete er schließlich, doch er wich Werners Blick dabei aus.

Werner beugte sich vor, sodass er Alexander aus unmittelbarer Nähe in die Augen sehen konnte. »Dann lassen Sie mich kurz zusammenfassen, was ich weiß. Fakt ist, Sie tauchen hier auf und brauchen Hilfe, weil sich in Ihrem Leben zu viel geändert hat. Sie kennen Helena offenbar sehr gut, aber ich bin mir nicht sicher, ob Helena *Sie* kennt. Das führt mich zu der Annahme, dass die jetzige Version von Helena Ihnen noch nicht begegnet ist. *Sie* wiederum kennen Helena von irgendwoher sehr gut.« Prüfend musterte er Alexander, der schwer zu schlucken schien. Er hatte offenbar ins Schwarze getroffen!»Ich nehme außerdem an, dass Helena in Geschehnisse in Ihrem Leben eingegriffen hat und Sie geben mir und meinem Rat die Schuld daran.«

Alexander machte Anstalten, darauf etwas zu erwidern, doch Werner winkte ab.»Ich bin noch nicht fertig! Und gelinde gesagt habe ich keine Lust auf lange Diskussionen! Ich hatte das alles schon mal und ich kaue das sicherlich nicht nochmal von vorn bis hinten durch, ohne hinterher mehr zu wissen als vorher! Jetzt brauche ich Antworten! Woher kennen Sie Helena?«

Alexander rang mit sich. Die Antwort darauf schien ihm beinahe unmenschlich schwer zu fallen.»Aus der Zukunft!«

Werner knetete energisch seine Finger, wie immer, wenn ihm etwas unangenehm war. Diese Gespräche lösten stets eine merkwürdige Reaktion in ihm aus: Einerseits war er zutiefst fasziniert, auf der anderen Seite fühlte er sich dabei so unprofessionell, dass er am liebsten aufspringen und weglaufen wollte. Die nagende Unsicherheit seit dem Unfall trieb ihn immer tiefer in diese verworrene Familiengeschichte, in der ein Rätsel auf das andere zu folgen schien.

Doch wenn er Antworten wollte, dann musste er sich auf diese Welt einlassen.»Sie springen genau wie Helena durch die Zeit und sehen sich darüber hinaus sehr ähnlich, aber Sie sind nicht miteinander verwandt? Dass ich nicht lache! Die Frankfurter Helena, die ich damals kannte, hatte das Gefühl, dass sie einen Bruder hatte, dem es genauso erging wie ihr. Ich habe Michael kurz in Berlin kennengelernt, aber die beiden sehen sich kein Stück ähnlich! Sie beide hingegen schon!«

Auch Helena und seine Nichte Peggy sahen sich sehr ähnlich.

Die beiden Frauen könnten problemlos als Zwillinge durchgehen!

Alexander schwieg und sah stur an ihm vorbei.

Werner gab jedoch nicht auf. »Einen klaren Unterschied sehe ich jedoch zwischen Ihnen und Helena: Wenn Helena springt, ist sie meines Wissens nach immer noch physisch im Hier und Jetzt anwesend. Sie wird bewusstlos, während sie reist, das heißt, es gibt sie sozusagen zweimal: einmal ohnmächtig in unserer Zeit und einmal irgendwo in der Vergangenheit!«

»Und in der Zukunft!«, platzte Alexander heraus. »Den Autounfall Ihrer Familie hat Helena schließlich schon Jahre vorher gesehen!«

Erstaunt sah Werner ihn an. Wie viel wusste Alexander? Wusste er womöglich auch von den damaligen Schwierigkeiten mit Johanna oder andere private Dinge von ihm?

Katharina ergriff nun das Wort. »Der Alex kann seine Sprünge besser steuern. Er kann seit ein paar Jahren nicht mehr in seine eigene Zeit zurück, aber er kann bewusst an einen bestimmten Ort in der Vergangenheit reisen, wenn er will. Und er kann dort richtig herumlaufen. Der Helena wird halt immer schlecht und sie hat kaum Kraft.«

Werner unterdrückte trotz seiner Ungeduld ein kleines Schmunzeln. »Sind Sie heute Morgen bewusst nach Budapest gegangen, weil Sie wussten, dass Helena wahrscheinlich dort sein würde?«

Alexander sah ihn trotzig an. »Ja!«

»Warum?«

»Ich wollte, dass sie nach Ostberlin geht und aus dem Haus in den Westen springt, wenn sie Irena sieht! Darum habe ich am Bahnhof Irena zu ihr gebracht. Doch dann wurde mir auf einmal klar, dass Helena stattdessen versuchen würde, Irena zu retten und sie durfte Irena nicht aufhalten!«

»Warum nicht?«

Alexander nagte nervös an seiner Unterlippe und wurde bleich.

Katharina sprang auf und holte in Windeseile eine Flasche Wasser unter dem Schreibtisch hervor. »Wenn er rechtzeitig trinkt, kann er manchmal einen ungewollten Sprung verhindern«, erklärte sie erneut sachlich, als sei das die alltäglichste Angelegenheit der Welt. »Wir haben damit heute Morgen schon zwei Stressreisen verhindert«, fuhr sie stolz fort.

Werner konnte nicht anders als sich erneut zu wundern. Nie im Leben hätte er diese zwei Menschen in irgendeiner Form zusammen gesehen. Und doch saßen sie hier wie zwei alte, vertraute Seelen und schienen ein eingespieltes Team zu sein.

Mit zitternder Hand wischte sich Alexander über den Mund und holte tief Luft. »Sie darf nichts ändern, weil die Ärztin entstellt werden muss!« Beschwichtigend hob er die Hände, als er Werners entsetztes Gesicht sah. »Sie haben doch selbst gehört, dass Irena sagte, es sei alles gut so, wie es ist. Und das stimmt! Ich muss es wissen, weil ich ihr Leben selber einmal geändert habe. Sie war sehr unglücklich und für Helena hatte es fatale Folgen!«

»Was hat das Gesicht der Ärztin mit Helenas Leben zu tun?«

»Das ist eine lange Geschichte«, gab Alexander ausweichend zurück.

»Geben Sie mir die Kurzversion!«, verlangte Werner ohne Umschweife. Und wenn er Alexander einen Trichter in den Mund schieben und konstant Wasser hineingießen musste – er wollte Antworten, hier und jetzt!

»Irena war so wie sie jetzt aussieht damals in Berlin, als die Grenzen vollständig geschlossen werden sollten. Hannelore war zu dem Zeitpunkt mit Michael schwanger. Sie wollte gemeinsam mit Helena aus einem Hochhaus springen, dessen Eingang im Osten lag, während die Fenster jedoch zum Westen hinaus öffneten. Sie stand im dritten Stock und hatte Angst. Irena stand unten und schrie, sie sollten springen. Damals sah ihr Gesicht noch deutlich erschreckender als heute aus. Zumindest furchterregend genug für Hannelore. Sie starrte auf die Narben und zögerte, sodass ein Mann namens Alfred sie schließlich zurückziehen konnte.«

Werner horchte erstaunt auf. Der Name Alfred klang sehr vertraut. War das nicht Hannelores Peiniger und Helenas Vater?

Als hätte Alexander seine Verwirrung erraten, fuhr er fort. »Alfred ist immer da und bringt sie vor der Stasi in Sicherheit. Und wenn ich ihn daran hindern kann, dann ist es plötzlich Helena selbst, die ihre Mutter aufhält – einfach zum Kotzen!«

Wieder ein neues Rätsel, dachte Werner frustriert. Es musste ein anderer Alfred sein, sonst machte die Geschichte noch weniger Sinn, als sie es ohnehin schon tat.

Mühsam versuchte Werner, alle Informationen in eine logische Reihenfolge zu bringen. »Wegen des entstellten Gesichts blieben Hannelore und Helena also im Osten. Ich verstehe jedoch nicht, warum Helena früher einmal im Westen bei Vera aufgewachsen ist und von Hannelore nichts wusste. Damals war die Ärztin doch ebenfalls entstellt!«

»Ich habe festgestellt, dass zwei Dinge wichtig sind, damit Helena in Frankfurt aufwachsen kann: Die Ärztin muss abschreckend genug aussehen, damit Hannelore zögert. Als ich Irena einmal 1956 beim Kino in Budapest aufgehalten habe und sie nicht entstellt wurde, hatte das schlimme Folgen. Hannelore wollte, dass Helena zuerst in Sicherheit war und schubste sie regelrecht aus dem Fenster des Hochhauses. Helena war jedoch so panisch, dass sie sich festhielt, sich mit dem Fuß irgendwo am Fenster verhakte und den Sprung nur gelähmt überlebte. Hannelore selbst starb, weil sie sofort hinterher sprang, um Helena zu helfen.«

Werner erinnerte sich dunkel, dass Helena ihm vor vielen Jahren erzählt hatte, dass sie einmal gelähmt im Krankenhaus zu sich gekommen war und Dr. Horvat ohne Entstellungen gesehen hatte. Hatte er soeben die erste Lösung für eines der vielen Rätsel erhalten?

Verwirrt versuchte er, sich weiterhin zu konzentrieren. »Das heißt, Helena überlebt nur dann gesund, wenn die Ärztin entstellt genug ist, um Hannelore zögern zu lassen.«

»Ja!«

Wenn das stimmte, war das eine bittere Entscheidung, welche Alexander bei seiner Zeitreise getroffen hatte. Hier ging es nicht einfach um die Frage, wie man ein Leben zum Besseren wenden konnte. Jede Entscheidung betraf mehrere Menschen gleichzeitig und keine Lösung war für jeden ideal. Langsam begriff Werner, dass sein Rat an Helena, etwas zu verändern, nicht ganz einfach war. Vielleicht war es sogar tatsächlich falsch. Es gab offenbar keine einfachen Entscheidungen und jede noch so kleine Änderung schien enorme Konsequenzen nach sich zu ziehen.

Alexanders Gesicht war jetzt nicht mehr unsicher, sondern kalt, beinahe wütend. »Es sind wie gesagt zwei Dinge wichtig, damit Helena wieder unbeschadet in Frankfurt aufwachsen kann. Die entstellte Ärztin ist der erste Schritt. Der zweite ist, dass Hannelore verschwindet!«

»Sie meinen, dass sie im Osten bleibt, damit ihr und Michael nichts passiert«, schlussfolgerte Werner. Er war zu konzentriert um zu bemerken, dass Alexander die Augenbrauen furchte und nicht darauf antwortete. »Doch wie können wir es schaffen, dass alle drei unbeschadet in den Westen kommen?«

»Gar nicht!«, fauchte Alexander und Werner sah erstaunt auf. »Es gibt für Hannelore keinen Weg, in den Westen zu kommen!«

»Ich verstehe, dass Sie Hannelore beschützen möchten, aber vielleicht gibt es ja eine Lösung, damit sie ...«

»Mir ist Hannelore vollkommen scheißegal!«, brüllte Alexander nun ungehalten. Er schnappte sich wahllos Werners Brieföffner vom Schreibtisch und fuchtelte damit drohend vor seiner Nase herum. »Alfred und Helena haben alles geändert, ohne zu wissen, was sie da taten! Hannelore muss sterben!«

»Wie bitte?«, rief Werner entsetzt aus.

Katharina sagte nichts, sondern griff blitzschnell erneut zur Wasserflasche. Doch es war zu spät. Sein Arm schwang den Brieföffner ein letztes Mal wie ein Schwert durch den Raum und plötzlich war Alexander von einer Sekunde auf die andere verschwunden. Werner bemerkte in seiner Fassungslosigkeit nicht, dass mit ihm auch der solide, spitze Brieföffner verschwunden war, den er zu seinem 10-jährigen Praxisjubiläum bekommen hatte. Bedrückende Stille antwortete auf Werners aufgebrachte Frage.

Ungläubig sah er Katharina an. »Das gibt's doch einfach nicht!« Katharina schwieg und drehte die Wasserflasche nachdenklich in ihren Händen. »Es hat alles seinen Grund«, murmelte sie schließlich wie zur Bestätigung.

Werner starrte noch immer auf die nun leere Schreibtischseite neben Katharina. »Er kann doch nicht ernsthaft wollen, dass Hannelore stirbt?«, fragte er schließlich fassungslos.

»Er hat versucht, alle beide in den Westen zu bringen, doch das hat nie funktioniert. Und in der jetzigen Version, in der Hannelore überlebt, ist sie unter persönlichem Schutz der Stasi.«

Werner kam aus dem Staunen nicht heraus. Wer hätte gedacht, dass er sich so in seinen Ansichten über Katharina getäuscht hatte. »Hat er das gesagt? Ich kann mir schwer vorstellen, dass Hannelore für die Staatssicherheit gearbeitet hat«, gab Werner zögerlich zu bedenken.

»Nein«, unterbrach Katharina. »Sie hatte dort einen Verbündeten, der auf sie aufgepasst und ihr finanziell geholfen hat. Sie hätte den Sprung in ihrem Zustand nicht überlebt, egal ob die Ärztin sie eine Schrecksekunde gekostet hätte oder nicht. Alex meinte, er hat das mehrmals versucht und dass die Helena, die Sie damals kennengelernt haben, der Beweis dafür war. Damals war Hannelore beim Hinunterspringen aus dem Hochhaus gestorben und die Ärztin hat Veras Adresse herausgefunden, sodass Helena bei ihr aufwachsen konnte. Aus Sicherheitsgründen hat niemand mehr über Hannelore gesprochen und Vera hat Helena als ihr eigenes Kind ausgegeben. Aber Alfred hat irgendwann während seiner eigenen Zeitreisen eine Möglichkeit gefunden, dass Hannelore im Osten bleiben konnte, weil die Stasi da besser auf sie aufpassen konnte.«

»Liebes Kind, ich weiß nicht, ob Ihnen bewusst ist, was die Stasi unter *aufpassen* verstand!«

»Das ist mir sehr wohl bewusst, ich habe auch Familie drüben!«, erklärte Katharina mit Zornesröte auf den Wangen. »Als Alfred keinen anderen Ausweg mehr gesehen hat, um Hannelore das Leben zu retten, hat er seinem Vater gebeichtet, dass Helena seine Tochter ist.

Nur so hat Hannelore letztendlich überlebt. Sein Vater war ein ganz hohes Tier bei der Stasi und er hat Hannelores Fluchtversuch unter den Teppich gekehrt! Dieser Alfred war ein wahrer Held!«, schloss sie schwärmerisch. »Ich weiß, dass uneheliche Kinder damals etwas Schlimmes waren, aber dass er ihr am Schluss sogar wortwörtlich das Leben gerettet hat. Ist das nicht romantisch? ... Dr. Genet, ist Ihnen nicht gut?«

Wortlos schnappte sich Dr. Genet die Wasserflasche aus ihrer Hand und leerte diese in großen Zügen. »Ich weiß nicht, ob die Begriffe *Romantik* und *Alfred* unbedingt zusammengehören!«, krächzte er, als er sich schaudernd an Hannelores Erzählung erinnerte. Doch von diesem Teil der Geschichte wusste Katharina offenbar nichts. Katharina blickte bei seinem Einwurf so empört, dass er jedoch unwillentlich auflachen musste.

Spielerisch zog er den nicht vorhandenen Hut. »Liebe Katha«, sagte er feierlich, »Sie haben in der kurzen Zeit mit Alexander heute Morgen mehr in Erfahrung gebracht, als es mir mit vermutlich unzähligen Therapiesitzungen möglich gewesen wäre.«

Katharina strahlte über das ganze Gesicht, doch plötzlich legte sich ein wehmütiger Schatten über ihr Gesicht. »Ich wünschte nur, wir könnten dem Alex helfen, sodass alle zusammen im Westen sein können!«

Werner legte verwirrt die Stirn in Falten. »Naja, gar so schlecht ging es Helena doch im Osten nicht, oder? Ich finde Hannelore unglaublich bewundernswert und großartig!«

»Aber das ist der Alex doch auch, oder?«, warf Katharina mit hochroten Wangen ein.

»Sicher«, log Werner schnell, »aber was hat denn das eine mit dem anderen zu tun?«

»Nehmen Sie mich auf die Schippe? Sie wissen schon, wer der Alex ist, oder?« Als Werner verwirrt schwieg, schüttelte sie ungläubig den Kopf und sah ihn mit weit aufgerissenen Augen an. »Also, seien Sie mir nicht böse, Dr. Genet, aber Sie müssen manchmal wirklich besser zuhören!«

Schnellen Schrittes ging Katharina zu ihrem Schreibtischstuhl und kramte in der Jacke, die achtlos über die Rückenlehne geworfen worden war. Werner erkannte die schwarze Kapuzenjacke sofort: Alexander hatte sie am Bahnhof getragen. Schließlich wurde Katha fündig und hielt Werner feierlich ein braunes, beutelartiges Lederportemonnaie entgegen.

~ KAPITEL 14 ~
Willkommen in Russland

KLEIN MOSKAU. 22. NOVEMBER 1957.
GEHEIMSTADT DER SOWJETS.

Eine Hand zog aufgeregt an Hannelores Arm. Verschlafen rieb sie sich die Augen und schirmte ihre Augen vor der grellen Sonne ab. Tatjana strahlte sie an und deutet aufgeregt durch die beschlagenen Scheiben nach draußen. Offenbar hatte Hannelore trotz der Enge im Wagen die Nacht durchgeschlafen. Ihr Hals kratzte und ihre Speiseröhre schien zusammengeklebt zu sein.

Schwach folgten ihre Augen Tatjanas Hand, die aufgeregt die Scheibe blank wischte und auf dem Sitz hüpfend offenbar etwas vor sich hin brabbelte. Ihre Mutter drehte sich mit mahnendem Gesicht um und gab ihr zu verstehen, ruhig zu sein. Als ihr Blick auf die reichlich zerknautschte Hannelore fiel, lächelte sie nervös. Als ob sie Hannelores Gedanken lesen konnte, reichte sie ihr auf einmal einen kleinen Becher Wasser nach hinten. Gierig schlürfte Hannelore den Inhalt in einem Satz hinunter und hielt ihn bittend erneut nach vorn. Die Russin öffnete eine Flasche und füllte den Becher ein zweites Mal.

Als sie ihn Hannelore nach hinten reichte, war ihr Lächeln jedoch verschwunden. Sie hielt den Finger vor den Mund und formte mit den Lippen überdeutlich die zwei Worte: »без немецкого – Kein Deutsch!«

Ergeben und übernächtigt nickte Hannelore wortlos mit dem Kopf, während sie ihren Blick müde aus dem Fenster schweifen ließ. Warum sollte sie kein Deutsch sprechen?

Sie fuhren offenbar in eine Kleinstadt. Überall waren russische Armee-Soldaten zu sehen. Ruckartig schoss Hannelore in ihrem Sitz empor. Auch die Schilder waren auf Russisch. Sie war anscheinend nicht mehr in Deutschland!

»Stopp! Anhalten!«, schrie sie panisch auf. »Ich wollte doch nach Berlin!«

Tatjanas Vater bremste abrupt. Beide Eltern drehten sich zu ihr herum. Die Mutter schien erbost zu schreien, doch es war Tatjanas Vater hinter dem Steuer, den Hannelore wie hypnotisiert anblickte. Trotz der plötzlichen Panik, die sie überfallen hatte, konnte sie einfach nicht den Blick von diesen eigentümlichen Augen abwenden. Wie war es möglich, so glitzernde, eisblaue Augen zu haben, wenn Haare und Wimpern hingegen pechschwarz waren?

Er lächelte auf einmal und drückte ihre Hand. Er fühlte sich warm an und Hannelore glaubte für einen Moment, sie konnte seinen Puls spüren. »Berlin, ja«, nickte er. Er formte die Worte sehr deutlich auf Russisch. »Berlin ist nah. Vertrau mir!«

Berlin war ganz und gar nicht in der Nähe von Russland, schoss es ihr durch den Kopf. Doch der innerliche Protest war seltsam leise. Sie starrte ihn einfach nur gebannt an und spürte seine Hand, welche die ihre sanft und doch herzhaft drückte.

»товарищи! Freunde!«, sagte er auf Russisch und sein Lächeln wurde noch strahlender.

Hannelore konnte aus einem unerfindlichen Grund nicht anders, als zu nicken, während sie ihn weiterhin fasziniert anstarrte. Tatjanas Hand auf ihrem Arm löste die intensive Starre und Hannelore zog beschämt ihre Hand zurück.

Tatjana sah sie verschwörerisch an und wiederholte, wenn auch deutlich freundlicher, die Worte ihrer Mutter. »Kein Deutsch sprechen, nur Russisch! Sonst sind wir alle tot! Verstehst du?« Dabei lächelte sie so einladend, als hätte sie soeben gefragt, ob Hannelore gerne Pudding zum Nachtisch haben wollte.

Erneut nickte Hannelore stumm. Der Wagen fuhr inzwischen weiter. Salutierende Wachposten grüßten die Wageninsassen in militärisch-zackiger Manier, was Tatjanas Eltern mit einem würdevollen Nicken beantworteten. Es schien eine riesige Militäranlage mit Trainingsplätzen und unzähligen Kasernen zu sein. Wo waren sie nur?

Der Wagen hielt schließlich vor einem großen, gelben Gebäude. Prunkvolle weiße Säulen zierten das beeindruckend schöne Gebäude, während eine nicht minder große Statue von Lenin erhaben über sie hinwegblickte.

Wladimir Iljitsch Uljanow, erinnerte sich Hannelore plötzlich. Das war Lenins richtiger Name. Wie sehr sie sich wünschte, sie hätte Christines gut gemeintem Rat getrotzt und ihr dickes Russischbuch mitgenommen! Der Gedanke an ihre Zwillingsschwester versetzte ihr einen gewaltigen Stich und ließ die altvertraute Übelkeit mit einem Schlag zurückkommen.

Mit steifen Knien kletterte sie aus dem Wagen und wagte kaum aufzusehen. Warum würde ihr hier jemand etwas antun wollen, wenn sie herausfanden, dass sie Deutsch sprach? Sie war doch kein Klassenfeind, sondern auf der Seite der Sowjetunion!

Tatjanas Vater wurde von allen Seiten ehrfürchtig begrüßt. Er schien einen hohen militärischen Rang zu haben. Bewundernd blickte sie auf seine makellose Uniform. Er trug eine graue Jacke mit goldenen Knöpfen und passender grauer Schirmmütze sowie eine marine-blaue Hosen mit roten Streifen an der Außenseite. Auf seinen Schultern thronten goldene Aufnäher mit jeweils vier Sternen.

Hannelore hatte sich nie sonderlich für Militärränge begeistert, doch sie wusste immerhin, dass vier Sterne bedeuteten, dass er ein Armeegeneral sein musste und somit denselben Rang hatte wie Friedrich Dahlke[7], Gründer des ostdeutschen Staatssicherheitsdienstes. Seit den Verhören nach Gabis Verschwinden hatte Hannelore mehr denn je Angst vor der skrupellosen Stasi gehabt, doch in den letzten Monaten waren diese Erinnerungen so sehr in ihren neuen Ängsten und Sorgen untergegangen, dass ihr wortwörtlich die Zeit gefehlt hatte, sich an die Verhöre zu erinnern.

Vier Sterne bedeuteten, dass er vermutlich der ranghöchste und somit einflussreichste Mann hier war. Hannelore war sich nicht sicher, ob das ein beruhigender Gedanke war, doch sie konnte nicht anders, als ihn zu bestaunen. Als wäre es das Selbstverständlichste von der Welt, nahm er ihre wenigen Habseligkeiten in die eine Hand und reichte ihr charmant die andere. Sein Gesicht war gütig und seine im Tageslicht beinahe neonblauen Augen lächelten herzlich. Er war einfach der umwerfendste Mann, den sie je gesehen hatte!

Mit glühendem Gesicht stieg sie an seiner Hand die Stufen empor, während russische Soldaten zu beiden Seiten aufgereiht standen und sie begrüßten. Die Soldaten trugen schlichte, stahlgraue Uniformen und waren anscheinend in der Mehrzahl in Hannelores Alter. Ein weiterer General trat ihnen aus dem schmucken Hauptgebäude entgegen. Er hatte nur zwei Sterne und trug eine khakifarbene Jacke zur marineblauen Hose.

Grün und Blau kleidet die Sau!, erinnerte sich Hannelore an die stete Ermahnung ihrer Mutter und unterdrückte nur mühsam ein Lachen. Doch jeglicher Anflug von Humor verflog sofort, als sie den Blick des Generals sah, mit dem er sie musterte. Sie wusste nicht, ob es Ekel oder Hass war, doch sein Gesichtsausdruck holte sie schlagartig von ihrem eben noch so erhabenen Gefühl herunter und brachte ihre Hände zum Schwitzen.

In derselben Sekunde verstärkte Tatjanas Vater den Druck auf ihre Hand und zog sie noch ein Stück näher. Hannelore versuchte verlegen, ihre verschwitze Hand zurückzuziehen, doch er tat so, als bemerkte er es nicht und plauderte offenbar unbefangen vor sich hin. Er wusste inzwischen, dass sie nicht hören konnte, also war es anscheinend nur zur Fassade.

Was ging hier vor? Wenn es doch so gefährlich war, sie hierher zu bringen, warum hatten sie Hannelore überhaupt erst mitgenommen? War es Mitleid gewesen, weil sie am Rostocker Hauptbahnhof so verloren gewirkt hatte? Tatjanas Mutter wirkte jedoch weder zart besaitet noch mitleidig. Hoheitsvoll schritt sie vorneweg, während sie einen pieksauberen Gang nach dem anderen durchliefen. Hannelores Mutter hätte es hier trotz der Russen vermutlich gefallen: Es war so auffallend sauber, dass man vermutlich bedenkenlos vom Boden hätte essen können!

Treppauf und treppab führte sie der Weg durch die endlos langen, schön gestrichenen Korridore, bis sie schließlich im zweiten Stock vor einer beigefarbenen Tür stehen blieben. Tatjanas Vater löste seinen Griff um Hannelores Hand und griff nach dem Schlüssel.

Ihr stockte der Atem, als sie das Innere erblickte. Hinter der unscheinbaren Tür lag eine farbenfrohe, geräumige Wohnung mit einer luxuriösen, brandneuen Ausstattung, wie Hannelore sie noch nie zuvor gesehen hatte. Sie bemerkte kaum, dass Tatjanas Mutter sie ungeduldig ins Innere der Wohnung schob. Sie standen in einem gemütlich eingerichteten Wohnzimmer mit einladenden Holzmöbeln und bunten, bestickten Kissen. Der Raum sah wie eine kleine Bibliothek aus. Unmengen an Büchern brachten die Regalbretter zum Biegen und oben auf blitzte eine nicht minder beeindruckende Anzahl an wohlpolierten Pokalen sowie eingerahmten, goldenen Auszeichnungen.

Hannelore kam aus dem Staunen nicht mehr heraus. Von dem Raum gingen vier weitere Räume ab: eine kleine Küche, ein Badezimmer und zwei Schlafzimmer. Tatjana schob Hannelore aufgeregt in eines der beiden Schlafzimmer und gestikulierte aufgeregt auf Hannelore, sich selbst und das Bett. Offenbar sollte sie hier schlafen und sich das Bett mit Tatjana teilen. Wollten sie, dass sie hierblieb und bei ihnen wohnte?

Bevor Hannelore jedoch Zeit hatte, um wieder panisch zu werden, trat plötzlich Tatjanas Vater ins Schlafzimmer der Mädchen und strahlte erneut. Er machte eine vage Handbewegung und sagte zwinkernd etwas, das wie ‚*ненадолго – nicht für lange!*' klang. Hannelore war sich nicht sicher, ob er damit das Teilen des Bettes mit seiner Tochter oder Hannelores Aufenthalt an sich meinte.

Doch aus einem ihr unerfindlichen Grund war ihr das auf einmal egal. Sie war offenbar irgendwo in Russland und lief Gefahr umgebracht zu werden, wenn sie Deutsch sprach. Niemand in ihrer Familie, in der Schule oder von ihren Freunden wusste, wo sie war. Wusste der Teufel, was mit Christine geschehen war oder was Alfred gerade Gabriele erzählte. Und doch stand sie hier und strahlte den Armeegeneral mit den wunderbaren Augen an, als wäre ihr das alles vollkommen unwichtig.

Peinlich berührt registrierte sie, dass sie ihn schon wieder unverhohlen angestarrt hatte und sah beschämt auf ihren schäbigen Turnbeutel auf dem Bett. Tatjana sagte etwas, das sie nicht verstand und ging zu ihrer Kommode. Sie fischte einen roten, samtartigen Rock, eine weiße, weite Bluse und eine ebenfalls weiße Strickjacke heraus und legte alles strahlend über Hannelores Tasche.

»Für dich!«, deute sie mit den Händen und klatschte aufgeregt.

Ihr Vater sah sie wohlwollend an und hob Hannelores Kinn an, sodass sie keine andere Möglichkeit hatte, als ihm direkt in diese eigentümlichen, hypnotisierenden Augen zu sehen. »Александр – Aleksandr«, sagte er.

Hatte er Alexandr gesagt? War das sein Name? Sie konnte doch einen wildfremden Armeegeneral nicht einfach beim Vornamen nennen! Erneut schoss ihr das Blut in die Wangen.

Offenbar hatte er ihre Verwirrung jedoch missverstanden und dachte, sie fand es schwierig, seinen Namen von den Lippen zu lesen. »Sascha!«, sagte er lachend. Dann stand er auf und ließ die Mädchen allein im Zimmer.

Tatjana stellte sich als erstaunlich kreativ heraus, als Hannelore Probleme mit ihrer neuen Kleidung hatte. Ihr Bauch war einfach zu groß, um den Rock anständig zu schließen und so rutschte dieser immer wieder an ihren Beinen herunter. Tatjana fand ein Haargummi und band geschickt eine kleine Schlaufe in der Rocköffnung, die sie schließlich über den Knopf zog. Mit der langen Bluse und Strickjacke drüber sah man nicht, dass der Rock eigentlich offen war. Als wäre Hannelore eine Puppe, nahm Tatjana schließlich eine große Haarbürste und ein paar hübsche Haarspangen und machte sich ans Werk.

Hannelore traute ihren Augen kaum, als sie in den großen Holzspiegel mit der edlen Verzierung neben dem Bett starrte. Sie sah trotz des schrecklichen Bauches fast hübsch aus. Ihre braunen Locken waren elegant nach oben gesteckt, ihre Wangen hatten eine gesunde Röte und die Kombination von Rock und Bluse wirkte beinahe vornehm.

Tatjana war offensichtlich ebenfalls sehr zufrieden mit dem Ergebnis und strahlte bis über beide Ohren. Stolz schob sie Hannelore vor sich her ins Wohnzimmer, in dem Sascha gerade den Tisch deckte. Er hatte seine Uniformjacke ausgezogen und sah sehr entspannt aus. Fassungslos beobachtete Hannelore, wie er geschickt und routiniert alles an den richtigen Platz stellte und sich dann, anscheinend singend, ein Küchenhandtuch über die Schulter warf. Hatte er sogar selbst gekocht? Nie im Leben wäre Hannelores Vater auch nur die Idee gekommen, einen Fuß in die Küche zu setzen!

Er sah auf und zwinkerte ihr erfreut zu. »красавица – hübsches Mädchen!«, sagte er und klopfte einladend auf einen Stuhl.

Seine Frau tauchte mit einem leeren Koffer hinter dem Tisch auf. Sie hatte offenbar gerade die letzten Taschen geleert und alles zurück an seinen Platz geräumt. Unverblümt starrte sie Hannelore an und musterte sie eindringlich von Kopf bis Fuß. Dann nickte auch sie wohlwollend und wiederholte zufrieden die Worte ihres Mannes. »красавица!«

Ohne einen weiteren Kommentar zog sie den Stuhl heran, den Sascha offenbar für Hannelore vorgesehen hatte und bedeutete ihr, sich hinzusetzen. Hannelore merkte auf einmal, wie ausgehungert und durstig sie war und setzte sich in Windeseile auf den weich gepolsterten Stuhl. Es roch wunderbar aus den hübschen, weißen Porzellantöpfen mit dem goldfarbenen Rand.

Tatjanas Mutter, die sich als Ivanka vorstellte, goss eine großzügige Ladung einer dickflüssigen, roten Suppe mit Fleischstücken auf Hannelores Suppenteller. Sie hatte keine Ahnung, was da vor ihr so himmlisch vor sich hin dampfte, doch es war allein schon vom Geruch her das beste Essen, das sie je vor sich gehabt hatte. Ihr Magen knurrte schmerzhaft beim Anblick der wunderbaren Speisen und Tatjanas Familie lachte laut auf.

»ешь, не стесняйся! Greif zu!«, las sie auf Saschas Lippen.

»спасибо – Danke!«, brachte Hannelore kaum hörbar auf Russisch hervor und hoffte, dass ihre Aussprache nicht allzu schrecklich war.

Saschas Lächeln wurde noch breiter. Eifrig bedeutete er ihr mit Kopf und Händen, ordentlich zu essen und zu trinken. Ivanka lächelte ebenfalls, doch ihre Lippen wurden dabei recht schmal.

»угощайся!«, las Hannelore auch auf ihren Lippen. Gierig begann sie zu essen und schaffte es nur mit Mühe, dabei an gute Tischmanieren zu denken. Doch es war gut, dass der Anblick der atemberaubenden Speisen sie so in den Bann gezogen hatte. Denn so entging ihr, dass Ivankas dünnes Lächeln nicht die Augen erreichte.

~ KAPITEL 15 ~

Die geheime Mauer

KLEIN MOSKAU, BRANDENBURG, DDR. 14. DEZEMBER
1957. WOHNUNG DES ARMEEGENERALS.

Die Wochen vergingen seltsamerweise wie im Flug. Plötzlich stand
Weihnachten vor der Tür und Hannelore stellte mit schlechtem Gewissen fest, dass sie immer weniger an Christine dachte. Es fehlte
ihr an nichts in der Russenstadt, die sich als *Klein Moskau* heraus-
gestellt hatte.

Hannelore hatte erfahren, dass sie erstaunlicherweise tatsächlich
noch in Deutschland war. Nicht nur das: Sie war sogar ganz in der
Nähe von Berlin! Eine Nachbarin, die offenbar Mitleid mit der tauben Hannelore hatte, hatte ihr mit Händen und Füßen erklärt, dass
Berlin nur eine Stunde entfernt war. Deutsche hatten hier jedoch
keinen Zutritt und Russen durften die Stadt nicht verlassen. Ivanka
hatte ihr versprochen, dass sie Hannelore so schnell wie möglich
nach Berlin bringen würden. Sie hatten es nur in diesem Zustand
nicht übers Herz gebracht, sie einfach alleine weiterreisen zu lassen.

Es lag vermutlich an Hannelores lieblosem Elternhaus, dass sie
so naiv war. Sie war innerlich überzeugt, dass niemand kälter und
herzloser sein konnte als ihre Eltern und so leuchtete ihr Ivankas
Erklärung sofort ein. Vielleicht tat Saschas Anwesenheit dabei sein
Übriges, denn Hannelore nahm es sofort hin, ohne sich überhaupt
die Frage zu stellen, warum sie so viel für eine wildfremde, unver-

heiratete Schwangere auf sich nehmen würden – noch dazu für eine Deutsche, die sie alle in Gefahr bringen konnte.

Doch Hannelore war erstaunlicherweise glücklich, vielleicht zum ersten Mal in ihrem Leben. Niemand schlug sie und niemand hielt sie für dumm. Das Essen war wunderbar, sie bekam schöne Kleidung und die Wohnung war das schönste Zuhause, das Hannelore je gesehen hatte. Statt sich mit täglicher Angst in die Schule zu schleppen, stand sie morgens federnd auf und freute sich auf einen Tag mit Tatjanas simpler Herzlichkeit und ihren russischen Büchern. Sie war wie ausgewechselt und ihr Innerstes wies jeden noch so kleinen Gedanken, der ihr dieses bisschen Glück madig machen konnte, verbissen zurück.

Hannelore hatte sich angewöhnt, möglichst nicht zu sprechen. Sie wusste nicht, wie stark ihr Akzent war und wollte nicht riskieren, als Deutsche ertappt zu werden. Vermutlich dachten Nachbarn und Freunde daher, sie war geistig ein wenig zurückgeblieben, denn sie plauderten vollkommen unbefangen vor dem Neuankömmling. Sascha und Ivanka hatten sie allen als Tatjanas Kusine aus Nowosibirsk vorgestellt. Dort lebte eine große Zahl an Russlanddeutschen, sodass es leichter erklärbar war, falls Hannelores Akzent durchbrach oder ihr ein deutsches Wort herausrutschte.

Ivanka und Tatjana bemühten sich redlich, ihr so viel Russisch wie möglich beizubringen und die atemberaubende Anzahl an Büchern stellte sich als äußerst nützlich heraus. Russisch war ohnehin Hannelores Lieblingsfach gewesen und da Russischlernen nun nicht nur oberste Priorität hatte, sondern gleichzeitig auch eine äußerst willkommene Abwechslung von der ihr so verhassten Schwangerschaft war, stürzte sich Hannelore mit fast aggressivem Lerneifer auf alles, was ihr auch nur ansatzweise Russisch näher brachte.

Sie war erst seit einem Monat hier, doch ihre Fortschritte waren erstaunlich – besonders wenn man bedachte, dass sie kaum hören konnte. Ein weiterer Vorteil war, dass das Gerücht, sie sei geistig behindert, dadurch schnell abebbte. Ivanka erklärte allen, dass Hannelore ihr Gehör bei einem Jagdunfall mit ihren Eltern verloren hatte und seitdem war sie in der Sympathie von Nachbarn und Freunden deutlich gestiegen.

Offenbar fühlten sich jedoch alle Freunde und Nachbarn sehr sicher, dass Hannelore sie ohnehin nicht verstehen würde und so wuchs mit ihren täglich zunehmenden Russischkenntnissen zugleich auch das Wissen um kleine Geheimnisse, Sorgen und Neuigkeiten. Oft schlug Hannelore neue Wörter heimlich nach und schlief abends glucksend ein.

Sie hatte begonnen, Tatjana abends vorzulesen, um ihre Aussprache zu üben. Aktuell lasen sie ein dünnes Buch über griechische Mythologie. Hannelore hatte noch nie etwas Derartiges gelesen und vermutete, dass es auch in Klein Moskau nicht als regimegetreu durchgehen würde, denn sie lasen es heimlich unter der Decke, während Tatjana stets einen Blick auf die Tür gerichtet hielt. Die Textverse waren nicht leicht zu verstehen, doch sie waren beide fasziniert von der spannenden Geschichte um das alte Troja. Sie hatten gerade die Stelle erreicht, an der die schöne Helena einen Krieg entfacht hatte und ein heimlich bemanntes Pferd, als Geschenk getarnt, ins streng bewachte Troja gebracht wurde.

Ein Zucken neben Hannelore ließ sie aufblicken und sie sah, dass Tatjana sich einen Deckenzipfel in den Mund stopfte, um ihr Lachen zu unterdrücken.

»Was ist los?«, flüsterte Hannelore erstaunt.

Tatjana winkte grunzend ab und deutete immer wieder auf Hannelore. Nur mit Mühe brachte sie sich unter Kontrolle. »Helena ist wie du! Du wurdest auch hierher entführt und verdrehst allen die Köpfe. Und du hast sogar ein eigenes trojanisches Pferd dabei!«

Erneut krümmte sich Tatjana vor unterdrücktem Lachen und deutete auf Hannelores riesigen Bauch. Hannelore war zunächst tief gekränkt. Doch als sie Tatjanas unbefangenes Lachen sah, erinnerte sie sich daran, dass diese nie etwas aus böser Absicht sagte und bemühte sich um ein freundliches Lächeln.

Den Kommentar, dass sie allen die Köpfe verdrehen würde, fand sie dennoch alles andere als charmant. Sie war spätestens seit dem

Schwimmbadvorfall mit Alfred so distanziert Männern gegenüber wie wohl kaum ein anderes Mädchen ihres Alters. Sascha war die einzige Ausnahme, doch diesen Gedanken schob sie schnell weit von sich. Erleichtert stellte sie fest, dass Tatjana, noch immer schlaftrunken kichernd, halb eingedöst war, sodass sie Hannelores glühendes Gesicht nicht sehen konnte.

Ivankas ebenfalls schwangere Freundin von nebenan, Galina, schob immer alles auf ihre Hormone: Vergesslichkeit, Rührseligkeit, Aggression sowie ihre Manier, stets das letzte Wort haben zu wollen. Vielleicht war da ja etwas dran und Hannelores seltsame Faszination mit Sascha würde nach der Geburt endlich aufhören? Sie schämte sich, dass sie sich selbst ständig in ihrer Bewunderung ertappte und hoffte inständig, dass es außer ihr selbst noch niemand bemerkt hatte.

Schnell schaltete sie das kleine Licht aus und legte sich neben die nun laut atmende Tatjana. Sie wünschte sich sehnlichst, dass die Schwangerschaft bald vorbei sein würde. Ihr Rücken schmerzte bei nahezu jeder Bewegung und sie wusste nicht, was sie mehr anwiderte: das Ding in ihr treten zu fühlen oder wenn es still war und Hannelore sich plötzlich vorstellte, dass das Ding in ihr tot war. – Wenn es doch nur schon vorbei wäre! Wieder und wieder gingen ihr die Kommentare und Horrorgeschichten der Frauen aus Brinckmansdorf durch den Kopf. Würde es wirklich so furchtbar werden? Würde sie vielleicht sogar dabei sterben? So elendig wie sie sich fühlte, schien das ein durchaus realistischer Ausgang zu sein!

Doch selbst wenn sie es überstand, was würde dann aus ihr werden? Sie hatte hier zum ersten Mal ein Zuhause, aber nach der Geburt würden Sascha und Ivanka sie ja nach Berlin fahren. Würden sie das Ding vielleicht hierbehalten wollen? Hannelore hatte nicht vor, es mit in den Westen zu bringen. Alfred und alles, was mit ihm zu tun hatte, würde für immer hierbleiben! Hinter einer Mauer, wo es hingehörte! Nicht in den goldenen Westen, wo sie mit Gabi ein neues Leben anfangen würde, nachdem sie ihr die Wahrheit über Alfred gesagt hatte. Hoffentlich würde Gabi ihr glauben!

Der Morgen dämmerte bereits durch die weißen, bestickten Gardinen, als Hannelore endlich in einen unruhigen Schlaf fiel. Als sie die Augen aufschlug, war das Bett leer. Sie hörte Geklapper aus der Küche und streckte sich gähnend auf der weichen Matratze. Es musste schon recht spät sein, denn die Vorhänge waren zurückgezogen worden und die Sonne stand hoch am Himmel.

Die Tür wurde vorsichtig geöffnet und Galina steckte den Kopf ins Zimmer. »Hallo Schlafmütze«, sagte sie fröhlich. »Genug geschlafen, komm, raus! Alle sind weggefahren. Ich passe heute auf dich auf!«

Hannelore wusste nicht, was Galina mit dem Wort *aufpassen* meinte, doch es war ihr recht, ein wenig Ablenkung zu haben. Galina war sehr gesprächig und es machte ihr nichts aus, den größten Teil der Konversation alleine zu bestreiten. Sie wusste anscheinend nicht, dass Hannelore inzwischen das Meiste verstand, denn sobald sie alleine waren, redete Galina sich so viel von der Seele, wie sie ihr vermutlich nicht anvertraut hätte, wenn sie geahnt hätte, wie viel davon zu Hannelore durchdrang.

Ihre Ehe mit Offizier Koslow verlief offenbar nicht besonders gut. Sie hatte bereits zwei ältere Kinder in der Schule und hatte gehofft, dass mit diesem Kind alles besser werden würde. Doch ihr Mann Wladimir schien an allen anderen Frauen mehr Interesse zu haben als an der armen Galina. Hannelore verschwieg ihr, dass er sogar dem tauben, schwangeren Mädchen aus Nowosibirsk bereits sehr unangemessene Avancen gemacht hatte.

Als sie es endlich geschafft hatte, sich anzuziehen und müde ins Wohnzimmer schlurfte, erwartete sie dort eine große Überraschung. Der Wohnzimmertisch war nicht nur mit einem reichhaltigen Frühstück gedeckt, sondern auch über und über mit Babysachen bedeckt.

»Für dich!«, strahlte Galina und deutete auf Hannelores Bauch. »Ich habe so viel gestrickt, das passt nicht alles auf ein einziges Baby drauf. Also bekommst du alles andere!«

Hannelore war komplett erstarrt. Sie wusste, wie unglaublich nett das war, doch der Anblick der vielen Babysachen holte sie wie

eine gewaltige visuelle Ohrfeige in die Realität zurück. Mit zitternden Händen strich sie über die weiche Wolle. Alles war liebevoll
verziert und bestickt: flauschige Decken, Hosen, Pullover, Socken
und Mützen. Hannelore schoss das Wasser in die Augen und sie
schluckte heftig. Das hier waren Dinge für ein Kind, das man haben
wollte. Nicht für dieses Monster in ihr!

Galina sah sie besorgt an. »Was ist los? Hast du schon Sachen
für den Kleinen?«

Hannelores Gesichtsfarbe wechselte zwischen tiefrot und kreidebleich. Ihr Magen drohte mit Säure zu explodieren und sie brach
hilflos in Tränen aus. »Nein, ich habe nichts«, stieß sie schließlich
hervor.

Galina lachte erleichtert auf. »Na, dann ist es ja gut. Na komm,
Mädchen, hör auf zu weinen, sonst fange ich auch gleich an! Wir
sind hier doch eine große Familie! Es macht mir die größte Freude,
dass du dich so freust.«

Hannelore brachte ein zitterndes Lächeln zustande. Sie war heil-
froh, dass Galina ihren Ausbruch vollkommen missverstanden hatte
und keine weiteren Fragen stellte. Wie immer plapperte die Russin
weiter, ohne auf Antworten zu warten. Sie hatte Hannelore einen
Kräutertee gemacht. Er schmeckte recht bitter, doch Hannelore wurde tatsächlich ruhiger und das Zittern ließ nach.

Vielleicht war es sogar sehr gut, dass Galina so viele Kleidungsstücke gestrickt hatte. Wenn sie sich alle wie eine Familie fühlten,
würden sie das Ding vielleicht tatsächlich hierbehalten. Hannelore
war es vollkommen gleichgültig, wo es letztendlich blieb. Solange
sie es nicht mitnehmen musste und einen Neuanfang machen konnte, sollte ihr alles recht sein. Sobald das Ding aus ihr raus war, würde
sie es vergessen und so tun, als wäre es nie passiert!

Nach dem Frühstück räumte Galina zu Hannelores immenser Erleichterung alle Babysachen in einen großen Korb und bedeutete
ihr, sich ihren Mantel anzuziehen. »Komm, wir brauchen frische
Luft!«

Gemeinsam liefen sie die vielen Treppenstufen kreuz und quer durch das Gebäude, bis sie zum Haupteingang kamen. Die Mittagssonne strahlte ihnen entgegen und die Luft war aller Kälte zum Trotz herrlich frisch. Sie gingen an den belebten Trainingsplätzen vorbei und nahmen eine Abkürzung durch ein kleines Waldstück, bis sie zu den Geschäften gelangten.

»Hast du schon etwas für Tatjanas Geburtstag?«, fragte Galina.

Hannelore verneinte beschämt. Sie lebte so sehr von einem Tag auf den anderen und versuchte mit aller Anstrengung, nicht an den nächsten Tag zu denken, dass sie Tatjanas aufgeregtes Geplapper über ihren anstehenden Geburtstag fast vollständig ignoriert hatte. Sie hätte jedoch ohnehin kein Geld gehabt, um ihr etwas zu kaufen.

»Hier!« Ohne jeden weiteren Kommentar gab Galina ihr ein paar Geldstücke in die Hand. Als Hannelore entsetzt ablehnen und das Geld zurückgeben wollte, wurde sie jedoch unwirsch. »Jetzt mach nicht so ein Theater! Mein Mann hat am selben Tag wie Tatjana Geburtstag und ich hasse es, alleine einkaufen zu gehen! Also sei ein gutes Mädchen und leiste mir ein bisschen Gesellschaft!«

Abrupt zog sie Hannelore in ein kleines Geschäft mit Haushaltsartikeln und Kleidungsstücken. »Was hältst du von diesem Pullover? Nein … So etwas kann ich besser selbst stricken! Aber vielleicht diese Socken … Oh nein, die Wolle kratzt ja furchtbar! Gib mir doch mal einen Tipp!«, plapperte sie unaufhaltsam weiter, ohne eine Antwort abzuwarten. »Männer sind so schwierig zu beschenken, sag ich dir!«

Nervös nestelte sie an diversen Hemden, Hüten und Hosen herum, bis sie Hannelore schließlich erneut an der Hand packte und sie aus dem Geschäft zog. Hannelore war es nur recht. Die Bedienung hatte sie sonderbar angestarrt und ihren Bauch unverblümt gemustert. Sie hatte sich schließlich zu einem Soldaten hinübergebeugt und Hannelore hatte auf ihren Lippen erneut das Wort *Dedowschtschina* lesen können. Das hatten damals auch Tatjanas Eltern im Auto gesagt, erinnerte sie sich dunkel. Was bedeutete das? Sie musste Galina später danach fragen, wenn sie alleine waren.

Galina schien recht schweigsam, als sie erneut in den kleinen

Waldweg einbogen. Knorrige Bäume säumten den wilden Pfad und der Waldboden federte ihre Schritte angenehm ab. Nach ein paar Minuten blieb Galina abrupt stehen, sah sich sorgfältig um und packte Hannelore an den Schultern. »Kann ich dir vertrauen?«, fragte sie mit eindringlichem Blick.

Hannelore war zu erstaunt, um mehr als ein Nicken hervorzubringen. Galina musterte sie kritisch mit einer ungewohnten Falte zwischen ihren Augenbrauen. Sie nickte schließlich und ihr Gesicht nahm wieder seinen gewohnt freundlichen Ausdruck an. »Komm!«, zischte sie und grinste plötzlich.

Sich alle paar Meter unauffällig umsehend, zog sie Hannelore tiefer in die bewachsenen Waldwege, weit weg von den Trainingsplätzen. Der Pfad war von Unkraut überwuchert – vollkommen untypisch für die sonst so penibel bis auf den letzten Grashalm gepflegte Stadt. Das Gras war winterlich braun und war an vereinzelten Stellen einem unschönen Trampelpfad gewichen.

Sie kamen schließlich zu einem Stück Mauer, das anscheinend unbewacht war. Der Kopf eines Soldaten war in den grauen, wettergegerbten Stein gemeißelt und seine Augen starrten die beiden jungen Frauen kalt an. Unwohl sah sich nun auch Hannelore um. Was sollte das? Sie hatte das Gefühl, dass sie nicht hier sein sollten.

Ohne eine weitere Erklärung kniete Galina sich hin und drückte gegen die riesige Nase des Soldatenkopfes. »Komm, hilf mir!«

Schwitzend kniete Hannelore sich neben sie und half beim Schieben. Die Nase gab schließlich nach und plumpste mit einem sanften Geräusch schwerfällig auf einen weichen Untergrund auf der anderen Seite der Mauer. »Und jetzt?«, fragte Hannelore atemlos.

Galina grinste noch immer schelmisch, doch sie sah nervös aus. »Jetzt warten wir!«

Trotz der kalten Dezemberluft fühlte Hannelore, wie ihr der Schweiß den Rücken herunterlief. Nach ein paar endlos langen Minuten sahen sie schließlich den Schatten einer Person herannahen. Entsetzt sprang Hannelore ein Stück zur Seite außer Sichtweite, doch Galina steckte wagemutig ihren Kopf durch das Loch, an dem die Steinnase gewesen war. Nervös sah Hannelore sich um. Bis auf den entfernten Lärm vom Truppenübungsplatz war jedoch nur verhaltenes Vogelgezwitscher zu hören.

Nach einer gefühlten Ewigkeit zog Galina den Kopf zurück und bedeutete Hannelore, sich erneut neben sie zu knien. »Sprich Deutsch!«, las sie auf Galinas Lippen.

Hannelores Magen machte einen unangenehmen Satz. Sie wusste zwei Dinge mit Sicherheit: Sie sollte nicht hier sein und wenn jemand herausfand, dass sie Deutsche war, würde man sie und Tatjanas Familie vermutlich umbringen!

Als sie jedoch den Kopf durch den steinernen Soldatenkopf steckte, erwartete sie eine Überraschung: Ein junges Mädchen in ihrem Alter kniete inmitten vieler, prall gefüllter Taschen und strahlte sie an. »Du kannst Deutsch? Das ist ja super, dann geht alles schneller!«

»Ja, ich kann Deutsch sprechen und deine Lippen lesen, aber ich kann fast nichts hören.«

Große, grüne Augen trafen Hannelores Blick und beide Mädchen hielten erstaunt inne. Bis auf die Augenfarbe sahen sie sich recht ähnlich: beide waren von kleiner Statur, hatten braungelockte Haare und ein spitzes Gesicht.

Statt Hannelore für ihre Gehörlosigkeit zu bemitleiden, fing das Mädchen geschäftig an, in ihren Taschen zu wühlen. »Galina sagte, ihr braucht etwas für zwei Geburtstage. Sie mag diese zwei Pullover und die Teekanne, aber ich habe nicht verstanden, was es für ein Problem wegen des Geldes gibt.«

Nickend zog Hannelore den Kopf zurück und fragte Galina das Gewünschte.

»Na, weil es unverschämt teuer ist!«, keifte Galina empört. »Sag ihr, sie muss noch was draufgeben!«

Verlegen richtete sich Hannelore wieder an das Mädchen auf der anderen Seite der Mauer. »Sie sagt, es sei ein bisschen zu viel.«

Das Mädchen lachte. »Dem Tonfall nach hat sie das nicht ganz so freundlich gesagt wie du eben, aber ich will mal nicht so sein.

Sag ihr, der alte Preis geht diesmal noch in Ordnung, aber ich muss künftig einfach mehr bekommen! Es ist auch für mich riskant und das hier ist erstklassige Bückware[8]!«

Schwitzend drehte sich Hannelore erneut zu Galina um und nickte. »Zum alten Preis«, bestätigte sie auf Russisch.

Zufrieden brummelnd zählte Galina ihr die Rubel in die Hand, welche Hannelore an das Mädchen weiterreichte. Im Gegenzug gab das Mädchen ihr zwei große Männerpullover in unscheinbarem graublau sowie eine silberne Teekanne. Tatjanas Eltern hatten deutlich schönere Sachen, stellte Hannelore insgeheim fest. Aber vermutlich verdiente Sascha auch deutlich mehr als General Koslow.

»Und für dich?«, fragte das Mädchen.

»Ich weiß nicht«, zögerte Hannelore. Sie hatte zwar Geld von Galina bekommen, doch sie war noch immer zu beschämt, es tatsächlich auszugeben. »Ich habe kein Geld. Ich bin nur zu Besuch hier.«

»Sag mal, du sprichst so perfekt Deutsch – du bist Deutsche, oder?«, rief das Mädchen überrascht aus. »Wie kommst du denn nach Klein Moskau? Die erschießen doch jeden, der auch nur mit Deutschen redet!«

Ängstlich zog Hannelore sich intuitiv zurück.

»Warte!« Das Mädchen hatte Hannelores verbleibende Hand ergriffen und zog sie wieder ein Stückchen näher zu sich. »Du bist tatsächlich aus der DDR?«, wiederholte sie ungläubig flüsternd. Hannelore nickte. »Wie kommst du denn da rein? Die Russen machen doch nichts ohne Gegenleistung! Ich kenne ein paar Schlupflöcher!«

Hannelore war hin und her gerissen. Einerseits wollte sie unbedingt zu Gabi und ihr alles erklären. Doch da war noch immer dieses Ding in ihr und bis sie es los war, war an einen Neuanfang nicht zu denken. Außerdem ging es ihr in der Russenstadt so gut wie noch nie. Beim Gedanken an Sascha glühten ihre Wangen wie gewohnt.

Galinas ungeduldiges Klopfen auf ihrem Rücken bedeutete ihr, das Gespräch zu beenden. »Danke!«, sagte sie schnell zu dem Mädchen. »Wir müssen weg!«

Das Mädchen hielt sie ein letztes Mal kräftig an der Hand fest.
»Ich heiße Martha! Ich bin hier jeden Freitag um 12 Uhr.«
»Hannelore! Bis dann!«
Galina sah sie unwirsch an. »Warum hat das so lange gedauert?«
»Sie hat mir ein paar Sachen gezeigt«, log Hannelore schnell
auf Russisch. Hoffentlich hatte Galina nicht ebenfalls herausgehört,
dass sie akzentfrei Deutsch sprach!
Galina musterte sie mit prüfendem Blick. Dann legte sie plötz-
lich einen Finger auf den Mund und nickte Richtung Waldstück.
Hatte sie Schritte gehört? Schweigend rannten sie zurück zu den
Kasernengebäuden. Noch im Laufen stopfte Galina ihre erstandenen
Habseligkeiten in eine Tasche und hielt erst an, als die Lenin-Statue
vor den Treppen des Hauptgebäudes in Sichtweite kam. »Sag niemandem, was wir gemacht haben! Sonst sind wir beide dran und du
zahlst, noch bevor der Kleine da ist!«
Hannelore blieb verständnislos stehen. Sie hatte Seitenstechen
und ihre Bauchdecke zog sich ruckartig schmerzhaft zusammen.
»Was meinst du?«, stieß sie atemlos hervor.
Doch Galina hatte eine Freundin entdeckt und blieb fröhlich
plaudernd stehen, als wäre nichts geschehen. Hannelore wartete einige Minuten verlegen, doch Galina behandelte sie plötzlich, als sei
sie Luft. Offenbar sollte ihre Freundin nicht merken, dass sie soeben
mit Hannelore gemeinsam aufgetaucht war. Galina war ebenfalls
recht rot im Gesicht, doch unter der dick aufgetragenen Schminke
sah man dies nur bei genauerem Hinsehen. Im Gegensatz zu Hannelore schien sie jedoch überhaupt nicht außer Atem zu sein.
Hannelore konnte nicht umhin, Galina zu bewundern. Sie sah
aus, als hätte sie soeben einen harmlosen Einkauf getätigt und könnte kein Wässerchen trüben. Niemand würde bei ihrem gepflegten
Äußeren und ihrer Gefasstheit je glauben, dass sie soeben Schwarzhandel betrieben und einen beachtlichen Spurt hinter sich hatte.
Nachdenklich machte sie sich alleine auf den Weg zurück in die
Wohnung. Hatte Galina eben jeglichen Verdacht vertuschen wollen
und deshalb ihre Freundin mit oberflächlichem Gespräch abgelenkt?

Oder war Hannelores Sorge berechtigt und sie hatte mitbekommen, dass Hannelore nicht etwa aus Nowosibirsk, sondern aus der DDR war?

~ KAPITEL 16 ~
Russisches Theater

KLEIN MOSKAU, BRANDENBURG, DDR. 24. DEZEMBER
1957. WOHNUNG DES ARMEEGENERALS.

Heiligabend fiel dieses Jahr auf einen Sonntag. Für Hannelore
machte diese Tatsache nur aus einem Grund einen Unterschied:
Zwei Tage zuvor war noch einmal Freitag gewesen und sie hatte
sich wieder zur Mauer mit dem Soldatenkopf geschlichen. Diesmal
war sie alleine gewesen, Galina hatte sie seitdem nicht mehr gesehen. Ob es Zufall war oder ob Galina ihr bewusst aus dem Weg ging,
wusste Hannelore nicht.

Mit viel Mühe und letztendlich Marthas Hilfe von der anderen
Seite hatten sie die störrische Nase des Soldatenkopfes aus der Wand
bugsiert. Martha war nett und Hannelore hatte diesmal ihre Rubel
von Galina gegen ein paar Waren eingetauscht. Sie war erstaunt, wie
viel sie dafür bekommen hatte: ein kleines geschnitztes Holzpferdchen in der Größe ihres Handtellers für Tatjana, eine Tüte Halloren-
kugeln, eine kleine Kette mit einem bunten Anhänger und ein paar
Kartoffeln. Martha hatte grinsend angemerkt, dass Hannelore sich
dann endlich mal wieder etwas Anständiges kochen könne, da sie ja
bestimmt vom täglichen Russenfraß die Nase voll hatte.

Das hatte Hannelore zwar ganz und gar nicht, doch sie hatte
freundlich zurückgelächelt. Sie hatte das Gefühl, dass Martha ihr so
einiges umsonst oben draufgegeben hatte. Irgendetwas kam ihr an

Martha wahnsinnig bekannt vor, doch sie kam einfach nicht darauf, was es war. Wäre Hannelore nicht so beschäftigt gewesen, ihrem eigenen Spiegelbild auszuweichen, hätte sie zweifelsohne eine Antwort auf diese Frage bekommen.

Obwohl sie die russische Küche noch immer himmlisch fand, freute sie sich auf einen Abend mit Kartoffelsalat und Würstchen. Sie wusste, dass man in Russland schon seit Jahrzehnten kein Weihnachten mehr feierte, daher war sie nicht überrascht, dass es weder einen Weihnachtsbaum, noch sonst irgendetwas Festliches gab. Dennoch ließ sie sich nicht von ihren Plänen abbringen, heute Abend ein traditionelles Weihnachtsessen aufzutischen. Es musste ja niemand wissen, welcher Anlass für sie dahintersteckte.

Es war bereits später Nachmittag und Ivanka war seit über zwei Stunden mit einer Freundin im Badezimmer. Sie waren bereits seit gestern Abend mit unzähligen Lockenwicklern herumgerannt und Hannelore hatte mit einem ungewohnten Anflug von Zufriedenheit bemerkt, dass ihre neidvollen Blicke immer wieder zu Hannelores natürlichen Locken wanderten.

Ivankas Freundin Wasilisa kam schließlich mit einer Zigarette im Mundwinkel aus dem Badezimmer gestürmt und rannte kichernd an Hannelore vorbei zum Kühlschrank. Skeptisch hielt sie die mit knallrotem Lippenstift beschmierte Zigarette aus dem Mund und hockte sich wenig damenhaft vor die offene Kühlschranktür. »Ist das etwa der letzte Rest Wodka?«, kreischte sie entsetzt.

Hannelore konnte die Antwort nicht hören, doch sie schlussfolgerte, dass sie bereits alles getrunken haben mussten, da Wasilisa aus der Tür schoss, um offenbar mehr Nachschub aus ihrer eigenen Wohnung zu holen. Kopfschüttelnd schaltete Hannelore den Gasherd aus und goss das siedend heiße Kartoffelwasser in die Spüle.

Aus den Augenwinkeln bemerkte sie Sascha, der ihr offenbar schon seit einer Weile zusah, während er gedankenverloren seine Hemdärmel zuknöpfte. Wie immer wurde Hannelore bei seinem Anblick glühend rot, doch Sascha tat jedes Mal so, als würde er es nicht bemerken. Er lächelte kopfnickend zur Tür und zwinkerte.

»Üble Schnapsdrossel«, las sie auf seinen Lippen.

Hannelore konnte nur mühsam ein Grinsen unterdrücken. Es stimmte sie seltsam fröhlich, dass er Ivankas stark geschminkten, perfekt zurechtgemachten und ständig trinkenden Freundinnen offenbar nicht sehr viel abgewinnen konnte.

»Was wird das?«, fragte er mit neugierigem Blick auf den Topf.

Hannelore hatte bislang nur wenig gekocht, was weniger an ihrem guten Willen als an Ivankas Protesten lag, dass Hannelore keine Ahnung von guter, russischer Küche hatte.

»Kartoffelsalat mit Würstchen«, antwortete sie schüchtern. »Das essen wir sonst immer am 24. Dezember.«

Sascha zog erstaunt die Augenbrauen hoch, doch bevor er etwas sagen konnte, erschien Ivanka neben ihm. »Einfach nur Kartoffelsalat? Kein Wunder, dass ihr alle so blass und dürr seid! Gut, dass wir heute Abend schon andere Pläne haben!«

Erstaunt blickte Hannelore auf Sascha, der seiner Frau verlegen nachsah, als diese mit einer neuen Zigarette im Badezimmer verschwand. »Meine Frau singt heute Abend im Theater. Die Schnapsdrossel hat offenbar auch einen kleinen Auftritt.«

Empört schoss Ivanka aus dem Bad heraus. »Sie ist keine Schnapsdrossel, sie trinkt genauso viel wie ich!«

Vielsagend zog Sascha erneut die Augenbrauen hoch, woraufhin Ivanka das Handtuch von ihren Schultern zog und es ihm um die Ohren schlug. Offenbar war es nur Spaß, glaubte Hannelore zumindest, doch es verschlug ihr die Sprache. Nie im Leben hätte ihre Mutter ihrem Vater eine gescheuert, Spaß hin oder her!

Doch Sascha lachte nur. »Zisch ab, du Diva! Ich muss deine Stimme nachher noch lange genug ertragen!«

Wasilisa erschien mit einer großen, vollen Flasche Wodka in der Tür und die beiden Frauen schlugen lachend die Badezimmertür hinter sich zu. Sie waren so vollkommen anders als alle Frauen, die Hannelore je kennengelernt hatte: laut, selbstbewusst, immer perfekt zurecht gemacht mit knallrotem Lippenstift und weißblond gefärbten Haaren.

Saschas Hand war plötzlich auf der ihren und riss sie aus ihrer Erstarrung. »Willst du mitkommen?«

»Wie bitte?« Hannelore hoffte inständig, dass ihr keine Schweißperlen die Stirn herunterlaufen würden, während er sie ansah.

»Ich wollte wissen, ob du mitkommen möchtest«, wiederholte er. Er schien zu flüstern, denn er formte die Worte überdeutlich mit den Lippen. »Tatjana schläft heute bei ihren Freundinnen im ersten Stock und feiert dort mit ihnen in ihren Geburtstag herein. Möchtest du mich begleiten?«

Hannelore fiel plötzlich kein einziges russisches Wort mehr ein. Sie nickte und besann sich im letzten Moment, wenigstens den Mund dabei zu schließen.

Sascha schien erleichtert zu sein und zeigte mit dem Finger auf Tatjanas und Hannelores Zimmertür. »Zieh von Tatjanas Sachen an, was immer du möchtest!«

Mit rotem Kopf stellte Hannelore die Kartoffeln auf den Gasherd und ging ins Schlafzimmer. Sie musste aufhören, sich wie ein dummes Schulmädchen zu benehmen! Doch er hatte ihr soeben unwissentlich das schönste Weihnachtsgeschenk seit Jahren gemacht.

Das Saallicht war bereits erloschen und das Theater zum Bersten gefüllt, als Hannelore an Saschas Arm hereingeführt wurde. Sie hatte das Gefühl zu schweben! So leise wie möglich setzten sie sich in die hinterste Reihe, die noch vollkommen leer war. Alle anderen Besucher hatten sich in die vorderen Reihen sowie die Seitengänge nahe der Bühne gedrängt.

Hannelore war es sehr recht, dass sie alleine ganz hinten saßen. Sie war noch nie im Theater gewesen und auch wenn sie fast nichts hören konnte, so war sie wild entschlossen, den heutigen Abend zu genießen. Die Sitze sowie die Vorhänge auf der Bühne waren aus rotem, plüschigem Samt und die Luft vibrierte trotz des schweren Parfums, das ihnen wellenartig in verschiedenen Nuancen und Stärken entgegenschlug. Die Wände, Säulen und stuckverzierte Decke waren blütenweiß und makellos, nur vereinzelte Staubpartikel tanzten wie kleine, aufgeregte Sterne im entfernten Scheinwerferlicht der Bühne.

Der Russe ist ein schmuddeliges Ferkel!, zeterte Ernas Stimme in Hannelores Kopf. Wie falsch ihre Mutter doch gelegen hatte! Hier wie auch sonst überall in Klein Moskau hätte man wortwörtlich vom Boden essen können!

Der Bühnenvorhang schwang ruckartig zur Seite und legte den Blick auf drei leere Barstühle frei, vor denen jeweils ein großes Mikrofon stand. Drei Damen in schicken Offizierskostümen traten aus dem Hintergrund hervor und bewegten sich hüftenschwingend auf die grell erleuchtete Bühnenmitte zu, während tosender Applaus und ohrenbetäubendes Johlen selbst zu Hannelore durchdrangen. Verlegen stellte sie fest, dass die mittlere der koketten Damen Ivanka war, die selbstbewusst das Mikrofon ergriff und schamlos flirtend Kontakt mit den Soldaten in der ersten Reihe aufnahm.

Hannelore wagte nicht, Sascha anzusehen, doch als dieser sich nicht bewegte, lugte sie nach ein paar Minuten aus dem Augenwinkel zu ihm herüber. Er sah nicht auf seine Frau, sondern blickte im Dunkeln allein auf Hannelore. Verlegen rieb sie ihre Hände aneinander.

Wenige Sekunden später hatte er ihr seinen Wintermantel über die Schultern gehängt und ihre rechte Hand mit beiden Händen ergriffen. »Du bist so anders«, las sie auf seinen Lippen.

»Ich weiß«, antwortete sie niedergeschlagen und hoffte inständig, sie sagte es weder zu laut noch zu leise. Sie würde nie so selbstbewusst und kokett sein wie Ivanka und die beiden anderen auf der Bühne. Männer jagten ihr eine Heidenangst ein und die Schwangerschaft hatte ihr ohnehin angeknackstes Selbstbewusstsein sicherlich nicht gesteigert.

Sie bemerkte, dass er in der Dunkelheit zuckte und sah zu ihrem Erstaunen, dass er vergeblich versuchte, nicht zu lachen. Er zog sie zu sich herüber, als sei es das natürlichste von der Welt, legte eine Hand unter ihr Kinn und zwang sie, ihn anzusehen, damit sie seine Lippen lesen konnte.

»Das ist gut so!«, sagte er schlicht und sein Lächeln wurde ernst. Hannelore hatte sich noch nie so seltsam gefühlt. Sie wusste, dass sie nicht für immer hierbleiben konnte und vielleicht hatte Martha Recht, dass es Beweggründe für ihren Abstecher hierher gab, die Hannelore nicht verstand. Sascha war mit Ivanka verheiratet und ihre Schwangerschaft war ihr nur allzu bewusst. Und trotzdem war ihr auf einmal alles herzlich egal. Sie fühlte sich so frei und beschwingt wie noch nie, als Sascha sie näher zu sich heranzog und wünschte sich, seine Frau würde da vorne noch stundenlang weitersingen und Soldaten bezirzen. Sie bemerkte, dass auch seine Hand verschwitzt war und schmiegte den Kopf unauffällig etwas fester an seinen Brustkorb. Sie konnte seinen Herzschlag fühlen, welcher ebenso schnell wie der ihre war, während ihre Hände einander unter seinem Mantel erforschten.

Der Saal war noch immer dunkel, als sie sich schließlich herausschlichen und wortlos zum Hintereingang des Hauptgebäudes rannten. Sascha brachte sie zu einer Tür, die Hannelore bisher nie aufgefallen war. Sie war genauso gestrichen wie die gelbe Hauswand, nur ein kleines Schlüsselloch ließ bei genauerem Hinsehen die Tür erahnen. Am besten daran war jedoch, dass diese Tür offenbar vollkommen unbewacht war.

Sascha zauberte in Windeseile einen dicken Schlüsselbund aus dem Mantel um Hannelores Schultern hervor und steckte einen roten Schlüssel ins Schloss. Die Tür schien ein wenig zu klemmen, als würde sie nur selten benutzt werden. Eine schmale Treppe in dem engsten Treppenhaus, das Hannelore je gesehen hatte, führte auf abgewetzten Holzstufen und an abgenutzten Wänden entlang nach oben. Sascha presste sich neben sie und stützte sie so sehr, dass er sie fast trug. Hannelore begann zu kichern, doch er legte sich schelmisch grinsend die Hand vor den Mund und nickte zu den Wänden. Offenbar konnte man die Geräusche der versteckten Treppe im Hauptgebäude hören.

Nach nur einem Stockwerk musste Hannelore stehen bleiben. Ihre Bauchdecke zog sich heftig zusammen und ihre Lungen brannten. Ohne Fragen zu stellen, hob Sascha sie hoch und trug sie mühelos die restlichen zwei Stockwerke nach oben. Sie waren im selben Stockwerk wie ihre Wohnung im Hauptgebäude.

Vorsichtig setzte Sascha sie ab und hielt sie stützend an sich gedrückt, während er ein Ohr an die Tür in der Wand lehnte. Bedeutsam legte er erneut einen Finger an seine Lippen und lauschte konzentriert. Schließlich drückte er behutsam die Klinke herunter und schob die Tür einen Spalt auf. Die Luft schien rein zu sein. Blitzschnell zog er Hannelore in den Gang und schloss die Tür hinter sich. Hannelore registrierte verblüfft, dass es das übergroße Bild eines sowjetischen Generals war, an dem sie täglich vorbeiging. Nie hätte sie dahinter eine Tür vermutet!

Erneut hob Sascha sie hoch und trug sie auf seinen Armen. »Wenn uns jemand begegnet, sieh ein bisschen krank und weniger fröhlich aus, ja?«, las sie auf seinen lächelnden Lippen.

Verlegen gackernd versteckte sie ihr Gesicht in seinem Hemd, während ihre Arme sich um seinen Hals schlangen. Plötzlich standen sie in Tatjanas und Hannelores Schlafzimmer und Sascha ließ sie vorsichtig auf das Bett gleiten. Mit einem Schlag wurde Hannelore nüchtern und fühlte sich verschreckt und dumm zugleich. Was hatte sie erwartet? Natürlich würde er mehr wollen! Sie war noch nie mit einem Mann zusammen gewesen, von dem Schwimmbadvorfall mit Alfred einmal abgesehen. Sie hatte gedacht … Was hatte sie denn gedacht?

Nichts!, schalt sie sich selbst in Gedanken aus, während sie ihn mit großen Augen erschreckt ansah. Sie hatte nicht weitergedacht – nur gefühlt und die falschen Signale gesetzt!

Sascha bemerkte ihre plötzliche Starre und hielt inne. Er sah sie prüfend an, doch zu ihrem Erstaunen lag in seinem Blick weder etwas Bestialisches wie bei Alfred, noch Ärger über ihren unvorhergesehenen Stimmungswandel.

»Ivanka!«, stieß Hannelore heiser hervor.

Sascha schüttelte den Kopf. »Die wird noch Stunden mit ihren Soldaten beschäftigt sein, glaub mir!«

Hannelore wünschte sich einmal mehr, wieder hören zu können, um besser zwischen den Zeilen lesen zu können. Seinem Gesicht war bei diesen Worten nichts anzumerken. Als sei es das Selbstverständlichste von der Welt, hob er ihre Bluse an und küsste ihren Bauch.

»Ich bin schwanger!«, krächzte Hannelore beschämt. Sie hatte das noch nie laut gesagt. Es half ihrer plötzlichen Scham ein wenig, dass sie es immerhin nur auf Russisch und nicht in ihrer Muttersprache sagen musste.

»Wirklich? Hatte ich gar nicht bemerkt!«, grinste er über ihrem herausgewölbten Bauchnabel. Er schob sich vorsichtig über sie, bis sein Gesicht auf gleicher Höhe wie das ihre war. Liebevoll strich er ihr eine Locke aus dem Gesicht und sah sie ernst an. »Hab keine Angst vor mir.«

Hannelore schoss ohne jede Vorwarnung das Wasser in die Augen, doch je mehr sie versuchte, die Tränen zurückzuhalten, umso stärker wurde das Schluchzen in ihrem Hals. Sascha ließ sich neben sie gleiten und zog sie fest in den Arm, während sie hemmungslos in sein Hemd heulte. Es schien, als ob alles auf einmal aus ihr herausbrechen wollte: die Vergewaltigung im Schwimmbad, Alfreds Lügen, die Sorgen der letzten Monate, die Angst vor Gabis Reaktion und der Verlust ihrer Zwillingsschwester. Als ihr Schluchzen allmählich abebbte, zog Sascha sein Hemd aus und reichte es ihr kommentarlos. Beschämt sah sie, dass es vollkommen durchnässt war. Mühsam rollte sie sich über die Seite in eine sitzende Position und versuchte aufzustehen.

Saschas Hand auf der Schulter hielt sie zurück. Er drehte sie zu sich herum und sah sie fragend an. »Куда ты идешь? Wohin gehst du?«, las sie auf seinem erstaunten Gesicht.

»Das Hemd waschen«, antwortete sie verlegen auf Russisch und zog lautstark die Nase hoch.

Sascha ließ sich nach hinten aufs Bett fallen und lachte lauthals. »Высморкайся! – Putz dir die Nase!«, kommandierte er schließlich spaßhaft und deutete auf das Hemd, während er sich noch immer vor Lachen schüttelte.

»Ich kann doch nicht in das gute Hemd schnauben!«, erwiderte Hannelore entsetzt.

Sascha rappelte sich auf, zog sie schwungvoll zu sich herüber und drückte ihr das Hemd an die Nase. »Schnauben!«, befahl er grinsend und putzte ihr resolut die Nase, als wäre sie ein Kleinkind.

Was immer an Tränen noch dagewesen war, versiegte schlagartig und Hannelore musste nun ebenfalls lachen, während sie lautstark in sein nicht mehr allzu blütenweißes Hemd trötete. Ihre Trauer und Verzweiflung schien auf einmal wie weggeblasen, als er ihr das wenig ansehnliche Hemd aus der Hand nahm und sie fest an sich zog. Seine Haut roch wunderbar und jagte ihr neue, noch nie gefühlte Schauer über den Rücken. Er legte einen Arm über sie und zog sie ein Stück höher, sodass ihr Kopf auf seinem Arm ruhte und sie sich ansehen konnten.

»Hab keine Angst vor mir!«, wiederholte er ernst. Er schien zu warten. Doch als keine neuen Tränen kamen und Hannelore schließlich den Kopf schüttelte, kam er langsam ein Stück näher. Er schien sich in Zeitlupe zu bewegen und doch schien es ihr auf einmal nicht schnell genug zu gehen, bis sich ihre Lippen schließlich fanden. Sein Mund war warm und sie fühlte sich elektrisiert wie noch nie. Heftig atmend erforschten sie sich mit den Händen und Hannelore konnte ein Zittern nicht unterdrücken.

Sascha hielt sofort inne und zog ihr Kinn hoch. »Keine Angst«, wiederholte er erneut. Statt einer Antwort nahm sie sein Gesicht in die Hände und fing an, ihn mit einer Heftigkeit zu küssen, die sie selbst überraschte. Sie nahm kaum war, dass er seine Hose ausgezogen und ihren Rock hochgeschoben hatte. Als er sich jedoch an sie drückte und unmissverständlich klar wurde, dass er mehr als bereit war, schloss sie erschrocken die Augen. Es war, als würde Alfred sie wieder würgen. Jede Sekunde würde der furchtbare Schmerz zwischen den Beinen einsetzen.

Doch stattdessen fühlte sie eine sanfte Hand auf ihrer Wange. Sascha wartete. Als sie vorsichtig die Augen öffnete, sah sie, dass er schwer atmete, doch er hielt sich zurück. »Nicht die Augen zumachen!«, las sie auf seinen Lippen. »Sieh mich an!«

»Ich kann nicht!«, flüsterte sie und schloss erneut die Augen. Sie spürte, dass er ihr vorsichtig mit dem Daumen ein Augenlid hochzog. Er lächelte spaßhaft, doch seine Augen waren ernst. »Sieh mich an!«

Plötzlich verschwand ihre Angst und ihr Atem wurde ruhiger. Es war Sascha, nicht Alfred! Wenn er sie vergewaltigen wollte, hätte er dazu bereits unendlich viele Gelegenheiten gehabt! Offenbar war er fest entschlossen, nichts zu tun, was sie nicht wollte. In jeglicher Hinsicht hätten die zwei Männer nicht unterschiedlicher sein können.

Er rollte sich auf den Rücken und zog sie über sich, bis sie rittlings auf ihm saß. »Lass die Augen offen!«, stöhnte er, während er seine eigenen schloss. Sie war ihm unendlich dankbar dafür. So erregt sie selbst auch war, doch sie wollte nicht, dass er sie so sah.

Sie hielt die Luft an und biss die Zähne zusammen, als sie sich langsam auf ihm niederließ. Er hatte noch immer die Augen geschlossen und seine Hände ruhten auf ihren Hüften. Sie hatte die Oberhand, während er sich mühsam beherrscht keinen Zentimeter rührte. Erstaunt spürte sie, dass sie bereits vollkommen vereint waren. Da war kein Schmerz, kein Brechreiz – nichts! Fasziniert hielt sie inne und sah ihn an. Sie konnte ihn definitiv tief in sich spüren, doch es war einfach nur das wunderbarste Gefühl, das sie je erlebt hatte.

Er verzog jedoch das Gesicht und hielt anscheinend die Luft an. Erschrocken hielt sie inne. »Tu ich dir weh?«

»Nein!«, presste er mühsam hervor. »Ich kann mich nur nicht mehr lange zurückhalten!«

Liebevoll beugte sie sich über und strich ihm über die Wange, während sie spürte, wie er noch ein Stück tiefer in sie hineinglitt. »Dann halt dich nicht mehr zurück«, sagte sie schlicht.

Er riss die Augen auf und stieß erleichtert die Luft aus. Das ließ er sich nicht zweimal sagen. Im Bruchteil einer Sekunde fand sich

Hannelore plötzlich auf dem Rücken wieder, während er ihr Becken anhob und sie fest an sich zog. Doch sie fühlte nichts als Erleichterung und Erregung, als er stöhnend immer heftiger zustieß und dabei ihre Brüste massierte. Ein seltsames Gefühl ergriff sie und zum ersten Mal in ihrem Leben genoss sie es, nichts mehr unter Kontrolle zu haben. Als sich beide laut aufstöhnend bis zum Äußersten ineinander pressten, wusste Hannelore nur eins: Sie wollte hier nie wieder weg. Sie würde mit Sascha zusammen gehen, wohin auch immer.

~ KAPITEL 17 ~
Matroschkas

KLEIN MOSKAU, BRANDENBURG, DDR. 28. FEBRUAR
1958. WOHNUNG DES ARMEEGENERALS.

Die darauffolgenden Wochen verflogen unglaublich schnell und
dennoch nervenzerreißend langsam zugleich. Ivanka traf sich zwar
oft alleine mit ihren Freundinnen, doch die Gelegenheiten, an denen
Tatjana gleichzeitig in der Schule war und Sascha nicht arbeitete,
waren rar gesät. Hannelore wollte das Ding aus ihrem immer riesiger werdenden Bauch endlich raushaben, doch was würde dann
werden?

Tatjana war seit ihrem Geburtstag zudem unglaublich anhäng-
lich. Hannelore hatte ihr das kleine Holzpferd geschenkt, das sie
von Martha an der Mauer erstanden hatte und zu ihrem Erstaunen
hatte Tatjana den Wink sofort verstanden.»Ein Holzpferd – genau
wie das in Troja!«, hatte sie euphorisch gejubelt, als Hannelore es
ihr morgens nach dem Frühstück heimlich überreicht hatte.

Hannelore war überrascht, wie viel die sonst so simple Tatjana
manchmal verstand. Mit schlechtem Gewissen erinnerte sie sich an
die Nachbarskinder damals in Brinkmannsdorf, die genauso merkwürdig wie Tatjana ausgesehen hatten: flache, breite Gesichter, asia-
tische Augen und ein bisschen pummelig. Niemand hatte mit ihnen
gesprochen und auch Hannelore hatte sie oft angestarrt.

Nun da sie selbst eine Außenseiterin war und sich sehnlichst wünschte, nicht dauernd unverblümt gemustert zu werden, schämte sie sich sehr dafür. Sie begriff mehr und mehr, warum Sascha seiner Tochter nichts abschlagen konnte und gleichzeitig immer irgendwie traurig wirkte. Auch die sonst so herrische, kokette Ivanka hütete Tatjana wie ihren Augapfel. Hannelore wusste intuitiv, dass sie sich mit Tatjana gutstellen musste, um von Ivanka in Klein Moskau geduldet zu werden. Ihr war nicht entgangen, dass Ivanka sie immer öfter skeptisch anstarrte und offenbar versuchte, den Grund für Hannelores plötzliches Strahlen zu erraten. Doch Tatjanas heftige Zuneigung für Hannelore stimmte sie letztendlich zufrieden.

Mit Tatjana befreundet zu sein, war herrlich einfach. Sie war von Grund auf unkompliziert und herzensgut. Nichts geschah mit Hintergedanken und Hannelore war fasziniert zu sehen, dass Tatjana offenbar der glücklichste Mensch war, dem sie je begegnet war. Nichts schien sie je in ihrer simplen Fröhlichkeit zu bremsen, selbst die hin und wieder genervte Hannelore tat ihrer guten Laune nie einen Abbruch. Seit ihrem Geburtstag am ersten Weihnachtstag trug Tatjana das Holzpferdchen an einer Schnur um den Hals und zeigte es überall herum. Dass es ein trojanisches Pferd sein sollte, behielt sie allerdings klugerweise für sich.

Inzwischen war ein eisiger Februar über Klein Moskau hereingebrochen und Hannelore verließ nur noch selten die Wohnung. Sie fühlte sich unendlich schwerfällig und nichts schien mehr über ihren gewaltigen Bauch zu passen. Sascha hatte seit über einem Monat keine Zeit mehr für sie gehabt und sah müde aus. Ivanka und er stritten oft, doch Hannelore sah dies nur aus den Augenwinkeln und konnte sich nicht einfach taktlos zu ihnen umdrehen, um die Details auf ihren Lippen zu lesen.

Sie stürzte sich daher verbissener denn je auf die unzähligen Russischbücher im Wohnzimmer. Es war allerdings schwierig, in den mitunter verstaubten Klassikern Vokabeln und Sätze zu finden, die ihr in Klein Moskau oder gar mit Sascha hätten von Nutzen sein können.

Ivanka ließ sie nach wie vor nur ungern an den Herd, daher bestand Hannelores einzige Ablenkung von den Büchern darin, Tatjana abends beim Malen zuzusehen. Tatjana hatte zum Geburtstag russische Holzpuppen bekommen, die man ineinander schachtelte. Zehn Puppen waren es insgesamt, die größte war außen und bei jedem Öffnen kam eine weitere Puppe zum Vorschein. Hannelore erinnerte sich dunkel, dass sie so etwas schon einmal gesehen hatte, doch man hatte diese Puppen damals Babuschkas genannt. Ivanka bestand jedoch darauf, dass sie Matroschkas hießen.

Fasziniert beobachtete sie, wie die augenscheinlich so plumpe Tatjana mit ihren klobigen Fingern und flitzender Zunge wunderschöne Gesichter, anmutige Kleider und detaillierte Verzierungen auf die blanken Holzpuppen malte. Sie war völlig in ihr Werk versunken, sodass Sascha und Hannelore an manchen Abenden immerhin ein vielsagender Blickkontakt möglich war, während Ivanka entweder bei ihren Freundinnen war oder kochte.

»Die Puppen sind wie du und Papa«, sagte Tatjana an einem Abend auf einmal.

Entsetzt blickten Hannelore und Sascha sich an. »Was meinst du damit?«, las Hannelore auf seinen Lippen. Er war kreidebleich geworden.

Tatjana grinste schelmisch, ohne dabei aufzublicken. »Hannelore hat ein Baby im Bauch und du immer zu viel Essen. Wenn man euch aufmachen könnte, wäre immer wieder etwas Neues drin!«

Hannelore spürte, wie die aufgestaute Luft hörbar zwischen ihren Lippen entwich und auch Sascha fiel in ein erleichtertes Lachen. Wäre Tatjana nicht so schlicht und unbedarft gewesen, hätten sie sicherlich nicht so leicht alle Befürchtungen beiseitegelegt. Doch Tatjana kannte keine Ironie oder Wortspielereien, sie konnte also unmöglich etwas bemerkt haben. Sie hatte sogar in gewisser Weise recht: Hannelore hatte tatsächlich wie eine Matroschka etwas in die geheime Russenstadt eingeschleust. Und ihre heimliche Affäre mit Sascha war sicherlich nicht minder skandalös als die Beziehung zwischen Helena und Paris im geheimen Troja. Verstand Tatjana vielleicht doch mehr, als sie ihr zutrauten?

Sascha warf Hannelore einen mahnenden Blick zu. Sie würden selbst bei augenscheinlich harmlosem Kontakt vorsichtiger sein müssen.

Die Tage zogen sich schier endlos in die Länge und selbst das Lernen fiel Hannelore immer schwerer. Sie war müde, frustriert und fühlte sich auf einmal wieder sehr einsam. Noch immer war sie davon überzeugt, dass sie nach der Geburt mit Sascha weggehen würde. Doch es hatte sich keinerlei Möglichkeit ergeben, mit ihm darüber zu sprechen und allmählich lief ihnen die Zeit davon. Sie wusste nicht, wann Ivanka und Sascha geplant hatten, sie nach der Geburt nach Berlin zu fahren. So schwerfällig wie sie war, konnte es nicht mehr lange dauern. Tatjana musste ihr inzwischen selbst beim Anziehen und Schuhe zubinden helfen und Hannelore hatte mit Schrecken feststellen müssen, dass sie stehend noch nicht einmal mehr ihre Fußspitzen sehen konnte.

An einem etwas milderen Morgen Ende Februar packte Ivanka kurzentschlossen eine Flasche Wodka und verließ mit Tatjana die Wohnung. Tatjana musste in die Schule und Ivanka hatte offenbar genug davon, bei eisiger Kälte mit der muffeligen Hannelore allein zu sein. Sascha war vermutlich schon seit Stunden auf dem Übungsplatz, wie so oft in letzter Zeit. Müde und gereizt schlich sich Hannelore ins Badezimmer. Sie würde für immer schwanger bleiben, sie wusste es! Es würde nie vorbei sein!

Doch als sie die Zahnbürste zurücklegte und in den Wandspiegel blickte, blieb ihr vor Schreck einen Augenblick die Luft weg. Sascha stand direkt hinter ihr und grinste breit über beide Ohren.

»Ivanka!«, flüsterte Hannelore erschrocken und fuhr herum.

»Selbst Ivanka kann eine Flasche Wodka nicht so schnell leeren!«, las sie auf seinen Lippen, bevor sein Mund verlangend auf ihrem landete. Ohne nachzudenken oder die Unbequemlichkeit des kalten, harten Steinbodens zu bemerken, gaben sie sich einander lustvoll und gierig hin. Sie hatten weder Zeit noch Geduld für die Feinfühligkeit des ersten gemeinsamen Theaterabends, doch Hannelore hatte sich so sehr nach ihm gesehnt, dass alle ursprüngliche

Angst purem Verlangen gewichen war.

Ihre Lust wurde jedoch jäh unterbrochen, als plötzlich ein riesiger Schwall Wasser aus ihr herausschwappte und klatschend den gesamten Badezimmerboden in einer dünnen Lache überflutete. Noch nie hatte sich Hannelore so sehr geschämt. Hatte sie etwa gerade ihre Blase vor ihm entleert?

Entsetzt schloss sie die Augen und wickelte sich zitternd in ein großes Handtuch neben dem Waschbecken. Sascha drehte sie nach einigen Sekunden zu sich herum und schüttelte sie hart an den Schultern, bis sie ihn schließlich ansah. Er hatte offenbar in Windeseile die Hose wieder hochgezogen und sein reichlich zerknittertes Hemd hineingestopft. Sie sah, dass er einen Zeigefinger an die Lippen hielt, während er mit weit aufgerissenen Augen zur Tür nickte.

Im selben Augenblick flog die Badezimmertür auf und Ivanka stand rauchend im Türrahmen. Hannelore konnte ihren Gesichtsausdruck nicht deuten, als sie von einem zum anderen sah und schließlich auf die Lache am Boden blickte. Sascha hatte sich offenbar sofort gefangen und rief ihr etwas zu, das Hannelore nicht verstand. Er deutete dabei auf die Lache am Boden und Hannelore wünschte sich, sie könnte vor Scham sterben.

Ivanka sah sie prüfend an. »Hast du schon Schmerzen?«, las sie auf ihren Lippen.

Verwirrt schüttelte Hannelore ihren puterroten Kopf. Warum sollte sie Schmerzen haben, wenn sie gerade ihre Blase entleert hatte?

Ivanka rollte mit den Augen und leckte sich nach einem kurzen Blick in den Wandspiegel mit der Zunge über die Schneidezähne, um die Lippenstiftspuren darauf zu entfernen. Abschätzig wanderte ihr Blick vom Spiegel zurück zu Hannelore. »Es geht also los, endlich! Hoffentlich braucht sie nicht allzu lange!«

»Was geht los?«, rief Hannelore panisch.

Ivanka runzelte die Stirn und deutete mit ihrer Zigarettenspitze auf Hannelores Bauch. »*Das*!«, antwortete sie schlicht.

»Aber ich fühle nichts!«, schrie Hannelore verzweifelt. Sie war noch nicht bereit für all die bestialischen Schmerzen, von denen die Frauen in Brinkmannsdorf erzählt hatten. *Sie würde es nie sein!*

»Das kommt noch!«, lachte Ivanka und ihr Gesicht verzog sich zu einer sarkastischen Grimasse. »Na komm, dann leg dich mal auf Tatjanas Bett!«

»Ich will nicht liegen!«, fauchte Hannelore. »Verschwindet! Raus!« Sie sollten sie einfach nur in ihrer Scham in Ruhe lassen!

»Du wirst dich jetzt hinlegen und die Beine breit machen! Darin hast du ja Übung! Und danach kannst du dich hier endlich nützlich machen!«

»Ivanka!«, brüllte Sascha entsetzt.

»Irgendwann wird sie es doch eh erfahren! Oder hat sie gedacht, sie kann hier umsonst wohnen?« Mit einem hässlichen Lachen verließ sie das Badezimmer, während Sascha die wild um sich schlagende Hannelore unerbittlich ins Schlafzimmer schob.

Loreley Amiti

~ KAPITEL 18 ~
Der Preis der Stille

KLEIN MOSKAU, DDR. KNAPP 3 JAHRE SPÄTER.
18. DEZEMBER 1960. HANNELORES WOHNUNG.

Die Morgensonne flackerte in atemberaubendem Orange durch die gelben Vorhänge, die Hannelore genäht hatte. Sie hatte kurz nach der Geburt ihrer Tochter vor knapp drei Jahren in der Schneiderei der Russenstadt angefangen. Hannelore war schon immer geschickt gewesen und zu ihrer großen Freude stellte sich heraus, dass sie über ein großes Talent verfügte.

Ivanka und Sascha hatten ihr sofort eine neue Wohnung in einem der kleineren Nebengebäude beschafft. Diese war vergleichsweise winzig mit sehr rudimentärer Ausstattung, doch Hannelore konnte ihr Glück nicht fassen. Ihre ursprünglich geplante Weiterfahrt nach Berlin war nie wieder erwähnt worden und Hannelore fragte sich manchmal, wie Sascha dies erreicht hatte. Es war ihr vollkommen klar, dass er Himmel und Hölle in Bewegung gesetzt haben musste, um ihr ein Leben in seiner Nähe zu organisieren. Eine andere Erklärung für diesen Sinneswandel hatte sie nicht und hätte sie auch nicht hören wollen. Sie war glücklicher hier, als sie es sich je hätte erträumen können. Nur der Gedanke an Christine stach immer wieder wie eine störrische Nadel in ihre kleine Welt, sodass sie sich stets schnell ablenkte.

Dass Sascha noch immer mit Ivanka und Tatjana zusammenwohnte, störte sie nicht, solange sie sich regelmäßig sehen konnten. Sie war sich sicher, dass er einfach zu anständig war, als dass er seine Frau verlassen und sie gesellschaftlich schänden würde. Sie wusste, wie oft sich die beiden stritten. Tatjana erzählte ihr oft und frei davon, wann immer sie zu Besuch kam. Dass die Situation Sascha sehr zusetzte, war ihm deutlich anzumerken. Er war schmaler geworden und in seinen dunklen Haaren zeichneten sich feine graue Linien ab. Hannelore war jedoch so überglücklich, dass sie es nur am Rande wahrnahm. Die offenbar angeborene Naivität der Familie Kraft arbeitete auch dieses Mal zu ihrem Vorteil.

Ihr ursprünglicher Hass auf das Kind hatte sich erstaunlicherweise und beinahe unfassbar in der Sekunde gelegt, in der sie ihre Tochter zum ersten Mal gesehen hatte. Sie war ein hübsches Baby mit speckigen Ärmchen und großen Augen gewesen. Zu Tatjanas Freude hatte Hannelore sie letztendlich Helena genannt, in Erinnerung an ihre heimlichen Lesestunden über *Helena von Troja*.

Helenas Augen waren das Ungewöhnlichste, das Hannelore je gesehen hatte. Sie strahlten in einem merkwürdig leuchtenden Dunkelblau, das jeden Betrachter sofort faszinierte und in den Bann zog. Sie waren weder blau noch schwarz, doch trotz ihrer Dunkelheit schienen sie ein helles Licht auszusenden. Helena war ein auffällig ruhiges Kind und weinte fast nie. Sie beobachtete alles mit diesen außergewöhnlich leuchtenden, undefinierbaren Augen, die jede Bewegung registrierten und Hannelore überall hin verfolgten. Eine unerträgliche Welle an Scham erschütterte Hannelore jedes Mal, wenn sie sich daran erinnerte, welche vernichtenden Namen sie für Helena parat gehabt hatte und dass sie ihre Tochter sogar hatte zurücklassen wollen.

Die beiden waren unzertrennlich und Helena begleitete Hannelore sogar zur Arbeit in die Schneiderei. Von den hier sonst üblichen Tagesmüttern wollte Hannelore nichts wissen und glücklicherweise hatte in der Schneiderei niemand etwas gegen dieses Arrangement einzuwenden. Hannelore schob die Erlaubnis auf die Tatsache, dass Helena sehr ruhig und pflegeleicht war. Sie registrierte zwar hin und wieder ein Lachen, doch die zynischen Bemerkungen hinter ihrem Rücken entgingen ihr. Sie hatte nur Augen für ihre Arbeit und für Helena, die sich mit dem für sie so typischen, besorgten Gesicht an sie klammerte und ihre Mutter nur selten aus den Augen ließ.

Der einzige Wehrmutstropfen in ihrem Glück war, dass sie hier keinerlei Anschluss gefunden hatte. Zwar war fast jeder nett zu ihr, doch selbst die naive Hannelore kam nicht umhin zu bemerken, dass außer Tatjana niemand mit ihr befreundet sein wollte. Sie bekam hin und wieder Geschenke und von manchen Frauen sogar ein scheues, beinahe ängstliches Lächeln. Doch es lag immer eine Spur von Mitleid darin, das Hannelore sich nicht erklären konnte.

Ivanka sah sie kaum, doch das war ihr sehr recht. Vermutlich wusste sie, dass Sascha nur noch die Form wahrte und so tat, als führten sie eine glückliche Ehe. Wann immer sie sich trafen, musterte sie Hannelore mit zusammengekniffenen Augen und nickte höchstens. In letzter Zeit wanderte ihr Blick hin und wieder über Hannelores Taille, als wartete sie auf etwas.

Sascha hatte Hannelore inständig gebeten, Ivanka aus dem Weg zu gehen und auch Tatjana nicht mehr zu sehen. Letzteres war jedoch schlicht unmöglich, denn Tatjana war die einzige Freundin, die sie hier hatte und auch Tatjana schien seit ihrer Freundschaft weniger einsam zu sein. Sie kam oft heimlich in Hannelores kleine Wohnung, um mit Helena zu spielen oder zu malen.

Leise schlich sich Hannelore aus dem Bett und schob die Vorhänge zur Seite. Das bescheiden eingerichtete Zimmer wurde von orange-gelbem Licht durchflutet und ließ den Raum mit den vielen genähten Kissen und Stickereien wärmer aussehen, als er es an diesem kalten Dezembermorgen tatsächlich war. Die Sonnenstrahlen kitzelten die kleine Helena an der Nase und ließen sie laut niesen. Lächelnd schlüpfte Hannelore zurück ins Bett und kuschelte sich an das kleine pausbäckige Mädchen. Die von Liebe so wenig verwöhnte Hannelore konnte es an manchen Tagen noch immer kaum glauben, dass es tatsächlich jemanden gab, der sich jeden Tag offenkundig freute, dass es sie gab.

Nach einer großzügigen Portion Kascha, einem Brei aus Buchweizen mit Zucker und Milch, zog Hannelore sich selbst sowie Helena schnell an und nahm den Schlüssel aus der kleinen Schale neben der Tür. Soweit sie wusste, hatte sie eine der wenigen Wohnungen, die über einen Schlüssel verfügten. Sascha hatte ihr unermüdlich eingebläut, die Wohnung abzuschließen und zu verriegeln, selbst wenn sie zu Hause war. In den letzten Monaten war er oft persönlich vorbeigekommen, um sicher zu gehen, dass sie sich an ihr Versprechen hielt.

Ein glückliches Lächeln breitete sich auf ihrem Gesicht aus, als sie daran dachte, wie er mit komisch verzerrtem Gesicht und puterrotem Kopf durch die Tür gestürmt war und den Schlüssel vor ihrer Nase herumgewedelt hatte. Sie hatte an dem Tag ausnahmsweise vergessen, hinter sich abzuschließen, als sie die Wohnung betrat und Sascha hatte ihr eine gewaltige Standpauke gehalten. Sie hatte kein Wort verstanden, doch er war der einzige Mensch, vor dem sie selbst in solchen Momenten keinerlei Angst verspürte und hatte zu seinem Frust lachen müssen.

»Was soll ich bloß mit dir machen?«, hatte er nach seinem Wutausbruch matt gekrächzt und resigniert den Kopf geschüttelt.

Mit einem Seitenblick auf die schlafende Helena hatten sie eine schöne Schäferstunde miteinander verbracht. Er hatte müde ausgesehen und war generell in letzter Zeit nicht sehr gesprächig. Doch solange er regelmäßig zu Besuch kam, um sie zu sehen, gab sie sich damit zufrieden. Sorgsam schloss sie die Tür hinter sich ab, stemmte Helena mit einem Arm auf ihre rechte Hüfte und machte sich auf den Weg zur „сова", der *Eule*, wie man die Schneiderei hier nannte. Hannelore hatte zunächst nicht verstanden, wie die Schneiderei zu diesem Namen gekommen war, doch dann hatte man es ihr erklärt: Der Raum war beinahe kreisrund und hatte unzählige Fenster. Selbst wenn man seinen Kopf wie eine Eule um 360 Grad herumdrehte, so erblickte man nichts als Fenster und Licht. Das hatte natürlich einen guten Grund, denn in dieser Schneiderei wurde nicht nur für den täglichen Bedarf in Klein Moskau genäht, sondern sie schneiderten ebenso unermüdlich Uniformen für die Sowjetunion. Hier musste jeder Schnitt und jede Naht akkurat gesetzt und verarbeitet werden.

Die Eule war von unzähligen Tischen und Nähmaschinen übersät, an denen die flinken Hände von knapp fünfzig Schneiderinnen schnitten, nähten, korrigierten, neu vermaßen und in hunderten von Körben wühlten. Hannelore musste in letzter Zeit wie ein Schießhund aufpassen, dass Helenas erforschende Kleinkindhände sich nicht irgendwelche Kleinteile oder gar Nadeln in den Mund schoben. Dennoch lehnte ihr Instinkt entschieden ab, sie stattdessen in eine Tagesbetreuung zu einer Fremden zu geben. Da Hannelore kein Deutsch sprechen durfte und ihr Russischvokabular nach wie vor mitunter zu wünschen übrigließ, hatte sie eine Art Zeichensprache entwickelt, die Helenas Beobachtungsgabe sehr entgegen kam.

Es war erstaunlich, wie viel die noch nicht einmal dreijährige Helena aufschnappte. Sie zeigte in letzter Zeit oft mit Handzeichen, was die Frauen sagten oder stellte Fragen dazu, denn sie verstand sowohl Russisch als auch Hannelores Zeichensprache. Besonders eine Frage hatte Hannelore in letzter Zeit beschäftigt: Die Frauen hatten offenbar geflüstert, warum Hannelore so viel Geld wert war. Sie hatte zunächst gedacht, dass Helena etwas falsch verstanden haben musste, denn ihr Gehalt war zwar ausreichend für ihre Bedürfnisse, doch viel war es sicherlich nicht.

Doch in den letzten Tagen hatte auch sie Fragen wie diese auf den Lippen der Frauen lesen können, wenn sie sich heimlich unterhielten. Dachten sie, Hannelore würde mehr verdienen als sie? Doch sie sahen dabei nicht verärgert oder gar neidisch aus, sondern zeigten einfach nur verwunderte oder gewohnt mitleidige Mienen.

Ich verstehe es auch nicht, zeigte sie Helena unauffällig mit den Händen. Helena blickte nachdenklich von ihrer Mutter zu den Frauen und wieder zurück. Was für ein merkwürdiges Kind sie war, ging es Hannelore durch den Kopf. Doch ein großer Auftrag direkt aus Moskau ließ an diesem Montagmorgen keine weiteren Gedanken zu diesem Thema zu. Die Uniformen sollten in gut einem Jahr farblich komplett umgestellt werden und sie würden von nun an beschäftigter denn je sein. Zum ersten Mal war Hannelore sogar noch gestresst, als sie nach einem langen Tag ihre Wohnungstür aufschloss und den Schlüssel achtlos in die Schale neben der Tür warf.

Was für ein Tag das gewesen war! Sie hatte gefühlte drei Millionen Hosenbeine vermessen und in dem Tumult mehrfach Helena aus den Augen verloren, was sie furchtbar nervös machte, da diese in der Schneiderei nur allzu leicht etwas verschlucken und ersticken könnte. In der heutigen Hektik hätte Hannelore es vermutlich noch nicht einmal rechtzeitig bemerkt. Helena war blass und kuschelte sich innig an ihre Mutter.

Alles in Ordnung?, fragte Hannelore mit den Händen.

Doch Helena war bereits fest eingeschlafen, als hätte auch sie den ganzen Tag ohne Pause gearbeitet. Kopfschüttelnd legte Hannelore ihre Tochter aufs Bett, blickte auf die kleine Uhr auf dem Tisch und sah sie ratlos an. Es war gerade einmal sechs Uhr abends. Wenn sie Helena um diese Uhrzeit bereits schlafen ließ, würde sie um spätestens drei Uhr morgens hellwach sein und auch Hannelores Nacht wäre dann vorbei. Seufzend setzte sie sich schließlich neben dem Bett auf den Boden und lehnte sich mit dem Rücken an die Wand.

Wenn es von nun an so betriebsam bleiben würde, würde sie Helena nicht mehr in die Schneiderei mitnehmen können. Doch sie traute den Frauen nicht, die Tagesbetreuung anboten. Sie wusste weder, ob sie sich dies von ihrem kärglichen Gehalt überhaupt leisten konnte, noch hatte sie ein gutes Gefühl dabei, ihre noch nicht einmal dreijährige Tochter den ganzen Tag bei fremden, flüsternden Frauen zu lassen.

Müde massierte sie ihre pochenden Schläfen mit den Fingerspitzen und schloss ihre angestrengten Augen. Ein kaum spürbares Vibrieren ließ sie aufblicken. Mechanisch glitten ihre Hände auf den Boden neben ihre Beine. Es waren offenbar laute Schritte in schweren Stiefeln, die den Boden zum Beben brachten. Die Tür wurde plötzlich aufgerissen und ein verschwitzter Soldat stand schwer atmend mit wutverzerrtem Gesicht im Zimmer. Es war Galinas Mann, Offizier Koslow! Er brüllte etwas, das Hannelore nicht verstand. Nur die Worte *Dedowschtschina* und *bezahlen* kamen immer wieder vor, der Rest ertrank in abgehacktem, russischem Gebrüll und Schnauben, während er sich drohend auf Hannelore zubewegte. Er pfefferte Jacke und Stiefel quer durchs Zimmer und machte sich wutentbrannt an seinem Hosenstall zu schaffen.

Entsetzt schrie Hannelore auf. Warum hatte sie nur nicht abgeschlossen? In Sekundenschnelle raste ihr panischer Blick von der Messerschublade in der Küche zum Schreibtisch mit der Schere. Doch beides war auf der gegenüberliegenden Zimmerseite neben der Tür und somit außer Reichweite. Als hätte Offizier Koslow ihre Gedanken erraten, machte er einen Schritt rückwärts Richtung Küchenzeile und riss sämtliche Schubladen auf, während sein Brüllen abebbte und zu einem bedrohlichen Flüstern wurde. Ein groteskes Lächeln breitete sich auf seinem breiten, erhitzten Gesicht aus und seine ohnehin auffällig schmalen Augen verengten sich unter der pulsierenden Stirnader zu dünnen Schlitzen. Schließlich schien er gefunden zu haben, wonach er gesucht hatte.

Hannelores Herz hämmerte wild gegen ihre Rippen, als er sich abstoßend grinsend auf sie zu bewegte. In seiner rechten Hand hielt er ein langes Küchenmesser, in der anderen eine dicke Schnur. Sie wollte schreien, doch sie spürte, dass kein Laut ihrer Kehle entwich. Das einzige, das dort offenbar herauswollte, war ihr Herz. Was immer er auch vorhatte, es war nichts Gutes!

Hannelore schüttelte wild mit dem Kopf und ging mechanisch einen Schritt rückwärts, bis sie mit dem Rücken an der Wand neben dem Bett stand. Helena lag auf dem Rücken. Sie schien wach zu sein, doch ihre Augen waren weiß. Hatte sie einen Anfall? Oder war sie vor Schreck ohnmächtig geworden? Mit einer Kraft, die sie nicht für möglich gehalten hätte, riss Hannelore ihre Tochter an sich und sprintete an Offizier Koslow vorbei. Es war jedoch zwecklos. Der Raum war winzig und jeder Fluchtversuch einfach lächerlich. Helena hing schlaf in ihren verschwitzten Armen. Ihr kleines Gesicht wirkte leblos und Hannelore spürte, wie entsetzliche Panik jede Zelle ihres Körpers aktivierte.

»Aus dem Weg!«, brüllte sie Offizier Koslow an und trat ihm mit ungeahnter Geschicklichkeit das Messer aus der Hand. Für einen Moment erstarrte er und blickte fassungslos dem Messer nach, das kreisend unter den kleinen Schreibtisch unter dem Fenster schlidderte und dort aus ihrem Blickfeld verschwand. Als Hannelore jedoch gerade die Türschwelle erreichte und mit der noch immer reglosen Helena im Arm versuchte, die Tür zu öffnen, löste sich Koslow aus seiner Erstarrung und machte einen großen Satz auf sie zu. Er erwischte sie am Arm und zerrte sie brutal zurück, während sein Fuß die Tür mit einem gezielten Tritt schloss. Hannelore fiel ungebremst in voller Länge auf den Rücken und jaulte schmerzverzerrt auf. Helena rührte sich noch immer nicht. *Atmete sie nicht mehr?*

Koslow riss Helena aus ihren Armen und schleuderte das reglose Bündel gegen den kleinen Esstisch, der drei Meter entfernt von ihnen stand.

»Nein!«, brüllte Hannelore und schlug dem über sie gebeugten Offizier mit aller Kraft auf den Adamsapfel. Er verzog das Gesicht vor Schmerz, doch sein eiserner Griff auf ihrem Oberarm verstärkte sich. Sie sah aus den Augenwinkeln, dass er die dicke Schnur um ihren Hals gewickelt hatte, während er sich wieder an seiner Hose zu schaffen machte. Sie wollte schreien, doch weder ihr wild hämmerndes Herz noch die ruckartig straff gezogene Schnur um ihren Hals ließen auch nur den Hauch eines Protests zu.

Sie schloss die Augen. Der beißende Geruch von Chlorwasser stieg in ihre Nase und sie glaubte, wieder im Schwimmbad zu sein. Es war ein Gefühl, als hätte sich ihr Geist vollständig von ihrem Körper gelöst und schwebte mit ihren betäubten Sinnen durch eine unwirkliche, pechschwarze Nacht. Sie würde einfach die Augen zulassen. Dann würde Alfred irgendwann aufhören und Christine würde kommen. Sie war schon vor der Kabinentür und wartete. *Christine ...* Ihre Zwillingsschwester schwebte federleicht im Nichts mit ihr. Christine war immer da, sie würden nie getrennt sein. Kraftlos streckte sie eine Hand nach ihr aus, um ihr Gesicht zu berühren. Doch als sie Christines Wange erreichte, wurde ihr Gesicht unscharf und verschwand in grellem Licht.

»Tine«, schluchzte Hannelore und das Gefühl ihrer Stimme im Hals brachte sie in die Realität zurück. *Oder träumte sie?* Sie lag auf ihrem Bett in Klein Moskau, nicht etwa im Schwimmbad. Sie hatte auch keinen Badeanzug an, sondern war noch immer bekleidet. Helena hatte sich in ihren Arm gekuschelt und um sie herum tanzten unzählige Federn, die sich spielerisch in ihren Haaren verfingen. Wie in Trance setzte Hannelore sich auf, Helena fest an sich gedrückt.

Offizier Koslow lag neben ihnen auf dem Boden. Eine feine Lache dunkelroten Bluts floss langsam an seiner Seite herunter und floss durch ein Meer aus Federn und Kissenüberresten unter Hannelores Bett. Schwer atmend über das Bettende gebeugt stand ein General. Die Hand mit der Waffe war noch immer auf Koslow gerichtet, während seine andere Hand ein dickes, zerschossenes Kissen umklammerte. Doch die Augen in seinem kalkweißen Gesicht bohrten sich in Hannelores.

»Sascha!«, flüsterte Hannelore entsetzt.

»Du dämliches … bescheuertes … gottverdammtes …«, keuchte er atemlos. Für einen Augenblick dachte sie, er würde dort weitermachen, wo Offizier Koslow offenbar aufgehört hatte, doch dann sah sie seine Augen. Die lodernde Angst darin traf sie wie eine Keule. Scheu legte sie ihre kalte Hand auf seine noch immer ausgestreckte Hand mit der Waffe.

»Warum?«, las sie auf seinen Lippen. »Warum hast du nicht abgeschlossen?«

»Es tut mir leid …« Sie wusste nicht, ob sie überhaupt ihre Stimme benutzt oder es nur mit den Lippen geformt hatte. Sascha hatte noch nie vor ihr die Fassung verloren. Sie hatte es nicht für möglich gehalten, dass er es überhaupt konnte. Er sackte vor dem Bettende zusammen und sie sah an seinen Schultern, dass er weinte. Scheu strich sie ihm über den Kopf. Offizier Koslow rührte sich nicht. War er tot?

»Es wird alles wieder gut«, flüsterte sie hilflos.

Sie wusste selbst, wie fehlplatziert dieser Satz war. Wie sollten sie dies ungeschehen oder gar wieder gut machen? Galinas Mann war schwer verletzt oder vielleicht sogar tot. Keiner der beiden Männer hätte in ihrer Wohnung sein dürfen. Was würde Ivanka denken, wenn es herauskam? Würde Helena sich später einmal an diese Szene erinnern können? Konnte sie jetzt noch in Klein Moskau bleiben? Doch wo sollte sie sonst hin?

Sascha sah schließlich auf und blickte sie aus roten, verquollenen Augen an. »Hast du eine Ahnung, was du getan hast?«

Hannelore spürte eine Welle selten gespürter Wut in sich aufsteigen. »Was *ich* getan habe?« Die plötzliche Aggression schnürte ihr erneut die Kehle zu und brachte ihre Magensäure in Wallung. »Was *ich* getan habe, fragst du? Lass mich überlegen … Ich wurde vergewaltigt! Es war echt wunderbar! Der Kerl ist der Verlobte meiner Schwester, die heimlich in den Westen geflohen ist. Ich dachte, er bringt mich um, aber ich bin eben ein Glückskind und wurde nur schwanger! Ich musste deswegen alles zurücklassen! Ich werde meine Zwillingsschwester vermutlich nie wiedersehen und Alfred erzählt meiner Schwester und Familie vermutlich eine fette Lüge nach der anderen! Dann kam ich hierher und dachte, ich habe wenigstens dich. Aber du wirst deine Frau nie verlassen! Und nun erlebe ich alles hier noch einmal! Wie kannst du es wagen, mich zu fragen, was *ich* getan habe?« Ihre Stimme zitterte vor Wut und versagte streckenweise zu einem kaum hörbaren Krächzen.

Sascha legte ihr die Hand auf den Mund und blickte sie wütend an. »Du hältst jetzt die Klappe und hörst zu!«, zischte er und die Furche zwischen seinen Augenbrauen wurde tiefer denn je. »Du hast keine verdammte Ahnung, was hier los ist!«

»Ich wurde gerade vergew…«

»Nein, das wurdest du *nicht*!« Er sprach durch zusammengepresste Zähne und sie sah eine Welle des Hasses über sein Gesicht schwappen. Für einen Moment sah es so aus, als würde er sie ohrfeigen wollen, doch er riss sich im letzten Augenblick zusammen und atmete schwer. »Unterbrich mich nicht!«

Sein Gesichtsausdruck war plötzlich nicht mehr aggressiv, sondern schwermütig. Vor ihr saß kein gutaussehender, stets strahlender Armeegeneral, sondern ein gebrochener Mann und es traf sie tief, ihn so zu sehen. »Du hast keine Ahnung, was hier los ist und in welcher Gefahr wir gerade sind! Jede Minute, die ich jetzt mit dir rede, könnte meine Familie und mich das Leben kosten, also hab den Respekt und hör mir zu!«

»Hat es etwas mit dieser Dedowschtschina zu tun?«, platzte Hannelore heraus und drückte Helena mit wild pochendem Herz an sich.

»Ja! Wie viel weißt du?«

»Nichts.«

Sascha musterte sie kurz prüfend. »Dann erkläre ich es dir so schnell wie ich kann. Ich weiß nicht, wie viel Zeit wir haben.«

»Ist er ...?«, setzte Hannelore mit einem Blick auf Offizier Koslow an.

»Nein, noch nicht. Aber die Kugel steckt noch im Brustkorb und er hat viel Blut verloren. Hör mir gut zu!«, wiederholte er eindringlich. »Kurz bevor wir dich vor drei Jahren in Rostock gefunden haben, habe ich einem Soldaten geholfen, der in Schwierigkeiten war. Es ist hier Tradition, dass Generäle und Offiziere den niedrigeren Ränken Strafen auferlegen dürfen, wenn sie dies verdienen. Normalerweise sind dies vollkommen harmlose Strafen. Das nennen wir Dedowschtschina, die *Herrschaft der Großväter*. Wir haben diese ursprünglich eingeführt, weil ein paar Soldaten heimlich zu einer Mauer hier auf dem Gelände geschlichen sind, an der sie illegal mit Deutschen auf der anderen Seite gehandelt haben.«

Hannelore erstarrte, doch Sascha fuhr atemlos fort. »Wir sind hier in Klein Moskau allerdings alle auf sehr engem Raum zusammen. Manchmal eskalieren Kleinigkeiten und enden ungut. Zwei Freunde von Offizier Koslow haben einen Soldaten zunächst schikaniert und dann gefoltert. Aus keinem Grund. Einfach nur, weil er schlichter im Kopf ist als die anderen. Wäre ich klug gewesen, hätte ich es ignoriert, aber ich konnte es nicht. Ich konnte es einfach nicht!«

Er blickte auf seine kaum merklich zitternden Hände. Sie hielten die Waffe so heftig umklammert, dass seine Fingerknöchel kalkweiß hervortraten. Sie wusste, dass er an Tatjana dachte. Helena löste sich aus Hannelores Armen und kuschelte sich an Sascha.

Erneut wurden seine Augen verdächtig feucht, doch er schluckte hart und fuhr fort. »Sie hatten ihm bereits beide Beine gebrochen und zogen ihre Hosen aus, als ich ins Lager trat. Ich …« Er stockte und setzte neu an. Ein wildes Feuer brannte in seinen Augen. »Kurz gesagt, danach hatte einer von ihnen ein paar Zähne weniger und der andere zwei gebrochene Arme. Doch das war dämlich von mir! Wenn hier der Lagerkoller ausbricht, brauchen die Dienstälteren ein Ventil. Und die Dedowschtschina ist in Klein Moskau eben nicht nur das, sondern auch ein Druckmittel, um es den Dienstälteren und Ranghöheren hier angenehmer zu machen. Ich habe es mir also in einem Atemzug mit sämtlichen Offizieren, Generälen und Amtsältesten verscherzt. Sie haben mir angedroht, dass sie künftig Tatjana und Ivanka nehmen werden, wenn mir das lieber sei als unwichtige Soldaten!«

Erneut brach er ab. Er starrte mit leerem Gesichtsausdruck an die Wand, die Lippen zu einem schmalen Schlitz zusammengepresst. Hannelore wollte sich ebenfalls an ihn drücken, doch sie musste seine Lippen lesen und wollte nicht riskieren, Koslow neben dem Bett aus den Augen zu lassen.

»Ivanka kann auf sich selbst aufpassen, aber Tatjana …«

War Ivanka deshalb so unangebracht freundlich zu allen Männern hier? Tat sie dies etwa aus Liebe für Sascha und Tatjana?

Er hatte die Fragen offenbar in ihrem Gesicht lesen können. »Ja, Ivanka arbeitet fleißig daran, meinen Fehler wieder gut zu machen!« Er lachte bitter. »Es fällt ihr auch gar nicht schwer, sich für mich *aufzuopfern* und ich sollte dankbar sein. Aber dann kamst du. Ivanka wollte, dass du diese Aufgabe übernimmst.« Schuldbewusst sah er Hannelore an. »Ich kannte dich nicht. Ivanka sagte, dass es Frauen nach der Geburt nicht mehr stört, wenn sie …«

Er brach ab, als er Hannelores eisigen Gesichtsausdruck sah.

»Weil wir dann eh schon die Beine breit gemacht haben und somit wertlos sind?«

»Hanne!«, rief er entsetzt.

»Das ist ein Zitat! Genau das hat Ivanka zu mir gesagt, als die Wehen eingesetzt haben. Erinnerst du dich? Damals im Badezimmer ...«

»Hör zu, ich bin nicht stolz darauf! Ich hatte damals die Wahl, ob sie ihre Wut auf mich an einer Fremden oder an meiner eigenen Tochter auslassen würden!« Er nickte vielsagend auf Helena, doch Hannelore schüttelte wie betäubt den Kopf. Sascha und Ivanka hatten sie also nur hierhergeholt, damit gehörnte Generäle und Offiziere lieber sie statt Tatjana vergewaltigen würden?

Sascha schüttelte sie eindringlich mit einer Hand an der Schulter, doch sie stieß seine Hand angeekelt von sich.

»Hanne, wie du weißt, ist es nie dazu gekommen! Hast du dich nie gefragt, warum du hier alles hast, aber dafür nichts tun musst? Der ursprüngliche Grund war gewesen, dass du ja schließlich genug für dein Leben hier zahlen würdest. Aber nachdem wir dann ... Ich konnte das einfach nicht zulassen. Nachdem du in diese Wohnung gezogen bist, hat Ivanka angefangen, die Kunde zu verbreiten, dass du jetzt verfügbar bist. Deshalb habe ich dir immer gesagt, dass du abschließen sollst. Seit damals sind glücklicherweise viele Soldaten auf meiner Seite und haben mich jedes Mal rechtzeitig gewarnt, wenn einer der Offiziere oder Generäle auf dem Weg zu dir war. Ich habe sie abgefangen und bestochen.«

»Was meinst du damit?«

»Ich habe ihnen Geld gegeben – viel Geld! Ich habe die Bücher gefälscht und falsche Finanzberichte nach Moskau geschickt. Einige wollten jedoch mehr als Geld und haben sich gefragt, warum ich dich so beschütze.«

Das fragte sich Hannelore insgeheim auch. Mit rotem Kopf nahm sie sanft die wieder schlafende Helena aus seinen Armen und legte sie aufs Bett.

»Koslow hat dich seit einiger Zeit beschattet, darum war ich

nur selten hier und habe dir immer wieder gesagt, die Tür abzuschließen. Heute hat er dann Helena an der Mauer gesehen. An der
Schwarzmarktmauer, Hanne!«

Hannelore spürte, wie ihr kalter Schweiß den Rücken herunterlief. »Das kann nicht sein«, stammelte sie. »Sie war heute den ganzen Tag mit mir in der Eule!«

»Weiß sie von der Mauer?«

Hannelores Gesichtsfarbe sagte mehr als tausend Worte.

»Verdammt nochmal, Hanne! Wie kannst du alles riskieren, was
ich hier für dich getan habe? Auch wenn du von der Dedowschtschina nichts wusstest, so hättest du doch wissen müssen, dass ...«

»Ich war da nicht oft!«, unterbrach sie ihn schwach. »Nur ab und
zu. Immer freitags ist da ein deutsches Mädchen in meinem Alter,
das mir sehr ähnlich ist. Wir haben uns angefreundet. Ich habe doch
sonst niemanden hier!«

»Du hast *mich*, verdammt! Und Helena! Bedeutet dir das denn
gar nichts, du dummes Kind?«

»Doch, natürlich!« Trotz ihres maßlosen Ärgers über das *dumme
Kind*, fing sie zu ihrer Wut genau wie ein eben solches an zu weinen.

Stöhnend zog er sie mit verzerrter Miene an sich, die Waffe noch
immer in einer Hand und ein Auge auf Koslow gerichtet. »Er hat
Helena heute an der Mauer gesehen, Hanne! Offenbar hatte seine
Frau ihm schon mal erzählt, dass du öfter dort bist. Aber wir haben
alle vermutet, dass sie ebenfalls dorthin geht und nur von sich selbst
ablenken wollte. Das dachte bis vor kurzem offenbar auch Koslow.
Aber heute tauchte Helena dann plötzlich aus dem Nichts auf. Viele Soldaten und leider eben auch Koslow haben sie gesehen. Hanne, sie kam aus dem Nichts, lief anscheinend direkt zur Mauer und
sprach dort mit einem Mann Deutsch!«

»Das ist doch Blödsinn!«, unterbrach Hannelore gereizt. »Helena kann kein Deutsch! Sie spricht hier nur Russisch und mit mir nur
mit den Händen. Das haben wir doch zur Sicherheit vereinbart!«

Sascha sah sie seltsam an.

»Daran habe ich mich gehalten!«, protestierte Hannelore nun

aufgebracht. »Ich habe nie mit ihr Deutsch gesprochen! Noch nicht einmal, wenn wir unter uns waren!«

»Koslow hatte drei Soldaten dabei – Soldaten, deren Wort ich vertraue. Und sie alle haben bestätigt, dass Helena mit einem fremden Mann Deutsch gesprochen hat!«

Panik erfüllte Hannelore. Was sollte dieser Unsinn?

»Sie kann aber kein Deutsch!«, wiederholte sie matt. »Und das ist doch jetzt auch nicht wichtig, oder?«

Sascha sah sie fassungslos an. »*Nicht wichtig*?«, wiederholte er schwach. »Hanne, wenn auch nur der leiseste Verdacht besteht, dass ich hier Deutsche eingeschleust habe und dass diese Kontakt mit anderen Deutschen aufnehmen, dann bin ich dran! Und nicht nur ich – meine ganze Familie!«

»Ich dachte, ich sei auch deine Familie!«, warf sie bockig ein.

»Hanne!« Ungehalten und recht unsanft nahm er ihren Kopf zwischen seine Hände. Die Waffe direkt neben ihrem Gesicht ließ sie die Luft anhalten. »Das schließt dich mit ein, du dummes Ding! Wer ist der Mann hinter der Mauer?«

»Ich weiß nicht, wen du meinst! Ehrlich!«, flehte sie, als sie seinen bohrenden Blick sah. »Ich kenne dort nur Martha und soweit ich weiß, war sie immer alleine da. Viel kann man durch die Nase in der Mauer ja nicht sehen.«

Er ließ sie los und stand langsam auf. Ein eisiges Schweigen lag zwischen ihnen. Hannelore hielt die Luft an, als Sascha schließlich Offizier Koslow mit der Fußspitze anstieß. Sie sah wie sich sein Brustkorb schwach hob und senkte, doch er rührte sich nicht.

Sascha ging zum Bett und schüttelte Helena sanft.

»Lass sie schlafen, ich will nicht, dass sie das hier sieht!«

»Das hat sie ohnehin schon!«, gab er scharf zurück. Er schüttelte sie ein wenig kräftiger, bis Helena die Augen öffnete und ihn erstaunt ansah. »Sprich Deutsch mit ihr!«, befahl er Hannelore über die Schulter.

Sie schwieg.

»Sprich Deutsch! Sofort!« Seine Augen blitzten gefährlich.

Zitternd nahm sie Helenas Hand und setzte sich neben sie. Sie hatte schon so lange kein Deutsch mehr gesprochen und fühlte sich wie in einem schlechten Traum. »Lena, warst du heute an der Mauer?«, fragte sie schließlich leise auf Deutsch.

Zu ihrem blanken Entsetzen kam die unschuldige Antwort in perfektem Deutsch. »Ja, Mama. Ich war plötzlich nicht mehr in der Schneiderei und da bin ich dann zu Martha gegangen.«

Ein Schweigen wie Blei lag in der Luft.

»Woher kannst du Deutsch?«, fragte Hannelore.

»Ich weiß oft nicht, wo ich bin. Ich finde immer nur den Weg zur Mauer. Der Mann und Martha haben es mir beigebracht.«

»Warum hast du mir das nie erzählt?«

»Du gehst da doch auch hin?«

Das konnte Hannelore nicht verneinen. Sie hatte Helena nie erzählt, dass es verboten war. Nur dass sie nie darüber sprechen durften und dass es ihr Geheimnis war. Wenn sie gedacht hatte, dass ihre kleine Welt von Offizier Koslow und Saschas Geständnis erschüttert worden war, so war dies nichts im Vergleich dazu, was sie jetzt fühlte. Ihre noch nicht einmal dreijährige Tochter hatte bereits Geheimnisse vor ihr! Genauso wie Hannelore und ihre Schwestern von klein auf Abstand zu Erna gehalten hatten. Und sie hatte es noch nicht einmal bemerkt! Sie hatte gedacht, sie würde alles anders machen, doch hier saß sie nun. Alles würde sich wiederholen! Helena war noch nicht einmal drei Jahre alt und sie hatte offenbar schon alles als Mutter falsch gemacht!

Unbeirrt holte Sascha sie in die Realität zurück. »Wer ist der Mann an der Mauer?«, fragte er zwischen zusammengebissenen Zähnen.

»Er muss ein Freund von Martha sein. Ich habe ihn noch nie getroffen«, sagte Hannelore schließlich wieder auf Russisch. »Helena sagt, die beiden haben ihr Deutsch beigebracht.« Sie fühlte sich weit weg und verloren.

Sascha wischte sich mit der Hand über die verschwitzte Stirn und atmete tief aus, als wollte er sich selbst beruhigen. »Es war ein Unfall. Koslow hat hier viele Feinde und ordentlich Dreck am Stecken. Es war ein Unfall ...«, wiederholte er, während er neben dem Bett auf und ab schritt. Hannelore sah an seinem abwesenden, konzentrierten Blick, dass er sich in Gedanken eine mögliche Geschichte zurechtlegte.

»Ich werde meine sofortige Versetzung nach Moskau beantragen, bevor Koslow wieder im Dienst ist und die Geschichte hier die Runde macht. Vielleicht beruhigt sich mit unserer Abreise dann alles.« Nervös knetete er seine einzige freie Hand, während die andere erneut auf Koslow zielte.

Hannelore meinte zu erraten, dass er mit dem Gedanken spielte, Galinas Mann hier und jetzt für immer mundtot zu machen. »Wann reisen wir ab?«, fragte sie kaum hörbar.

»*Du* gehst sofort!«

»Aber ich dachte, der Zug nach Moskau ist schon weg?« Sie erinnerte sich, dass der Zug jeden Donnerstag gegen Mittag fuhr und nun war bereits Donnerstagabend.

Sascha schüttelte wortlos mit dem Kopf. Sie sah, dass ihm die unausgesprochene Wahrheit ebenso viel Schmerz bereitete wie ihr selbst. »Du holst mich doch aber nach?« Sie hatte aufstehen wollen, doch ihr versagten die Beine.

Er starrte auf den Boden und beherrschte sich offenbar nur mühsam. »Wie gut kennst du diese Martha?«, fragte er stattdessen.

Sie konnte seine Lippen kaum sehen, doch sie erkannte das Wort *Martha*. »Ich weiß noch nicht einmal, wo sie wohnt. Sascha ...«, flehte sie, während das Zimmer um sie herum verschwamm. Helena drückte sich leise an ihren Rücken.

»Sie hat deiner Tochter immerhin Deutsch beigebracht, also scheint ihr etwas an dir zu liegen!«

»Ich bin offiziell ein Republikflüchtling!«, rief Hannelore aus, während ihr nun ungehemmt die Tränen herunterliefen. »Ich kann nicht einfach so zurück. Und ich weiß nicht, ob ich es schaffe, in den Westen zu fliehen. Wenn die mich kontrollieren, bin ich geliefert!«

Sascha setzte sich neben sie und starrte auf Koslow, den Finger noch immer auf dem Abzug.

Bittend legte sie ihre Arme um seinen Hals.»Bitte, Sascha, bitte nimm uns mit!«

»Wie soll ich das machen? Wie soll ich das Ivanka und Tatjana erklären? Und wie soll ich deine Einreise nach Moskau hinbekommen, wenn ich schon das hier zu vertuschen habe?«

Sie heulte nun laut vor sich hin, während Helena ihr unbeholfen über den Rücken strich.

Sascha drehte sich schließlich entschlossen zu ihr herum und schüttelte sie sanft, wenn auch unbeirrbar an den Schultern.»Hanne, ich rede nur vom Hier und Jetzt! Wir müssen eine Lösung für diese Situation finden, danach können wir immer noch weitersehen.«

Sie wusste insgeheim, dass er sie nur beruhigen wollte, doch sie wollte ihm alles glauben, was auch nur ansatzweise Hoffnung bedeutete.

»Also, wir bringen dich hier zuerst raus – gleich heute Nacht! Ich benachrichtige meinen Kontakt auf deutscher Seite. Ich weiß, dass sein Sohn ständig in Schwierigkeiten steckt und er viel vertuscht hat – das werden wir ausnutzen! Er wird dafür sorgen, dass sie dich entweder unbeschadet wieder in der DDR einbürgern oder dass du in den Westen kommst. Ich kann dir nicht versprechen, was er macht, er ist kein sonderlich sympathischer Zeitgenosse. Aber er ist der einzige, den ich gut genug kenne, um ihn unter Druck zu setzen. Bis dahin gehst du zu Martha. Warte dort, bis er dich kontaktiert!«

Hannelore schüttelte wie wild mit dem Kopf.

»Hanne, es geht nicht anders! Was glaubst du denn, was hier los ist, wenn du hierbleibst und morgen früh bekannt wird, dass Koslow auf dem Weg zu dir war und nun angeschossen im Krankenhaus liegt? Und wenn sie von Helena an der Mauer hören?«

Noch immer schüttelte Hannelore den Kopf.»Den Blödsinn kann einfach niemand glauben!«, rief sie störrisch aus.

»*Ich* glaube es!«, antwortete er grimmig und nahm ihr damit allen Wind aus den Segeln.»Ich habe es nicht nur von Soldaten gehört, sondern heute selber gesehen, Hanne! Würde ich euch beide

nicht so gut kennen, würde ich vermutlich mithelfen, den Scheiter-
haufen aufzutürmen!«

»Ich dachte, du hast es nur gehört?«, entgegnete sie schwach.

»Helena hat mich geholt, als Koslow hier hereingestürmt ist.«

»So ein Quatsch!«, brauste Hannelore auf. »Sie war die ganze
Zeit hier bei mir!«

»Das mag sein, aber sie hat mich geholt. Nur deshalb habe ich
es rechtzeitig geschafft. Sie stand plötzlich in meinem Büro und hat
deinen Namen gesagt. Ich wusste, dass es etwas Schlimmes sein
musste und dann war sie auf einmal weg. Ohne durch die Tür zu
gehen, einfach so!«

Stand er unter Schock? Unwohl rückte sie ein paar Zentimeter
von ihm weg und drehte sich zu Helena um. »Stimmt das?«, fragte
sie.

Zu ihrem Schrecken sah sie, dass Helena nickte. »Ich bin oft
einfach woanders, Mama. Ich weiß nicht warum. Immer wenn ich
Angst habe.«

Sascha stand auf und fing wahllos an, Sachen zu packen. Hannelore sprang auf und warf sich ihm um den Hals. »Bitte, das ist doch
Unsinn! Nichts als russische Ammenmärchen und Dummheit! Bitte,
nimm mich mit!«

Er hielt sie ein paar Sekunden fest im Arm und schob sie schließlich sanft von sich weg. Er blinzelte verdächtig, während er ihr
eine große Tasche in die Hand drückte und sich an Helena wandte.
»Kannst du zu Martha gehen und ihr sagen, dass ihr kommt? Also,
ohne wirklich hinzugehen? Auf deine eigene Weise?«

Helena schüttelte den Kopf. »Ich muss Angst haben. Nur dann
geht das.«

Saschas Gesichtsmuskeln traten scharf hervor. Plötzlich riss er
Hannelore an den Haaren und zog sie ruckartig in den Schwitzkas-
ten. Hannelore und Helena schrien entsetzt auf.

»Geh oder ich knall deine Mama ab! Los, verschwinde oder sie
ist tot!«

Das kleine Mädchen wurde kalkweiß im Gesicht und warf die

pausbäckigen Händchen vor den Mund. Ihre großen Augen wurden noch eine Spur größer und rollten schließlich zurück, bis nur noch das Weiße zu sehen war. Sofort ließ Sascha von Hannelore ab und ließ den Arm mit der Waffe schlaff herunterhängen. Hannelore sackte keuchend zusammen und starrte entsetzt auf die offenbar ohnmächtige Helena. Sie wollte Sascha schlagen oder zumindest zu Helena laufen. Doch das einzige, was nicht eingefroren zu sein schien, war ihr Herz.

Sascha ging zum Bett und sah auf Helena. »Ich musste das tun«, murmelte er wieder und wieder. »Es ging nicht anders! Verzeih mir!«

Ob er damit ihre Tochter oder sie meinte, war Hannelore nicht klar, doch die Situation war so unwirklich, dass sie kaum zuhörte.

Helena bewegte sich und plötzlich rannten Hannelores Beine wie von allein zum Bett. »Ich bin gleich an der Mauer!«, sagte Helena in einer fremden Stimme. Sie sprach Deutsch mit Berliner Dialekt. *Martha!* »Lauf etwa dreißig Meter weiter, da ist der Stacheldraht dehnbar genug, sodass du drunter durch passt. Immer bereit, Genossin!«

Ein klirrendes Lachen entwich Helenas Hals, bevor ihre Augen wieder das für sie normale blau-schwarze Leuchten annahmen. Hannelore konnte es nicht hören, doch sie sah, wie sich auf Saschas Unterarmen die Haare aufstellten, während er vom Bett zurückwich. Er atmete tief ein und aus, während er abwechselnd auf Helena und Hannelore starrte. Er schien Helena verstanden zu haben, obwohl sie Deutsch gesprochen hatte und Hannelore sah, dass seine Gedanken hinter der verschwitzten Stirn auf Hochtouren liefen.

Mit einem plötzlichen Ruck löste er sich aus der Starre, füllte die große Tasche in Rekordzeit mit den notwendigsten Habseligkeiten und drückte sie Hannelore in die Hand. Dann stürmte er zurück zum Bett, wickelte die Decke um Helena und drückte sie Hannelore in den freien Arm. »Kannst du schießen?«

Entsetzt starrte ihn die nun schwer beladene Hannelore an und schüttelte verneinend mit dem Kopf.

»Schau her, schnell!« Er nahm eine braun-schwarze Maschinenpistole aus seiner Manteltasche und hielt sie Hannelore vor die Nase. »Dies ist meine alte Pepescha 41. Ich habe sie schon länger nicht mehr benutzt, aber es sollten noch knapp zehn Patronen drin sein. Setz Helena ab, wenn du schießen musst! Die Pepescha ist etwas schwerer und du kannst besser zielen, wenn du beide Hände benutzt!«

Er hielt die Waffe neben sein Gesicht, während er demonstrierte, sodass sie sehen konnte, was er tat und parallel seine Lippen lesen konnte. »Das hier ist der Abzug. Hier direkt davor ist der Feuerwahlschalter. Lass ihn hinten, so wie er jetzt ist. Dann hast du Einzelfeuer. Du hast nur wenige Patronen, schieß also wirklich nur, wenn du jemanden treffen musst und nicht aus Angst oder zur Warnung! Je näher du am Objekt dran bist, umso höher ist deine Trefferwahrscheinlichkeit. Verschwende keine Patronen! Erst abdrücken, wenn das Objekt unmittelbar vor dir steht!«

Das Objekt, schwirrte es Hannelore wie ein stummes Echo durch den Kopf.

»Wenn dich jemand bedroht, denk an Helena! Du darfst jetzt nicht moralisch denken, Hanne! Wenn jemand kommt, bring euch außer Sichtweite, bis das Objekt nah genug dran ist. Erst dann abdrücken! Immer dran denken: Du hast nur wenige Patronen! Alles klar?«

Nichts war klar! Doch sie wusste, dass ihnen die Zeit davonlief und nickte mechanisch.

Sascha trat hinter Hannelore und legte die Waffe in ihre Hand, während er sie mit seinen eigenen Händen erklärend manövrierte. »Gut, nochmal. Beide Hände benutzen, zielen, abdrücken! Abzug loslassen! Es ist wichtig, dass du den Abzug komplett loslässt, bevor du ein zweites Mal abfeuerst, damit die Pistole automatisch nachladen kann. Hier auf dem Ladehebel ist ein Schieber – das ist die Sicherung. Denk dran, die Waffe zu entsichern, bevor du abdrückst!«

Erneut ging er den Ablauf mit ihr durch und Hannelore wünschte sich sehnlichst, sie könnte einfach die Augen schließen und bis in alle Ewigkeit so in seinen Armen stehenbleiben.

»Sieh hin, Hanne!«, flüsterte er eindringlich, während seine Arme sie fester zu sich heranzogen. »Schieber zur Seite – entsichern! Beide Hände benutzen, zielen, schießen, loslassen! Wenn du fertig bist, wieder mit dem Schieber sichern! Ich stecke sie dir in deine Manteltasche auf der rechten Seite. Behalt Helena und die Tasche im linken Arm. Immer deine rechte Schusshand freihalten, falls du schnell die Waffe ziehen musst! Pfeif notfalls auf die Tasche und behalt die Waffe!«

»Ich will nicht!«

Sein Blick war so verzweifelt, wie sie sich fühlte. »Ich weiß! Wenn dich jemand erwischt, schrei um Hilfe und renn so schnell du kannst! Koslow und ich haben versucht dich zu vergewaltigen und du hast meine Waffe in die Hände bekommen!«

»*Was*? Aber …«

Er unterbrach sie mit einer Beharrlichkeit, die keine Widerworte duldete. »Das ist die einzige Möglichkeit, die ich sehe, um hier rauszukommen! Für alle von uns!« Er nickte vielsagend auf ihre Taille. »Meine Frau irrt sich da nie!«

Hannelore schoss das Blut in die Wangen. Sie war sich selbst noch nicht einmal sicher, woher sollte da Ivanka wissen, ob sie schwanger war oder nicht? Der Ausdruck *meine Frau* war wie eine Ohrfeige und hatte sie mit einem Schlag zurück in die Realität geholt. Er hätte Ivanka ohnehin nie verlassen! Sie würde immer die Außenseiterin sein, die Geliebte, die Unverheiratete! Die Ernüchterung traf sie erstaunlicherweise mehr als der noch immer reglose Offizier neben dem Bett.

Sascha öffnete die Tür einen Spalt und sah hinaus. »Alles klar!«, flüsterte er und drückte ihr einen kleinen roten Schlüssel in die Hand. Sie nahm kaum wahr, dass er ihr zusätzlich ein dickes Geldbündel in die linke Manteltasche stopfte. »Nimm den Gang hinter dem Portrait. Lauf!«

Bevor sie etwas sagen konnte, schob er sie zur Tür hinaus und schloss diese hinter ihr. Ohne zu überlegen, rannte sie mit Helena zum Portrait, sah sich flüchtig um und zwängte sich schnell in das verborgene Treppenhaus. Im dunklen, schäbigen Flur angekommen, nahm sie Helena an die Hand und hetzte die abgenutzten Stufen hinunter. Die klobige Tasche schlug ihr bei jedem Schritt hart gegen die Beine und die Waffe schien ihre rechte Manteltasche wie ein Sack Kartoffeln nach unten zu ziehen, während ihr das Herz bis zum Hals schlug. Kein Mensch würde ihr glauben, dass Sascha sie hatte vergewaltigen wollen! Die Idee war vollkommen absurd! Er würde damit nie durchkommen!

Doch eine kleine Stimme in ihr gab ihm Recht. Niemand wusste etwas über seine Gefühle. Viele vermuteten vielleicht ohnehin, dass er sich oft bei ihr aufhielt, da er andere Offiziere und Generäle bestochen hatte – sie war in den Augen der Anderen seine exklusive Geliebte, während seine Frau dafür bezahlen musste.

Seine arme Frau!, dachte sie sarkastisch auflachend. Warum hatte er *meine Frau* und nicht einfach ihren Namen gesagt? Er musste doch wissen, wie sehr sie das traf!

Keuchend rannte sie an den stillen Trainingsplätzen vorbei. Als sie zwei Gestalten am Waldrand erblickte, blieb sie wie angewurzelt stehen. Es waren Galina und eine ihrer Freundinnen, die offenbar mit einer Wodka-Flasche in der Hand tratschten und sich dabei bogen vor Lachen. Es lebten tausende von Menschen hier in Klein Moskau, warum musste sie ausgerechnet auf Koslows Frau stoßen?

Die andere Frau erblickte Hannelore und stieß Galina hart in die Seite. Als diese sich umdrehte, erfror ihr Lachen schlagartig. »Was machst du hier?«, keifte sie.

Hannelore drückte Helena panisch an sich. Galina wusste, wohin dieser Weg führte. Und nun stand sie hier wie angewurzelt mit Tochter und Gepäck in der Hand. Sascha hatte gesagt, sie sollte um Hilfe schreien und laufen. Doch wohin sollte sie laufen? Galina würde sofort Bescheid wissen, wohin sie ging. Und erklären konnte sie auch nichts. Wie sollte sie den Frauen erklären, wovor sie flüchtete und dass Galinas Mann inzwischen vielleicht tot war?

Schwer atmend glitt ihre Hand in die Manteltasche und umschloss das harte Metall der Pistole.

»Was macht ein wichtiges Mädchen wie du hier draußen?«, fragte Galina spitz. »Frische Luft schnappen?« Beide Frauen stießen ein hässliches Lachen aus.

»Oder empfängst du jemanden hier und lässt deine Tochter gleich mitmachen?«, stieß die andere Russin gehässig hervor.

Was hatte sie diesen Frauen je getan? Sie schienen enorm angetrunken zu sein und wankten mit höhnischen Gesichtern auf sie zu. Helena klammerte sich ängstlich an Hannelore.

»Vielleicht sollten wir mal nachsehen, was sie so teuer macht?«, gackerte Galina, als sie mit verzerrtem Grinsen auf sie zuwankte.

Ohne zu überlegen, zog Hannelore plötzlich entschlossen die Waffe aus der Manteltasche. Sie musste hier raus und der einzige Weg war offenbar mittendurch statt drum herum! Die beiden Frauen blieben abrupt stehen und musterten sie argwöhnisch. Sie flüsterten sich etwas zu, das Hannelore nicht lesen konnte, doch seltsamerweise war es ihr vollkommen egal. Sie würde Galina nicht erklären können, warum ihr Mann angeschossen in ihrer Wohnung lag. Oder warum Sascha sie beschützte. Sie wusste es noch nicht einmal selbst.

Meine Frau ... Die Worte waren wie ein giftiges Echo, das zwischen ihren Rippen und ihrem Herz hin und her federte. Es war, als ob die Naivität der letzten Jahre mit jedem Schritt Richtung Mauer von ihr abfiel. Er würde sich selbst und Tatjana in Sicherheit bringen können, da war sie sich sicher. Ivanka war ihr egal. Doch er war zu weit weg, um ihr und Helena zu helfen. Entschlossen setzte sie Helena ab und umklammerte die Waffe mit beiden Händen.

»Was denn«, lachte Galina höhnisch auf, »willst du wirklich abdrücken, du Hure?« Die beiden Frauen bogen sich vor Lachen.

Hannelore fühlte eine ungekannte Wut in sich aufsteigen. Sie war genug gedemütigt worden! Ohne nachzudenken schob sie den Schieber zur Seite und drückte ab. Die Patrone stob mit einem lauten Zischgeräusch durch die dunkle Nacht und zersplitterte die Wodkaflasche in der Hand der Russin.

Entsetzt ließ diese den verbliebenen Flaschenhals fallen und schrie auf. »Bist du bescheuert, du Dreckstück! Du hättest mich fast getroffen!«

Galina starrte sie einige Sekunden an, bevor sie die Sprache wiederfand. »Dazu hätte sie nicht den Mumm!«, sagte sie schließlich mit einem schiefen Grinsen. »Sie würde doch unseren Armeegeneral nicht in Schwierigkeiten bringen …«

Hannelore glaubte ein unsicheres Schwanken darin zu erkennen und grinste ebenfalls.

Meine Frau irrt sich da nie …

Sie erkannte sich selbst nicht wieder, als sie sarkastisch auflachte. »Da würde ich nicht drauf bauen, du überschminkte, falsche Schlange!«

Noch immer lachend zielte sie mit der Pistole auf Galinas Stirn. Sie ließ den Abzug vollständig los und die Waffe lud mit einem lauten Klickgeräusch nach. Die beiden Frauen taumelten entsetzt rückwärts und rannten schließlich in Windeseile in großem Bogen an Hannelore vorbei, wobei sie Haken schlugen. Sie sahen aus wie zwei übergroße, dank ihrer Stöckelschuhe reichlich ungeschickte Hasen auf der Flucht.

Hannelores Lachen schlug ins Hysterische um. Sie war ihr ganzes Leben lang immer die Unterdrückte gewesen – noch nie hatte sie am längeren Hebel gesessen und in einer Situation die Oberhand gehabt! Ein plötzliches Gefühl von atemberaubender Macht rauschte wie eine Sturmwelle bis in ihre Fingerspitzen.

»Lauft, ihr scheiß Russinnen!«, brüllte sie außer sich auf Deutsch, während ein irres Lachen von ihr Besitz ergriff. »Wie fühlt es sich an, wenn man nichts als ein Stück Dreck ist? *Dreck!* Ihr seid nichts als gottverdammter, verlogener *Dreck!*«

Die beiden Frauen waren binnen Sekunden außer Sichtweite und ließen nichts als Hannelores Keuchen zurück. Die blinde Wut ebbte jedoch ebenso schnell ab, wie sie in ihr aufgestiegen war. Beschämt bemerkte sie, dass ihre Tochter sie mit weit aufgerissenen Augen anstarrte und am ganzen Körper zitterte.

Sie nahm Helena wieder auf den Arm, drückte sie fest an ihre Schulter und blinzelte die Tränen zurück, die ihr bei diesem Anblick in die Augen stiegen. »Mama wollte nur, dass die bösen Frauen weggehen«, sagte sie mit der ruhigsten Stimme, derer sie fähig war. Tiefe Scham überkam sie, als Helenas kleines Gesicht entschlossen tapfer nickte.

Wortlos sicherte Hannelore die Waffe und ließ sie zurück in ihre Manteltasche gleiten. Sie drückte Helena und ihre Tasche fest an sich und rannte über das gefrorene Gras zur Mauer. Wo war die Stelle, zu der sie kommen sollten? Irgendwo dreißig Meter von der Mauer entfernt, aber wo?

Als hätte sie ihre Gedanken erraten, ließ sich Helena auf den Boden gleiten, nahm die Hand ihrer Mutter und zog sie entschlossen an dem Soldaten mit der beweglichen Nase vorbei.

Da vorne, beim Baum!, zeigte sie ihr mit den Händen auf ihre so gar nicht kindliche Weise.

Hannelore folgte ihr stumm, bis sie an einem Stück Stacheldrahtzaun vorbeikamen, das am Boden ein wenig gelockert wirkte. Sie sah, wie Helena ruckartig aufblickte und durch die dunkle Nacht Richtung Kasernengebäude starrte. Hannelore konnte jedoch nichts erkennen. »Kommt jemand?«

Helena nickte. Sie war kreidebleich.

»Martha?«, brüllte Hannelore. »Martha?«

Helena legte plötzlich den Finger an den Mund und zeigte in die Ferne. Offenbar wurde auf der anderen Seite des Zaunes etwas gerufen und sie sahen zwei Taschenlampen auf sich zu laufen. Hannelore hatte keine Zeit, um zu überlegen, ob eine der Taschenlampen tatsächlich zu Martha gehörte. In der Ferne sah sie nun auch auf ihrer Seite Lichter auf den ausgetrampelten Pfad zustürmen und glaubte, den Boden unter den schweren Stiefeln vibrieren zu spüren.

Ohne auf die Stacheln zu achten, zerrte Hannelore an dem unteren Teil des Zaunes, doch er ließ sich nicht genügend anheben, um sich darunter durchzuquetschen. Der Zaun war gut drei Meter hoch – zu hoch, um die zitternde Helena oben drüber zu werfen. Wie von

Sinnen fing sie an, mit den Händen zu graben. Die Lichter und das Gebrüll auf ihrer Seite waren immerhin noch deutlich weiter weg, als die Lichter der Taschenlampen auf der anderen Seite des Zaunes, doch auch sie rückten unaufhaltsam näher. Ihre Nägel kratzten an etwas Hartem. Es war eine Art Holzplatte.

»Nein!«, stieß sie krächzend hervor. »Bitte nicht, bitte!« Sie wusste nicht, wen sie da bat. Sie glaubte nicht an Gott. Doch irgendjemand oder irgendetwas musste ihr jetzt einfach helfen! Sie hatte genug durchgemacht! Sie verdiente es, hier rauszukommen! Sie musste einfach – für Helena! Wild kratzten Ihre Nägel über die Holzplatte. Wie groß war dieses Ding? Würden ihre Nägel sich darunterbohren und die Platte anheben können?

Die zwei Taschenlampen auf der anderen Seite hatten den Stacheldrahtzaun erreicht. Es waren Martha und eine Frau mittleren Alters. Sie kratzten in Windeseile Grasstücke und Erde auf ihrer Seite aus dem Weg. Martha hatte plötzlich eine dicke Metallöse in der Hand, an der die beiden Frauen mit aller Kraft zogen. Die Holzplatte bewegte sich schwerfällig und der Lärm auf Hannelores Seite rückte näher.

»Schnell, zieh!«, brüllte die Frau und die beiden Frauen zerrten und zogen aus Leibeskräften. Hannelore hatte sich hingesetzt und schob von ihrer Seite die Holzplatte mit den Füßen von sich. Helena wimmerte und biss mit blassem Gesicht an ihren Nägeln, während sie die näher kommenden Russen in der Ferne nicht aus den Augen ließ. Hannelore hätte sie gerne beruhigt, doch ihr Adrenalin lief zu sehr auf Hochtouren und das Schieben der schweren Holzplatte kostete sie jeden Atemzug.

Endlich wuchteten sie die schwere Platte mit vereinten Kräften ausreichend aus dem Weg, sodass nun ein etwa ein Meter tiefer Graben darunter sichtbar wurde. Ohne zu zögern, packte Hannelore ihre Tochter und drückte sie unter den Stacheldrahtzaun. Die Russen waren noch nicht nah genug, als dass sie Gesichter hätte erkennen können, doch sie sah die Lichter einer großen Gruppe auf sie zustürmen. Schnell quetschte sie erst ihre unförmige Tasche und schließlich sich selbst unter den Zaun. Ein Stück Stacheldraht verhedderte sich in ihren wirren Locken und riss ihr ein beachtliches Büschel Haare heraus, als sie sich ungebremst ihren Weg auf die andere Seite erkämpfte, doch sie nahm es kaum wahr.

Drüben angekommen, wuchteten sie gemeinsam die Holzplatte zurück über den kleinen Graben. Die Russen würden die Platte vermutlich sofort sehen, doch Hannelore hoffte, dass sie diese nicht problemlos von der russischen Seite aus bewegen konnten, da die Metallöse auf DDR-Seite war.

»Lauft!«, zischte die Frau neben Martha atemlos, als sie Hannelore in einen wackeligen Stand riss und ihr die Tasche abnahm. »Die Russen werden nicht lange fackeln, wenn wir in Schussweite sind!«

Hannelore war normalerweise nicht die Schnellste, doch alles war so surreal und ihr Adrenalinspiegel so unglaublich hoch, dass sie das Gefühl hatte, zusammen mit Helena auf ihrem Arm durch die dunkle Nacht zu fliegen. Nach einigem Schliddern und Stolpern auf dem gefrorenen, rutschigen Gras, erreichten sie schließlich gerade noch rechtzeitig ein kleines Waldstück, als die Russen die Zaunstelle an der Holzplatte erreichten. Sie versteckten sich keuchend hinter ein paar dicken Baumstämmen und rangen so leise sie konnten nach Atem. Sie verharrten dort eine ganze Weile, die ihnen wie Stunden vorkamen, bis die Frau neben Martha das Zeichen zum Weitergehen gab.

»Kommen sie schon unter dem Zaun durch?«, fragte Hannelore Martha nervös.

»Nein, aber sie haben aufgehört zu brüllen und planen offenbar etwas. Das ist kein gutes Zeichen, aber es gibt uns ein paar Minuten, in denen sie uns hoffentlich nicht beachten!«

»Wo gehen wir hin?«

»Ihr zwei kommt erstmal zu uns!«, schaltete sich nun die Frau ein, die schnellen Schrittes neben Hannelore herlief. Sie war etwa Ende Vierzig und sah Martha recht ähnlich. »Ich bin Judith, Marthas Mutter!«

Hannelore mochte sie sofort. Ihre eigene Mutter hätte niemals ihr Leben riskiert, um einer Freundin ihrer Tochter zu helfen! »Komm, bis morgen bleiben du und die Kleine erstmal bei uns und dann schauen wir weiter! Die Russen werden vermutlich nach euch suchen, aber bei uns solltet ihr recht sicher sein.« Ihr Gesicht nahm einen bitteren Zug an, doch Hannelore bemerkte es nicht. Sie vertraute Martha und die beiden hatten gerade alles für Helena und sie riskiert.

Dankbar drückte sie Helena an sich und folgte den beiden Frauen an den Waldrand, an dem ein Wartburg geparkt stand. »Seid ihr etwa Tschekisten[9]?«, rief Hannelore aus, ohne nachzudenken. Sie hatte noch nie jemanden in der DDR gekannt, der einen Wartburg hatte.

»Ja«, antwortete Martha knapp. »Hundertfünfzigprozentige[10]!«

»Ach, halt die Klappe!«, seufzte Judith matt, während sie Helena und Hannelore ohne jeden weiteren Kommentar auf die Rückbank schob und die Tür hinter ihnen zuwarf.

Martha und ihre Mutter stiegen ebenfalls in Windeseile ins Auto. Hannelore erblickte Judiths Augen über den Rückspiegel und drehte sich automatisch zur Heckscheibe herum. Die Russen hatten es offenbar inzwischen auf die DDR-Seite geschafft und Hannelore erblickte ein wild tanzendes Meer an Lichtern in weiter Ferne.

Hannelore drückte die zitternde Helena an sich, während Judith mit eiserner Miene das Gaspedal durchtrat.

~ KAPITEL 19 ~
Schwarze Schafe

WÜNSDORF, BRANDENBURG, DDR. 19. DEZEMBER 1960.
JUDITHS HAUS.

Eine Hand schüttelte sie sanft an der Schulter. Es war Helena. Mit einem Ruck schoss Hannelore hoch und starrte ihre Tochter an. »Was ist los? Sind die Russen da?«

Helena schüttelte den Kopf. *Frühstück ist fertig*, zeigte sie ihrer Mutter mit den Händen.

Schwer atmend ließ sich Hannelore ins Bett zurückfallen und massierte sich die die Rippen. Für einen Moment hatte sie geglaubt, ihr würde das Herz stehenbleiben. »Hast du schon gegessen?«

Helena schüttelte verneinend den Kopf. Ihre dunkelblau-schwarzen Augen leuchteten aus ihrem blassen Gesicht hervor und die dunklen Ringe darunter ließen noch immer den Stress der letzten Nacht erahnen.

Hannelore raffte sich augenblicklich auf und schwang ihre Beine aus dem Bett. Es wurde Zeit, dass sie endlich ihr Schicksal in die Hand nahm!

Unwohl wanderte ihr Blick über ihren schmuddeligen Mantel, der achtlos über einen Stuhl geworfen worden war. Sie hatte Martha und Judith nicht gesagt, dass sie eine Waffe besaß. Eine innere Stimme hatte sie vorsichtig werden lassen. Erst musste sie herausfinden, wie ein Mädchen, das Schwarzmarkthandel betrieb, und ihre Mutter an einen Wartburg gekommen waren!

»… Und wie sie sich ein Haus wie dieses leisten können!«, rief sie unerwartet laut aus, als ihre Augen plötzlich den Rest des Zimmers erfassten. Ihre Unterkunft stand Saschas Wohnung in nichts nach. Beim Gedanken an Sascha machte ihr Herz einen schmerzhaften Satz, doch sie schob das Gefühl schnell beiseite. Sie durfte jetzt nicht schwach sein!

Das Zimmer sah genauso aus, wie sie sich einen luxuriösen Raum in Westdeutschland vorgestellt hätte. Die Tapete war schlicht mit einem edlen, silberfarbenen Blumenmuster verziert. Die silbrig-weißen Gardinen waren farblich mit der Tapete abgestimmt und zusätzlich zu dem großen Bett befanden sich ein grasgrünes Sofa, ein kleines Bücherregal sowie ein Radio in dem geschmackvoll eingerichteten Zimmer. Sogar ein Fernseher thronte auf einem kleinen Beistelltisch neben dem Regal. Bewundernd trat sie einen Schritt näher.

»Was ist das?«, las sie auf Helenas Lippen.

»Das ist ein Apparat, in dem man sieht, was in der Welt los ist und Filme schauen kann. Das ist wie Bücher lesen, nur dass alles von Menschen gespielt wird.«

Zum ersten Mal seitdem Hannelore sich erinnern konnte, breitete sich ein durchweg kindliches Strahlen auf Helenas Gesicht aus. »Der Apparat kann zaubern?«, fragte sie atemlos und ballte aufgeregt ihre kleinen Hände zu Fäusten.

Hannelore unterdrückte nur mühsam ein Lachen. »Nicht ganz. Er zeigt Menschen, die dir entweder die neuesten Nachrichten erzählen oder eben Geschichten vorspielen. Ähnlich wie im Theater in Klein Moskau.«

Erneut bahnte sich ein schmerzhaftes Stechen zwischen ihren Rippen an und Hannelore wandte sich schnell vom Fernseher ab. Helena folgte ihr äußerst unwillig und verzog ihr Gesicht zu einer Schnute. Hannelore war ihr unendlich dankbar für diese willkommene, selten gesehene, kindliche Ablenkung. Sie nahm ihre missmutige Tochter auf den Arm und konnte sich ein Lächeln diesmal nicht verkneifen. Sie wusste, dass Helena lieber eine Woche nichts essen würde, als den magischen Fernseher zurückzulassen.

Es roch jedoch verlockend aus dem Erdgeschoss und Hannelores Magen verkündete lautstark, dass er seit beinahe 24 Stunden kein Essen bekommen hatte. Sie hatte in der *Eule* vor lauter Hektik keine Mittagspause gehabt und abends war der Vorfall mit Koslow und Sascha gewesen. War es wirklich erst gestern gewesen, als sie in bester Laune in die Schneiderei aufgebrochen war? Zwischen gestern und heute schienen Wochen zu liegen! Wann hatte Helena zum letzten Mal etwas gegessen?

Mit schlechtem Gewissen stieg sie die blitzblank gebohnerten Treppenstufen hinunter und folgte sie dem verlockenden Duft, der aus der kleinen Küche neben der Treppe strömte. Martha saß am Tisch und las eine Zeitung, während Judith am Gasherd stand. Alles war so penibel ordentlich, dass die Räume beinahe unbewohnt wirkten. Nirgendwo lag auch nur der Hauch von Staub und die Bilder an den Wänden waren nicht nur sorgsam eingerahmt, sondern auch in gleichmäßig akkuratem Abstand zueinander aufgehängt worden.

Ihr Blick wanderte über die vielen Bilder in ihren zierlichen, silberfarbenen Rahmen und die vielen ebenfalls eingerahmten Medaillen und Urkunden. Offenbar war Martas Vater in einer wichtigen politischen Position. Doch warum hatten Martha und Judith ihr dann gestern geholfen? Es machte keinen Sinn!

Nervös nagte sie an ihrer Unterlippe und dachte an die Waffe in ihrem Mantel. Hatten die zwei etwas Schlimmes mit ihr vor? Konnte es sein, dass sie sich so in Martha getäuscht hatte? Hatte sie denselben Fehler gemacht wie damals mit Ivanka und Sascha, als sie naiv zu ihnen ins Auto gestiegen war? Hätte Sascha sich nicht anders besonnen, hätte ihr in Klein Moskau ein deutlich anderes Schicksal geblüht! Martha und Judith hatten doch aber gestern Nacht ihr Leben riskiert!

Martha blickte von der Zeitung auf und ihr aufrichtiges Strahlen wischte Hannelores Bedenken beiseite – vorerst zumindest. »Immer bereit, Genossin! Lust auf ein zünftiges Frühstück?«

Zur Antwort knurrten Hannelores und Helenas Mägen im Duett und Judith drehte sich lachend zu ihnen herum. »Hinsetzen und essen!«, befahl sie scherzhaft, während sie köstlich duftenden Kaffee in eine große Tasse neben Hannelore eingoss. Sie mochte sonst keinen Kaffee, doch dieser roch einfach wunderbar!

»Das ist richtiger Röstkaffee. Die Brühe ist fast so gut wie Wessi-Kaffee«, erklärte Martha grinsend, als hätte sie Hannelores Gedanken erraten. Erneut wanderte Hannelores Blick unwillkürlich über die parteigetreuen Bilder und Auszeichnungen.

Marthas Blick folgte ihr. »Wie gesagt, wie sind hundertfünfzigprozentige«, sagte sie seufzend.

»Martha!« Judiths mahnender Blick ließ ihre Tochter verstummen und wieder die Zeitung aufschlagen. »Iss etwas, Mäuschen!«, sagte Judith deutlich freundlicher zu Helena, die neben Hannelore auf einen Stuhl geklettert war und ungläubig auf den reich gedeckten Tisch starrte. Die meisten Dinge darauf kannte sie nicht und offenbar war sie sich nicht sicher, ob die Dinge um die Brötchen herum auch tatsächlich essbar waren.

»Du kennst nur russische Lebensmittel, oder?«, fragte Judith freundlich. »Schau, das hier ist Goldsaft, ein Zuckerrübensirup, den magst du bestimmt. Oder Pflaumenmus? Esst Kinder, ihr seid zu dünn!«

Die nächsten Minuten vergingen in gierigem Kauen, als Hannelore und Helena Brötchen in sich hineinschaufelten, bis ihre Bäuche schmerzten. Wusste der Teufel, wann sie von hier fortmussten und wann es dann wieder etwas zu essen gab!

»Ich bin fertig. Ich will jetzt Geschichten sehen, Mama!«, erklärte Helena schließlich lautstark maulend auf Deutsch. Verlegen legte Hannelore einen Finger auf den Mund und schüttelte den Kopf.

»*Was* will sie?«, fragte Martha perplex.

»Sie hat den Fernseher oben gesehen«, antwortete Hannelore beschämt.

»Da läuft jetzt nichts!«, antwortete Martha lachend. »Du kannst heute Abend das Sandmännchen schauen. Du kannst dir sogar eins aussuchen[11]«, sagte sie mit schelmischem Blick auf ihre Mutter.

Judith schüttelte gereizt den Kopf. »DFF[12] oder der Kasten bleibt aus! Aber wir müssen eh mal kieken[13], was wir mit euch machen.«

Sie warf Hannelore einen ratlosen Blick zu und wandte sich seufzend zur Spüle, um abzuwaschen. Sie sagte Martha etwas über ihre Schulter hinweg, doch Hannelore konnte ihre Lippen nicht lesen. Helenas Strahlen nach zu urteilen, war es jedoch nichts Besorgniserregendes.

Martha stand auf und kam einige Minuten später mit Spielsachen zurück, die sie auf einer flauschigen braunen Decke in der Küchenecke ausbreitete. Mit Begeisterung stürzte sich Helena auf die noch nie zuvor gesehene Auswahl an Schätzen und vergaß sofort alles um sich herum. Hannelore hätte in diesem Moment alles dafür gegeben, um ihrer Tochter ein Leben wie dieses zu ermöglichen. Wo sollten sie jetzt nur hin?

Erneut schien es, als konnte Martha ihre Gedanken lesen. Judith setzte sich zu den beiden an den Tisch, während ihr Blick seltsam angespannt und doch gerührt zugleich zwischen den beiden Mädchen hin und her wanderte.

»Kannst du zurück zu deiner Familie?«, fragte Martha.

Statt einer Antwort lachte Hannelore sarkastisch auf.

»Hatte ich mir gedacht, aber ich dachte, ich frag mal. Familie ist zum Kotzen!«

Erschrocken blickte Hannelore auf Judith, doch statt aufbrausend zu werden, nickte sie und blinzelte heftig, während sie ihre Kaffeetasse umklammerte. »Wir können euch nicht hierbehalten«, sagte sie schließlich zu Hannelore gewandt.

»Ich weiß, die Russen kommen mich vielleicht suchen«, antwortete Helena.

»Nicht nur die!«, erwiderte Martha, doch ein Blick ihrer Mutter ließ sie abrupt verstummen.

Hannelore nahm all ihren Mut zusammen. »Warum habt ihr uns geholfen?«

Martha und Judith tauschten unsichere Blicke aus, während Martha nervös an ihrer Unterlippe nagte.

Zu Hannelores Erstaunen blieb sie jedoch stumm und es war Judith, die ihr antwortete. »Hast du die Fotos und Dekoration gesehen?«, fragte sie scheinbar zusammenhangslos mit einem Kopfnicken auf die vielen Bilder und Auszeichnungen.

Hannelore verstand den Hinweis nicht, doch Judith machte eine Handbewegung, die ihr bedeutete aufzustehen und sich die Fotos anzusehen. Vorsichtig schweifte Hannelores Blick zu Helena, die eifrig brabbelnd eine Puppe an sich drückte. Wie in Trance stand sie auf und ging zur Wand neben der Tür, an der die meisten Fotos hingen. Sie zeigten Martha, Judith und einen Mann in Uniform, der Marthas Vater sein musste. Auf den älteren Fotos war oft eine Hand oder ein halber Arm im Bild zu sehen, doch offenbar war dieser weggeschnitten worden.

»War hier noch jemand im Bild?«, fragte sie erstaunt und drehte sich zu Judith um. Diese stand abrupt auf und ging zum Herd, um neuen Kaffee aufzubrühen. Sie schien an ihren Augen zu wischen, doch Hannelore konnte ihr Gesicht nicht sehen.

»Das ist nicht das, was Mutti meinte«, erklärte Martha zögernd. Sie stand auf und stellte sich neben Hannelore. Ihr Finger tippte auf den Mann in Uniform. Er war offenbar recht klein und stämmig. Sein dunkles Haar wies bereits fortgeschrittene Geheimratsecken auf und trotz seines Lächelns schienen seine Mundwinkel seltsam nach unten gezogen zu sein. Er kam Hannelore sehr bekannt vor, als hätte sie ihn schon einmal gesehen.

Ihr Blick wanderte weiter über die anderen Bilder, bis ihre Augen abrupt von einem Foto auf ihrer Schulterhöhe angezogen wurden. In diesem Bild stand Marthas Vater, Arm in Arm mit einem Armeegeneral. Auf ihren prächtigen Uniformen thronte jeweils ein Luftgewehr, das sie sich locker über die Schulter gelegt hatten, während sie siegessicher in die Kamera strahlten. Offenbar war dieses Foto vor oder nach einer Jagd entstanden. Der kleine, dicke Mann mit den schlaffen Mundwinkeln war das komplette Gegenteil seines großen, sportlich aussehenden Generalfreundes, dessen strahlende grau-blaue Augen unter dichten schwarzen Wimpern in die Kamera blitzten.

Hannelores Knie gaben nach, während sie sich nur mühsam mit den Händen an der Wand abstützte.

»Ich weiß«, sagte Martha mitfühlend. »Den hier kennst du vermutlich nicht«, sagte sie, auf Sascha tippend, »das hier ist ein sowjetischer Armeegeneral. Aleksandr Grigorjew oder so ähnlich. Und daneben ...«

»Ich kenne ihn«, hauchte Hannelore schwach. »Aus Klein Moskau!«

»Ach stimmt, mein Vater hat das mal erwähnt. Hast du ihn dort mal gesehen?«

Unwillkürlich strich Hannelore sich über den Bauch und nickte, während sie mühsam die Tränen zurückblinzelte.

»Na, wie auch immer«, fuhr Martha unbeirrt fort. »Daneben ist jedenfalls mein Vater, wie du gleich erkannt hast. Wer kennt ihn auch nicht, den großen Friedrich Dahlke!« Sie lachte höhnisch auf.

Hannelore horchte augenblicklich auf. Friedrich Dahlke, das gefürchtete Oberhaupt der Stasi[14]! Er war damals dafür verantwortlich gewesen, dass man ihre Familie nach Gabis Verschwinden verhört und gequält hatte. Hannelore schluckte schwer, während ihr Herz raste. Sie war also wieder einmal vom Regen in die Traufe geraten!

»Keine Sorge, er ist nicht hier!«, sagte Martha plötzlich, die ihr Mienenspiel verfolgt hatte. »Er wohnt hier lediglich hin und wieder, um so etwas wie Anstand zu heucheln. Wir sind nur seine Zweitfamilie.«

»Wie bitte?«, fragte Hannelore verwirrt.

Judith verließ kommentarlos den Raum und Martha verdrehte die Augen. »Er hat wieder geheiratet, aber Ingrid weiß über sein *kleines Arrangement* Bescheid. Ingrid ist seine zweite Frau. Mutti und er haben sich kennengelernt, als sie nach Ausbruch des zweiten Weltkriegs für eine illegale Zeitung geschrieben haben. Damals nannte er sich allerdings Richard Hebel[15]. Mutti fand ihn damals wohl irre mutig und als dann mein Bruder unterwegs war, hat er es sogar geschafft, sie erst nach Südfrankreich und dann nach Mexiko mitzunehmen. Dort wurde ich dann geboren. Irgendwie hatte er schon immer Kontakte überall in der Welt und als er dann sogar irgendwann Spitzenkontakte in Moskau hatte, konnte er schließlich wieder nach Berlin zurück. Naja, den Rest der Geschichte kennst du sicherlich aus der Gehirnwäsche im Unterricht!«, sagte sie und verdrehte erneut die Augen.

Hannelore erinnerte sich zwar nicht an Dahlkes weitere Geschichte, doch sie wusste immerhin genug, um ihn zu fürchten. »Und wo ist er jetzt?«, krächzte sie heiser.

»Vermutlich bei Ingrid und seinen zwei anderen Bälgern. Als sich herausstellte, dass mein Bruder komplett gestört ist, hat er sich kaum noch hier aufgehalten und dann Ingrid geheiratet. Wahrscheinlich hat er das erste Kind deshalb auch adoptiert, damit ihm nicht wieder ein schwarzes Schaf in die Familie geboren wird. Das zweite war vermutlich ein Unfall, wer weiß. Offiziell ist er allerdings noch nicht einmal von meiner Mutti geschieden – toll, was man alles machen kann, wenn man die entsprechenden Kontakte und fett Kohle hat, was?«, stieß Martha bitter hervor.

Ich weiß, dass sein Sohn ständig in Schwierigkeiten steckt und er viel vertuscht hat. Das werden wir ausnutzen! Saschas Worte fügten sich in Hannelores Gedanken langsam wie ein Puzzle zusammen. Hatte er etwa geahnt, wer Martha war und sie deshalb sofort zur Mauer geschickt? *Er ist kein sonderlich sympathischer Zeitgenosse, aber er ist der einzige, den ich gut genug kenne, um ihn unter Druck zu setzen. Bis dahin gehst du zu Martha. Warte dort, bis er dich kontaktiert!*

»Ich denke, ich sollte hierbleiben und auf deinen Vater warten«, sagte sie schließlich langsam. Hoffentlich war ihre Eingebung richtig!

Martha sah sie an, als hätte sie den Verstand verloren. »Sag mal, Genossin, hat dir der große Bruder[16] zu viel russischen Fraß ins Gehirn gekippt? Mein Vater darf dich hier nicht sehen! Wenn er hier ist, spielen Mutti und ich brave Aktivistinnen[17]. Der bringt mich um,

wenn er hört, dass ich mir ein Taschengeld mit Bückware verdiene!«
Ironisch korrigierte sie sich selbst. »Nein, warte. Er würde mich natürlich nicht selbst umbringen. Dafür hat er seine Handlanger!«

Hannelore wandte ihren Blick von Marthas erhitztem, trotzigem
Gesicht ab und blickte auf Helena, die ihre Puppe mit kleinen Spiel-
zeuglebensmitteln fütterte. Sie vertraute Martha, doch wenn sie tatsächlich die Tochter von Dahlke war, durfte sie nicht naiv sein.

*Ich weiß, dass sein Sohn ständig in Schwierigkeiten steckt und er
viel vertuscht hat!*, wiederholte Sascha in ihrem Kopf.

Entschlossen sah sie Martha direkt in die Augen. »Ich denke,
dein Vater kann mir helfen, aber dafür muss ich etwas wissen. Ist
sein zweites Kind mit Ingrid ein Sohn?«

Martha nickte verwundert. »Ja, woher weißt du das?«

»Sage ich dir gleich. Sag mir nur eins: Hat er ihm Schande gemacht?«

Martha kniff verblüfft die Augen zusammen. »Nee! Nicht, dass
ich wüsste. Nur wir sind die schwarzen Schafe. Genauer gesagt
mein Bruder!«

»Ich dachte, dein Vater hat kaum etwas mit euch zu tun? Was hat
dein Bruder denn gemacht?« Wie konnte man dem Leiter der Staatssicherheit noch mehr Schande bereiten, als wenn man mit Russen
auf dem Schwarzmarkt handelte?

Marthas Blick schwankte. Zögernd blickte auch sie nun auf
Helena und trommelte nervös mit den Fingern auf der Tischplatte.
»Mein Bruder ist ein bisschen gestört!« Vielsagend tippte sie sich
an die Stirn. »Versteh mich nicht falsch, er hat das Herz am rechten
Fleck. Aber der Erstgeborene des großen Dahlke hätte ihm fast die
Karriere ruiniert und mein Vater setzt alles daran, ihn unter Kont-
rolle zu halten!«

»Unter *Kontrolle* …?«, wiederholte Hannelore verwirrt. Was
sollte das bedeuten?

Marthas Gesicht wurde von Hass überschattet. »Er jagt ihm regelmäßig Elektroschocks in die Birne, das soll es bedeuten!«, keifte
sie mit verzerrtem Gesicht. »Wenn es zu schlimm wird oder mein

Vater auch nur ansatzweise mitbekommt, dass wieder etwas nicht stimmt, dann kriegt mein Bruder Elektroschocktherapie! Und was auch immer sie da mit ihm anstellen, sie haben ihn damit kaputt gemacht – ihn und unsere Familie! Bis vor einem Jahr hatte er sogar vergessen, dass Mutti und ich überhaupt existieren! Einfach so aus der Birne weggebrannt!« Vor Wut bebend wischte sie entschlossen ein paar Zornestränen weg und wandte sich ab.

Hannelore schluckte und versuchte mühsam ein Lächeln für Helena, die aufgehört hatte zu spielen und erschrocken zu ihnen herübersah.

Alles in Ordnung, zeigte sie ihr mit den Händen hinter Marthas Rücken.

»Ihr Bruder ist nett!«, antwortete Helena jedoch zu allgemeinem Erstaunen.

Verwirrt fuhr Martha zu Hannelore herum. »Woher kennt deine Tochter meinen Bruder?«

Hannelore war jedoch ebenso überrascht wie Martha und blickte Helena fragend an.

»Er ist der Mann an der Mauer, der mir Deutsch beigebracht hat. Manchmal war Martha da und manchmal er.«

Hannelore war zu sprachlos, um darauf etwas zu erwidern. Zu ihrer grenzenlosen Verwunderung breitete sich ein erleichtertes Lächeln auf Marthas Gesicht aus. Sie stürmte zu Helena, hob sie hoch und umarmte sie euphorisch. Bevor Hannelore einschreiten konnte, rief Martha bereits nach Judith. »Mutti! Komm schnell!«

Judith stürmte in die Küche. Sie sah blass aus und hatte bei Marthas Rufen offenbar das Schlimmste vermutet.

»Stell dir vor, Mutti, dein gestörter Sohn hat Helena ebenfalls Deutschstunden gegeben! Er ist offenbar immer wieder heimlich an die Mauer gekommen und hat das Gleiche gemacht wie ich!«

Judiths Gesicht zeigte mit einem Schlag ebenso viel Erleichterung wie Marthas. Hannelore blickte verdattert von einem Gesicht zum anderen, als beide Frauen gerührt die ebenfalls erstaunte Helena umarmten und jubelten.

»Ich sag's doch! Mein Sohn ist kein schlechter Mensch!« Schniefend wischte Judith mit dem Blusenärmel ihre Augen trocken und lachte.

»Es tut mir leid, aber ich verstehe kein Wort!«, stammelte Hannelore schließlich. Warum würde Marthas Bruder ihrer Tochter heimlich Deutsch beibringen? Und wie sollte er das tun, wenn er doch in irgendeiner Anstalt Elektroschocktherapien bekam?

Judith und Martha sahen sich verunsichert an.

»Gut, Karten auf den Tisch«, sagte Judith schließlich. »Komm, setz dich!« Sie holte tief Luft, während Martha nervös ihre Hände knetete.

»Mein Bruder und Helena sind sich sehr ähnlich!«, platzte Martha schließlich heraus, bevor Judith die richtigen Worte fand.

»Mein Kind ist nicht gestört!«, entgegnete Hannelore scharf wie aus der Pistole geschossen, während sie abrupt aufstand.

»Das ist mein Sohn auch nicht!«, erwiderte Judith nicht minder eisig. Sie holte erneut tief Luft und zog Hannelore am Ärmel zurück auf den Stuhl. »Hör mir zu, Hannelore! Du hast sicherlich gemerkt, dass deine Tochter hin und wieder verschwindet.«

Hannelore starrte die beiden wie gelähmt an. Woher wussten sie das? Auch Sascha hatte es gewusst und vermutlich galt das inzwischen auch für ganz Klein Moskau! Was stimmte nicht mit ihrer Tochter? Ängstlich wanderte ihr Blick zu Helena, die mit einem Bilderbuch auf der Spieldecke kuschelte und wieder in ihre eigene Welt versunken war. Sie war kein normales Kind, das wusste sie.

Nicht normal... Diese Gedanken kratzten an ihr wie scharfe Stacheln.

»Sieh mich an!«, forderte Judith sie auf. Ihr Blick war seltsam und ihre Augen bohrten sich eindringlich in Hannelores. »Deine Tochter verschwindet ebenso wie mein Sohn. Ich glaube nicht, dass das von Natur aus etwas Schlechtes ist, aber es macht das Leben definitiv nicht leichter – für keinen von uns! Mein Sohn war genau wie Helena: dieselben Augen, dieses plötzliche Verschwinden und die furchtbaren Anfälle, während derer er die erschreckendsten

Dinge tat. Manchmal war es nur hysterisches Weinen oder Stöhnen, manchmal hat er allerdings auch mit fremden Stimmen gesprochen und uns zu Tode erschreckt!«

Hannelores fühlte sich plötzlich, als würde sie in Ohnmacht fallen. Ihr Kopf wurde seltsam leer und sie konnte nichts anderes tun, als Judith wie hypnotisiert auf die Lippen zu starren.

»Ich glaube nicht, dass es von Natur aus etwas Schlechtes ist!«, wiederholte Judith eindringlich. »Ich bin überzeugt, dass es eine Gabe ist. Aber sie bringt einen oft in Schwierigkeiten und das konnte mein Mann nicht tolerieren. Er hat schon immer für die Karriere gelebt und mein Sohn war drauf und dran, ihm mit seinem Verhalten einen Strich durch die Rechnung zu machen. Friedrich hat ihn vor fast zehn Jahren in eine Anstalt gesteckt und abgesehen von den Jahren 55 bis 57 war er die ganze Zeit dort. Die haben mir meinen Sohn kaputt gemacht!« Sie brach ab und vergrub ihr Gesicht in den Händen.

»Nicht ganz, Mutti«, sagte Martha ungewohnt sanft. »Er will offenbar etwas wieder gut machen!«

Judith stand abrupt auf und verließ die Küche.

»*Was* will er wieder gut machen?«, fragte Hannelore. »Wenn sie ihm gegen seinen Willen Elektroschocktherapien geben, ist sein Verhalten doch nicht seine Schuld.«

Sie verstand außerdem noch immer nicht die Verbindung zwischen Marthas Bruder und Helena. In diesem Moment kam Judith in die Küche zurück. Sie hielt eine Fotografie in der Hand, die sie Hannelore wortlos überreichte. Hannelore starrte wie betäubt auf das Bild. Das konnte einfach nicht sein …

»Er kann ebenso verschwinden wie Helena«, las sie aus den Augenwinkeln auf Judiths Lippen. »Und er kommt uns hin und wieder besuchen. Selten, weil er es nicht gut koordinieren kann, aber manchmal schafft er es. Dieses Foto ist vor etwas über einem Jahr entstanden.«

»Wir wissen Bescheid, Hannelore«, sagte Martha tonlos. »Darum haben wir euch geholfen. Es war das Mindeste, das wir tun konnten!«

Das Bild zitterte in Hannelores Händen, während sie gebannt auf die Gesichter starrte. Es war ein Bild von Martha und ihrem Bruder. Beide sahen todernst aus, während ihre dunklen Augen in die Kamera starrten. Ihr Bruder wirkte leicht verschwommen, doch er war einwandfrei erkennbar.

Alfred!

~ KAPITEL 20 ~

Vertrauter Feind

WÜNSDORF, BRANDENBURG, DDR. 19. DEZEMBER 1960.
JUDITHS HAUS.

Alfred war also Marthas Bruder! Und Martha hatte die ganze Zeit gewusst, was er getan hatte! Hannelore hatte einfach nur weglaufen wollen, als das ganze Ausmaß dieser Wahrheit über sie hereingebrochen war. Doch wo sollte sie hin? Das hatte Sascha also damit gemeint, dass Dahlke wegen seines Sohnes oft in Schwierigkeiten war! Wie viel wusste das Oberhaupt des MfS von und über Helena? Wie viel hatte Sascha gewusst?

Mühsam rieb sie sich die Schläfen und starrte matt auf das grasgrüne Sofa, während Helena begeistert *Unser Sandmännchen* schaute. Der Fernseher war in ihren Kinderaugen nach wie vor pure Magie. Hannelore wusste, dass es logisch betrachtet nur zwei Möglichkeiten gab, wie Dahlke reagieren konnte, wenn er von Helena erfuhr. Er würde entweder wiedergutmachen wollen, was er seinem eigenen Sohn angetan hatte. Oder aber er würde mit Helena genauso verfahren wie mit Alfred, bis sie genauso krank im Kopf sein würde wie er. Vor dem Hintergrund, dass Alfred nicht hier, sondern offenbar in einer Anstalt war, würde es vermutlich letzteres sein!

Hannelore stimmte Martha innerlich zu, dass ihr Vater nicht erfahren durfte, dass sie hier waren. Marthas Schwarzhandel war ihr dabei herzlich egal, doch sie würde nicht zulassen, dass er Helena in Alfred verwandelte! Laut Judith erwarteten sie Dahlke nicht vor nächster Woche, doch sie wollte nicht riskieren, dass er unerwartet nach Hause kam.

Wo sollten sie nur hin? Wehmütig beobachtete sie Helena, die mit großen Kinderaugen auf den Fernseher starrte und an einigen Stellen begeistert auflachte. Hannelore fasste in diesem Moment einen Entschluss. Sie würde alles daran setzen, um Helena ein gutes Leben zu ermöglichen, egal um welchen Preis! Sie würde nicht zulassen, dass Helena sich in einen bitteren, korrupten Alfred verwandelte oder dass es ihr an etwas fehlen würde! Helena hatte genug durchgemacht und es würde schwer genug ohne Vater werden. Sie würde jetzt retten was zu retten war!

Sie würde zu Gabi flüchten. Sie würde in den Westen gehen und arbeiten. Gabi würde ihr glauben, wenn sie die Ähnlichkeit zwischen Alfred und Helena sah! Die erleichternde Erkenntnis, dass Alfred nicht, wie er früher vor ihren Eltern behauptet hatte, mit Gabi im Westen wohnte, ließ sie Hoffnung schöpfen. Gabi war also irgendwo im Westen und hatte es geschafft! Genau das würde Hannelore auch tun – Helena zuliebe!

Ein kämpferisches Grinsen schlich sich auf ihr Gesicht und ihr Herzschlag beruhigte sich. Martha und Judith hatten ihr gegenüber offenbar ein derart schlechtes Gewissen, dass sie sogar ihr Leben riskiert hatten, um sie vor den Russen zu schützen. Martha hatte diverse Schwarzmarktkontakte, die würden ihr schon helfen. Darüber hinaus hatten sie Helena Deutsch beigebracht – es war perfekt! Den Gedanken, dass auch Alfred ihrer Tochter Deutsch beigebracht hatte, schob Hannelore schnell beiseite. Sie wollte nicht darüber nachdenken, warum er das getan hatte. Alles was er tat, hatte anscheinend einen hinterlistigen Gedanken und je weniger sie darüber nachdachte, umso wohler würde sie sich fühlen.

Judith hatte ihre Kleidung gewaschen und Martha hatte ihrer kärglichen Ausstattung Etliches beigesteuert. Sascha hatte an dem Abend ihrer Flucht recht kopflos gepackt, was sie nicht sonderlich überraschte. Doch die Unmengen an Strumpfhosen ohne Rock oder

Kleid würden ihr ebenso wenig bringen wie die Brotmesser, die er aus irgendeinem Grund ebenfalls in ihre Tasche gestopft hatte.

Glücklicherweise waren sie recht stumpf, sodass Hannelore sich nur eine harmlose Schnittwunde zugezogen hatte, als sie in ihrer Tasche nach Kleidung gewühlt hatte. Das Geld hatte sie erst Stunden später in ihrer Manteltasche gefunden. Es waren Unmengen an Ostdeutschen Mark. Wusste der Himmel, wie Sascha auf die Schnelle an so viel deutsches Bargeld gekommen war! Wie betäubt hatte sie das Geld letztendlich in ihre Schuhe gestopft. Sie hatte keine Ahnung, dass dies auch das Versteck ihrer großen Schwester Gabriele gewesen war, als diese vor knapp fünf Jahren in den Westen geflüchtet war.

Hannelore wurde jäh aus ihren Gedanken gerissen, als Martha aus dem Nebenzimmer an ihrer Tür vorbeischoss und nach unten ins Erdgeschoss rannte. Ein Seitenblick auf Helena zeigte ihr, dass ihre Tochter noch immer im Bann des magischen Fernsehers war und nicht auf sie achtete. Auf Zehenspritzen pirschte Hannelore zur Tür und schlich sich an die Treppe heran. Judith und Martha sprachen mit jemandem an der Haustür und ihre unterdrückte Nervosität schien mit jeder Sekunde eine Stufe weiter zu Hannelore emporzusteigen.

Ihr Gehör hatte heute offenbar eines seiner besseren Tage, doch zu ihrer Frustration konnte sie noch immer nur winzige Gesprächsbrocken zwischen dem inzwischen gewohnten, lauten Brummen und Knacken mitbekommen.

»Nicht jetzt!«

»Wann ...?«, zischte eine männliche Stimme kaum hörbar zurück. »Besser wird es nicht und sie muss ...!«

»... nicht vor ... Russen suchen ...«

Sie tuschelten und brummelten aufgeregt übereinander und durcheinander. So sehr Hannelore sich auch bemühte, sie verstand nicht mehr als ein paar sinnlose, unzusammenhängende Wortfetzen. Entschlossen ging sie in den Flur, zog die Zimmertür hinter sich zu und eilte die Stufen hinab. Sie würden ihr sofort sagen, was los war – sie hatte genug von der steten Heimlichtuerei um sie herum! Doch Judith war bereits in die Küche entschwunden und Martha hatte energisch die Haustür geschlossen. Sie schien keineswegs überrascht, Hannelore direkt vor sich zu sehen und starrte grimmig entschlossen zurück. »Komm mit!«

Noch bevor Hannelore den Mund öffnen konnte, wurde sie von Martha am Ärmel ihrer Strickjacke gepackt und wieder die Treppenstufen hinaufgezogen.

Vor der Tür blieb Martha jedoch abrupt stehen und schien zu zögern. »Sie suchen dich!«, stieß sie schließlich hervor. »Die Russen, meine ich. Aleksandr Grigorjew war eben hier und hat uns gewarnt.«

»Sascha war hier?«, fragte Hannelore schwach.

Martha starrte sie verwirrt an. »Ist das sein Spitzname?«

Hannelore nickte mit hochroten Wangen und konnte nicht anders, als Freude zu empfinden. Sascha war sogar hierhergekommen, um ihr zu helfen! Plötzlich fiel es ihr wie Schuppen von den Augen, dass er den Ausdruck ,*meine Frau*' vermutlich nur verwendet hatte, um Hannelore zum Gehen zu bewegen. Er wusste, wo sie war und es lag ihm etwas an ihr! Wie hatte sie nur daran zweifeln können? Vielleicht war es doch kein Abschied für immer!

»Freu dich mal nicht zu früh!«, warnte Martha sie mit hochgezogenen Augenbrauen. »Ich würde den Russen nicht trauen!«

»Sascha will mir helfen! Er würde mich nie in Gefahr bringen!«, erwiderte Hannelore mit Nachdruck und konnte noch immer nicht das Strahlen auf ihrem Gesicht unterdrücken.

Martha sah sie skeptisch an. »Hannelore, ein russischer Armeegeneral aus dem Cirkus Aljoscha[18], der noch dazu mit meinem Vater befreundet ist und fleißig von ihm Bienchen[19] bekommt, ist sicherlich niemand, der wissen sollte, wo du bist!«

»Sascha ist auf unserer Seite!« Ohne es zu bemerken strich sie sich über den Bauch, während sie auf die geschlossene Tür sah, hinter der Helena fernsah.

Marthas Augenbrauen wanderten erschrocken noch einige Millimeter höher. »Hannelore! Bist du etwa wieder ...?« Martha verdrehte die Augen und ließ sich stöhnend auf der obersten Stufe nieder, während sie sich verzweifelt durch die zerzausten braunen Locken fuhr und stöhnte. Hannelore bemerkte, dass sie tiefe Ringe unter ihren Augen hatte und der in ihr aufgestiegene Ärger über Marthas Ausruf verpuffte bei ihrem Anblick ebenso schnell, wie er gekommen war.

»War es mein verdammter Bruder oder der verdammte Russe?«, fragte Martha matt.

»Der verdammte Russe.«

Martha strich sich müde über die Augen. »Offen gestanden weiß ich nicht, was schlimmer ist ...«

»Dein verdammter Bruder!«, entgegnete Hannelore kühl.

Martha schwieg und sah auf den Boden.

»Helft ihr mir trotzdem noch?«, fragte Hannelore eisig.

»Jetzt hör mir mal zu, Genossin!«, fuhr Martha sie plötzlich an und sprang auf, sodass sie Nase an Nase standen. »Mutti und ich haben viel für euch riskiert und wir werden ...«

»Und ich habe mich brav dafür bedankt, oder nicht?«, unterbrach Hannelore sie aufgebracht. »Obwohl es euer Alfred war, der mich überhaupt erst in diese Situation gebracht hat!«

Martha holte tief Luft, während ihre Arme und Hände sich merkwürdig steif neben ihrem Körper verkrampften. Es wirkte, als ob sie sich nur mühsam beherrschte, um Hannelore nicht an die Kehle zu springen. »Das ist uns sehr wohl bewusst, glaub es oder nicht, Genossin!«, stieß sie zwischen zusammengebissenen Zähnen hervor. »Du hast keine Ahnung, wie es uns seit Jahren ergangen ist!«

Hannelore ließ ihren Blick ironisch über die prachtvolle Ausstattung schweifen. Selbst im Treppenhaus hingen überall Fotos und Auszeichnungen in teuren Bilderrahmen. Sie alle waren genauso penibel und akkurat aufgehängt wie im Rest des Hauses.

»Glaubst du, uns bedeutet das hier etwas? Bist du echt so hohl? Nur weil wir keine Rennpappe[20] fahren und hier täglich seinen ganzen Mist ankieken dürfen? Meine Mutter wurde von meinem Vater mit einer zweiten Frau gedemütigt und wir stehen noch immer unter seiner Aufsicht! Immer schön brav sein und Vati ja keine Schande machen, damit er weiterhin beim Spitzbart[21] hoch im Kurs steht und machen kann, was er will! – Nicht, dass er uns sonst auch noch Elektroschocks durch die Birne jagt!«

Die letzten Worte hatte sie mit hochrotem Kopf gebrüllt. Helena hatte scheu die Tür geöffnet und sah ängstlich zu ihnen auf den Flur hinaus. Hannelore nahm sie entschlossen auf den Arm und ging wortlos ins Zimmer zu ihrer Tasche.

Plötzlich stand jedoch Judith neben ihr und hielt sie am Arm fest. Offenbar war ihr der laute Wortwechsel mit Martha nicht entgangen, sodass sie zu den beiden Kampfhähnen geeilt war. »Ihr zwei Hitzköpfe seid euch so ähnlich«, sagte sie traurig lächelnd. »Auch wenn mein Sohn sich dadurch auf die falsche Art und Weise zu dir hingezogen gefühlt hat.«

»So kann man das natürlich auch beschreiben!«

Judith biss sich auf die Zunge. »Entschuldige, so habe ich es nicht gemeint! Mein Sohn ist schwer krank, Hanne. Nicht von Natur aus oder weil er diese Gabe hat! Sie haben mir meinen Sohn mit dieser sogenannten Therapie kaputt gemacht! Ich weiß, dass das nichts entschuldigt. Aber bitte denk daran, bevor du uns alle verurteilst! Wir alle, Alfred inklusive, haben uns bemüht, ein bisschen wieder an euch gutzumachen. Niemand ist durch und durch gut oder böse, Hannelore! So viel weißt du inzwischen sicherlich selbst, auch wenn du noch jung bist. Die Welt besteht immer aus vielen, vielen Farb- und Grautönen. Nichts und niemand ist rein schwarz oder weiß! Gib uns eine Möglichkeit, es dir zu beweisen – uns allen!«

»Sie wird nie mit ihm mitgehen, vergiss es!«, Martha ließ sich auf das grüne Sofa plumpsen und sah ihre Mutter bockig an. »Er kann gleich wieder abzischen!«

»*Wer* kann gleich wieder abzischen?«, fragte Hannelore beunruhigt.

Doch Judith ignorierte sie und verstärkte stattdessen ihren Griff um Hannelores Handgelenk, während sie Hannelore beschwörend ansah. »Niemand ist nur gut oder nur schlecht! Niemand! Und manchmal möchten wir Fehler wieder gutmachen. Denk dran, Hanne: Helena ist durch Alfred auch ein Teil unserer Familie, genauso wie du!«

Dieser Gedanke war Hannelore erstaunlicherweise nie gekommen. Angeekelt schob sie den Gedanken, sowohl Alfred als auch Friedrich Dahlke in der nahen Familie zu haben, beiseite.

»Sind wir denn so schlimm?«, fragte Judith sanft und streichelte ihr leicht über die Wange. Ihre traurigen Augen ließen Hannelores Wut schlagartig verrauchen. Sie schämte sich auf einmal. Die beiden Frauen waren genauso ungewollt in ihr Schicksal gestolpert wie Hannelore selbst. Doch statt aufzugeben, hatten sie sich bestmöglich arrangiert und alles riskiert, um ihr zu helfen.

»Ich halte es trotzdem für eine Schnapsidee!«, wiederholte Martha vom Sofa aus und sah Hannelore skeptisch an.

»Was meinst du?«, fragte Hannelore vorsichtig.

»Sie meint *mich*!«

Entsetzt fuhr Hannelore herum und entdeckte plötzlich ein bekanntes Gesicht im Türrahmen. Panisch riss sie Helena fester an sich und taumelte zum Bett zurück.

»Raus!«, herrschte Judith ihren Sohn an. »Das hilft gerade nicht, Alfred!«

»Irgendwann muss sie mit mir sprechen und besser jetzt, als wenn die Russen schneller sind! Ihr habt doch gehört, was der Russe gesagt hat. Er lenkt sie so lange wie möglich auf eine falsche Fährte, aber es ist nur eine Frage der Zeit, bis sie hier vor der Tür stehen! Die beiden müssen gehen, je eher umso besser!«

Er sprach ruhig, doch Hannelore sah an seinen verkrampften Händen, mit denen er abwechselnd am Türgriff und an seiner Jacke herumnestelte, dass er nervös war.

Helena hingegen schien erstaunlicherweise überhaupt keine Angst zu haben. Sie machte sich von Hannelore los und stürmte auf Alfred zu. »Hallo!«, rief sie freudig auf Deutsch und gab ihm eine stürmische Umarmung.

Ungelenk erwiderte Alfred diese und sah seine Mutter flehentlich an. »Es tut mir leid ...«

»Ich weiß, mein Junge«, sagte Judith leise.

Seine Augen wanderten unsicher zu Hannelore.

»Wo soll ich denn deiner Meinung nach hin?«, fragte Hannelore heiser. Sie hatte ihre Stimme kalt und überlegen klingen lassen wollen. Doch plötzlich fühlte sie sich wieder genauso ausgeliefert wie mit sechzehn Jahren. So lange lag diese Zeit schon zurück. So unendlich viel war in der Zwischenzeit geschehen. Und dennoch schien es plötzlich, als wäre alles erst gestern passiert und Christine könnte jeden Augenblick durch die Tür kommen.

»Er hat vorgeschlagen, dass du mit ihm nach Berlin gehst«, schaltete sich nun Martha ein und grinste höhnisch. »Aber ich habe ihm schon gesagt, dass du das nicht tun wirst!«

»Himmel, und ich dachte, Gabi wäre das dämlichste Schaf aller Zeiten!«, brauste Alfred auf. Er wirkte auf einmal wieder genauso angsteinflößend wie damals im Schwimmbad. Hannelore duckte sich intuitiv und stieß ein kaum hörbares Winseln aus.

Alfred presste die Lippen zusammen und fuhr deutlich freundlicher fort. »Ich sehe keine andere Möglichkeit! Die Russen stehen schon so gut wie vor der Tür, Martha! Momentan weiß unser Vater von nichts und der russische General deckt Hanne, das müssen wir ausnutzen! Was glaubst du denn, was hier los ist, wenn der große Bruder hier einen Spitzel findet, der einen russischen Offizier auf dem Gewissen hat?«

»Das war ich nicht!«, kreischte Hannelore entsetzt.

»Das glaub ich dir«, antwortete er ruhig. »Aber das ist denen vollkommen egal! Du bist der Sündenbock und sie suchen nach dir. Dein Herr Armeegeneral hat sich da eine ganz schön dämliche Geschichte ausgedacht und du kommst dabei nicht gut weg!«

»Er hatte keine andere Wahl!«, brüllte Hannelore empört.

»Wenn du alle Vollidioten so verteidigst, dann stehen meine Karten bei dir ja vielleicht gar nicht so schlecht!«, konterte er sarkastisch.

Hannelore schluckte bei Judiths bittendem Blick nur mit äußerster Mühe eine gepfefferte Retourkutsche herunter und biss sich wütend auf die Unterlippe.

»Er hat recht Hannelore, was wäre denn die Alternative? Hierbleiben kannst du nicht und weder Klein Moskau noch Rostock sind gerade ein Zufluchtsort für dich«, warf Judith einlenkend ein.

»Kannst du nicht woanders hin? Hast du irgendwo Freunde oder noch Familie?«, fragte Martha.

»Ich habe eine Großtante in Ostdeutschland und eine Schwester im Westen.« Hannelore schluckte, als Alfred den Kopf schüttelte. »Ist Gabi nicht drüben?«

»Doch, ich wollte damit nur sagen, dass deine Tante Hilde inzwischen verstorben ist.«

Woher wusste er das?

»Ist Gabi im Westen?«

»Ja.«

»Bist du mit ihr verheiratet?«

Alfred lachte auf. »Nein!«

»Aber ihr habt Kontakt?« Hannelores Stimme hatte endlich zu der Schärfe gefunden, um die sie sich vor wenigen Minuten umsonst bemüht hatte.

Alfred wand sich offensichtlich unwohl. »Nicht direkt. Ich habe ihr einen Freund geschickt und er hat mich über Zwischenkontakte informiert, dass sie inzwischen in Frankfurt am Main wohnt und sich Vera nennt.«

»Du hast Freunde?«, lachte Martha zynisch auf.

»Martha, geh uns bitte einen Kaffee machen!«

Marthas setzte eine bockige Miene auf, doch der scharfe Blick ihrer Mutter ließ keine Widerworte zu. Murrend erhob sie sich vom Sofa und schob sich an Alfred vorbei, wobei sie ihm unauffällig einen Schlag in die Rippen verpasste. Er hatte sich jedoch offenbar gewappnet und zuckte mit keiner Wimper.

»Um Himmels Willen, Alfred! Du hast doch hoffentlich nicht den neuen Freund deiner Schwester geschickt? Helmut ist genauso leichtsinnig wie Martha!« Alfred verneinte augenrollend, doch Judith ließ sich nicht abbringen. »Also, wen hast du dann geschickt? Kannst du ihm und deinen Zwischenkontakten vertrauen?«, fragte Judith mit zusammengekniffenen Augen.

»Joachim Gutowski.«

»Den Waffenhändler? Großer Gott …«, murmelte Judith.

»Ich kann ihm vertrauen! Ich hätte genug gegen ihn in der Hand, um ihn verschwinden zu lassen, wenn er nicht pariert! Aber es sieht so aus, als ob es ihm in Frankfurt sehr gut gefällt.« Alfred verzog das Gesicht zu einer Grimasse, die Hannelore nicht deuten konnte.

»Und du kannst mich zu Gabi bringen?«

»Ja. Du musst mir allerdings vertrauen und darfst nicht naiv sein! Kriegst du das hin?«

Hannelore war zu perplex, um eingeschnappt zu sein. »Ja.«

»Gut. Sachen gepackt und abreisebereit?«

»Ja!«, erwiderte Judith an Hannelores Stelle.

»Gib ihr keine allzu große Tasche, sonst fällt sie auf. Ich nehme sie im Auto mit nach Ostberlin in meine Wohnung und dann sehen wir weiter!«

Hannelore schluckte bei dem Gedanken hörbar. »Kann Martha mitkommen?«, fragte sie plötzlich ängstlich.

Judith wandte sich verlegen ab. »Nein, das wäre zu auffällig und wir müssten unserem ABV[22] Rede und Antwort stehen«, entgegnete sie schlicht. »Ich hole dir eine kleinere Tasche.«

Sie strich Hannelore kurz über den Rücken und verließ ohne ein weiteres Wort das Zimmer.

Alfred blieb alleine mit Hannelore und Helena zurück. Helena hatte sich aufs Bett gesetzt und starrte schon seit längerem teilnahmslos vor sich hin. Sie war so seltsam, dachte Hannelore verzweifelt. Kein anderes Kind würde sich jemals so verhalten! Sie musste endlich mit anderen Kindern in Kontakt kommen und ein normales Leben haben. Offenbar mussten sie dafür jedoch noch einmal in den sauren Apfel beißen und mutig sein.

»Gut, ich gehe mit dir nach Ostberlin«, sagte Hannelore mit

einem Blick auf Helena. Sie dachte an die Pistole in ihrer Manteltasche und schob die Schultern zurück. »Du bringst mich rüber und
dann hören wir nie wieder voneinander! Abgemacht?« Entschlossen
streckte sie ihre leicht zitternde Hand aus und sah ihn an.

Er nickte jedoch nur mit ausdrucksloser Miene, drehte sich auf
dem Ansatz um und verließ das Zimmer. »Wir fahren in einer Stunde!«, rief er ihr über die Schulter zu.

~ KAPITEL 21 ~
Alte Freunde

FRANKFURT AM MAIN, HESSEN, BRD. 23. NOVEMBER
1989. VERAS WOHNUNG.

Vera Gutowski verhielt sich wie immer, wenn sie gestresst war. Genervt beobachtete Hannelore, wie ihre Schwester zum wiederholten Male vor sich hin brummelnd Kaffee machte und gedankenverloren unzählige Löffel Zucker in die bauchige Tasse schaufelte, nur um dann den Tasseninhalt nach dem ersten Schluck gereizt in die Spüle zu kippen.

»Ach Mensch, Kaffee ist einfach nicht mehr, was er einmal war!«, schimpfte sie zum wiederholten Mal. »Da war ja selbst euer Edescho[23] noch besser!«

Hannelore rollte zur Antwort ihre Augen, während Vera unverständlich grummelnd neues Wasser aufsetzte. Sie stand neben einem der geflochtenen Korbstühle am Fenster und sah in den stillen Innenhof hinunter. Wie anders es doch im Westen war! Die Häuser waren so gut gepflegt, nirgendwo hingen Wäscheleinen und alles roch und schmeckte irgendwie anders. Es war absurd, doch Hannelore fühlte sich hier wie eine Ausländerin.

Veras Wohnung war klein, doch alles war kunterbunt gestrichen und die Schränke waren reich gefüllt. Offenbar bekam man hier Farbe wie auch Lebensmittel so gut wie umsonst. Hannelore hatte sich am vorigen Abend fast der Magen umgedreht, als Vera ohne mit der Wimper zu zucken die Essensreste in der Toilette runtergespült hatte.

Sie waren früh aufgestanden und Hannelore hatte die Gelegenheit genutzt, um ihrer Schwester endlich mehr über ihre Vergangenheit mit Alfred zu erzählen. Sie hatte Protest erwartet, denn Vera wollte von ihrer Vergangenheit grundsätzlich nichts hören und tat gerne so, als sei sie im Westen aufgewachsen.

Vera hatte jedoch seit über einer Stunde kein Wort gesagt und sich stattdessen auf sinnfreie Küchenarbeiten konzentriert. Ihre Fahrigkeit zeigte Hannelore allerdings, dass Vera alles andere als erfreut über dieses Gespräch war.

Hannelore war immer wieder erstaunt, wie sehr ihre Schwester sich verändert hatte. Gabi war immer fröhlich gewesen! Schusseligkeit und Naivität waren sicherlich ebenfalls ein großer Teil von ihr gewesen, doch ihre stets gute Laune war ihr Markenzeichen gewesen und hatte sie unglaublich liebenswert gemacht. Wie sehr Hannelore sie bewundert und zu ihr aufgeblickt hatte!

Vera hingegen schien das komplette Gegenteil zu sein. Alles wurde mit beinahe aggressiver Perfektion organisiert und kommentiert - ohne jegliches Fingerspitzen- oder Feingefühl. Jede Spur eines Lächelns wurde sofort wieder unter Kontrolle gebracht, noch bevor es eine Gelegenheit hatte, die schwermütigen Augen zu erreichen.

Aufseufzend beschloss Hannelore, es vorerst gut sein zu lassen. »Ich sehe mal nach, ob Helena wach ist«, erklärte sie Veras Rücken und ging an ihr vorbei zur kleinen Bettnische hinter dem Küchenvorhang.

»Dass das Kind bei deinem Dauergesabbel nicht aufgewacht ist, grenzt an ein Wunder! Hoffen wir mal, dass sie nicht ebenfalls einen Hörschaden entwickelt hat!«, keifte Vera, während sie vehement die Herdplatten schrubbte. Glücklicherweise hörte Hannelore sie nicht.

»Sie ist weg!« Hannelores Tonlage schrillte eine gute Oktave höher als gewöhnlich durch den kleinen Raum.

»Papperlapapp! Was meinst du mit weg? Sie ist vermutlich nur auf Toilette!« Resolut knallte Vera den Lappen auf die Arbeitsfläche und klopfte energisch gegen die Badezimmertür in dem kleinen Gang zwischen Küche und Bettnische. Es kam keine Antwort. Vera öffnete die Tür einen Spalt breit, doch es war dunkel im Badezimmer.

»Sie ist nicht da!«, wiederholte Hannelore erneut in ihrem panischen Singsang.

»Das sehe ich!«, konterte Vera gereizt und knallte die Tür zu.

»Hier!« Hannelore streckte ihrer Schwester eine Notiz entgegen.

»Was steht drin?«, schnappte Vera.

»Lies!«

»Oh gütiger Himmel!«, rief Vera ungeduldig aus. »Deine Stimme funktioniert doch wohl einwandfrei!« Nervös riss sie Hannelore die gekritzelte Nachricht aus der Hand und begann zu lesen.

Ich hatte einen Zeitsprung und habe uns gesehen, Mama! Ich war noch ziemlich klein und wir sind mit einem rothaarigen Mann die Wilhelm-Pieck-Straße hinuntergelaufen. Es war der Mann vom Bahnhof, Mama! Dieser Alexander, der sagte, ich sollte nie etwas in der Vergangenheit verändern und der mir dann auch in Budapest begegnet ist! Ich kann mich an ihn aber nicht erinnern – du etwa?

Ich wollte Opa Friedrich holen, damit Alfred schon mal hinter euch herlaufen kann, aber er hat mich angebrüllt und gesagt, dass Opa Friedrich mich nicht sehen darf, weil er mich sonst wegsperrt. Er hat uns doch aber immer besucht und geholfen! War das am Anfang nicht so? Alfred ist dann alleine ohne mich losgefahren, um seinen Vater zu holen. Er hat gesagt, dass wir uns nicht mehr wiedersehen werden und dass Alexander dich umbringen will! Ich gehe deshalb zu Dr. Genet. Er sagte, dieser Alexander sei ein Patient von ihm.

Bitte seid mir nicht böse, dass ich ohne euch gehe! Aber ihr zwei seid mir heute zu schwierig und es ist kompliziert genug! Macht euch keine Sorgen, bis später!

Helena

»Wo wohnt dein Seelenklempner?«, fauchte Vera.

»Er ist nicht mein Seelenklempner!«, gab Hannelore scharf zurück. »Aber ich habe vor der Autofahrt hierher seine Visitenkarte bekommen.« Sie schnappte sich ihre Handtasche vom Stuhl und fing an, hektisch darin herumzukramen. Nach endlosen Minuten tauchte sie schließlich mit puterrotem Kopf wieder auf. »Ich glaube, ich habe sie in Helenas Geldbörse gesteckt!«

»Na bravo!« Vera stemmte tief einatmend die Hände in die Hüften. »Dann eben *Das Örtliche*!« Sie durchquerte die winzig kleine Wohnung mit drei großen Schritten und griff nach dem gelben, dicken Heft.

»Das *was*?«, fragte Hannelore verständnislos.

»Telefonbuch! Wie heißt der Psycho-Quacksalber mit Nachnamen?«

»Genet. G – E – N – E – T.« Hannelore blickte mit weit aufgerissenen Augen auf die unzähligen Rufnummern, während Vera routiniert in Windeseile die Einträge überflog.

»Hanne, jetzt starr nicht so, als ob du gerade zum ersten Mal einen Elefanten mit Badelatschen gesehen hast!«, keifte sie über ihre Schulter, ohne Hannelore dabei anzusehen. »Du machst mich völlig wuschig!«

»Entschuldige, ich dachte nur immer, du hast gelogen, dass hier jeder im Westen ein Telefon hat!«

»Warum hätte ich das tun sollen?«, fragte Vera spitz.

»Weil du es liebst, alle in den Wahnsinn zu treiben!«

Vera ignorierte sie geflissentlich. »Genet, da ist er! Aber nur eine Geschäftsadresse und Praxisnummer!«

»Vielleicht hat er zu Hause kein Telefon?«

Vera starrte ihre Schwester an, als hätte sie unmöglich etwas Dümmeres von sich geben können. »Nimm deine Handtasche, wir fahren zur Praxis!«, kommandierte sie anstelle einer Antwort.

Im Galopp fegten die beiden Schwestern das schmale Treppenhaus herunter. Das Echo von Veras Stöckelschuhen hallte lautstark von den Wänden wider, während Hannelores große Handtasche immer wieder gegen das metallene Geländer knallte. Sie hatte seit ihren vielen Fluchten das Bedürfnis, grundsätzlich einen Großteil ihres Hab und Guts in einer überdimensionalen Tasche mit sich herumzutragen.

»Und?«, fragte Vera ungeduldig, während sie den Schlüssel in die Erdgeschosstür steckte, um aufzuschließen. »Erinnerst du dich?«

»An was?«

»An deine erste Periode!«, feuerte Vera sarkastisch zurück. »Meine Güte, Hanne! Erinnerst du dich an das, was Helena gesagt hat natürlich! Bist du mit diesem rothaarigen Bengel geflüchtet? Oder hast du Helena damals gesehen? Also, die *heutige* Helena?«

Hannelore schritt durch die nun geöffnete Haustür und holte tief Luft. Sie erinnerte sich gut an diesen heißen Sommertag 1961. Und sie wusste plötzlich, wer die junge Frau mit den weißblonden Haaren war, die Alfred damals in der Ferne angebrüllt hatte. Doch seltsamerweise fühlte es sich an, als hätte sie nur Fotos von diesem Ereignis gesehen und es nicht selber erlebt. Irgendetwas stimmte an diesem Puzzle nicht!

»Ja, Helena war dort«, antwortete sie knapp.

»Zum Kotzen ist das!«, wetterte Vera schwer atmend. »Ständig muss man sich Sorgen ums Kind machen. Kaum denkt man, sie hat sich gefangen, geht dieser Mist schon wieder los! Weiß der Geier, wo sie dann landet und was wieder passiert!«

Hannelore blickte ihre Schwester nicht an, als sie sich auf ihrem zügigen Weg zu Veras Auto stumm bei ihr einhakte. »Bist du dir sicher, dass du fahren kannst?«, fragte Hannelore lediglich, als sie sich neben die reichlich aufgebrachte Vera auf den Beifahrersitz setzte.

»Blöde Frage, natürlich! Ich arbeite für einen der größten Autokonzerne der BRD!«, schimpfte diese empört.

»Das meinte ich nicht, ich dachte nur ...«

Was Hannelore meinte oder dachte, ging im lauten Aufheulen des knallroten Sciroccos unter. In Windeseile schnallte sie sich an und hielt sich mit angehaltenem Atem an dem Haltegriff über der

Beifahrertür fest.

»Ach Mensch, jetzt übertreib doch nicht immer so maßlos!«
Veras Blick schweifte missbilligend über Hannelores verkrampfte
Hand. Empört schüttelte sie den Kopf, als sie den protestierenden
Motor mit fünfzig Kilometern pro Stunde im zweiten Gang durch
die Straßen Frankfurts quälte.

Helena musste in ihrer Aufregung in die falsche Richtung gelaufen
sein. Die Straßenbahnhaltestellen, die sie sah, waren nicht diejenigen, die Richtung Stadt fuhren. Doch würde sie Dr. Genets Praxis
überhaupt finden? Fröstelnd zog sie ihre dünne Jacke zu und joggte
die Schwarzburgstraße entlang in die entgegengesetzte Richtung.
Einige der bunten Altbauhäuser waren bereits weihnachtlich ge-
schmückt. Die Gebäude waren so viel höher und sauberer als in der
DDR, stellte sie fest.

Es war Donnerstag und die Straßen waren so gut wie leergefegt.
Auf der anderen Straßenseite humpelte eine ältere Dame in Helenas
Richtung, während sie voll beladene Einkaufstaschen sowie eine
Hundeleine alle paar Schritte von einer Hand in die andere wechselte. Die Leine gehörte zu einem Hund, der trotz seiner anscheinend
reichlichen Mahlzeiten keine Lust auf ihren schleppenden Gang hatte.

Auf Helenas Straßenseite kamen ihr zwei Schulmädchen im Alter von etwa dreizehn Jahren entgegen. Als sie Helena erblickten,
beschleunigten sie ihr Tempo und drückten sich prustend an ihr vorbei. »Schau mal, eine Zoni-Tussi!«, hörte Helena eine von ihnen
verhalten gackern. »Nix zu fressen, aber Peroxid gibt's da drüben
anscheinend umsonst!«

Beschämt vergrub Helena ihr Kinn in der dünnen Jacke und ging
zügig weiter. Sie hatte sich seit ihrer Ankunft im Westen versucht
davon zu überzeugen, dass sie sich die vielen belustigten Blicke nur
einbildete, doch anscheinend waren ihre Befürchtungen richtig gewesen: Sie fiel auf! Und vermutlich lag es nicht nur an ihren stark
gebleichten Haaren, sondern auch an ihrer Kleidung. Wie immer

trug sie einen sehr kurzen Rock, dessen nicht vorhandene Länge hier offenbar aus der Mode zu sein schien, sowie eine recht unförmige weiße Jacke. Unwohl zog sie ihre Ärmel über die kalten Hände und sah sich um. Die ältere Dame hatte erneut ihre Einkaufstaschen abgestellt, um zu verschnaufen. Das laute Kichern hatte sie aufblicken lassen und sie starrte mit unverhohlener Missbilligung auf Helenas offenbar zu spärliche Bekleidung. Helenas Blick wanderte über die bunten Häuser. Nur wenige Meter vor ihr lag ein Café in einem rosafarbenen Gebäude. Mit gestrafften Schultern und betont gleichgültiger Miene wandte sie sich von der unfreundlich starrenden Dame ab und ging darauf zu.

Im Inneren des Cafés war es erstaunlich betriebsam, wenn man bedachte, dass es mitten am Tag war. Helena konnte erneut nicht umhin zu bemerken, wie anders der Westen war. Die Wände waren bunt gestrichen und überall hingen Plakate mit Veranstaltungen und Werbung. Wappen oder Bilder von Staatsoberhäuptern gab es im Westen offenbar nicht. Auf jedem Tisch lag ein Menu mit unzähligen, horrend teuren Speisen und Getränken, von denen Helena mitunter noch nie gehört hatte.

Im Café Warschau[24], in dem ihre Mutter und sie mehrmals pro Woche aßen, gab es viele polnische Gerichte und Leckereien, die man hier offenbar nicht kannte. Neben unaussprechbaren englischen Namen gab es hier nun beispielsweise Zusätze wie *grüne Soße*. Was sollte das sein? Flüssiges grünes Gemüse? Angeekelt schob sie die Karte beiseite. Sie hätte jetzt nichts lieber als ein großes Stück Warschauer Torte und literweise Rondo [25]gehabt! Doch bei den gepfefferten Westpreisen konnte sie froh sein, wenn ihr Geld für eine kleine Flasche Limo reichte.

»Was gefunden?« Eine pummelige, junge Bedienung starrte sie mit gezücktem Stift und Block an.

»Habt ihr Club-Cola?«

Die Bedienung lachte auf. »Nee, wir haben *richtige* Cola, wenn du magst!«

Helena zwang sich zu einem freundlichen Lächeln und nickte. Warum waren Wessis so arrogant? Das Leben in der DDR war vielleicht nicht perfekt, aber es war auch nicht schlecht gewesen! Und es wäre um diese Uhrzeit sicherlich nicht normal gewesen, dass so viele Leute faul im Café saßen! In der DDR war man zu dieser Stunde brav bei der Arbeit, selbst wenn es dort nichts zu tun gab.

Ihr Blick schweifte über die vielen Gesichter. Die meisten hier waren sehr jung, vermutlich Studenten. Hier und da saßen sogar Jugendliche, die vermutlich in der Schule hätten sein sollen. Sie saßen verstreut an den Tischen, manche hatten sogar einen großen Tisch für sich alleine beansprucht. *Gab es im Westen keine Vereinshäuser?*

Die Bedienung kam zurück und stellte eine Cola vor Helena auf den Tisch. »Schmeckt bestimmt anders als bei euch!«, sagte sie augenzwinkernd.

Es war vermutlich nett gemeint, doch Helena hätte ihr für den herablassenden Kommentar eine scheuern können. Missmutig starrte sie auf ihr dunkel sprudelndes Glas und holte Dr. Genets Visitenkarte aus ihrer Jackentasche. Tante Vera hatte gesagt, dass Frankfurt kleiner war als Berlin, es sollte also nicht allzu schwer sein, seine Praxis zu finden.

Am Nebentisch saß ein Mann, der etwa in ihrem Alter sein musste und freundlich zu ihr hinüberblinzelte. Helena fasste sich ein Herz. »Entschuldigung, weißt du, wo Sachsenhausen ist?«

Er lachte auf. »Ja, genau auf der anderen Seite von Frankfurt! Wir sind hibbdebach und Sachsenhausen ist dribbdebach.«

»Wie bitte?«

»Frankfurter Dialekt. Damit meine ich, wir sind im Norden vom Main und Sachsenhausen liegt im Süden.«

»Kann ich da zu Fuß hingehen?«

»Kommt drauf an, wie lange du hier im Urlaub bist!«, lachte ihr Gesprächspartner mit den wirren dunkelblonden Haaren am Nebentisch.

Helena schoss erneut die Schamesröte in die Wangen. »Ist es so deutlich, dass ich aus dem Osten bin?«

»Volle Möhre!«, gab er ungerührt grinsend von sich. »Ich bin sau froh, dass du mich etwas Unverfängliches gefragt hast, sonst hätte ich vermutlich sofort meine Palette an DDR-Witzen ausgepackt!«

Es war seltsam, doch seine lockere, ansteckend fröhliche Art machten es ihr unmöglich, ihm seine Direktheit übel zu nehmen. Stattdessen musste sie lachen. »Wir kennen da bestimmt mehr als ihr Wessis!«, konterte sie. »Wir sitzen schließlich an der Quelle!«

Scherzhaft rückte ihr Gesprächspartner betont eifrig seinen Tisch näher an den ihren heran, sodass er nun direkt neben ihr saß und grinste sie schelmisch an. »Dann lass mal hören!«

Helena lachte verblüfft auf. »Oh, in Ordnung, lass mich kurz nachdenken! Also gut: Warum gibt es bei uns keine Banküberfälle?«

»Weil die Bank eh kein Geld hat?«

»Nee, weil man über zwölf Jahre auf den Fluchtwagen warten muss!«

Der Mann lachte laut auf. »Großartig! Hey, kennst du den hier? Friedrich Dahlke sucht den besten politischen Witz. Was ist der Gewinn?«

»Weiß nicht«, antwortete Helena vorsichtig.

»Zehn Jahre Bautzen[26]!«

»Friedrich Dahlke ist mein Opa!«

Der Mann lachte schallend und wischte sich die Augen. Er hielt das offenbar für eine originelle, scherzhafte Retourkutsche und Helena musste plötzlich über die Absurdität grinsen. »Ich habe noch einen!« Er war offenbar in seinem Element, stellte sie amüsiert fest. »Was ist die Lieblingssportart der Ossis?«

»Keine Ahnung ...«

»Bobfahren! Links ne Mauer, rechts ne Mauer und es geht immer bergab!«

Nun musste auch Helena laut auflachen und nahm einen kräftigen Schluck Cola. Sie schmeckte tatsächlich anders als zu Hause. Vielleicht sogar ein bisschen besser. »Gut, dann habe ich noch einen für dich, du ungehobelter Wessi! Warum dürfen Ossis und Wessis nicht zusammen trinken?«

»Au weia, spuck's aus!«, antwortete er mit blitzenden Augen.

»Weil sonst beide die gleiche Fahne hätten!«

Grölend schlug er sich auf die Schenkel. »Herrlich, du bist ja Gold wert! Wie heißt du?«

»Helena.«

»Ich bin Felix, hallo!« Euphorisch schüttelte er ihr die Hand. Helena grinste und merkte verlegen, dass ihre Ohren glühten. Schnell schob sie sich ihre platinblonden Haare ins Gesicht und wischte möglichst unmerklich ihre verschwitzten Handflächen an ihrem Rock ab.

Er schien es jedoch nicht zu merken. Stattdessen hob er sein Glas und prostete ihr zu. »Auf viel gemeinsames Lachen! Humor werden wir jetzt alle dringend brauchen, wenn wir ein Volk werden!«

Sie war sich nicht sicher, wie er das meinte, doch er schien eine gutmütige Natur zu haben. Mit einem unsicheren Lächeln hob auch sie ihr Glas. »Freundschaft!«

Sie nahm einen kräftigen Schluck, während Felix Dank ihres so typischen DDR-Grußes offenbar nur mühsam ein weiteres Lachen unterdrückte. »Und was macht Dahlkes Enkelin sonst so, wenn sie nicht gerade im Westen ist?«, fragte er schelmisch. Offenbar hielt er ihren Kommentar über ihre Verwandtschaft mit dem Leiter der Staatssicherheit noch immer für einen gelungenen Scherz.

»Ich arbeite in einem Gehörlosenverband in Berlin.«

»Ich wusste gar nicht, dass es das da drüben gibt. Interessant! Wie bist du denn darauf gekommen? Oder wurde dir der Job zugewiesen?«

Helenas Augenbrauen wanderten irritiert nach oben. »Nein, nicht alles bei uns passiert mit Druck oder Bestechung!«, antwortete sie spitz. Sie verdrängte dabei allerdings den Gedanken, dass sie sowohl ihre Anstellung als auch ihr vergleichsweise großzügiges Gehalt genau aus diesem Grund erhalten hatte. Manchmal war es durchaus von Vorteil, mit Friedrich Dahlke verwandt zu sein. »Meine Mutter ist gehörlos, oder zumindest so gut wie taub, und mein Opa hat uns die Stellen angeboten. Und das, obwohl wir beide vollkommen unsportlich sind.«

Felix wand sich verlegen auf seinem Stuhl. »Es tut mir echt leid!«, stammelte er verlegen.

»Ist es im Westen denn auch so schlimm, wenn man unsportlich ist?«, fragte Helena verblüfft zurück.

Aller Verlegenheit zum Trotz lachte Felix laut auf. »Nee, auch wenn es natürlich schlecht fürs Ego ist, nehme ich an! Ich meinte nicht eure Unsportlichkeit, sondern dass deine Mutter taub ist.«

»Oh ... *das*.« Nun war es an Helena, verlegen zu sein. »Ist nicht so schlimm. Was machst denn du, wenn du nicht am helllichten Tag im Café sitzt und dich betrinkst?«

»Also, erstens ist es alkoholfrei und zweitens habe ich Urlaub!« Felix schüttelte gespielt empört den Kopf. »Ich arbeite im Marketing. Marketing heißt, dass ich Werbung mache.«

»Ich weiß, was Marketing ist, du Affe! Bei uns heißt das eben Gebrauchswerber!«, ereiferte Helena sich empört. Sie war westliche Herablässigkeit langsam wirklich leid!

»Nee, ich glaube, du denkst an Schaufenstergestalter! Ich arbeite für das Filmmuseum hier und mache Werbung, damit Leute zu uns kommen und Geld dalassen!«

Helena nippte so würdevoll wie sie konnte an ihrem Cola-Glas. Wenn das so weiterging, würde sie gleich ein Vermögen für ein zweites Glas ausgeben müssen!

Als hätte er ihre Gedanken erraten, beförderte er sein braunes Lederportemonnaie auf den Tisch und sah sie aufmunternd an. »Komm, ich schulde dir was für meine Tollpatschigkeit! Magst du noch eine Cola oder lieber etwas anderes?«

»Ich muss eigentlich einen Psychiater finden«, murmelte Helena plötzlich gedankenverloren.

»Wieso? Du scheinst doch alle Tassen prima beieinander zu haben!«

»Nee, es ist ein bisschen kompliziert. Er kennt mich von früher und weiß anscheinend mehr über mich als ich selbst. Offenbar habe ich seine Familie beim Mauerfall letzte Woche vor einem Autounfall gerettet, auch wenn ich keine Ahnung habe, wie ich das getan haben soll. Und ich wollte ...«

Verlegen brach sie ab. Wie hatte sie sich das eigentlich vorgestellt? Hatte sie einfach so in seine Praxis hineinmarschieren und ihn zu einem seiner Patienten befragen wollen? Er schien ihr die Zeitreisen zwar zu glauben, doch er war sicherlich nicht bereit, ihr seine Patientendateien zu zeigen.

Felix starrte sie mit leicht geöffnetem Mund an und schlug sich schließlich mit der flachen Hand an die Stirn.»Ach du meine Güte, die Welt ist manchmal aber auch wirklich klein – ich kenne deinen Psychiater! Er heißt Werner, oder?«

»Ähm, ja«, antwortete Helena entgeistert.»Woher weißt du das?«

»Wir haben uns hier neulich bei einem Bier kennengelernt! Er sagte, du seist verschwunden und wollte deine Mutter hier im Nordend aufsuchen, um herauszufinden, wo du wohnst. Er hat mich gefragt, ob ich dich kenne, weil diese Helena, also du, einen Freund namens Felix hatte.«

Helena schüttelte verwirrt den Kopf.»Ich habe schon immer im Osten gewohnt und hier im Nordend wohnt nur meine Tante Vera.«

»*Vera*!« Felix riss aufgeregt die Augen auf.»Genau das war der Name, den er erwähnt hat!«

Helena schüttelte nun vehement den Kopf.»Ich hatte aber noch nie einen Freund namens Felix!«, erwiderte sie beharrlich.

Felix sah sie noch immer durchbohrend mit großen Augen an. »Ich kenne dich aber!«, murmelte er schließlich.

»Das bezweifle ich!«

Er rückte mit seinem Stuhl so nah an sie heran, dass sie die Körperwärme spürte, die von ihm ausströmte. Seltsamerweise störte sie die Nähe jedoch nicht. Er war ihr seltsam vertraut, als wären sie sich schon einmal begegnet.

»Ich weiß nicht, wie das sein kann«, fuhr er fort. Sein stoppeliger Dreitagebart war nur wenige Zentimeter von ihrem Gesicht entfernt und seine tiefblauen Augen riefen etwas in ihr wach. Doch was war es nur? Er spielte gedankenverloren mit einem grünen Kettenanhänger, der ihr zuvor noch nicht aufgefallen war, während seine blitzenden Augen sie weiterhin nachdenklich musterten. Selbst wenn er so wie in diesem Moment vollkommen ernst war, schienen seine Augen jedoch immer zu lachen.

»Du kommst mir ebenfalls bekannt vor«, gab nun auch Helena zu. Ihr Blick fiel erneut auf seinen Kettenanhänger. Es war ein grünes Kleeblatt. »Und halt mich nicht für bescheuert, aber ich kenne auch deine Kette irgendwoher!«

Felix erstarrte für einige Sekunden. Langsam griff er schließlich mit den Händen an seinen Nacken und öffnete den Kettenverschluss. Wie selbstverständlich nahm er die Kette ab, legte sie in Helenas Hände und schloss seine Hände sanft über den ihren. Seine Augen suchten etwas in ihrem Gesicht und Helena merkte auf einmal, dass sie einem vollkommen Fremden so nahe war, dass sie seinen Atem auf ihren Wangen spürte.

Doch bevor sie sich zurückziehen konnte, verstärkte er seinen Griff um ihre Hände und holte tief Luft. »Du reist durch die Zeit!«

Er sagte es nicht wie eine Frage, sondern wie eine Feststellung. Und zu ihrer maßlosen Verwunderung, als wäre es das Normalste von der Welt, dass ein Wildfremder ihr das unglaublichste, größte Geheimnis ihres ganzen Lebens direkt ins Gesicht atmete, nickte sie schlicht.

»Wann sind wir uns begegnet? Seltsamerweise roch sein Atem nicht nach Bier, sondern salzig. Verwirrt sah sie in seine tiefblauen Augen. Es war als stünde sie am Meer und atmete Seeluft ein.

»Reist du etwa auch durch die Zeit?«, fragte sie ihn kaum hörbar.

Die vertraute, elendige Übelkeit kroch langsam aber stetig ihre Speiseröhre hinauf. Sein Lachen drang wie durch Watte zu ihr hindurch. Hoffentlich würde sie sich nicht mitten im Café übergeben müssen!

»Nein«, klang seine Stimme aus der Ferne. »Aber ich nehme dankbar jeden Strohhalm, wenn er sich bietet! Wie funktioniert das mit deinen Zeitreisen? Kannst du …?«

Der Rest seiner Frage ging in lautem Rauschen unter. Der Tisch wackelte heftig und lautes Klirren von zerbrechendem Geschirr drang durch den Nebel. Der vertraute Schleier verdichtete sich um Felix, der von ihr weggezerrt wurde und offenbar mit jemandem rang.

»Helena, nicht! Bleib hier!«, keuchte eine raue männliche Stimme aus einigen Metern Entfernung.

Jemand drückte ihr ein Glas in die Hand, dessen eiskalter Inhalt in einem großzügigen Schwall quer über ihr Gesicht schwappte. Bevor sie protestieren konnte, wurde ihr ein weiteres Glas an die Lippen gesetzt, dessen Inhalt halbwegs in ihrem Mund landete. Erstaunlicherweise schienen die Eiswürfel, die ihr unbarmherzig in den Ausschnitt rutschten, den Schleier zu lüften. Das Bild vor ihr präsentierte sich mit plötzlicher, unbarmherziger Klarheit.

In hohem Bogen flog Felix quer über den Tisch und riss dabei sämtliche Gläser und Stühle mit sich. Helena drückte unbewusst den Kettenanhänger mit dem grünen Kleeblatt in ihrer nassen Handinnenfläche, während sie die beiden Kampfhähne anstarrte.

Sie erinnerte sich.

~ KAPITEL 22 ~

Die vielen Alfreds

OSTBERLIN, DDR. 19. DEZEMBER 1960.
ALFREDS WOHNUNG.

Es war eine kurze, schweigsame Fahrt nach Berlin gewesen. Hannelore spürte, dass Alfred etwas auf der Zunge brannte, doch sie hatte kein Interesse daran, ihm auch nur ansatzweise entgegenzukommen. Seufzend gab er schließlich auf und starrte auf die Straße. Helena fand die Autofahrt glücklicherweise jedoch spannend. Es war schwer genug gewesen, sie von den Spielzeugen und insbesondere dem Fernseher wegzubekommen.

Alfreds Wohnung war in der Wilhelm-Pieck-Straße 231. Es war ein prachtvolles Gebäude, das Hannelore überraschte. Sie hatte eine kleine Spelunke erwartet – eine versiffte Unterkunft, die genauso aalglatt und fürchterlich war wie Alfred selbst. Doch die geräumige Wohnung im dritten Stock war Dank der vielen Fenster sehr hell.

Einladend sah sie allerdings dennoch nicht aus. Der große Flur mündete in drei Zimmer, eine Abstellkammer, ein kleines Bad sowie eine Küche, doch keiner der Räume schien jemals bewohnt worden zu sein. In jedem Zimmer standen ein Stuhl und ein Tisch. Im einzig düsteren Zimmer am Ende des Flurs gegenüber der Haustür lag eine schmuddelige Matratze auf dem Boden. In der geräumigen Küche gab es zwar eine beeindruckende Einbauküche, doch es schien noch nie jemand darin gekocht zu haben. Ihre Schritte hallten deutlich vernehmbar von den Wänden wider, einzig unterbrochen von den gedämpften Geräuschen aus den Nachbarwohnungen, welche Helena einschüchterten und sich an die Beine ihrer Mutter drücken ließen.

Es ist laut hier!, zeigte sie Hannelore mit den Händen.

Hannelore fühlte sich mehr als unwohl. Die Wohnung war so kalt wie Alfred selbst. Als hätte er ihre Gedanken erraten, drehte er sich zu ihr um, sodass sie seine Lippen lesen konnte. »Es ist nicht viel, ich wohne hier nur selten. Mein Vater finanziert die Wohnung seit Jahren und ich bin hier nur, wenn ich nicht in Dannenwalde bin.«

Hannelore zog fragend die Augenbrauen hoch, doch als sie seinen düsteren Blick sah, wusste sie, was er damit meinte. Offenbar war die Klinik dort, in der er einen Großteil seines Lebens verbracht hatte. Sie hasste den Gedanken, dass sie nun auf unbestimmte Zeit bei ihrem Peiniger wohnen würde, der durch Elektroschocktherapien offenbar unzurechnungsfähig geworden war. Helena sah verängstigt aus, als sie sich wie ein Häufchen Elend auf die schmuddelige Matratze sinken ließ. Es war naiv, dass sie hier waren! Wusste der Teufel, was Alfred tatsächlich mit ihnen vorhatte!

Es hatte alles so einleuchtend geklungen, als sie bei Martha und Judith gewesen waren. Die beiden hatten alles daran gesetzt, Hannelore zur Flucht zu überreden. Und sie hatten natürlich recht: Hannelore war offiziell ein Republikflüchtling und in der DDR nicht sicher – weder vor der Stasi noch vor den Russen!

Doch war es tatsächlich so vollkommen unmöglich, sich hier ein Leben aufzubauen? Sascha hatte versprochen, dass er Dahlke dazu bewegen würde, ihr zu helfen. Wenn sie hierblieb, gab es zumindest eine kleine Chance, dass Sascha sie eines Tages wiederfinden würde. Und sie wäre nicht für immer von ihrer Zwillingsschwester getrennt.

Wie ein Blitz schoss ihr Christines Bild durch den Kopf. Sie musste ihrer Zwillingsschwester sagen, wo sie war und dass es ihr gutging! Christine würde sie niemals verraten und Hannelore würde sich vielleicht ein wenig sicherer und weniger dumm fühlen, wenn zumindest ihre Zwillingsschwester wusste, wo sie war. – Nur für den Fall, dass Alfred tatsächlich ein krummes Ding mit ihr vorhatte! »Helena hat Hunger!«, sagte sie schließlich kühl.

»Habt ihr nichts gegessen, bevor ihr hierhergekommen seid?« »Soll das etwa heißen, wir bekommen nichts in den Magen, bis wir rübermachen[27]?«, fragte sie empört.

»Pst! Sei nicht so laut, Hanne!«, flüsterte er gereizt. »Natürlich bekommt ihr etwas zu essen. Ich hatte nur keine Zeit, etwas vorzubereiten.«

»Hast du denn etwas da?«

Polternd riss Alfred die verstaubten Küchenschränke auf und kam schließlich mit einem Brotlaib wieder.

»Das ist nicht dein Ernst, oder?« Angeekelt schob sie ihm das Brot über die Arbeitsfläche zurück. »Das ist vollkommen inakzeptabel! Nach allem, was du getan hast, schuldest du uns mehr als ein schimmeliges Brot!« Innerlich war Hannelore ganz und gar nicht so selbstbewusst, wie sie klang. Sie hatte plötzlich unbändige Angst davor, was ihnen hier blühen würde und die beste Strategie würde sein, wenn sie entschlossen und kämpferisch wirkte – hoffte sie zumindest!

»So soll das ab sofort also ablaufen?«, zischte er und baute sich drohend vor ihr auf. Hannelore bezwang nur mühsam den panischen Gedanken, sich Helena zu schnappen und hinauszulaufen. »Was glaubst du denn, wer du bist, dass du mich herumkommandieren kannst? Niemand macht mehr mit mir, was er will – *niemand*!«, brüllte er.

Offensichtlich hämmerte jemand mit dem Besen an die Decke in der Wohnung unter ihnen, denn Hannelore spürte den Boden leicht vibrieren.

Alfred schnaubte gereizt. »Wir essen etwas bei Traute!« Ohne eine weitere Erklärung drehte er sich auf dem Absatz um und ging zurück zur Haustür.

»Na komm!«, forderte Hannelore ihre Tochter eine Spur zu fröhlich auf. »Wir essen an einem schöneren Ort als hier!«

Offenbar hatte Alfred darauf eine entsprechende Antwort gebrüllt, denn der Boden vibrierte erneut und Helena presste sich mit
großen Augen an ihre Mutter. Wer auch immer diese Traute war,
Hannelore hoffte inständig, dass sie dort Papier und Stift würde mitgehen lassen können. Sie musste Christine schreiben – so schnell
wie möglich!

Die Monate in der Wilhelm-Pieck-Straße waren nicht ganz so
schrecklich, wie es bei ihrer Ankunft gewirkt hatte. Doch auch
wenn Alfred immer wieder bestätigte, dass er ihnen über die Grenze
helfen würde und ihnen präsentablere Lebensmittel brachte als das
verschimmelte Brot des ersten Tages, so war seine Aggression ein
beständiger Teil ihres Alltags und schüchterte beide mehr ein, als
Hannelore sich eingestehen wollte. Er begrenzte ihre Zeit außerhalb
der Wohnung auf ein Minimum und erklärte lediglich, dass es zu
ihrer eigenen Sicherheit war. Sachlich betrachtet machte das Sinn,
doch Hannelore traute ihm einfach nicht.

Die Unterkunft bei Alfred hatte nur vorübergehend sein sollen,
doch aus einem ihr nicht ersichtlichen Grund verschob er ihre Flucht
in den Westen immer wieder aufs Neue. Angeblich hatte es zunächst
lange gedauert, bis er auf dem Schwarzmarkt einen guten Passfäl-
scher gefunden hatte und dann war es bei diesem offenbar ständig zu
irgendwelchen Verzögerungen gekommen.

Alfred verschwand außerdem immer wieder spurlos und tauchte
schließlich nach Tagen gereizt und übernächtigt auf, ohne Hannelore je eine Erklärung für sein Verhalten zu geben. Seit Monaten nun
schon schlossen sich Hannelore und Helena in der kärglich eingerichteten Wohnung ein und die vorangeschrittene Schwangerschaft
versetzte Hannelore immer mehr in Unruhe. Wie lange würde sie
noch hierbleiben müssen? Sie traute sich nicht, eigenmächtig die
Wohnung zu verlassen, da sie weder wusste, wann Alfred unange-
kündigt auftauchen würde, noch ob sie eventuell Gefahr lief, entweder der Stasi oder einem russischen Suchtrupp in die Arme zu
laufen.

Den mehrfach umgeschriebenen Brief an Christine hatte sie daher erst vor knapp über einer Woche heimlich abschicken können und Alfred hatte sie beinahe dabei ertappt. Helena war stiller denn je und hatte offenbar immer wieder Aussetzer wie damals in Klein Moskau, während derer sie irgendwohin entschwand. Die Zeit in Klein Moskau erschien ihr inzwischen wie ein unwirklicher Traum und schien bereits Jahrzehnte zurück zu liegen.

Ihre Tochter bereitete ihr ebenfalls zunehmend Sorgen. Nach ihren Aussetzern war Helena ein paar Mal glücklich wieder aufgewacht und hatte verkündet, dass sie bei Martha *Unser Sandmännchen* angesehen hatte. Doch einmal hatte sie Hannelore gebeichtet, dass ein rothaariger Mann in lustiger Kleidung sie zum Eis eingeladen und gefragt hatte, wo sie wohnen würde. Hannelore war es dabei eiskalt den Rücken hinuntergelaufen. Wer auch immer dieser Mann gewesen war, es konnte kein gutes Zeichen sein! Sie hatte ihrer Tochter seitdem eingebläut, niemals mit Fremden mitzugehen – auch nicht, wenn sie *träumte*, wie sie es unter sich nannten.

Helena hatte widerwillig versprochen, kein Eis mehr mit dem Mann essen zu gehen, doch Hannelore wusste, dass es höchste Zeit war, von hier zu verschwinden. Sie wusste nicht, wo Alfred sich jeden Tag stundenlang aufhielt. Er behauptete lediglich in seiner gewohnten Wortkargheit, dass er ihre Flucht organisieren würde, doch sie bezweifelte, dass das stimmte, denn er ließ nie auch nur ein einziges Detail seines angeblichen Plans verlauten. Darüber hinaus schien er mit jedem Tag aggressiver zu werden und ihre Schwerhörigkeit trieb ihn anscheinend beinahe in den Wahnsinn, sodass Hannelore kaum noch sprach, um ihn nicht noch mehr zu reizen.

Sie hatte auf einigen Gesichtern am Kiosk lesen können, dass offenbar eine Mauer zwischen Ost- und Westdeutschland gebaut werden sollte. Oder vielleicht hatten sie auch schon mit dem Mauerbau begonnen? Hannelore schnappte immer nur Gesprächsfetzen auf, je nachdem, wie gut sie die Gesichter unauffällig beobachten konnte. In einer alten Zeitung vom 16. Juni 1961 hatte sie einen Artikel gelesen, dass laut Walter Ulbricht ein Mauerbau nicht geplant sei. Da jedoch jeder wusste, dass alle Medien der Zensur unterlagen, war sie nicht überrascht, dass hinter geschlossenen Türen mehr Neuigkeiten zu erwarten waren als in den Zeitungen. Wenn sie die Lippenbewegungen fremder Passanten richtig gelesen hatte, sollte der Stacheldrahtzaun im gesamten Osten bald vollständig abriegelt sein.

Mit einem Knall flog plötzlich die Haustür auf. Hannelore und Helena, die gerade auf einem der Stühle ein Kindermagazin gelesen hatten, sprangen erschrocken auf. Hannelore bedeutete ihrer Tochter mit einem Kopfnicken, sich mit ein paar Decken und dem Magazin in eine Ecke zu setzen, als Alfred sich bereits mit hochrotem Kopf vor ihr auftürmte und drohend auf sie herabblickte.

»Du dämliche Kuh!«, presste er zwischen zusammengebissenen Zähnen hervor.

Hannelore zuckte bei seinem Ärger bis ins Innerste zusammen. Sie würde hier nicht unbeschadet herauskommen, schon gar nicht mit Helena! »Was ist geschehen?«, fragte sie vorsichtig und legte sich möglichst unauffällig eine Hand auf ihr linkes Knie, um ein Zittern zu unterdrücken. Aus den Augenwinkeln sah sie, dass Helena sich offenbar schlafend stellte. Hannelore hoffte zumindest, dass sie schlief und nicht wieder mit fremden Männern irgendwo Eis essen ging!

»Du hast Christine geschrieben, du dumme, naive Göre!«

Hannelore zuckte zusammen. Woher wusste er davon? Hatte er den Brief etwa abgefangen? In diesem Fall saß sie hier mit ihrer Tochter bei einem Wahnsinnigen fest und niemand wusste, wo sie war! Lediglich Martha und Judith wussten Bescheid, doch die beiden wollten nur allzu sehr an das Gute in Alfred glauben.

»Was hast du dir dabei gedacht?«, wiederholte er, während sein stämmiger Brustkorb vor Wut bebte.

»Nichts, ich …«

»Wenn du mir jetzt sagst, dass du ihr nicht geschrieben hast, bring ich dich um!«

Hannelore war sich nicht sicher, ob er die Redensart meinte oder tatsächlich Mordgelüste hegte. Letzteres schien durchaus wahrscheinlich, daher beschränkte sie sich auf die Wahrheit. »Ich habe ihr nur geschrieben, dass ich jetzt hier bei dir bin, mehr nicht!«

»Ist dir nicht klar, dass alle Briefe abgefangen und zensiert werden? Wie kann es sein, dass eine komplette Familie so durch und durch dämlich ist? Du bist genau wie Gabi!«

»Gabi hat dich offenbar immerhin durchschaut, sonst würdet ihr wohl noch Kontakt haben!«, pfefferte Hannelore unüberlegt zurück.

»Gabi und ich haben keinen Kontakt, weil ich nur ihr Geld wollte! Es war mir vollkommen gleichgültig, ob sie dabei draufgehen würde oder nicht!«, gab er kalt zurück.

Hannelore wollte aufstehen, doch ihre Knie gehorchten ihr nicht. Sie hatte einen schweren Fehler gemacht – wie hatte sie Helena nur hierherbringen können! Nun saßen sie hier fest und nichts und niemand würde zu Hilfe kommen können! Hilflos fing sie an zu weinen.

Sie spürte plötzlich eine Hand auf ihrer Schulter und sie blickte erschrocken auf. Alfred hatte offensichtlich etwas gesagt.

»Was?«, fragte sie in ihrer Panik ungewollt laut.

»Pst! Ich sagte, reiß dich zusammen! Meine Güte, deine Schwerhörigkeit nervt manchmal echt! Ich kann hier nicht so laut reden, sonst hören uns womöglich die Nachbarn!«, flüsterte er eindringlich. Seine Wut war anscheinend gewichen und die letzten fahlen Sonnenstrahlen ließen seine dunklen Augen wie schwarze Kohlen aufleuchten.

Er nahm ihr Gesicht in die Hände und zwang sie, ihn anzusehen. »Sieh mich an, Hanne! Lies meine Lippen – uns läuft die Zeit davon!« Er fummelte ein Papier aus seiner Jackentasche und hielt es ihr vors Gesicht. »Sofern ich bis dahin das Geld zusammenhabe, sollte ich heute Abend endlich einen anständigen Pass für dich bekommen! Hier ist schon mal der Fahrschein und das hier ist die Adresse. Marienfelde kennt drüben eigentlich jeder, das ist eine riesige Flüchtlingsstation. Merk dir die Anschrift und vernichte den Zettel anschließend! Ich lass dich nicht alleine, das verspreche ich dir!«

Er blickte auf das Deckenbündel in der Ecke, unter dem Helena hoffentlich schlief. Sein Gesichtsausdruck wurde auf einmal so milde, wie sie es noch nie bei ihm gesehen hatte. Seltsamerweise kurbelte das ihren Tränenfluss erst recht an.

»Ich schaffe das nicht!«, weinte sie plötzlich laut auf. »Wie soll ich bloß über die Grenze kommen, Alfred?« Sie merkte selber, dass ihre Stimme scheußlich schwankte und vermutlich hysterisch laut war.

Doch zu ihrem grenzenlosen Erstaunen wurde Alfred nicht wütend, sondern kniete sich vor sie hin und nahm sanft ihre Hände in die seinen. Zum ersten Mal sah sie den unverdorbenen Alfred, der er vor seinen missglückten Elektroschocktherapien gewesen sein musste. Vor Überraschung vergaß Hannelore einen Augenblick sogar das Weinen. Ein leiser Zweifel legte sich über sie. Hatte er womöglich recht und sie hätte den Brief an Christine nicht abschicken sollen? Wenn Christine doch aber den Brief tatsächlich bekommen hatte, wie hatte dann Alfred überhaupt davon erfahren – über seinem Vater? Oder stand er etwa immer noch mit ihrer Familie in Rostock in Kontakt? Hatte sie damit ihre Familie und sich selbst erneut in Schwierigkeiten gebracht? Sie war schließlich offiziell ein Republikflüchtling und Christines Freund Siegfried war zu allem Übel noch dazu aus einer sehr linientreuen Familie!

Alfred sah sie eindringlich an. Sascha hatte oft einen ähnlichen Blick gehabt, wenn er versucht hatte, an ihren Verstand zu appellieren. Zu ihrem Ärger schien ihr Gesicht wieder einmal ein offenes Buch zu sein, in dem er problemlos las, was in ihr vorging.

»Der Brief an Christine war ein schwerer Fehler, Hanne, glaub mir! Wir müssen dich hier so schnell wie möglich rausbringen!«

Glücklicherweise hatte sie in dem Brief zwar keine Details geschrieben, doch sie hatte ihre Zwillingsschwester zwischen den Zeilen deutlich und eindringlich gebeten, nach Berlin zu kommen. Was hatte sie nur getan? Vermutlich war sie inzwischen mit Siggi verheiratet und würde nun die ganze parteiliebende Lehmann-Familie mitbringen! Sie musste die beiden unbedingt aufhalten, bevor sie planten, hierher zu kommen!

»Und wie soll ich Tine und Siggi jetzt davon abbringen, hierher zu kommen?«, murmelte sie kaum hörbar.

Alfreds Gesicht wurde eine Spur härter. »Du erklärst ihnen am besten gar nichts!« Sein Verhalten und seine Stimmung wechselten so rasant zwischen Aggression und Freundlichkeit, dass ihr regelrecht schwindelig wurde.

Sein Blick wanderte plötzlich unverhohlen auf ihre deutlich gerundete Mitte. Er hatte es also bemerkt und wusste Bescheid! »Versteh doch, die Grenzposten knallen DDR-Flüchtlinge seit letztem Jahr rigoros ab und die Grenzen werden bald komplett dicht sein! Du musst hier raus, aber wir müssen dabei ein bisschen Hirn walten lassen und dir einen glaubwürdigen Pass beschaffen! Also hör auf, mir das Leben unnötig schwer zu machen, verdammt!«

Erneut schlug sie sich die Hände vors Gesicht und schluchzte laut auf.

»Jetzt hör auf zu heulen und reiß dich zusammen, Hanne!« Er klang jedoch nicht verärgert, sondern eher bemüht scherzhaft. »Meine Güte, du kannst froh sein, dass ich dich in Wünsdorf gefunden habe! Denk dran, du darfst nicht …«

Eine Bewegung in der inzwischen dunklen Zimmerecke ließ sie aufschrecken. Hannelores Blick wanderte zum Deckenberg, unter dem Helena sich zusammengekauert hatte. »Hat Mama dich geweckt, Liebes? Leg dich wieder hin.«

Helena saß mit großen Augen inmitten der Decken.

Da sind Bücher mit Bildern im Badezimmer, zeigte sie mit den Händen. *Auf jedem Bild ist Alfred. Aber er sieht immer anders aus.*

Bücher?, fragte Hannelore auf dieselbe Art zurück.

Wie Postkarten, antwortete Helena. *Im Badezimmer. Im Wäschebeutel.*

Was meinte sie nur?

»Ja, da sind Reisepässe im Badezimmer. Im Wäschebeutel, genauer gesagt!«, antwortete Alfred auf einmal. Ein schiefes Grinsen lag auf seinem Gesicht. »Und ja: Die sind ebenso falsch wie mein Angebot, DDR-Flüchtlinge über die Grenze zu schaffen!«

Erschrocken blickten Hannelore und Helena ihn an.

»Woher weißt du, was sie gesagt hat?«

Alfreds Gesicht nahm einen Ausdruck an, den Hannelore nicht deuten konnte. Er wirkte eigentümlich bitter und traurig zugleich. »Helena und ich sind uns sehr ähnlich. Wir reisen durch die Zeit!«

»Wie bitte?«

»Du glaubst, Helena geht nur wie in einer Art Trance an andere Orte. Aber das stimmt nicht ganz. Sie kann auch in andere Zeiten reisen. Ich weiß nicht, ob sie das jetzt schon tut, aber später wird sie das tun.« Er sah Helena prüfend an, doch sie schien kein Wort verstanden zu haben. Hannelore erging es da kaum anders.

Alfred kniete noch immer vor ihr. Er nahm ihre Hände erneut in die seinen und brach auf einmal in einen Redefluss aus. »Helena hat diese Gabe von mir geerbt. Nun ja, oder diesen Fluch, wie man es nimmt. Ich war schon ein paarmal genau in dieser Situation. Wir waren hier in diesem Raum und hatten fast genau das gleiche Gespräch. Ich weiß inzwischen, dass Helena dir von den gefälschten Reisepässen im Bad erzählt. Du entdeckst sie, bekommst Panik, läufst kopflos davon und wirst von der Stasi geschnappt!«

»Wie bitte?«

»Hör mir zu, Hanne! Es ist wichtig, dass du das verstehst! Dein Brief an Christine war ein großer Fehler! Ich hatte heute einen Zeitsprung und habe gesehen, was passiert, wenn sie mit Siggi hierherkommt! Und nicht nur das: Mein Vater weiß wegen deines Briefes nun ebenfalls Bescheid, dass du hier bist! Ich weiß, wie das hier ausgeht, Hanne, und ich versuche gerade, das zu ändern! Wenn du jetzt wegläufst, stirbst du und Helena wächst ohne dich bei Gabi im Westen auf! Sie ist dort nicht glücklich geworden! Das letzte Mal habe ich verhindern können, dass du in den Tod springst und dachte, alles wäre nun in Ordnung. Du hast hier gewohnt, ich habe dir geholfen, eine Gehörlosenschule zu gründen und es ging euch beiden gut! Aber nun bin ich schon wieder hier gelandet und alles läuft plötzlich anders ab, weil dieser verdammte Alexander nach dir sucht!«

»Sascha sucht nach mir?«, fragte Hannelore. Bei seinem Namen schlug ihr Herz ungewollt höher. War er gekommen, um sie doch mit nach Moskau zu nehmen?

Alfred zog angewidert seine Hände zurück. »Ich spreche nicht von deinem Hurendasein mit dem russischen Kerl, Hanne! Ich meine den rothaarigen Freund deiner Tochter!«

Entsetzt blickte Hannelore auf Helena. »Der Mann, mit dem sie Eis essen war, sucht mich?«

Helena nickte ängstlich und Alfred stöhnte auf, während er sich mit einer Hand fahrig über sein stoppeliges Kinn fuhr. »Er will, dass du stirbst, Hanne! Ich bin mir nicht sicher, wer er ist und warum er dich so hasst, aber er wird alles daran setzen, damit du die Flucht nicht überlebst!«

Ein furchtbarer Gedanke überkam Hannelore plötzlich. »Lebt Gabi noch?«

Alfred hielt verdutzt inne. »Ja, natürlich!«

»Und *du* hast ihr bei der Flucht geholfen?«

Alfred schwieg.

»Der einzige, der mir je von Gabi nach ihrer Flucht erzählt hat, bist *du*, Alfred! Wer sagt mir denn, dass sie es tatsächlich geschafft hat und es nicht *du* bist, der mich verschwinden lassen will?«, fragte sie misstrauisch. »Vielleicht will Sascha mir helfen und hat deshalb jemandem mit seinem Namen geschickt, damit ich weiß, dass ich ihm vertrauen kann?«

Alfred starrte sie mit offenem Mund an. »Hanne! Du kannst unmöglich so dämlich sein!«

»Hör auf, so mit mir zu reden!«

»Hanne! Verdammt!« Er packte sie mit eisernem Griff an den Schultern und schüttelte sie. »Gut, Karten auf den Tisch – sieh mich an! Die Grenze wird eine solide Mauer! Bis zum 9. November 1989 kommt hier niemand mehr raus! Der Fahrschein, den ich dir gegeben habe, ist deine letzte Möglichkeit, hier lebend rauszukommen! Wir bekommen heute Abend endlich deinen Pass und dann bringen wir dich raus! Dieser Alexander will dich umbringen – ich weiß nicht warum! Er reist ebenfalls durch die Zeit, genauso wie Helena und ich, und er verändert gerade euer ganzes Leben, ohne dass ihr es überhaupt merkt! Ich will dir helfen, Hanne!«

»Seit wann denn das?« Hanne brach in hysterisches Lachen aus, während Helena sich ängstlich fester an sie drückte. Sie war kreidebleich und sah aus, als würde sie gleich wieder in einen ihrer Ohnmachtsanfälle abtauchen.

»Seitdem ich weiß, dass ich eine Tochter habe, die dieselbe Störung hat wie ich! Niemand sollte das durchmachen müssen!«

»Sie ist meine Tochter und sie ist nicht gestört!«, brüllte Hannelore außer sich. Mit einer Kraft, die sie nicht für möglich gehalten hätte, riss sie sich von ihm los, nahm Helena auf den Arm, schnappte sich in Rekordzeit ihre Tasche sowie ihren Mantel und rannte zur Tür. Doch Alfred holte sie mühelos ein und zog sie zurück.

»Sie ist normal!«, schrie Hannelore ihn erneut an und trat nach ihm.

Alfred stellte sich mit dem Rücken zur Tür und hob abwehrend die Hände. »Natürlich ist sie normal!«, sagte er beschwichtigend und zwang sich zu einem steifen Grinsen, das jedoch eher zu einer Grimasse ausfiel. »*Du* weißt das, *ich* weiß das und Helena wird es hoffentlich ebenfalls wissen! Doch du weißt genauso gut wie ich, wie es ist, wenn man anders ist! Wenn du beispielsweise verhindern könntest, dass Helena deine Schwerhörigkeit bekommt und den gleichen Mist durchmachen muss wie du, was würdest du tun, Hanne?« Er klang auf einmal flehentlich und blinzelte verdächtig schnell. »Zum ersten Mal in meinem Leben gibt es etwas, das ich wirklich verstehe und das ich ändern kann! Zum ersten und vielleicht letzten Mal!«

Er sah sie prüfend an, doch sie starrte mit nassen Augen auf den Boden. Er atmete tief ein und seine angespannten Kiefernmuskeln traten hervor, während er grimmig entschlossen fortfuhr. »Du kannst nicht mehr richtig hören, seitdem Erna dir beim Mittagstisch aufs Ohr geschlagen hat. Du wolltest, dass Gabi im Westen für sie betet, damit eure Mutter nicht gottlos sein muss. Du hast am rechten

Oberschenkel eine Narbe, weil du mit zwölf Jahren beim Nachbarn Äpfel klauen wolltest und vom Baum gefallen bist. Du hast es nie jemandem erzählt, noch nicht einmal Christine. Mit vierzehn Jahren hast du deinen Vater dabei erwischt, als er eine Affäre mit deiner Lehrerin hatte. Sie haben dich nicht gesehen und auch das hast du nie jemandem gesagt.«

»Woher weißt du das?«

Alfred zuckte frustriert mit den Schultern. »Du hast es mir erzählt. Noch nicht jetzt – später, viel später! In der Version, in der ihr zwei in den Westen fliehen wolltet und ich dich daran gehindert habe, weil du den Sprung nicht überlebt hättest.«

»Welchen Sprung?«

»Vergiss es und beantworte mir einfach die eine Frage: Woher weiß ich diese Dinge, wenn nicht von dir selbst? Du hast es bisher nie jemandem erzählt!«

»Warum sollte ich es dir jemals erzählt haben?«

»Weil du mir später einmal vergibst!«

Hannelore zog skeptisch die Augenbrauen hoch. »Das bezweifle ich!«

Alfred ließ matt die Arme sinken und fuhr sich mit den Händen durch seine wirren, schwarzen Haare. »Das ist alles falsch! Warum ist es diesmal so anders, verdammt! Dieser verdammte Alexander, ich brauche mehr Zeit, sonst endet es wieder damit, dass Helena alleine in Frankfurt ist! Verdammt, Hanne, was muss ich denn tun, um dich zu überzeugen, dass du mir vertrauen kannst? Ich versuche seit Monaten vergeblich, dir einen richtigen BRD-Pass zu besorgen und springe vor Stress dauernd wie ein Irrer durch die Zeit!«, fluchte er verzweifelt. »Wie kann ich dir beweisen, dass ich dir helfen will?«

»Lass Helena und mich gehen!«

Alfred starrte sie einen Moment lang ratlos an und machte schließlich einen unsicheren Schritt zur Seite. Der Weg zur Tür war frei. Hanne nagte an ihrer Unterlippe. Was er sagte klang vollkommen krank! Judith hatte Recht, dass sie ihn mit der Elektroschocktherapie kaputt gemacht hatten! Doch wohin sollte sie gehen? Sie

kannte niemanden und war offiziell noch immer ein Republikflüchtling!

»Hast du noch das Geld, das der Russe dir gegeben hat?«

Entsetzt starrte Hannelore ihn an. »Geld, Geld!«, stieß sie angeekelt hervor. »Das ist alles, worum es dir geht, oder? Und du fragst
dich ernsthaft, warum ich dir nicht über den Weg traue?«

»Weil ich nun mal keins habe und du dringend welches brauchst,
verdammt noch mal! Ich kann sonst heute Abend deinen Pass nicht
bezahlen und du kommst hier nicht mehr raus! Meinen Vater kann
ich nicht fragen – wenn er von dieser Geschichte Wind bekommt,
sperrt er mich wieder weg!«

»Das sollte er vielleicht auch!«, keifte Hannelore. Sie schnappte
sich Helenas Hand und schritt erhobenen Hauptes an ihm vorbei in
den Hausflur.

Alfred hielt sie nicht auf.

~ KAPITEL 23 ~
Unerwartete Hilfe

OSTBERLIN, DDR. 13. AUGUST 1961.
WILHELM-PIECK-STRASSE.

Kopflos rannte Hannelore die Wilhelm-Pieck-Straße hinunter. Der warme Sommertag und die zwitschernden Vögel in den Bäumen, welche die pompöse Straße säumten, passten so gar nicht zu ihrem inneren Aufruhr. Schwitzend stolperte sie mit Helena auf dem Arm und der schweren Tasche in der anderen Hand den glühend heißen Bürgersteig entlang. Wo sollte sie hin?

Keuchend blieb sie am Straßenende stehen und setzte Helena ab. »Schätzchen, ich muss jetzt mit dir sprechen, als wärst du bereits ein ganz großes Mädchen, ja?«

Helena nickte und ihre eigentümlichen Augen erwiderten den Blick ihrer Mutter mit derselben Ernsthaftigkeit.

»Dieser rothaarige Mann, mit dem du Eis essen warst – war er nett?«

Helena nickte eifrig und strahlte. »Ja, Mama, sehr!«

»Hattest du das Gefühl, du kannst ihm vertrauen?«

Helena dachte kurz nach und nickte schließlich. »Er hat gesagt, er will helfen, Mama. Er hat gesagt, wir sollen in den Westen gehen und dass Tante Vera helfen wird!«

»Meinst du Tante *Gabi*?«, fragte Hannelore verwirrt.

Alfred hatte erwähnt, dass Gabi sich inzwischen bei ihrem zweiten Vornamen Vera nannte. Bedeutete das, dass Alfred womöglich doch die Wahrheit gesagt hatte? Fahrig strich sie sich eine verschwitzte Locke aus dem Gesicht. Was sollte sie tun? Zurück zu Alfred gehen und darauf hoffen, dass er ihnen wirklich helfen würde oder einem vollkommen Fremden trauen?

Wie zur Antwort zog Helena ihre Mutter plötzlich an der Hand und zeigte stumm auf das Ende der Straße, an dem Alfreds Wohnung lag. Hannelore erblickte Alfred und eine junge Frau mit weißblonden Haaren, doch sie konnte ihre Gesichter aus der Ferne nicht erkennen.

»Sagen sie etwas?«, fragte sie Helena.

Sie schreien, zeigte Helena ihr mit den Händen.

Wortlos blickten die beiden auf Alfred und die hellblonde Frau in der Ferne. Hannelore konnte nicht erkennen, warum die beiden sich anschrien, doch als Alfred ohne jeden Zweifel die Frau packte und wütend schüttelte, war ihr dies Antwort genug. Alfred war krank und aggressiv! Sie wäre verrückt, ihm irgendetwas zu glauben!

Mit neuer Kraft verstärkte sie den Griff um Helenas Hand und die Tasche. Ihre Füße glühten in den engen Schuhen, in denen sie einen großen Batzen von Saschas Geld versteckt hatte, doch sie rannte entschlossen weiter. Sie wusste nicht, wo die nächste Bahn nach Westberlin abfuhr, doch sobald sie genügend Entfernung zwischen sich und Alfred gelegt hatten, würde sie sich durchfragen!

Eine kleine Gruppe von etwa fünfzehn Menschen zwang sie schließlich zum Anhalten. Hannelore nahm ihre Tochter schwer atmend wieder auf den Arm. »Hör genau hin, was sie sagen, Lena! Mama braucht jetzt deine Ohren!«

Angestrengt blickten die beiden auf die angeregt flüsternden Menschen um sie herum, welche die beiden lauschenden Neuzugänge in der Aufregung nicht bemerkt hatten. Hannelores Blick fiel auf einen Mann mittleren Alters in einem schlichten, braunen Anzug, der einer brünetten Frau offenbar etwas zuraunte. Sie trug einen Kittel über ihrer Kleidung, als wäre sie direkt von ihrer Fabrikarbeit hierhergelaufen und hielt an jeder Hand ein Kind von etwa drei und sechs Jahren.

Der alte Mann mit dem Hund da drüben sagt etwas von einem Haus im Westen, zeigte Helena ihr mit den Händen.

Hannelore nickte abwesend, während sie krampfhaft versuchte, die Lippen des Mannes im Anzug zu lesen. Auch er sprach von einem Haus, dessen Rückseite anscheinend in den Westen mündete. Sie vermutete, dass die Frau im Kittel seine Frau war, da er sie mit allen Mitteln davon überzeugen wollte, dass sie und die Kinder mit ihm gingen, während sie jedoch vehement den Kopf schüttelte. Die beiden Kinder sahen sich ängstlich um und starrten schließlich auf Helena, deren Hände versuchten, ihrer Mutter zu erklären, was um sie herum gesagt wurde. Hannelore achtete jedoch kaum auf ihre Tochter, sondern starrte wie gebannt auf den Mann im Anzug.

Eine Hand legte sich plötzlich auf ihre Schulter und sie fuhr erschrocken herum. Helena strahlte, als sie den jungen Mann vor ihnen erblickte. Er schien etwa in Hannelores Alter zu sein und lächelte Helena erfreut an. »Der Mann im Anzug spricht von einem Haus in der Markgrafenstraße«, erklärte er.

Hannelore konnte erkennen, dass er die Worte lautlos und überdeutlich mit den Lippen formte. Offenbar hatte Helena ihm von der Schwerhörigkeit ihrer Mutter erzählt.

»Heute um 14:30 Uhr wird die Grenze endgültig geschlossen. Aber dieses Haus ist eine schwachsinnige Idee, weil eine breite Straße zwischen der Westseite des Hauses und dem Zaun liegt! So weit kann kein Mensch springen!«

Ich habe dich gehindert, weil du den Sprung nicht überlebst, sah sie Alfred vor ihrem inneren Auge erklären.

Der rothaarige Mann streckte ihr formell seine Hand entgegen und lächelte verschwörerisch. »Ich bin Alexander – schöne Grüße aus Klein Moskau!«

»Sascha hat dich geschickt?«, flüsterte Hannelore schwach.

»Logo!« Sein Dialekt war ebenso merkwürdig wie die Armbanduhr sowie der langärmelige Pullover, auf dem ein englischer Aufdruck zu lesen war.

Doch Hannelore nahm es nicht wahr. Alles was zählte, war das Strahlen ihrer Tochter und dass sie Recht gehabt hatte: Sascha würde sie nie alleine lassen! Dankbar blinzelte sie ein paar Freudentränen zurück und drückte fest seine Hand. »Kommt Sascha hierher und holt uns?«

Alexander schüttelte noch immer lächelnd den Kopf. »Nein, ihr müsst erstmal in den Westen. Aber nicht zu diesem Haus, von dem die hier reden!« Er nickte unauffällig auf die kleine Menschentraube, die sich langsam auflöste.

Der Mann im Anzug hatte inzwischen die beiden Kinder an den Händen geschnappt und zog diese hinter sich her, während die Frau im Kittel noch immer hektisch auf ihn einredete. Sie schien von seinem Vorhaben nicht überzeugt zu sein.

Alexander legte eine Hand auf Hannelores Schulter und strich Helena über den Kopf. »Vertrau mir, ich weiß, was zu tun ist! Ich lass nicht zu, dass ihr etwas passiert!«

Er blickte auf Helena und Hannelore wusste intuitiv, dass er es ernst meinte. Er nahm Hannelore die Tasche ab und blickte auf das große Ziffernblatt seiner ausländisch wirkenden Armbanduhr. »Wir haben nicht viel Zeit, kommt!«

»Warte, ich muss dich etwas fragen!«

Er wirkte angespannt, doch er blieb stehen und zwang sich zu einem geduldigen Lächeln. »Schieß los!«

»Wie bitte?«

»Was willst du mich fragen?«

»Du bist also von Sascha geschickt worden?«

Er nickte verkrampft lächelnd.

»Gut. Glaubst du, … ich weiß, das klingt merkwürdig, aber glaubst du an Zeitreisen?«, fragte sie verlegen.

Alexander starrte sie mit großen Augen an.

»Ich weiß, wie das klingt«, entschuldigte sie sich schnell, »aber ich muss das wissen!«

Alexander schluckte. Vermutlich hielt er sie für eine Irre, aber sie musste einfach herausfinden, ob er ihr eine genauso absurde

Geschichte wie Alfred auftischen würde oder ob sie ihm vertrauen konnte! »Nein, ich glaube nicht an Zeitreisen!«, antwortete er schließlich langsam. »Du etwa?«

»Nein!«, stieß sie schnell hervor.

»Na, wie schön, dass wir das geklärt haben!«, sagte er augenzwinkernd und warf sich ihre Tasche über die andere Schulter.

Hannelore spürte, wie ihr ein großer Stein vom Herzen fiel. Er schien deutlich normaler zu sein als Alfred und war definitiv weniger angsteinflößend! Sie durchquerten ein paar verkommen wirkende Seitenstraßen, bis sie schließlich an eine Bushaltestelle gelangten.

Erneut blickte Alexander auf seine Armbanduhr. Er wirkte nervös. »Fuck, komm schon!«, las sie auf seinen Lippen, während er vergeblich nach dem Bus Ausschau hielt. »Wir müssen allerspätestens um 14:20 Uhr da sein!«

»Was ist ein *Fak*?«, fragte Hannelore erstaunt. »Und warum müssen wir um 14:20 Uhr da sein? Ist das die genaue Uhrzeit, zu der sie die Grenze schließen?«

Es wirkte etwas sonderbar, dass dafür eine so willkürliche Zeit auserwählt worden war. Alexander antwortete jedoch nicht, sondern starrte verkrampft auf die verlassene Straße.

»Wo fahren wir hin?«, versuchte Hannelore es erneut.

»Bernauer Straße!«, antwortete er knapp.

Hannelore drückte Helena beruhigend an sich, während sie nachdenklich auf die schäbigen Häuser und Trabanten starrte. Sie war nun also tatsächlich auf dem Weg zu Gabi! Nervös verstärkte sie den verschwitzten Griff um ihre Tochter und wischte sich ihre feuchte Stirn am Mantelärmel ab. Es war eindeutig zu heiß für den langen Mantel, doch sie wagte nicht, ihn in die Tasche zu stopfen für den Fall, dass sie die Waffe in der Manteltasche brauchte. Sie hoffte inständig, dass sie diese nie mehr würde benutzen müssen!

»Shit!«, murmelte Alexander plötzlich. »Es hat keinen Sinn, dann laufen wir eben! Kommt!« Er schulterte Hannelores schwere Tasche, als wäre sie federleicht und verfiel in einen schnellen Dauerlauf.

Was er für merkwürdige Wörter benutzt, dachte Hannelore, doch ihre weiteren Gedankengänge wurden von der sportlichen Anstrengung lahmgelegt. Sie rannten gute zehn Minuten in der gleißenden Mittagssonne und Hannelore musste schließlich stehenbleiben. Sie hatte heftiges Seitenstechen, ihre Bauchdecke zog sich schmerzhaft zusammen und ihre Kleidung klebte wie eine zweite Haut an ihr. Keuchend ließ sie Helena neben sich auf den Boden gleiten und lehnte sie sich an eine schmuddelige, graue Steinmauer.

»Komm, es ist hier gleich um die Ecke!«, keuchte Alexander ungeduldig mit hochrotem Kopf.

»Nein, danke!«, lehnte Hannelore heftig kopfschüttelnd ab. »Das hast du schon vor Ewigkeiten gesagt!«

»Diesmal sind wir wirklich fast da, versprochen!« Er atmete schwer und war ebenso verschwitzt wie Hannelore. Doch nach einer kurzen Verschnaufpause schnappte er sich schließlich kurzerhand Helenas andere Hand und so rannten sie, so schnell es in der Dreierkonstellation möglich war, um die nächste Straßenecke. Es war merkwürdig, doch irgendetwas an Alexander kam Hannelore plötzlich unglaublich bekannt vor! War es die Art wie er sich bewegte oder etwas in seinem Gesichtsausdruck?

Alexander hatte die Wahrheit gesagt. Als sie die endlos lange Brunnenstraße hinter sich ließen, entdeckte Hannelore zu ihrer unendlichen Erleichterung tatsächlich ein kleines, schäbiges Schild mit der Aufschrift *Bernauer Straße* an einer Hauswand. Alexander blieb einen Augenblick stehen und blinzelte gegen die grelle Mittagssonne.

»Da drüben!«, las sie schließlich auf seinen Lippen und folgte seinem ausgestreckten Zeigefinger. Sie liefen auf ein weißes Haus in etwa zweihundert Metern Entfernung zu. Die Bernauer Straße schien eine recht unbelebte Geschäftsstraße zu sein. Alexander steuerte zielsicher auf das heruntergekommen wirkende Haus mit dem Tabakgeschäft im Erdgeschoss zu und drückte ungeduldig auf alle Klingelknöpfe gleichzeitig. Sie verharrten dort einige Minuten, doch nichts geschah.

Erneut blickte Alexander nervös auf seine Armbanduhr und fluchte.»Scheiße, ich weiß, dass der Kerl zu Hause ist! Wo ist mein Portemonnaie, verdammt! Fuck, das war in der Jackentasche! Scheißdreck!«

Er kramte hektisch in seinen Hosentaschen und beförderte schließlich aufatmend eine knapp handtellergroße, bedruckte, silberfarbene Karte aus seiner hinteren Hosentasche ans Tageslicht. *Frankfurter Sparkasse, MasterCard*, las Hannelore zu ihrer Verwunderung. Sie hatte noch nie eine solche Karte gesehen, doch dass er offenbar aus Frankfurt war, beruhigte sie. Er würde sie also direkt zu Gabi bringen können. Vermutlich sprach er deshalb auch so merkwürdig, im Westen benutzten sie sicherlich viele Begriffe, die man hier nicht kannte.

Alexander presste die Karte zwischen die Tür und den Rahmen und schob sie vor und zurück.»Darf ich mir kurz etwas ausleihen?«, fragte er und ohne eine Antwort abzuwarten, zog er eine von Hannelores Haarnadeln heraus. Noch bevor sie protestieren konnte, hatte er die Haarnadel verbogen und in das Türschloss geschoben. Er ruckelte ein paar Mal hin und her und stieß schließlich mit einem kleinen Triumphschrei die Tür auf.

»Na schau an, ich bin direkt ein McCharles!«, las sie verständnislos auf seinen zufrieden grinsenden Lippen.»Kommt!«

Hannelore starrte ihm mit weit aufgerissenen Augen hinterher. Wenn alle im Westen so sprachen wie er, würde sie dort niemals zurechtkommen!

Ungeduldig kam Alexander zurückgerannt, schulterte die Tasche auf der einen Seite und warf sich Helena über die andere.»Mach schon, los! Zweiter Stock!« Unsanft schob er sie zur Treppe hin.

Hannelores Blick fiel auf Helenas panische Augen. *Ich war hier schon mal, Mama!*, las sie auf den tonlosen Lippen ihrer Tochter.

Ein ungutes Gefühl beschlich sie. Irgendetwas stimmte nicht, auch wenn sie nicht genau sagen konnte, was es war. Oder war es nur ihre Nervosität? Im zweiten Stock angekommen, zückte Alexander erneut seine merkwürdige Plastikkarte sowie Hannelores verbogene Haarnadel und machte sich ans Werk.

Doch bevor er die Tür aufbrechen konnte, wurde diese von innen aufgestoßen und ein bulliger, untersetzter Mann um die vierzig starrte ihn mit zusammengefurchten Augenbrauen an. »Was soll das?«

Sie konnte nicht sehen, was Alexander sagte, doch als Antwort zwang er sich mit Helena und der Tasche auf jeweils einer Schulter durch den engen Türrahmen und nicke Hannelore zu, es ihm gleich zu tun. Zögernd folgte sie ihm und sah zu ihrem Schrecken, dass er plötzlich das Fenster aufriss. Er warf einen letzten Blick auf seine Uhr und sah auf die Straße hinunter. »Irena Horvat!«, schrie er aus dem Fenster.

Hannelore lugte unsicher über seine Schulter und erblickte eine kleine Menschenmenge, die zu ihnen emporblickte. Entsetzt sah sie, dass eine schwer entstellte Frau verwundert zu ihnen heraufblickte.

»Du kannst jetzt Leben retten, Irena! Fang!«, brüllte Alexander zu ihr hinunter.

Die entstellte Frau wurde unter ihren roten Narben so bleich, dass Hannelore es trotz der Entfernung erkennen konnte. Sie stellte sich jedoch reflexartig breitbeinig hin und schrie allen Umstehenden etwas zu. Entschlossen rückte die Menge enger zusammen, während etwa dreißig Arme kollektiv in die Höhe schossen. Hannelore erblickte zwei Soldaten, die plötzlich herbeigerannt kamen und dabei drohend ihre Gewehre von der Schulter in die Hand nahmen. Alexander knurrte etwas durch geschlossene Zähne und warf mit einem Ruck Hannelores Tasche nach unten.

»Nein!«, brüllte Hannelore empört. »Bist du wahnsinnig?«

Er will, dass du stirbst, Hanne! Ich bin mir nicht sicher, wer er ist und warum er dich so hasst, aber er wird alles daran setzen, damit du die Flucht nicht überlebst! – Hatte Alfred letztendlich etwa die Wahrheit gesagt?

»Was hast du denn gedacht, was wir hier tun?«, herrschte Alexander sie an. Er hatte einen spitzen, etwa handlangen Gegenstand gezückt und hielt diesen wie einen kleinen Dolch vor sich. Hannelore machte bei seinem diabolischen Grinsen einen entsetzten Schritt rückwärts. Sie wusste plötzlich, an wen Alexander sie erinnerte. *Er hatte Alfreds und Helenas Augen!* Sie schüttelte vehement den Kopf und taumelte weiter rückwärts.

»Du kannst springen oder ich erledige den Rest – such's dir aus! Sie fangen dich da draußen allerdings nicht auf, glaub mir. Sie fangen nur Helena!« Sein wilder Blick streifte sie hasserfüllt, während ihm der Schweiß in Strömen über die Stirn lief. Er nahm Helena in Windeseile auf beide Arme und wuchtete sie aufs Fensterbrett.

»Nein!« Mit aller Kraft warf sich Hannelore auf Alexander und rammte ihm ihr Knie in den Magen. Der lange, spitze Gegenstand fiel aus seiner Hand und schlidderte vor Hannelores Füße. Durch den Aufprall kam Helena auf dem Fensterbrett ins Wanken.

»Alles in Ordnung, Herzchen, spring!«, drang von draußen eine weibliche Stimme mit fremdartigem Akzent zu ihnen hinauf, doch Hannelore konnte sie nicht hören. Sie versuchte verzweifelt, Alexander vom Fensterbrett wegzuziehen, der sich immer wieder von ihr losriss.

»Fang sie auf, Irena! Bring sie zu Vera Gutowski nach Frankfurt!«, brüllte Alexander aus Leibeskräften aus dem Fenster. »Fang sie auf und lauf!«

Hannelore erwischte in letzter Sekunde einen Saumzipfel von Helenas dünnem Kleidchen und riss sie mit aller Kraft zurück ins Innere der Wohnung, während sie Alexander mit blinder Wut kraftvoll zwischen die Beine trat. Alexander sackte zusammen und tauchte reflexartig nach dem spitzen Gegenstand zwischen Hannelores Füßen.

Doch bevor er ihn erreichen oder Hannelore reagieren konnte, wurde die Tür aufgebrochen und drei uniformierte Mitarbeiter der Staatssicherheit standen im Raum. Einer von ihnen schoss im Bruchteil einer Sekunde zum Fenster und gab Alexander einen derart harten Kinnhaken, dass Hannelore zum ersten Mal dankbar war, dass sie fast taub war. Sie zog Helena schnell an sich und hob wie in

Trance den länglichen Gegenstand auf, den Alexander hatte fallen lassen. Bevor sie jedoch wusste, was geschah, hatte einer der Männer Helena und sie selbst mit eisernem Griff gepackt und zur Tür geschubst. Zu Hannelores Entsetzen stand dort bereits ein sehr bekanntes Gesicht. Seine dünnen Lippen waren zu einer unleserlichen Miene zusammengepresst, während seine zusammengekniffenen Augen sie abschätzend musterten. Dann wandte er sein breites, fleischiges Gesicht von Hannelore ab und musterte Helena mit derselben eisernen Miene. Vor ihr stand Friedrich Dahlke, der Leiter des Ministeriums für Staatssicherheit!

»Das ist also Helena!«, stellte er fest. Seine dünnen Lippen verzogen sich zu einer undefinierbaren Miene. Ohne eine weitere Erklärung kommandierte er Hannelore nach draußen. Er gab den drei Mitarbeitern der Staatssicherheit ein gleichgültiges Kopfnicken. »Säubert den Raum!«, las sie auf seinen Lippen, als sie Helena mit zitternden Knien an ihm vorbeizog. Helena schrie auf und Hannelore sah aus dem Augenwinkel, dass einer der stahlgrau Uniformierten seinen Mützenschirm zurückschob und sein Gewehr zückte. Hannelore schnappte sich Helena und stolperte in Windeseile die Stufen herunter. Trotz ihrer engen Schuhe und aller Anstrengung schien sie wie in einem Traum hinabzugfliegen.

Doch an der Haustür im Erdgeschoss wurde ihre Flucht jäh unterbrochen. Zwei weitere Uniformierte schnappten sie und schoben sie unerbittlich in den vor dem Haus geparkten Wartburg. Hannelores Kehle war wie zugeschnürt. Sie saß neben Helena eingequetscht auf der Rückbank und starrte auf den Hinterkopf mit den dichten schwarzen Haaren vor sich auf dem Beifahrersitz. Der Mann war nicht in Uniform und seine Schultern verrieten ein schweres Atmen.

Mein Vater weiß wegen deines Briefes nun ebenfalls Bescheid, dass du hier bist! Ich weiß, wie das hier ausgeht, Hanne, und ich versuche gerade, das zu ändern! Wenn du jetzt wegläufst, stirbst du und Helena wächst ohne dich bei Gabi im Westen auf!

In diesem Augenblick wurde die Fahrertür aufgerissen und Friedrich Dahlke setzte sich hinter das Steuer. Er zögerte einen Moment, während seine Hände mit aller Kraft das Steuerrad umschlossen, sodass seine Fingerknöchel weiß aus den klobigen, stark behaarten Händen hervortraten. Hannelore drückte Helena enger an sich.

Einer seiner uniformierten Mitarbeiter stand plötzlich neben dem Fenster an der Fahrerseite und machte Dahlke offenbar Meldung. Dieser nickte und wandte sich mit kalter Miene zur Rückbank um.

»Ich war heute kurz davor, euch beide abknallen zu lassen! Euch beide und meinen missratenen Sohn hier!« Angewidert spuckte er die letzten Worte aus. Er sah nicht so aus, als ob ihm dieser Gedanke auch nur das geringste Unbehagen bereitete und Hannelore lief es kalt den Rücken herunter.

Dahlkes Blick wanderte mit unverhohlener Ablehnung zu Alfred, der mit den hängenden Schultern auf dem Beifahrersitz vor Hannelore saß. »Ich helfe dir heute ein allerletztes Mal!«, erklärte er seinem Sohn ohne jegliche Gefühlsregung. »Danach bist du für mich endgültig tot!«

Er griff in seine Uniformtasche und pfefferte der unvorbereiteten Hannelore ein dickes Bündel Geldscheine in den Schoss, während er Alfred mit einem solchen Ekel fixierte, als sei er nichts weiter als eine Schmeißfliege auf einem Stück über riechendem Kot. Dann wandte Dahlke den Blick von ihm ab und richtete diesen mit nicht minder unmissverständlicher Abneigung auf Hannelore und Helena.

»Ihr lebt nur deshalb, weil dieser Schwächling hier und dein russischer Armeegeneral sich für euch eingesetzt haben! Lasst mich klar und deutlich sein, liebes Jungvolk,« fuhr er mit steinernem Gesichtsausdruck fort, »ihr wohnt in der Wilhelm-Pieck-Straße und genießt ab sofort meine Gnade. Als Gegenleistung höre ich nie wieder von euch oder von irgendwelchen Störungen!« Wütend blickte er auf Helena, die sich ängstlich fester an ihre Mutter drückte.

»Wir werden in Alfreds Wohnung wohnen?«, fragte Hannelore schwach zurück.

Zur Antwort schmiss Dahlke kommentarlos Alfreds Wohnungsschlüssel auf die Rückbank. Hannelore umklammerte mit verschwitzten Händen das Geldbündel und den Schlüssel. Der mit Alexander so endlos lang erschienene Weg von Alfreds Wohnung zur Benzlauer Straße dauerte mit dem Wagen nur wenige Minuten. In der Wilhelm-Pieck-Straße angekommen, bedeutete Dahlke ihr mit einem Kopfnicken, aus dem Wagen zu steigen. Er sah sie dabei nicht an, sondern starrte mit unbeweglicher Miene auf den geparkten Trabanten vor sich.

Mit steifen Knien stieg Hannelore aus, zog Helena mit hinaus und machte einen unsicheren Schritt nach vorn zu Alfreds heruntergekurbeltem Beifahrerfenster. «Sascha und du habt mir also geholfen?«

Er nickte beinahe unmerklich, während er ebenso wie sein Vater stur geradeaus blickte.

»Wo gehst du jetzt hin?«, fragte sie hilflos. Ihr Blick fiel auf eine Tasche zu seinen Füßen und plötzlich verstand sie. Das war also die Abmachung gewesen! Dahlke hatte ihnen unter der Bedingung geholfen, dass Alfred sich als Gegenleistung freiwillig und allen Elektroschocktherapien zum Trotz wieder wegsperren lassen würde, um seinem Vater nicht mehr im Weg zu sein! Sie verstand, dass Sascha ihr helfen wollte – das hatte er immer getan. Aber *Alfred?*

»Warum?«, fragte sie verständnislos.

Sein leerer Blick wanderte zu Helena an ihrer Seite. In diesem Moment trat Dahlke das Gaspedal durch und der graue Wartburg verschwand holpernd in der Ferne. Verwirrt wanderte ihr Blick von dem kleiner werdenden Wagen auf ihre verschwitzten Hände. Sie hielt noch immer die Schlüssel, das dicke Geldbündel und den spitzen Gegenstand in der Hand, den sie Alexander abgenommen hatte. Erst jetzt registrierte ihr Verstand, was sie in der letzten Viertelstunde so krampfhaft umklammert hatte: Es war ein langer, schwerer Brieföffner.

Verwundert drehte sie ihn um und las die eingravierte Aufschrift. *Dr. Werner Genet. Glückwunsch zum 10-jährigen Praxisjubiläum.*

~ KAPITEL 24 ~
Ruf der Vergangenheit

FRANKFURT AM MAIN, HESSEN, BRD. 23. NOVEMBER
1989. WOHNUNG DER FAMILIE GENET.

Werner war es nur allzu recht, dass er heute einen freien Tag hatte.
Es war Julias dritter Geburtstag und er hatte Johanna versprochen,
dass er ihr mit der kleinen Feier am späten Nachmittag helfen würde. Seine Frau konnte es kaum erwarten, dass Julia endlich alt genug
für den Kindergarten war. Sie war einfach keine geborene Hausfrau
und würde es auch nie sein.

Verschlafen streckte er sich und ließ seinen Blick im noch immer dunklen Zimmer umherwandern. Der Stille nach zu urteilen,
war Thomas bereits in der Schule. Erstaunlich, dass er nichts gehört
hatte! Zu Werners Kummer hasste sein Sohn die Schule und machte
jeden Morgen einen riesigen Aufstand. Es verging kaum ein Tag, an
dem sie ihn nicht letztendlich mit Schreien und Drohungen regelrecht aus dem Haus zerren mussten.

Der gestrige Tag hatte Werner selbst im Schlaf verfolgt. Rück-
blickend war er sich nicht mehr sicher, ob er den Zwischenfall mit
Alexander in seiner Praxis letztendlich vielleicht geträumt hatte. Es
war einfach in jeglicher Hinsicht unfassbar, dass er sich anscheinend wortwörtlich in Luft auflösen konnte!

Kopfschüttelnd schlüpfte Werner in seine Hausschuhe aus
schmuddelig braunem Cord, eines der vielen scheußlichen Ge-

schenke seiner Mutter, und schlurfte langsam die Wendeltreppe in die Küche hinunter. Auch hier war es vollkommen still. In der Küche sowie im angrenzenden Wintergarten herrschte das übliche Chaos, doch Werner gab sich mit der unerwarteten, häuslichen Ruhe zufrieden. Während er in der Spüle nach einem halbwegs sauberen Kaffeelöffel fischte, fiel sein Blick auf die Wanduhr. War es tatsächlich schon halb elf?

Das laute Schnarren der Türklingel ließ ihn herumfahren. Nach weniger als einer Sekunde wurde erneut stürmisch auf den Klingelknopf gedrückt. Erschrocken schnellte Werner zur Tür und drückte auf den Summer. Niemand sprach durch die Gegensprechanlage, doch er sah durch den Hausflur, dass zwei Personen im Laufschritt die Treppen emporrannten.

»Hallo?«

Die zwei klingelnden Besucher waren im Treppenhaus auf halber Höhe angelangt, als eine von ihnen sich über das Geländer lehnte und zu ihm hinaufsah. Es war Johanna, die ihm einen undefinierbaren Blick zuwarf. Die zweite Person antwortete nicht. Zu seinem grenzenlosen Erstaunen stellte sich die zweite Person als Hannelore heraus.

»Jojo, wo ist Julia?«

»In deiner Praxis!«, schnappte Johanna und ging ohne jeden weiteren Kommentar an ihm vorbei in die Wohnung. Hannelore folgte ihr mit einem angespannten Lächeln. Johanna starrte missbilligend auf seinen Bademantel und zog gereizt die Augenbrauchen nach oben. Doch anstelle eines bissigen Kommentars über seinen späten Start in den Morgen holte sie tief Luft und wandte den Blick ab.

Werner spürte ein unangenehmes Gefühl in sich aufsteigen. Die beiden Frauen waren sich noch nie begegnet und sollten sich eigentlich nicht kennen. Johannas Mienenspiel erinnerte ihn bedenklich an den Abend, an dem sie wegen Helena eine Szene gemacht und ihm mit der Scheidung gedroht hatte. »Julia ist in der Praxis?«

»Katha passt auf sie auf!«

Er wollte einwerfen, dass seine Empfangsdame keine Babysitterin war, doch die Schärfe in ihrem Blick ließ ihn augenblicklich verstummen.

»Ich weiß Bescheid!«, sagte Johanna plötzlich ohne jede Vorwarnung.

Werner lief es kalt den Rücken herunter. Genauso hatte das beinahe fatale Gespräch damals angefangen. »Was genau meinst du?«, fragte er heiser.

»Helena ist verschwunden!«, stieß Hannelore atemlos hervor. Werner wusste, dass Johanna auf etwas vollkommen anderes angespielt hatte, doch seine Frau ging schnurstracks auf den Küchenschrank zu und holte eine Keksdose aus dem obersten Regal. Diese enthielt die einzigen selbstgemachten Kekse, die essbar waren. Martha hatte sie kurz vor ihrer Abfahrt gebacken und da Johannas Backversuche wieder einmal die Konsistenz von Beton aufgewiesen hatten, waren die guten Kekse vor den Kindern in Sicherheit gebracht und für Weihnachten versteckt worden. Sie ließ sich am krümeligen Küchentisch nieder, öffnete die Dose und fing an, einen Zimtstern nach dem anderen zu verdrücken. Es war definitiv kein gutes Zeichen!

»Helena ist weg!«, wiederholte Hannelore verzweifelt. »Es tut mir leid, dass ich einfach so hierherkomme! Helena wollte in die Praxis fahren, aber ich habe stattdessen Johanna dort getroffen«, erklärte sie atemlos. »Meine Schwester ist zur Wohnung zurückgefahren, falls Helena in der Zwischenzeit dort auftaucht. Es tut mir wirklich leid!« Ihr Blick wanderte besorgt von Werners eingefrorenem Gesicht zu Johannas eisiger Miene.

Werner gab sich mühsam einen Ruck und zwang sich zu einem Lächeln. »Das geht vollkommen in Ordnung. Wir werden gemeinsam suchen!«

»Natürlich, Hanne!«, flötete Johanna zwischen zusammengebissenen Zähnen. »Warte doch bitte kurz im Wintergarten, ja? Dauert nicht lang.«

Unsicher stakste Hannelore in den gläsernen Raum neben der Küche und ließ sich auf dem weinroten Sofa nieder. Sie blickte bewusst aus der großen Fensterfront zum Garten hinaus.

Johanna drehte sich zu Werner herum. Ihr Lächeln war schlagartig verschwunden und einer finsteren Miene gewichen. »Du konntest es nicht sein lassen, oder?«, schnaubte sie wütend.

»Du erinnerst dich also?« Das Herz schlug ihm bis zum Hals.

»Natürlich erinnere ich mich, blöde Frage! Wir haben das Thema ja nun wirklich genug diskutiert!«

»Da bin ich mir nicht sicher«, warf Werner vorsichtig ein. »Du denkst anscheinend, da war mal etwas, aber das stimmt nicht!«

»Von wegen *da war nichts*! Wie kannst du so etwas *nichts* nennen?«

»Das habe ich doch nicht gemeint!«, widersprach Werner mit einem verzweifelten Seitenblick auf Hannelore, die jedoch noch immer geflissentlich in die andere Richtung sah.

»Weißt du eigentlich, wie dämlich und hintergangen ich mich fühle? Da fahre ich vollkommen nichtsahnend in deine Praxis, um ein paar blöde Bastelsachen für die Deko heute Nachmittag zu holen und dann stehen die beiden da plötzlich! Ich dachte, mich trifft der Schlag, als ich Hanne gesehen habe! Und jetzt schau mich nicht so ungläubig an – ich habe schließlich nicht dein letztes Druckerpapier aufgebraucht! Ich brauchte nur ein paar bunte Seiten und Klebstoff und wollte eben nichts kaufen, verdammt noch mal!«

Verwirrt hob Werner die Hand und brachte sie zum Schweigen. »Dass du meine Bürobestände plünderst, ist gerade nicht das Thema. Warum hat es dich geschockt, dass du Hannelore gesehen hast?« Seine Stimme wurde zu einem Flüstern. Er wusste, dass diese Reaktion Unsinn war, da Hannelore ihn schließlich ohnehin nicht hören konnte, doch er konnte einfach nicht anders.

Eine steile Zornesfalte bildete sich zwischen Johannas Augenbrauen. »Ach komm, Werner, verarschen kann ich mich auch alleine! Ich weiß, warum du sie hierhergebracht hast. Gott sei Dank sind wenigstens Martha und Helmut nicht hier! Wie kannst du nur so rücksichtslos sein?«

»Jojo …«, Werner rang nur mühsam nach Worten in seiner Verwirrung. »Ich sehe, dass du stocksauer bist, Jojo, aber ich glaube, wir reden gerade total aneinander vorbei! Du bist also nicht wegen Helena sauer?«

»Natürlich bin ich wegen Helena wütend!«, keifte sie zurück. »Ich werde ihr *nie* verzeihen können!«

»Aber da war nie etwas!«

Johanna versagte vor bebender Wut beinahe die Stimme. So hatte er sie bisher nur selten erlebt. »Werner, halt die Klappe, verdammt! Du magst vielleicht nicht alle Details kennen, aber das Unglück damals war ihre Schuld! Ohne sie würde Peter noch leben!«

»Wie bitte?« Werner sah nun so offensichtlich durcheinander aus, dass Johanna entnervt ein Glas vom Tisch nahm und es ihm vor die Füße schleuderte. Hunderte kleiner Splitter flogen effektvoll quer durch die Küche.

»Himmel Herrgott nochmal!«, brüllte sie außer sich und rannte die schmale Wendeltreppe hinauf. Werner war zu verdattert, um ihr hinterher zu laufen.

Hannelore hatte inzwischen aus ihren Tagträumen zurückgefunden und starrte erschrocken durch die Glasfront zu ihm in die Küche. Langsam stand sie auf und trat durch die Schiebetür zu ihm in die Küche. »Soll ich gehen?«

»Nein, du kannst jetzt genauso gut hierbleiben, Hanne!«, wetterte Johannas Stimme zu ihnen hinab, während sie in halsbrecherischem Tempo die Wendeltreppe hinunterflog. Mit hochroten Wangen und zornig zusammengekniffenen Augen presste sie Werner ein kleines eingerahmtes Bild in die Hand. »Hier, das hat mir Martha vor Jahr und Tag geschickt, aber ich mochte es nie aufstellen!«

Werner blickte auf das Bild, ohne zu verstehen, was er dort sah.

Ungeduldig tippte Johanna auf die Personen. »Da! Peggy, Peter und ihre zwei Cousins aus Berlin! Ich weiß natürlich nicht, ob die beiden heute noch genauso aussehen, aber ihre Mutter dort hinter ihnen im Bild erkennst du sicherlich!«

Werners Blick wanderte fassungslos über die ihm so vertrauten Gesichter.

»So, ich fahre jetzt zurück in deine Praxis und hole Julia ab! Ich wollte nicht, dass sie das hier mitbekommt oder gar sieht, wie ich dir eine scheuer! Gott, Werner, ich könnte dich ...!« Vielsagend vollführte Johanna einen Würgegriff in der Luft und stürmte schließlich schnaubend zur Tür. »Ich mache die Party-Vorbereitungen bei dir im Büro! Um halb zwei komme ich wieder mit Julia zurück! Dann bist du hier bitte alleine und wir reden nie wieder davon! Ciao!«

Mit einem Knall, der das Geschirr in den Schränken zum Klirren brachte, schloss Johanna die Haustür hinter sich. Hannelore atmete hörbar aus, doch zu seinem Erstaunen sah er ein Lächeln auf ihren Lippen. »Sie war schon immer ein schrecklicher Hitzkopf!«

Bevor Werner sich sammeln konnte, schob sie ihn schnurstracks zurück zum Sofa im Wintergarten. »Ich mache uns mal einen starken Kaffee, ja? Ich glaube, den brauchen wir jetzt beide!«

Hannelore hatte beinahe anderthalb Stunden ohne Unterbrechung geredet. Sie hatte hin und wieder lediglich innegehalten, um zu fragen, ob das Telefon klingelte. Noch immer hatten sie nichts von Vera über Helenas Verbleiben gehört und Hannelore verbarg ihre Unruhe nur mühsam. Gierig nahm sie einen großen Schluck kalten Kaffee. Er schmeckte vermutlich furchtbar, doch sie bemerkte es anscheinend nicht. Aufmerksam studierte sie sein Gesicht. »Alles in Ordnung?«

Werner musste ungewollt auflachen. Die Frage hätte nicht unpassender sein können! Es war verquer, das zumindest konnte er mit Sicherheit sagen. Seine Schwägerin Martha war also Hannelores Freundin, die ihr damals bei der Flucht aus Klein Moskau geholfen hatte.

Mühsam ordnete er seine Gedanken und setzte die Bausteine zusammen. Endlich hatte er eine logische Erklärung, warum seine Nichte Peggy und Helena einander so ähnlich sahen. Sie waren also Kusinen! Und Martha war darüber hinaus Alfreds Schwester! Laut Hannelore war sie damals rebellisch gewesen – eine Vorstellung, die Werner in Anbetracht der heutigen Martha sehr schwer fiel.

Als nach vielen Jahren genügend Gras über Hannelores Flucht aus Klein Moskau gewachsen war, hatten sich Hannelore und Martha gelegentlich getroffen. Marthas Tochter Peggy war nur wenige Monate jünger als Hannelores Sohn Michael. Als sie damals Hannelore bei der Flucht geholfen hatte, wusste Martha noch nicht, dass ihre rebellische Zeit mit Helmut bereits Folgen davongetragen hatte. Martha und Helmut waren 1977 dann zum ersten Mal mit Hannelore und allen Kindern in den Urlaub gefahren. Sie hatten sich eine sogenannte Datsche, ein Gartenhäuschen, von Freunden in Dannenwalde gemietet und hatten dort ein paar Tage zusammen verbracht. Das Foto in Werners Händen war am Nachmittag vor der Explosion entstanden.

Laut Hannelore waren die Kinder zusammen losgezogen, um ins örtliche Vereinshaus gehen. Marthas und Helmuts Sohn Peter war jedoch von dem nahegelegenen Militärgelände fasziniert gewesen. Als die Kinder auf einmal bemerkten, dass er verschwunden war, hatte Helena als Älteste entschieden, dass Peggy und Michi zurück zur Datsche gingen und war alleine losgezogen, um Peter zu holen.

Niemand wusste genau, wie sie Peter auf dem Militärgelände überhaupt gefunden hatte, doch offenbar hatte Helena versucht, ihn dort herauszuholen. Als sie beinahe entdeckt wurden, wollten sie ein Ablenkungsmanöver starten und anscheinend hatten die beiden unabsichtlich eine Massenexplosion ausgelöst. Helena war ohne Peter nach Hause gekommen und Martha und Helmut hatten ihr dafür nie verziehen. Sie hatten sich damals alle zum letzten Mal gesehen und weder Hannelore noch ihre zwei Kinder waren jemals wieder erwähnt worden.

»Es scheint mein Schicksal zu sein, dass man mich lieber unter den Teppich kehrt!«, bemerkte Hannelore zynisch. »Meine Eltern, meine Schwestern, Martha und Judith … Der Einzige, der immer wieder zu mir zurückgefunden hat, war Alfred. Und seit neuestem scheint mir auch dieser Alexander eine treue Seele zu sein«, schloss sie mit sarkastischer Miene.

Ihr Blick wurde jedoch schlagartig ernst, als sie sich zu Werner umdrehte und ihn durchdringend ansah. »Er will, dass ich sterbe!«, sagte sie unverblümt. Es war keine Frage, sondern eine Feststellung. Werner rutschte unwohl auf dem Sofa hin und her und nippte unwohl an seinem kalten Kaffee. Was sollte er auch darauf sagen? Sie hatte damit den Nagel auf den Kopf getroffen!

»Helena hat mir erzählt, dass es eine Version gibt, in der sie ohne mich in Frankfurt aufwächst.« Sie schluckte schwer, doch bevor sie fortfahren konnte, stellte Werner energisch seine Kaffeetasse auf den kleinen Glastisch. »Nein, das ist eine total bescheuerte Idee, Hannelore! Schlag dir das gleich aus dem Kopf! Ich erinnere mich an diese Version und Helena war damals nicht umsonst bei mir in Therapie! Sie war kreuzunglücklich bei Vera!«

Keiner von beiden bemerkte, dass sie übergangslos in ein vertrautes Duzen gewechselt hatten, doch alles andere wäre zu diesem Zeitpunkt einfach seltsam gewesen.

»Keine Sorge«, erwiderte sie mit einem dünnen Lächeln, »ich wollte nicht darauf hinaus, dass Helena wieder in die Vergangenheit zurückgeht und mich dort sozusagen auslöscht! Das würde schließlich nicht nur mich, sondern auch Michi betreffen und das würde ich niemals zulassen! Alexander wollte mich schon vor knapp drei Jahrzehnten umbringen. Ich bin zu oft um mein Leben gerannt, um mich von diesem Bengel einschüchtern zu lassen! Ich frage mich einfach nur, was für ein anderes Leben meine Tochter erwarten kann – sie wäre doch immer noch derselbe Mensch mit denselben Fähigkeiten, oder etwa nicht? Da frage ich mich natürlich, warum ihr Leben in Frankfurt so viel besser sein soll als ihr jetziges, sodass dieser Alexander sogar quer durch die Zeit reist, nur um mich zu beseitigen! Ich habe ihn am Bahnhof nicht gleich erkannt, weil ich zu sehr auf Helena fixiert war. Aber seit Helenas Notiz heute Morgen ist es mir wie Schuppen von den Augen gefallen. Was habe ich diesem Kerl denn nur getan?«

»Das kann ich dir sagen!« Werner ging schnurstracks zum Kleiderständer hinter der Küchentür und kramte Alexanders Portemonnaie vom Vortag aus seiner Tasche. Er drückte es Hannelore in die

Hand und sah sie erwartungsvoll an. »Da, mach das mal auf!«

Erstaunt öffnete sie den braunen Ledergeldbeutel und starrte auf die Ansammlung an Karten.

»Frankfurter Sparkasse«, murmelte sie und er sah, wie sich die Haare auf ihrem Unterarm aufstellten. »Natürlich, *das* war es also!« Ihre Finger fuhren wie in Trance über die silberfarbene Karte, während ihre Nägel etwas abzusuchen schienen. »Ich bin mir nicht sicher, ob dies dieselbe Karte von damals ist. Da müssten massive Kratzspuren von der Tür drauf sein. Ist er vielleicht noch nicht zurückgegangen?«

Ihre Gesichtsfarbe verlor plötzlich deutlich an Farbe, während ein atemloser Redefluss aus ihr herausbrach. »Was soll ich machen, wenn er wieder in der Zeit zurückgeht, um mich diesmal bei der Flucht sterben zu lassen? Ich erinnere mich, dass Alfred damals sagte, Alexander würde alles durcheinanderbringen. Alfred sagte, es gäbe unendlich viele Versionen von meiner Flucht ... Werner, was soll ich nur machen, wenn Alexander es diesmal geschickter anpackt und Alfred zuvorkommt?«

»Ich verstehe nicht, was du meinst, Hanne.«

Anstelle einer Antwort, griff Hannelore in ihre riesige Handtasche und zog einen länglichen, spitzen Gegenstand hervor. Nach wenigen Sekunden der Verwirrung erkannte Werner seinen Brieföffner, den Alexander sich neulich in seinem Büro geschnappt hatte, bevor er sich wortwörtlich in Luft aufgelöst hatte. Er hatte noch nicht einmal bemerkt, dass er verschwunden war. Langsam drehte er den Brieföffner in seinen Händen und sah Hannelore verwirrt an.

»*Dr. Werner Genet. Zum 10-jährigen Praxisjubiläum*«, las Hannelore laut mit bedeutsamem Blick vor.

»Ich weiß, das ist meiner. Hast du den heute aus meiner Praxis mitgenommen?«

»Schau ihn dir doch mal genauer an, Werner!«

Zu seinem grenzenlosen Erstaunen wirkte der Brieföffner abgenutzt und alt. »Er sieht irgendwie anders aus als vor ein paar Tagen.«

»Das sollte er auch. Ich habe ihn immerhin seit 1961!«, erklärte

Hannelore trocken.

Werner versuchte mühsam, mit geschlossenem Mund zu lauschen, während Hannelore ihm von ihrem gescheiterten Fluchtversuch und Alfreds selbstlosem Opfer erzählte. »Als du uns vor ein paar Tagen in Berlin besucht hast und Helena mir anschließend deine Visitenkarte zeigte, hat mich fast der Schlag getroffen!«, gestand Hannelore. »Darum wollte ich auch sofort mit dir nach Frankfurt fahren. Meine Schwester zu sehen war natürlich ebenfalls ein Anlass, aber du warst mein wichtigster Grund. Dein Brieföffner begleitet mich seit damals auf jedem Schreibtisch«, schloss sie lächelnd. »Als Erinnerung an einen Tag, an dem mir klar wurde, dass in jedem Menschen neben allem Schlechten immer auch etwas Gutes steckt!« Ihr Blick verdüsterte sich. »Ich hoffe zumindest, dass das auch bei Alexander der Fall ist! Er hat mich damals mit diesem Ding hier bedroht.«

»Schau dir die Karte im Fach daneben an!«, forderte Werner sie erneut auf und deutete auf das Portemonnaie. »Das ist ein Führerschein!«

»Ich dachte, eure Führerscheine sind auf grünem oder rosafarbenem Papier?«

Werner nickte ungeduldig. »Ja, in unserer Zeit sind sie das. Hier!« Er tippte vielsagend auf das entscheidende Datum. »Alexander Sascha Reinhard Weiß. Geboren am 8. November 1991. Ausgestellt am 9. November 2009.«

Hannelore schüttelte vehement den Kopf, doch er konnte nicht deuten, ob sie verwirrt war oder ob sich ihr Verstand einfach gegen das Offensichtliche sträubte.

»Sascha!«, wiederholte er. »Den Namen kennst du doch wohl noch?«

»Er ist doch wohl nicht etwa Saschas und Ivankas Sohn?« Ihre Stimme zitterte bedenklich. »Meinst du, Ivanka hat ihn geschickt? Doch wenn er durch die Zeit reisen kann, warum würde er mich dann erst nach meiner Flucht aus Klein Moskau umbringen wollen?«

»Nein, das Zeitreise-Gen liegt meines Wissens nach nur in Alfreds und Marthas Familie«, unterbrach Werner trocken. »Nein, Alexanders Mutter hat ihn nach zwei Männern aus ihrer Familie benannt.«

»Ich verstehe es noch immer nicht!«

»Er ist Helenas Sohn, Hanne! Der Sohn derjenigen Helena, die dich nicht kennt und hier in Frankfurt aufgewachsen ist. Helena hat offenbar irgendwann mehr über dich erfahren – unter anderem von deiner Zeit in Klein Moskau und von Sascha. Helena wusste anscheinend, dass Sascha dir sehr wichtig gewesen war und hat ihren Sohn daher im Gedenken an dich nach ihm benannt!«

Hannelore bewahrte offenbar nur mühsam die Fassung, daher fuhr Werner schnell fort. »Der letzte Vorname und sein Nachname sind hier das Entscheidende, Hanne. *Reinhard* und der Nachname *Weiß* gehören zur Familie von Alexanders Vater. Die Frankfurter Helena hätte hier vor ein paar Jahren einen Mann namens Felix Weiß kennengelernt.«

Hannelore kam einfach nicht hinterher. »Alexander ist also mein Enkel?«

»Dein ungeborener Enkel! Ein Enkel, den es jetzt nicht gibt, weil Helena und Felix sich nie begegnet sind. Helena hat offenbar vor einigen Jahren etwas in der Vergangenheit geändert und ist daher bei dir in der DDR statt bei Vera in Frankfurt aufgewachsen. Alexander sagte, er hatte genau im selben Moment einen Zeitsprung und kann seitdem nicht in seine eigene Zeit zurück. Er glaubt, dass seine Zeit abläuft, wenn er 1991 nicht geboren wird!«

»Und weil Helena und Alfred mich gerettet haben, lernt sie nun diesen Felix nicht rechtzeitig kennen!«, schlussfolgerte sie leise. »Der Bengel hat also die Wahl, entweder mich zu beseitigen oder zu sterben?«

Werner räusperte sich verlegen. »Ich denke, so ist es, ja!«

»Na, das sind ja großartige Aussichten für uns alle!«, antwortete sie mit einem sarkastischen Lächeln. Nachdenklich wanderte ihr Blick in die Ferne. »Mal ganz ehrlich, Werner: Wie würdest du dich an seiner Stelle entscheiden?«

»Ich weiß es nicht«, gestand er nach einigen Sekunden des Schweigens.

»Eben, genau das!«

Die beiden blickten einander hilflos an und lachten schließlich. Es war kein aufrichtiges Lachen, doch es nahm der Situation die Schärfe.

»Vielleicht sollten wir diesen Felix suchen und die beiden schnell miteinander verkuppeln?«, schlug Werner scherzend vor.

Hannelores Augenbrauen wanderten empört nach oben. »Ich werde meine Tochter sicherlich nicht mit einem wildfremden Wessi verkuppeln, nur damit sie einen geistig verwirrten, gemeingefährlichen Enkel produzieren!«

»Vielleicht ist er charmanter, wenn er nicht jahrelang in einer anderen Zeit feststeckt und stattdessen unter deinen Fittichen aufwächst?«

»Klar, wir wohnen dann alle hier zusammen und kriegen eine goldene Hausnummer!«

»Eine was, bitte?«

»Goldene Hausnummer! Das habt ihr vermutlich nicht im Westen. Bei uns kriegen besonders vorbildliche Hausgemeinschaften eine goldene Nummer.«

Werner grinste schief, doch Hannelores Blick wanderte bereits durch den gläsernen Wintergarten zur Küchenuhr.

»Ich muss Helena finden! Kannst du in deiner Praxis und bei Vera zu Hause anrufen und fragen, ob Helena inzwischen wieder da ist? Dann weiß ich entweder endlich, was los ist oder ich suche alleine weiter! Wenn Johanna zurückkommt, sollte ich nicht mehr hier sein!« Sie lachte auf, als sie Werners Verlegenheit sah. »Keine Sorge, Werner! Wie gesagt, ich bin es gewohnt, dass man mich unter den Teppich kehrt!« Sie schnappte sich ihre große Handtasche und sah ihn eindringlich an. »Werner, das Telefon! Bitte, ich muss langsam wirklich wissen, wo sie ist!«

»Natürlich!« Werner stand auf und ging in den kleinen Gang

neben der Küche, in dem das Telefon stand. Doch bevor er wählte, streckte er noch einmal den Kopf um die Ecke. »Psychiater sind übrigens furchtbar schlecht darin, etwas oder jemanden unter den Teppich zu kehren!«

Hannelore lächelte ihn dankbar an und nestelte verlegen an ihrer Handtasche herum, während Werner die Nummer seiner Praxis wählte.

~ KAPITEL 25 ~
Zurück in die Zukunft

FRANKFURT AM MAIN, HESSEN, BRD. FLUGHAFEN.
EIN JAHR SPÄTER. 26. OKTOBER 1990.

Es war ein sonniger, leicht bewölkter Herbstmorgen und Helena war aufgeregt wie ein kleines Kind. Alfred hatte sie vergangene Nacht kurz vor Mitternacht in der Wilhelm-Pieck-Straße abgeholt und bis nach Frankfurt am Main gefahren.

Zu Helenas grenzenloser Verwunderung war Tante Vera, die sich endlich zu ihrem ersten Berlin-Besuch seit der Wende durchgerungen hatte, mit in den Wagen gestiegen. Sie hatte vorgegeben, dass sie nach einer knappen Woche in Ostberlin nun endlich wieder in die Zivilisation zurückwollte, doch Helena ahnte, dass dies nicht der wahre Grund war. Tante Vera hasste ostdeutsche Fahrzeuge und würde sich freiwillig niemals auf eine lange Fahrt in einem solchen einlassen. Doch da Hannelore zu aufgewühlt war, um ihre Tochter fortfliegen zu sehen, sah Vera es vermutlich als zwingende Notwendigkeit, ihre Nichte nicht alleine mit Alfred fahren zu lassen.

Sie saß jedoch nicht neben Alfred auf dem Beifahrersitz, sondern hatte sich hinten neben Helena auf die enge Rückbank gequetscht, wo sie gut über die Hälfte der Zeit abwechselnd über die Unbequemlichkeit und Alfreds Fahrstil geschimpft hatte. Auch die Tatsache, dass die Berliner Flughäfen noch immer nicht für den internationalen Flugverkehr geöffnet waren, hatte in empörte Monologe ausgeartet, bis Alfred gedroht hatte, sie aus dem Wagen zu werfen.

Ein Jahr war seit dem Fall der Berliner Mauer und ihrem ersten Besuch in Frankfurt vergangen, doch dies war Helenas erste Fahrt zurück in den Westen. Zum wiederholten Male kontrollierte sie, ob sie ihren neuen Reisepass und das Flugticket in ihrer kleinen Handtasche hatte. Beruhigt strich sie über den blauen Einband und las erneut die Aufschrift auf dem Flugticket.

Es waren aufregende Monate gewesen, doch zum ersten Mal in Helenas Erinnerung war es eine positive Aufregung gewesen. Als Alexander vor einem Jahr im Café Pompös aufgetaucht war, hatte Helena ihren letzten Zeitsprung gehabt. Genauer gesagt war es nur der Beginn eines Zeitsprungs gewesen. Sie hatte Felix' grünen Kettenanhänger wiedererkannt. Dieser hatte dem Baby in der Flutkatastrophe von Lynmouth gehört, so viel hatte sich Helena daraufhin zusammenreimen können. Sie war sich sicher, dass Felix das Kind der Ertrunkenen war, doch sie hatte ihn nicht direkt fragen können. Denn bevor sie vollends in die Vergangenheit entschwunden war, hatte sich Alexander plötzlich auf sie gestürzt und ihr kalte Getränke in Ausschnitt und Rachen gekippt. Merkwürdigerweise hatte sein Eingreifen gewirkt, denn nach nur wenigen Sekunden hatten sich der sonst so typische Nebel und die anscheinend unvermeidbare Übelkeit aufgelöst, sodass Helena das seltsame Spektakel um sie herum hatte beobachten können.

Felix hatte Alexander offenbar von ihr wegreißen wollen und ihn seinerseits mit Getränken und Essensresten von Nebentischen beworfen. Daraufhin hatten die beiden eine Schlägerei angefangen, in der Felix eine blutige Nase davongetragen und Alexander derbe Schläge in die Rippengegend hatte einstecken müssen.

Alexander hatte immer wieder auf Helena gedeutet und Felix angebrüllt, dass er sich lieber um diese kümmern sollte. Felix hingegen fand zu dem Zeitpunkt seine blutige Nase jedoch noch nicht ausreichend gerechtfertigt und dachte offenbar nicht im Geringsten daran, von Alexander abzulassen.

Doch dann war das Seltsamste von allem passiert: Alexander

hatte auf einmal begonnen, sich direkt vor ihren Augen in Luft auf-zulösen! Zunächst waren seine Hände, dann die Füße verschwunden und plötzlich war Felix' heftiger Fausthieb einfach durch Alexan-der hindurchgegangen. Er war binnen nur weniger Sekunden ein-fach nicht mehr da gewesen! Doch nicht nur er war verschwunden, auch das Chaos, das die beiden Kampfhähne hinterlassen hatten, war auf einmal weg gewesen – als hätte die heftige Schlägerei nie stattgefunden! Nur Felix hatte noch immer keuchend und mit heftig blutender Nase inmitten des betriebsamen Cafés gestanden. Auch Helena war nach wie vor pitschnass von all dem Wasser gewesen, doch die anderen Café-Besucher hatten die beiden Sonderlinge nur befremdet angestarrt und verwundert geflüstert, sodass sie letzten Endes schnell nach draußen geflüchtet waren.

Sie hatten auf dem kurzen Weg zu Vera nicht gesprochen und Fe-lix hatte zum Abschied lediglich kurz genickt, bevor er ohne jeden weiteren Kommentar weiter gegangen war. Insgeheim hatte Helena damals gehofft, er würde vor ihrer Rückfahrt nach Ostberlin noch einmal vorbeikommen, doch sie hatte ihn seitdem nicht mehr ge-sehen.

Noch seltsamer war, dass ihre Mutter bei diesem Thema an-scheinend stets jegliches Interesse verlor. Sie hatte bislang immer zugehört, wenn es um Helenas Aussetzer und Zeitreisen ging. Ein-fach abzulenken oder ihre Taubheit hervorzukehren, war sonst so gar nicht ihre Art! Missmutig runzelte Helena die Stirn. Sie hatte gehofft, dass ihre Mutter bald danach wieder nach Frankfurt fahren wollen würde – nun, da die Grenzen endlich offen waren.

Sie waren jedoch plötzlich sehr an der Gehörlosenschule be-schäftigt gewesen, sodass keine Zeit für weitere Fahrten geblieben war. Helena war sich nicht sicher, doch sie wurde das Gefühl nicht los, dass ihre Mutter sie von der Fahrt abhalten wollte. Hannelore behauptete außerdem, dass sie den Zettel mit der Telefonnummer der Ärztin verloren hatte. Sie hatten die ganze Wohnung und alle Gepäckstücke durchforstet, doch der kleine Zettel blieb spurlos ver-schwunden.

Irgendetwas stimmte an dem Ganzen nicht! Warum hatte Alexander so seltsam reagiert? Sie wusste, dass Alexander genau wie sie durch die Zeit reiste. Er hatte ihr offenbar helfen wollen, doch warum hatte er im Café verhindert, dass sie in der Zeit zurückging, um Felix zu helfen? Sie stieß einen frustrierten Laut aus und schüttelte den Kopf.

»Das wollte ich auch gerade sagen!«, ereiferte sich Vera empört. »Diese Zoni-Pappe ist ja wohl wirklich unter aller Sau! Mensch, da war ja mein Kamelritt in der Wüste ein Luxus im Vergleich!«

Helena tätschelte ihrer Tante grinsend den Arm. Vera war in den letzten Monaten bereits vier Mal zu Besuch gekommen und es hatten viele Gespräche ohne Helena stattgefunden. Um was es gegangen war, wusste sie nicht, denn die Schwestern hatten sie jedes Mal für unsinnige Tätigkeiten weggeschickt. Michi war wie immer nutzlos gewesen und hatte nur wenige Informationen erlauschen können.

Offenbar war Helenas Zukunft an der Schule viel diskutiert worden. Es sah danach aus, als ob der Gehörlosenverband sich nun nach dem Mauerfall auflösen würde und Vera hatte eine Anstellung in Frankfurt am Main vorgeschlagen. Ihrer Meinung nach war es höchste Zeit, dass Helena endlich von zu Hause auszog und auf eigenen Beinen stand; außerdem würde sie im Westen mehr verdienen.

Laut Helenas Bruder war dies der Punkt, an dem die Schwestern dann jedes Mal in einen lauten Streit verfielen. Michi hatte keine Details herausfinden können, doch aus irgendeinem Grund schien Hannelore wild entschlossen zu sein, Helena bis Ende 1991 nicht mehr nach Frankfurt fahren zu lassen.

Helena schüttelte beim Gedanken daran erneut verwirrt den Kopf. Michi musste etwas falsch verstanden haben! Aus welchem triftigen Grund sollte ihre Mutter verhindern wollen, dass Helena nach Frankfurt fuhr – noch dazu bis Ende 1991?

»Darf ich deinen Reisepass noch mal sehen?« Vera hatte ihn bereits mehrfach in der Hand gehalten und dabei skeptisch untersucht.

Der Wagen kam mit laut quietschendem Bremsen zum Stehen.

»Ich schwöre dir, *Vera*«, zischte Alfred zwischen zusammengebissenen Zähnen, wobei er ihren Namen ganz besonders eindringlich betonte, »noch ein einziges Wort und ich schmeiß dich raus!«

Um sie herum fuhren unzählige, deutliche größere Autos sowie einige Busse mit lautem Hupkonzert an ihnen vorbei. Die meisten Insassen deuteten lachend auf den kleinen Wartburg und machten anscheinend belustigte Kommentare. Nachdem Alfred und Vera sich einige Sekunden wütend über den Rückspiegel angestarrt hatten, fuhren sie schließlich wieder weiter. Helena hörte ihre Tante leise vor sich hin brummeln und meinte, das Wort *Kotzbrocken* hinaushören zu können, doch Vera war offenbar bemüht, ihren Ärger nicht in Alfreds Hörweite zu bringen. Zu Helenas immenser Erleichterung erreichten sie den Flughafen nach stillen weiteren zehn Minuten und parkten direkt am Terminal 1.

»Das ist nur für Taxis, hier kannst du doch nicht parken!«, keifte Vera.

Doch Alfred ignorierte sie, während er Helena und ihr Gepäck wortlos in die riesige Halle bugsierte. Der Flughafen schwirrte vor Betriebsamkeit, welche mit permanenten Lautsprecherdurchsagen sowie dem aufgeregten Geschnatter Abschied nehmender Familien untermalt wurde. Das lichtdurchflutete Gebäude war mit unzähligen Geschäften und Rolltreppen gespickt, während alle paar Sekunden Menschen aller Nationalitäten mit schwerem Gepäck an ihnen vorbeihetzten.

Helena fühlte sich von dem Gewirr augenblicklich überfordert und blieb wie angewurzelt stehen. Sie war sich auf einmal unsicher, ob sie die richtige Entscheidung getroffen hatte. In den letzten Monaten hatten sie viel über ihre Zukunft gesprochen, was Helena darauf zurückführte, dass sie zum ersten Mal, seitdem sie denken konnte, keine Zeitsprünge gehabt hatte – und das bereits seit einem Jahr!

Der Gehörlosenverband der DDR würde offenbar nicht mehr lange existieren und Dahlke war nun nicht mehr in der Position, um Helena und ihrer Mutter eine neue Arbeit zu beschaffen. Alfreds

Vater hatte sich im Laufe der Jahre ein wenig besonnen und ihnen zumindest finanziell stets unter die Arme gegriffen. Auch aus dem fernen Moskau waren immer wieder Lebensmittelpakete, Geld und sonstige Lieferungen gekommen, die ihnen das Leben in der DDR mehr als angenehm gemacht hatten. Doch seit der Wende war alles anders geworden.

Erstaunlicherweise war es Vera gewesen, die Helena auf die Idee mit der Gebärdensprache gebracht hatte. Helena flog heute zu einem internationalen Gebärdensprachentreffen nach London, wo sie auf Hörende wie Gehörlose aus aller Welt treffen würde. Helena und Hannelore hatten nie eine offizielle Gebärdensprache gelernt, die ihnen beiden so Vieles im Leben erleichtert hätte und laut Vera wurde dies nun höchste Zeit. Sie hatte es zwar weniger charmant ausgedrückt und war eher darauf herumgeritten, dass die beiden sonst nichts Gescheites gelernt hätten, doch die Idee hatte sie trotzdem überzeugt.

Helena hatte sich entschlossen, die offizielle deutsche Gebärdensprache zu lernen und langfristig eine Schule zu eröffnen. Hannelore war sehr gerührt gewesen und so hatten sie vereinbart, dass Helena beginnen sollte, Kurse zu besuchen, um ihr Wissen dann an Hannelore weiterzugeben, während diese neben der regulären Arbeit alle nötigen Informationen einholte.

Die Ostmark war im Vergleich zur Deutschen Mark so viel schwächer, dass das Gehalt der beiden ohnehin nur knapp für eine Person reichte. Sie waren geschockt gewesen, wie viel ärmer sie im Vergleich zur Deutschen Mark wegkamen! Seit diesem Sommer war die Mark der DDR ausgelaufen und sie hatten bei der Umstellung einen beachtlichen Teil ihres Geldes eingebüßt. Ihre Gehälter waren noch immer gleich, doch ihre Lebenshaltungskosten waren raketenartig angestiegen. Ohne die zusätzliche Hilfe von Dahlke und Sascha würden sie den Gürtel nun deutlich enger schnallen und auf viele Annehmlichkeiten verzichten müssen!

Alfred war jedoch nach langer Abwesenheit erneut in ihrem Leben aufgetaucht und hatte geholfen. Sie wussten nicht, woher er plötzlich das nötige Geld hatte. Er hatte behauptet, viel Eigentum seines Vaters teuer verkauft zu haben und sie hatten stillschweigend beschlossen, ihn nicht weiter zu fragen und stattdessen seine Hilfe anzunehmen.

Seltsamerweise hatte selbst Tante Vera seine Unterstützung geduldet. Mehr noch: Sie hatte sogar seine Anwesenheit während ihrer Besuche toleriert und Helena war am vorherigen Abend ungewollt in ein heimliches Gespräch zwischen den beiden reingeplatzt. Hannelore hatte bereits geschlafen, während Vera und Alfred leise in der Küche getuschelt hatten. Als Helena für ein Glas Wasser in die Küche gekommen war, hatten sie schlagartig das Gespräch abgebrochen und waren mit den üblichen Zänkereien auseinander gegangen. Helena hatte lediglich aufschnappen können, dass es um die Fahrt nach Frankfurt gegangen war. Sie wurde das ungute Gefühl nicht los, dass alle abgesehen von ihr etwas Wichtiges wussten und es bewusst von ihr fernhielten. Sie dachte oft an Felix, doch sie hatte es aufgegeben, von ihrem Déjà-Vu im Café und ihrem Fast-Zeitsprung zu berichten.

»Also, Lena, wirklich! Nun tu doch bitte mal für ein paar Minuten so, als wärst du erwachsen! Wie willst du denn in England klarkommen, wenn du noch nicht mal hier alleine geradeaus gehen kannst!«

Helena stand noch immer gedankenverloren wie angewurzelt an derselben Stelle und war soeben beinahe von einem Geschäftsmann und seinem Koffer überrannt worden.

»Alfred hat bereits dein Gepäck aufgegeben und ich habe dich eingecheckt. Wenn du es schaffst, einfach nur deine Füße Richtung Cafeteria zu bewegen, dann können wir dir vielleicht ja sogar noch etwas zum Essen kaufen, damit du nicht diesen Flugzeugfraß essen musst!«

Alfred wandte sich abrupt zu Helena um. »Ihr zwei geht ab hier ohne mich weiter!« Er trat einen Schritt auf Helena zu und flüsterte ihr unbeholfen ins Ohr. »Ich ertrage deine Tante nicht eine Sekunde länger! Pass auf dich auf und lauf nicht davon, wenn sich eine

Chance bietet!«

Bevor sie ihn fragen konnte, was er damit meinte, hatte Alfred sich bereits auf dem Absatz umgedreht und strebte schnurstracks auf den Ausgang zu. Er hätte sie nie umarmt. In Flüsternähe mit jemandem zu sein, war bereits jenseits von Alfreds physischer Schmerzgrenze. Vera sah ihm augenrollend hinterher und schob Helena resolut Richtung in Cafeteria.

»Über was habt ihr zwei euch letzte Nacht in der Küche unterhalten?«, platzte Helena unverblümt heraus.

Doch anstelle einer Antwort blieb Vera plötzlich wie angewurzelt stehen und sah sich um. »Ach Mensch, ich sehe gerade, wir haben nicht mehr genügend Zeit, um vorher noch etwas zu essen. Tut mir leid, Lena, du musst im Flugzeug essen. Na, du hast den DDR-Fraß schließlich auch überlebt! Ich bin zuversichtlich, dass es an Bord nicht schlimmer werden kann!«

»Komm schon, jetzt weich mir nicht aus!«, bat Helena ihre Tante eindringlich. »Ich weiß, dass ihr alle mit irgendetwas unter einer Decke steckt! Warum soll ich beispielsweise nicht mehr zu dir nach Frankfurt kommen?«

Vera blieb erneut so abrupt stehen, dass Helena beinahe in sie hineinrannte. Es war erstaunlich, welche Bremsmanöver Vera mit ihren gut sieben Zentimeter hohen Absätzen hinlegen konnte, ohne auch nur ansatzweise ins Schwanken zu geraten. Sie schien mit sich zu ringen und sah dabei immer wieder hektisch auf ihre goldene Miniaturarmbanduhr. »Wir haben Sorge, dass dieser Alexander noch dort ist!«

»Ich habe gesehen, wie er sich direkt vor mir in Luft aufgelöst hat! Ich glaube nicht, dass er noch hier ist! Aber selbst dann denke ich nicht, dass er mir etwas antun würde«, warf Helena ein. »Er hat mir immer nur helfen wollen, wenn auch auf seine sehr merkwürdige Weise.«

»Glaub mir, er denkt dabei vorrangig an sich selbst!«, keifte Vera in gewohnt lautstarker Manier. Wütend biss sie sich auf die Unterlippe. Helena erkannte sofort, dass Vera mehr gesagt hatte, als sie beabsichtigt hatte.

»Warum wollt ihr Alexander von mir fernhalten?«, bohrte sie nach.

Vera zögerte einen kurzen Moment. Seufzend schob sie schließlich die Schultern zurück und presste ihre kleine Handtasche aus fliederfarbenem Krokodilleder fest an sich. »Man kann sich seine Familie nicht aussuchen!«, gab sie schließlich gepresst zur Antwort. »Er ist mit Alfred verwandt und wir wollen nichts mit ihm zu tun haben! Wir glauben, dass er deiner Mutter und Michi etwas antun will.«

»Aber wenn er zu Alfreds Familie gehört, dann ist er doch auch mit *mir* verwandt!«, konterte Helena verwirrt. »Hatte er Elektroschocktherapien wie Alfred und weiß vielleicht nicht, was er tut? Warum würde er sonst so etwas tun? Das macht doch keinen Sinn!«

»Genau das ist der springende Punkt!«, zeterte Vera gereizt. »Nichts, absolut nichts daran macht einen Sinn und ich habe, gelinde gesagt, reichlich die Schnauze voll! Lena, deine Zeitreisen haben offenbar endlich aufgehört und du machst jetzt einen Neuanfang! So, Ende der Diskussion! Wenn du ein kluges Mädel bist, wird dir und irgendwann auch deiner sturen Mutter einleuchten, dass du die Gehörlosenschule am besten bei mir in Frankfurt aufbaust statt in der Zone, wo es jetzt eh nur noch weiter bergab gehen wird! Sei ein braves Mädel, lern kräftig und dann komm nächstes Jahr nach Frankfurt!«

»*Sei ein braves Mädel?*«, wiederholte Helena nun ihrerseits gereizt. »Ich bin zweiunddreißig Jahre alt und das ist deine Antwort? Seit einem Jahr weicht ihr mir aus und das ist alles, was ich bekomme?«

»Ja, Lena!«, erwiderte Vera. Ihr Gesicht hatte sich in harte Falten gelegt. »Nach zweiunddreißig Jahren Angst um dich, nach mehreren Fluchten, während derer deine Mutter alles für dich riskiert hat … Nach Jahren deines sinnlosen Fotografierens, in das ich liebend gerne einen großen Teil meines Gehalts gepfeffert habe in der Hoffnung, dass es dir wenigstens hilft … Nach drei Jahrzehnten, während derer wir befürchten mussten, dass du irgendwann genauso enden könntest wie dein Vater … Nach all dem ist genau das hier alles, was du bekommst: eine wunderbare Reise, für die wir alle ein Vermögen ausgegeben haben und eine neue Zukunft ohne diese verdammten Episoden! Du armes, armes Kind!«, brüllte sie außer sich.

Helena machte einen verstörten Schritt zurück und starrte ihre Tante entsetzt an. »Glaubst du, ich weiß nicht, dass meine Störung euer Leben ruiniert hat?« Heiße Tränen stiegen ihr in die Augen.

»Ach Kind, Mensch, nun komm! Das habe ich doch nicht gemeint! Siehst du, genau das passiert, wenn man in letzter Sekunde dumme, gefühlsduselige Fragen stellt! Du weißt, dass ich diesen Gefühlskram nicht leiden kann! Jetzt mach dir keine solchen Gedanken! Wir wollen dir doch alle nur helfen, vertrau uns bitte einfach mal! Du hast jetzt eine schöne Reise und wir vergessen das hier! Und denk dran, dass du da drüben immer in beide Richtungen schaust, bevor du die Straße überquerst! Sonst fahren dich die Inselaffen über den Haufen mit ihrem unsinnigen Linksverkehr!«

Sie hatten den letzten Check-in der Wartehalle erreicht. Ohne ihren Redefluss zu unterbrechen, öffnete Vera ihre Handtasche und zog ein Bündel Geldscheine heraus, das sie zügig in Helenas Handgepäck stopfte. »Das hier ist für Notfälle. Wenn du genug von Pommes und Kartoffelchips hast oder du halt wirklich so gar nichts verstehst, dann komm halt wieder nach Hause, gell? Ruf mich einfach kurz an und ich buche dir in dem Fall sofort einen Flug. So, genug Drama, wir sehen uns in zwei Wochen! Halt die Ohren steif und lass von dir hören!«

Ohne eine Antwort abzuwarten, drehte Vera sich um und stürmte zum Ausgang. Helenas Wut war bei Veras unbeholfenen Worten verraucht und beim Anblick ihres fluchtartigen Abgangs bahnte sich ein unwillkürliches Grinsen auf Helenas Gesicht an. Tante Vera und Alfred waren sich in vielerlei Hinsicht ähnlicher als ihnen bewusst war. Doch das durfte man den beiden Streithähnen niemals sagen.

Seufzend ließ Helena sich auf einen der schwarzen Plastikstühle plumpsen und atmete auf. Draußen fuhr ein riesiges Flugzeug der

PanAm Airline in beschaulichem Starttempo an ihr vorbei. Es fuhr eine kurvige Strecke entlang, während die gleißende Mittagssonne die weiße, offenbar blitzsauber geputzte Außenfläche zum Glänzen brachte. Das Flugzeug kam schließlich vor einer langen, geraden Rollstrecke zum Stillstand. Selbst aus der Ferne und durch die riesigen Fensterscheiben der Wartehalle hindurch konnte Helena das Aufheulen der Motoren hören und beobachtete fasziniert, wie die schwere Maschine schließlich in zunehmendem Tempo die Startbahn entlangbretterte, bis sie schließlich wie von Zauberhand in den eisblauen Himmel emporstieg.

Eine Durchsage kündigte an, dass Helenas erster Flug unmittelbar bevorstand. Aufgeregt kramte sie nach ihrem Flugticket und stellte sich in die kurze Warteschlange der Lufthansa, während ihre Augen dem verschwindenden Punkt der PanAm Airlines in der Ferne nachsahen.

Sie brannte noch immer darauf, mehr über Alexander zu erfahren, doch sie musste ihrer Tante Recht geben. Sie hatte seit einem Jahr so viel geschlafen wie noch nie. Zum ersten Mal in ihrem Leben fühlte sie sich gesund und erholt. Auch wenn sie nun deutlich weniger Geld hatten, so stand Helena jedoch endlich eine Zukunft offen, die ihrer Mutter durch ihre missglückte Flucht damals vorenthalten worden war. Sie konnte gehen, wohin sie wollte, selbst wenn diese Zukunft beim Klassenfeind lag. Sie durfte offen sagen, was sie wollte und dachte. Sie konnte jede Musik hören, auf die sie Lust hatte. *Sie war frei!* Frei von der Mauer um sie herum und offenbar frei von ihren Zeitsprüngen!

Lächelnd setzte sie sich schließlich mit den anderen Passagieren in Bewegung. Sie bestaunte die geparkten Flugzeuge aus aller Welt, an denen sie während ihrer kurzen Busfahrt vorbeifuhren, bis sie die richtige Lufthansa-Maschine erreichten. Es war eine beeindruckende, schlicht weiße Boeing 747 mit einem blauen Streifen, deren Heck ein eleganter, blauer Kranich auf sonnengelbem Hintergrund zierte.

Mit wackeligen Knien kletterte sie die Stufen zum Flugzeug hinauf und suchte ihren Sitzplatz im beengten Inneren der Maschine, in der es unangenehm nach kaltem Zigarettenrauch roch. Aus einem unerklärlichen Grund machte der beißende Geruch Helena nervös. Sie hätte beruhigende Bergluft eindeutig vorgezogen, doch bei einer Flugzeit von weniger als zwei Stunden würde sie es schon überstehen, schalt sie sich selber in Gedanken aus.

Nervös zurrte sie an ihrem Gurt und sah aus dem Fenster. Ihr Sitz vibrierte ein wenig, als sich jemand schwerfällig auf den Sitz neben ihr fallen ließ. »Dahlkes Enkelin hat offenbar starke Nerven! Nach dem Anpfiff deiner Tante eben würden nicht mehr viele Menschen so grinsen!«, flüsterte eine vertraute Stimme neben ihr.

Helenas Kopf fuhr blitzartig herum. Verblüfft starrte sie in Felix' Gesicht, das mit einem schelmischen Augenzwinkern konterte.

»Ich sehe, deine Tante ist so liebenswert wie eh und je!«

Er hatte Helena nach der Schlägerei mit Alexander vor einem Jahr wortlos bei Vera abgeliefert, was diese selbstverständlich lautstark und wie immer wenig charmant kommentiert hatte. Helena hatte gehofft, dass er es wegen seiner gebrochenen Nase und der damit verbundenen Schmerzen nicht gehört hatte, doch offenbar war es ihm nicht entgangen.

Beschämt knetete sie ihre Hände über ihrem straffgezurrten Anschnallgurt und sah auf ihre Knie. Wie konnte es sein, dass er im selben Flugzeug und dann auch noch direkt neben ihr saß?

»Was für eine Kampfmaschine auf Stöckelschuhen!«, lachte er leise und schüttelte dabei den Kopf. »Ich habe noch nie jemandem gekannt, bei dem Worte und Taten so weit auseinanderliegen!«

»Was meinst du?« Trotz ihrer glühend heißen Wangen blickte Helena nun auf.

»Na, *das* hier!« Lachend hielt Felix ihr sein Ticket entgegen. »Eine Spende deiner lieben Tante! Sie hat es vor zwei Monaten heimlich in meinen Briefkasten geworfen und ist dann schnell weggelaufen. Ich habe sie vom Fenster aus gesehen und da ich ja noch von damals wusste, wo sie wohnt, bin ich direkt danach hingegangen, um sie zu fragen, was es damit auf sich hat. Zuerst hat sie abgestritten, dass es überhaupt von ihr war, was natürlich Quatsch ist, weil ich sie schließlich mit eigenen Augen gesehen hatte! Und als sie offenbar einsah, dass sie sich da nicht rausreden konnte, hat sie mich plötzlich angebrüllt, dass sie mich nicht zwingen kann, meine Mutter zu finden.«

Er hatte es Helena damals im Café nicht gesagt, doch sie wusste, dass seine Mutter die Frau von der Flutwelle war. Sie hatte es gewusst, als sie seinen grünen Kettenanhänger in den Händen gehalten hatte. Helena konnte es sich bis heute nicht erklären, doch sie erinnerte sich plötzlich an mehr Einzelheiten, als sie je in ihren Zeitsprüngen gesehen hatte – es war wie ein gewaltiges Déjà-Vu!

»Als ich von deiner Tante wissen wollte, woher sie von meiner Mutter wusste und was sie damit genau meinte, hat sie nur gesagt, dann müsste ich eben schlauer sein als ich aussehe!«

»Das klingt sehr nach ihr!«, antwortete Helena trocken und verkniff sich nur mühsam ein Grinsen. Ihre Tante hatte einfach die Sensibilität eines Vorschlaghammers!

»Ich weiß nicht, wie du mit dem Biest klarkommst! Sie hat mir daraufhin derart heftig die Tür vor der Nase zugeschlagen, dass ich dachte, mein Zinken wäre nun zum zweiten Mal gebrochen!« Trotz seines Schimpfens blitzten seine Augen schelmisch und seine Mundwinkel zuckten verdächtig. »Also«, fuhr er neugierig fort, »dann erzähl doch mal: Was macht Dahlkes Enkelin in England?«

Helena fühlte sich zwar veralbert, doch sie fand es gleichzeitig unheimlich erheiternd, dass er ihr Geständnis, die Enkelin Dahlkes zu sein, noch immer für einen grandiosen Scherz hielt. Es war beileibe nichts, worauf sie stolz war und ihr wurde bewusst, dass sie es noch nie jemandem erzählt hatte. Doch es hatte zugegebener Weise enorme Vorteile für ihre Familie gehabt.

»Hey, ich habe übrigens einen neuen Witz für dich!«, fuhr er fort, bevor sie antworten konnte. »Aber nicht noch fester anschnallen, sonst klemmst du deine Blutzirkulation noch vollständig ab! Pass auf: *Klein Fritzchen kommt von der Schule nach Hause. ›Papi, wir haben unseren Aufsatz über die Errungenschaften der DDR zurück-*

bekommen.' ‚Ja, und was hast du geschrieben?' ‚Ich hab' die beste Arbeit, eine Vier!', freut sich Fritzchen. Der Vater erbost: ‚Was? Eine Vier? Das soll die beste Arbeit sein? Ja was haben denn die anderen geschrieben?' ‚Keine Ahnung, die sind noch nicht aus dem Verhör zurück!'«

»Ich bin wirklich Dahlkes Enkelin, du Spinner!«

»Klar!« Lachend schlug Felix sich auf die Schenkel. »Also, Fräulein Dahlke, war das deine Idee, deine Tante mit dieser romantischen Luftfahrt zu beauftragen?«

Verdutzt hielt Helena inne und zog spöttisch die Augenbrauen hoch. »Warum sollte ich das tun, nachdem du mich kommentarlos abgeliefert und dann nichts mehr von dir hören gelassen hast?«

»Du meinst, deine Tante ist eine romantische Seele?«

Unwillentlich musste nun auch Helena auflachen. »Nee, ganz sicher nicht! Bist du dir wirklich sicher, dass es Tante Vera war, die dir das Ticket gegeben hat?«

»Hundertprozentig! Was mich zu der Frage führt, woher sie überhaupt von meiner Mutter weiß. Ich habe es dir damals nicht erzählt, oder?«

»Nein«, log Helena wahrheitsgemäß und lockerte mit schwitzenden Fingern den Gurt. *Ich weiß es aber trotzdem,* dachte sie im Stillen. *Doch woher wusste Vera davon?*

»Vielleicht von Alexander?«, murmelte sie gedankenverloren, ohne dabei zu bemerken, dass sie es hörbar ausgesprochen hatte.

»Wer ist Alexander?«, fragte Felix erstaunt.

Helena wurde plötzlich bewusst, dass Felix den Namen seines Café-Angreifers nie kennengelernt hatte. Verlegen sah sie an ihm vorbei. Das Flugzeug setzte sich langsam in Bewegung und rollte gemächlich die vielen Bahnen Richtung Abflugrollbahn entlang. Die Sonne reflektierte gleißendes Licht von den weißen Flügeln und Helena schloss nervös die Augen. »Vergiss es, nicht so wichtig!«

Was sie allerdings ebenso beschäftigte, war die Frage, warum ihre Tante nicht nur ein Ticket für sie, sondern auch eines für Felix besorgt hatte – noch dazu im selben Flieger! Unwillkürlich dachte

Helena an das heimliche Gespräch zwischen Vera und Alfred des vorherigen Abends, in das Helena hineingeplatzt war. Sie erinnerte sich nur bruchstückhaft, weil die wenigen Gesprächsfetzen, die sie mitbekommen hatte, keinen zusammenhängenden Sinn ergeben hatten, doch sie meinte plötzlich, sich an das Wort Flugtickets erinnern zu können. Hatten die beiden das zusammen ausgeheckt? Doch warum?

»Und wen sollst *du* suchen?«

»Wie bitte?«

Felix schüttelte amüsiert den Kopf. »Komm schon, Fräulein Dahlke, ich bin nun wirklich gespannt wie ein Flitzebogen! Seit Monaten habe ich versucht, deine Nummer oder zumindest deine Postadresse zu bekommen und höre von deiner Tante, dass sie diese nicht herausgeben darf. Selbst dein Psychiater-Freund hat mich aufgesucht und wollte wissen, warum deine Mutter jeden Kontaktversuch abblockt. Dann taucht deine Tante plötzlich heimlich auf und steckt mir ein Flugticket zu mit den Worten, ich solle nach meiner Mutter suchen. Da sie dir ja offensichtlich ebenfalls ein Ticket gegeben hat, bin ich davon ausgegangen, dass du auch jemanden suchen sollst. Also, wen suchst du denn in England?«

Ein merkwürdiger, schaler Geschmack breitete sich in Helenas Mund aus. »Ich bin nur für ein Seminar dort«, erklärte sie schwach.

»Gut, dann mal die Karten auf den Tisch!« Felix' Grinsen war verschwunden und sein Gesicht war so ernst, wie sie es noch nie gesehen hatte. Zum ersten Mal hatte sie das Gefühl, dass seine beständige, ansteckende Fröhlichkeit nur eine Fassade war.

»Ich habe dir damals erzählt, dass ich Werner kenne und er hat gesagt, dass du durch die Zeit reist. Er sagte, du hast dadurch das Leben seiner Familie gerettet!«

Sie wusste, worauf er hinauswollte. Sein Gesicht wurde verschwommen und Helena blinzelte hart gegen den Nebel.

»Ich verstehe bis heute nicht, was damals im Café passiert ist und wie sich der Kerl einfach so in Luft auflösen konnte«, drang seine Stimme flüsternd zu ihr hindurch. »Ich weiß nur, dass du anscheinend mehr weißt, als du eigentlich wissen dürftest!«

»Ich bin eben Dahlkes Enkelin!«, warf Helena mit mühsam erzwungener Fröhlichkeit ein. Es roch jedoch bereits altvertraut nach dieser Stadt am Meer ... Sie hatte sich gerade noch gefreut, dass diese Aussetzer endlich aufgehört hatten!

Bitte, lass es einfach die Aufregung sein, von der mir schwindelig wird, dachte Helena flehentlich.

Doch der altvertraute Schwindel war eine mehr als deutliche Antwort auf ihre Bitte. Vielleicht hatte Werner Recht gehabt? Vielleicht würde es nie aufhören und sie musste etwas ändern? Zum ersten Mal wurde ihr bewusst, dass es immer dieselben Menschen waren, welche ihre Zeitsprünge auslösten. Wenn ihre Schicksale so eng miteinander verbunden waren, vielleicht würden ihre Zeitsprünge tatsächlich erst dann aufhören, wenn sie allen geholfen hatte? Hatte Alexander sich geirrt, als er sagte, dass sie nichts verändern dürfe? Vielleicht gab es letztendlich doch einen Grund, warum sie durch die Zeit reiste! War es möglich, dass sie alles wieder und wieder durchleben musste, bis sie alle Fehler der Vergangenheit korrigiert hatte?

Der Meeresgeruch wurde stärker und die gewohnte Übelkeit setzte ein. Helena presste die Augen fest zusammen und kämpfte mit möglichst flachen Atemzügen gegen die aufsteigende Magensäure. Verschwommene Gesichter flogen im wirren Nebel an ihrem inneren Auge vorbei: Werner, Irena, Alfred, ihre Mutter, Martha, Peter, Felix ... – Sie musste es versuchen!

»Es ist mir vollkommen egal, ob ich mich zum Affen mache!«, hörte sie Felix' vertraute Stimme aus weiter Ferne. Sie war kaum mehr als ein Flüstern, doch sein Atem wärmte noch immer ihre Wangen. »Jeder Spott ist besser als diese Ungewissheit! Wenn du tatsächlich durch die Zeit reisen kannst, dann hilf mir! Meine Mutter war 1952 in Lynmouth, als die Flutwelle kam. Sie war blond und hieß ...«

»Ruth!«, beendete Helena den Satz.

DANKSAGUNG

Die Trilogie *Die Unvergessenen* ist das Ergebnis vieler Jahre Arbeit und intensiver Recherche. Wie bereits im ersten Buch *Die Spuren der Fremden* darf ich auch im zweiten Teil auf die Hilfe und Unterstützung vieler wunderbarer Menschen zurückblicken.

Ich danke von Herzen: Julia Bee für intensives Lektorat und Korrektorat. Coverdesignerin Maria Taneva von FrinaArt Cover Design für die wunderbare Gestaltung meiner elektronischen Bücher und Taschenbücher. Nadezda Chayko für die Kontrolle meiner russischen Übersetzungen. Julia Kastl von Sunkissed Solutions sowie Ian Hobbs vom Devon Book Club für unermüdliche Social Media Unterstützung. Dinko Tanev für seine Recherche zu Fahrzeugen der Sowjetischen Besatzungsmacht sowie den okkupierten Ländern. US Militär-Spezialist Randy Stewart für seine detaillierten Informationen über russische Uniformen und Dienstgrade. Markus Schacht für seine hilfreiche Foto-Tour durch Ostberlin. Dem Team von Littwitz Press für seine fantastische Unterstützung.

Autorin Sabine Schroeter sei für ihr Buch *Die Sprache der DDR im Spiegel ihrer Literatur. Studien zum DDR-typischen Wortschatz* gedankt. Mein ebenso herzlicher Dank gilt Autorin Birgit Wolf für ihr Buch *Sprache in der DDR*.

Das Deutsche Historische Museum war mir eine große Hilfe, ebenso wie das Online-Mundart-Forum der Website *Sachenwelt,* sowie die Wikipedia-Liste zum Sprachgebrauch in der DDR. Das österreichische Online-Portal *Kirchenweb* hat mir sehr bei typischen DDR-Lebensmitteln und -Rezepten geholfen – lieben Dank an die Betreiber!

Bei der Recherche zum Thema Gehörlosigkeit verdanke ich viele Informationen der Autorin Penny Boyes Braem und ihren Aufschriften in *Internationale Arbeiten zur Gebärdensprache und Kommunikation Gehörloser (Band 11, Hamburg: Signum-Verlag 1992)*. Ich danke außerdem der *World Federation of the Deaf*, der Website *Linse* der Universität Duesburg, der Exeter Deaf Academy sowie meiner Gebärdensprachelehrerin Deb Buller.

Die faszinierende Russenstadt „Klein Moskau" wurde Dank folgender Artikel und Websites zu neuem Leben erweckt: *Wünsdorf, die Reste von Klein Moskau* (Fr-Online), *Berlin Foto-Tour durch die verbotene Stadt Wünsdorf* von IG Fotografie, *Lenin is still around* (Website), *Spiegel* (Website) und *Under the Red Star* (Website). Auch der Artikel *Die verbotene Stadt der Sowjets* von Journalist Jörg Rüger hat Eingang in dieses Buch gefunden.

Die Ungarische Revolution hat mich in meiner Recherche tief berührt. Ich danke Autor Emilio Vasari für seine ausführlichen Schilderungen in seinem Buch *Die Ungarische Revolution 1956*. Ebenso hilfreich waren: *The History Learning Site* (UK), die Website *Britannica*, Berichte und Sendungen des BBC, die amerikanische Website *History.Com*, das Magazin *Der Spiegel*, das Geschichtsarchiv der Website *WasIstWas*, Fotografien von Michael Rougier, die deutsche Website *Zeitgeschichte Online*, Aufzeichnungen des Deutschen Bundestages und Artikel der Universität Regensburg sowie der Bundesstiftung Aufarbeitung.

Mein ganz besonderer Dank gilt den Zeitzeugen der Ungarischen Revolution, die in Interviews bereit waren, mich auf die Reise in ihre bewegte Vergangenheit mitzunehmen.Ich danke ebenfalls der Bundeszentrale für Politische Bildung und dem Bundesarchiv. Viele Artikel des Zweites Deutschen Fernsehens (ZDF), des Norddeutschen Rundfunks (NDR), des Mitteldeutschen Rundfunks (MDR), der Magazine *Der Spiegel* und *Online Focus* sowie der Zeitungen *Berliner Morgenpost* und *Der Tagesspiegel Berlin* waren mir von großem Nutzen, ich danke den Autoren und Journalisten dieser Medien.

Danke natürlich auch an meine hilfreichen Blogger, unterstützenden Freunde und Familie – vor allem an Samuel Phillips, der mir wertvolle Zeitfenster zum Arbeiten geschaffen hat.

Ein ebenfalls großes Danke, wie immer, an alle ungenannt gebliebenen Filme, Dokumentationen, Bücher und Menschen aus West und Ost, England und Deutschland, die mich seit meiner Kindheit geprägt und sicherlich mehr oder minder unterbewusst ihren Weg in dieses Buch gefunden haben.

Nicht zuletzt möchte ich meinen lieben Leserinnen und Lesern danken, die mich mit diesem Buch erneut auf dem Weg in die Vergangenheit begleitet haben.

EXPLOSIVE BEGEGNUNG

BAND 3

Wie oft muss man sich begegnen, bis man sich für immer erinnert?

Ein Unglück in der ehemaligen DDR hat Helena diesmal weiter durch die Zeit reisen lassen als jemals zuvor. Doch es ist nicht ihre eigene Vergangenheit, die sie gerufen hat. Helena hat versehentlich die originale Zeitleiste aus der Balance gebracht und plötzlich breitet sich Chaos aus: Menschen erinnern sich an Dinge, die nie geschehen sind und ein dubioses Regierungsprojekt bedroht nicht nur Zeitreisende, sondern auch die Zukunft der Demokratie.

Alfred ist überzeugt, dass Helena die originale Zeitleiste berichtigen muss, um diese Entwicklungen aufzuhalten. Doch dieser Schritt hat einen hohen Preis.

Wie viel ist sie bereit zu opfern, wenn es kein Zurück mehr gibt? ...

Erklärungen

1 MfS: Ministerium für Staatssicherheit

2 SIEGFRIED LEHMANN: Diese Verbindung zu Walter Ulbricht ist frei erfunden. Diese Freundschaft mit dem tatsächlich existierenden Generalsekretär Ulbricht hat es nicht gegeben.

3 FREUNDSCHAFT!: Typischer Gruß zu DDR-Zeiten bei wichtigen Versammlungen und Anlässen.

4 ANYU: Ungarischer Kosename für Mutter („Mutti")

5 APU: Ungarischer Kosename für Vater ("Vati")

6 ÁVO: Abkürzung für Államvédelmi Osztálya. Berüchtigte ungarische Staatspolizei zur Überwachung der ungarischen Bevölkerung im Hinblick auf politische Gegner.

7 FRIEDRICH DAHLKE: Der tatsächliche Gründer der ostdeutschen Staatssicherheit hieß Erich Mielke. Der Buchcharakter Friedrich Dahlke wurde zwar von einigen politischen Stationen Mielkes inspiriert, Friedrich Dahlke sowie seine Verbindungen und Familie in diesem Buch wurden jedoch frei erfunden und haben nichts mit Erich Mielke zu tun.

8 BÜCKWARE: begehrte Artikel, die nicht in den Regalen, sondern vor den Blicken der Käufer verdeckt unter dem Ladentisch lagerten (und zu denen sich der Verkäufer bücken musste).

9 TSCHEKIST: aus dem Russischen; inoffizielle Bezeichnung für Mitarbeiter des Ministeriums für Staatssicherheit (MfS), vom sowjetischen Vorbild Tscheka.

10 HUNDERTFÜNFZIGPROZENTIGE: Bezeichnung für linientreue Anhänger der Partei und der marxistisch-leninistischen Lehre.

11 SANDMÄNNCHEN: Seit 1959 gab es „Unser Sandmännchen" in der DDR und das „Sandmännchen" in Westdeutschland. Letzteres wurde auf dem westdeutschen, in der DDR streng verbotenen Fernsehkanal ARD ausgestrahlt.

12 DFF: Deutscher Fernsehfunk der DDR.

13 KIEKEN/KIEK'N: Berliner Jargon für „gucken" bzw. „schauen"

14 STASI: Abkürzung für „Staatssicherheit". Kurzbezeichnung für das Ministerium für Staatssicherheit. Nachrichtendienst und Geheimpolizei der DDR.

15 RICHARD HEBEL: Dies war ein Pseudonym des tatsächlichen Oberhauptes der ostdeutschen Staatssicherheit, Erich Mielke. Die in diesem Textabschnitt genannten politischen Stationen basieren auf geschichtlichen Fakten. Die Person Friedrich Dahlke sowie seine Familie und Beziehungen sind jedoch vollkommen frei erfunden und haben nichts mit Erich Mielke zu tun.

16 GROSSER BRUDER: Spitzname für die Sowjetunion.

17 AKTIVIST: Werktätiger, der bei der Erfüllung des Planes außerordentliche Leistungen vollbringt und dafür mit dem staatlichen Titel Aktivist der sozialistischen Arbeit geehrt wird.

18 CIRKUS ALJOSCHA: ironisch für die Gruppe der Sowjetischen Streitkräfte in Deutschland wegen der kyrillischen Buchstaben „CA" (für Советская Армия (CA)/Sowjetskaja Armija) auf den Schulterstücken der Sowjetsoldaten.

19 BIENCHEN: umgangssprachlich für Belobigungsstempel (eine Biene darstellend) der Lehrer in Heften von Schülern der 1. Klasse, auch scherzhaft in anderen Situationen verwendet: „Dafür gibt es ein Bienchen!"

20 RENNPAPPE: scherzhafter Begriff für den Trabant, das gängige Auto der DDR.

21 SPITZBART: scherzhafte Bezeichnung für Walter Ulbricht. Er war von 1949 bis zu seiner Entmachtung 1971 der bedeutendste Politiker der Deutschen Demokratischen Republik. Unter seiner Führung entwickelte sich dieser zum sozialistischen Staat.

22 ABV – ABSCHNITTSBEVOLLMÄCHTIGTER: Volkspolizist mit Zuständigkeit für ein bestimmtes Wohngebiet.

23 EDESCHO: „Erichs Devisenschoner". Ironische Bezeichnung für den „Kaffee-Mix", eine während der Kaffeekrise in der DDR angebotene Mischkaffeesorte mit 50-prozentigem Ersatzkaffeeanteil. Anspielung auf die Westmarke Eduscho.

24 CAFE WARSCHAU: Das Café Warschau war eines der sieben von der volkseigenen Handelsorganisation (HO) betriebenen Nationalitätenrestaurants in Ost-Berlin.

25 RONDO: ein DDR-typischer Kaffeeklassiker aus dem Hause „Röstfein".

26 BAUTZEN: Justizvollzugsanstalt Bautzen, ein berühmt-berüchtigtes Gefängnis der DDR.

27 RÜBERMACHEN: Slang. Von der DDR nach Westdeutschland flüchten.

www.ingramcontent.com/pod-product-compliance
Lightning Source LLC
Chambersburg PA
CBHW030658120726
47905CB00001B/267